D065260-4

Max Gallo est né à Nice en 1932. Agrégé d'histoire, docteur es lettres, il a longtemps enseigné, avant d'entrer dans le journalisme – éditorialiste à *L'Express*, directeur de la rédaction du *Matin de Paris* – et d'occuper d'éminentes fonctions politiques : député de Nice, parlementaire européen, secrétaire d'État et porte-parole du gouvernement (1983-1984). Il a toujours mené de front une œuvre d'historien, d'essayiste et de romancier.

Ses œuvres de fiction s'attachent à restituer les grands moments l'Histoire et l'esprit d'une époque. Elles lui ont valu d'être un romancier consacré. Parallèlement, il est l'auteur de biographies de grands personnages historiques, abondamment documentées (*Napoléon* en 1997, *De Gaulle* en 1998), écrites dans un style extrêmement vivant qui donne au lecteur la place d'un spectateur de premier rang.

Depuis plusieurs années Max Gallo se consacre à l'écriture.

MAX GALLO

LA BAIE DES ANGES

*

DU MÊME AUTEUR
CHEZ POCKET

NAPOLÉON

1. Le chant du départ
2. Le soleil d'Austerlitz
3. L'empereur des rois
4. L'immortel de Sainte-Hélène

LA BAIE DES ANGES

1. La baie des anges
2. Le palais des fêtes
3. La promenade des anglais

DE GAULLE

1. L'appel du destin (1890-1940)
2. La solitude du combattant (1940-1946)
3. Le premier des français (1946-1962)
4. La statue du commandeur (1962-1970)

BLEU, BLANC, ROUGE

1. Mariella
2. Mathilde
3. Sarah

MAX GALLO

LA BAIE DES ANGES

*

ROBERT LAFFONT

Le Code de la propriété intellectuelle n'autorisant, aux termes des paragraphes 2 et 3 de l'article L. 122-5, d'une part, que les « copies ou reproductions strictement réservées à l'usage privé du copiste et non destinées à une utilisation collective » et, d'autre part, sous réserve du nom de l'auteur et de la source, que les « analyses et les courtes citations justifiées par le caractère critique, polémique, pédagogique, scientifique ou d'information », toute représentation ou reproduction intégrale ou partielle, faite sans le consentement de l'auteur ou de ses ayants droit ou ayants cause, est illicite (article L. 122-4). Cette représentation ou reproduction, par quelque procédé que ce soit, constituerait donc une contrefaçon sanctionnée par les articles L. 335-2 et suivants du Code de la propriété intellectuelle.

© Éditions Robert Laffont, S.A., Paris, 1975 et 1976
ISBN 2-266-09659-1

*Pour Jean Le Bleu et ceux
du grand troupeau.*

Avertissement

La Baie des Anges (1890-1919) est le premier tome d'une suite romanesque qui comporte deux autres volumes : *Le Palais des Fêtes* (1920-1944) et *La Promenade des Anglais* (1944-1974).

Toute coïncidence entre des personnages ayant réellement vécu et ceux de ce livre ne saurait être qu'une des facéties du hasard qui rend l'imaginaire réel. Et vice versa.

M.G.

Personnages principaux

CARLO REVELLI, né en 1860, marié à *Anna Forzanengo*. Deux enfants : *Alexandre* né en 1904, *Mafalda* née en 1906.

VINCENTE REVELLI, né en 1868, marié à *Lisa*. Quatre enfants : *Dante* né en 1892, *Louise* née en 1894, *Antoine* né en 1900, *Violette* née en 1903.

LUIGI REVELLI, né en 1878, dit Loulou ou Gobi, marié à *Rose*.

JOSEPH MERANI, docteur en médecine et député, né en 1854, marié à *Laure*, puis en secondes noces à *Elisabeth d'Aspremont*. Un enfant : *Charles* né en 1908.

RITZEN, haut fonctionnaire de police, né en 1867, marié à *Marguerite Sartoux*, deux enfants, *Pierre* né en 1899, *Jules* né en 1902.

FRÉDÉRIC KARENBERG, baron, né en 1863, marié à *Peggy Wood*, un enfant *Jean* né en 1903.

HELENA KARENBERG, née en 1872, sœur de Frédéric Karenberg, mariée à *Gustav Hollenstein*, une fille *Nathalie* née en 1906.

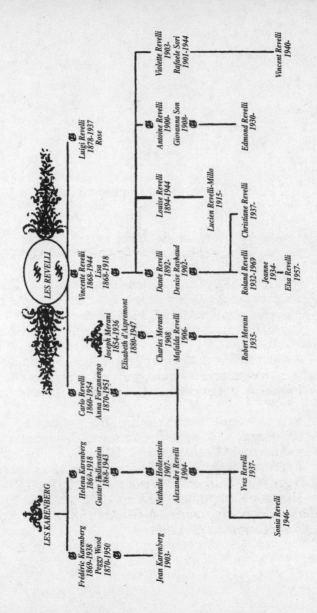

Première partie

LA PLACE GARIBALDI

1

Ils étaient trois frères et ils venaient de là-bas, le pays de la montagne.

L'aîné s'appelait Carlo. Il marchait au milieu de la route, la veste rejetée sur l'épaule cachant la musette de toile, les manches de la chemise blanche retroussées à mi-bras. Il regardait loin devant, au-delà des broussailles, des arbres secs, des pentes de galets soudés par la terre jaune, suivant des yeux la crête vers laquelle montait le chemin et qui fermait l'horizon comme un mur de clôture hérissé de tessons.

Vincente marchait quelques pas en arrière, il ramassait l'un de ces galets gros comme un poing et l'envoyait dans les fourrés, sans hargne, peut-être pour laisser la trace de son passage. La musette sur l'épaule gauche, le coude posé sur la poche de cuir, les doigts serrés sur la lanière courte, il regardait le sol. Il était le second des frères Revelli. Huit ans de moins que Carlo.

« C'est trop, disait la mère — elle s'essuyait la bouche du revers de son tablier noir. C'est trop. On croyait, après Carlo, qu'on n'en aurait plus. On était tranquille. Et puis il y a eu toi, est-ce qu'on sait pourquoi ? Comme ça, après tant de temps, mais toi, ce n'est rien, quand il a fallu que je dise qu'il y avait l'autre : ton père, si tu l'avais vu... »

L'autre était venu dix-huit ans après Carlo et maintenant il marchait près de Vincente, traînant les chaussures à haute tige dans le sable et souvent il s'accrochait à la manche de son frère, appuyant la tête sur le bras de Vincente qui au bout d'un moment le repoussait : « Assez Luigi, disait-il, assez. » Luigi se laissait alors distancer et tout à coup il criait : « On s'arrête. » Carlo, sans se retourner, sans modifier son pas régulier, jurait et le silence revenait sur la route.

Ils étaient partis depuis six jours.

Vincente seul, juste avant le pont, avait regardé la ville que, le fleuve franchi, ils ne reverraient plus. Mondovi-la-Haute, austère avec d'inattendus éclats de lumière quand les façades de briques roses — celles de la maison des banquiers du XVIᵉ siècle — brisent l'ordre têtu des grands bâtiments publics, l'hôpital, la caserne, le séminaire. Vincente seul s'était accoudé au parapet du pont. « Marchez, avait-il dit, marchez, je vous rejoins. » Carlo avait haussé les épaules, Luigi courait devant. La cloche sonnait six heures, là-haut au-dessus de la brume qui couvrait la vallée où ils allaient se perdre. Et la sirène de la manufacture de porcelaine répondait en trois ululements, un long, deux courts. Les deux rythmes de la ville. L'église de Mondovi-la-Haute, au fond de la place, presque dissimulée, et chaque fois qu'avec sa mère Vincente se retrouvait sur le parvis, peut-être la lumière après l'ombre, peut-être la beauté de la place pareille avec ses façades en pans coupés au triptyque de bois doré au-dessus de l'autel, Vincente voulait s'élancer et la mère le retenait, s'agrippant à son épaule.

14

Mais quand elle l'avait conduit le premier matin à la manufacture, dans Mondovi-la-Basse, que juste après le premier coup de sirène elle lui avait dit : « va, va », il avait fallu qu'elle le pousse de la main pour qu'il rejoigne un groupe noir — des femmes, foulards noués, fichus et châles, tabliers — qui passait sous le porche.

Elle était proche du pont, la manufacture, plongée dans la brume et, en prêtant l'oreille, imagination ou souvenir, Vincente entendait le halètement des soufflets près des fours ou le juron d'un contremaître. Il voulait attendre que la brume se lève pour voir, silhouettes dessinées sur les verrières, les ouvrières courbées et les gamins prenant contre eux les piles d'assiettes. Sentir ce poids au bout des doigts et la peur et l'effort qui paralysent.

Mais une charrette était passée, vide. D'un signe Vincente avait demandé au paysan s'il pouvait monter. Il avait sauté sur la ridelle, traversé ainsi le pont, perdu Mondovi-la-Haute et Mondovi-la-Basse. Carlo et Luigi avaient grimpé à leur tour.

Ils avaient ainsi en silence quitté le pays.

— Vous allez en France ? avait demandé le paysan au moment où il les laissait pour s'enfoncer dans un chemin de terre, ligne brune au milieu d'un champ de maïs.

— On cherche le travail, avait dit Carlo.

— La mère est morte, avait ajouté Luigi.

Carlo avait bousculé Luigi :

— Qui te demande de parler, toi ?

Luigi s'était éloigné donnant un grand coup de pied dans les ornières de la route.

— Ils vont tous là-bas, avait ajouté le paysan. Peut-être qu'il y en a pour tous.

— On trouvera, avait dit Carlo. S'il le faut on traversera la mer.

Ce premier jour de route, ils avaient eu de la chance, les charrettes s'arrêtaient sans même qu'ils eussent à faire un signe. « Montez les gars », disaient les paysans, et les Revelli, épaule contre épaule, appuyés à des tonneaux qui sentaient le tanin ou à demi couchés sur l'herbe encore humide, regardaient défiler devant eux la campagne du Piémont. Ils traversèrent ainsi des villages et des villes, Ceva, Boves, Vievola, Borgo, San Dalmazzo, les essieux grinçaient sur les pavés inégaux, les roues hautes cerclées d'acier glissaient parfois sur la pierre et les Revelli étaient projetés violemment sur l'un des côtés de la charrette cependant que le paysan lançait une malédiction. Ils couchèrent dans une grange, s'enfonçant dans le foin frais aux odeurs entêtantes, Vincente préparant un coin pour Luigi, glissant la musette sous sa tête, le couvrant de sa veste. Carlo assis devant le portail, adossé à une pièce de bois, fumait, les jambes allongées, une main sous la nuque, souriant.

Les deuxième et troisième jours ils marchèrent le long de la voie ferrée qu'on commençait à construire mais que les trains n'empruntaient qu'une ou deux fois par jour sur une toute petite partie du parcours. Dans les tunnels, leur épaule frottait contre la paroi humide, et, chaque fois, quand enfin ils apercevaient l'arc du jour, Luigi poussait un cri, et les devançant se mettait à courir.

Le quatrième matin, alors qu'ils approchaient de la frontière, ils rencontrèrent le chantier.

Les hommes courbés sous les traverses et les rails chantaient du fond de la gorge une mélopée imprécise, triste comme un soupir et pourtant, d'un seul mouvement, ils se redressaient et avec un rugissement chargé de force et de colère ils envoyaient loin sur le sol la barre de bois ou d'acier. Puis ils s'immobilisaient, silencieux, pensifs, les mains sur les reins, jusqu'à ce qu'un coup de sifflet strident, claquement de lanière, les courbe à nouveau, et ils reprenaient leur mélopée qu'accompagnait le battement des machines à vapeur.

Vincente regardait.

— Il y a du travail, murmura-t-il.

Carlo descendait la pente du talus, se dirigeant vers la route.

— On continue, dit-il.

Le cinquième jour, ils atteignirent un col, à quelques kilomètres de la frontière. Ils avaient marché au milieu des prés, entre les sapins et les mélèzes, s'enfonçant peu à peu dans l'ombre, puis, au col, le vent les avait frappés de plein fouet et quand ils avaient repris souffle, le paysage devant eux était autre. Sec, avec des arbres noueux, des éboulis couvrant les flancs, des terrasses couvertes d'oliviers dont les murets de pierres sèches ceinturaient la montagne.

— C'est un autre air, dit Vincente.

Ils étaient assis tous les trois, mâchant lentement le pain gris et le fromage dur.

— On voit pas la mer, dit Luigi.

— Derrière, plus loin.

Carlo montrait les crêtes bleues, lignes brisées qui se succédaient comme des vagues. Il se leva, prit son jeune frère contre lui.

— On arrive, dit-il, courage.

Peu après la frontière, le sixième jour, alors qu'ils marchaient vers une nouvelle crête, peut-être la dernière, celle qui ressemblait à un mur de clôture avec ses angles aigus comme ceux du verre éclaté, il y eut derrière eux le bruit d'une voiture, les grincements du bois et la voix du cocher, le martèlement des sabots sur la terre sèche. Les deux chevaux étaient couverts de sueur, ils avançaient au pas et les portières de la Berline étaient ouvertes. Le cocher ne regarda même pas les Revelli. Somnolent, le chapeau sur les yeux, il ne devait voir que l'échine des chevaux, mais après les avoir dépassés d'une centaine de mètres, la voiture s'arrêta. De l'homme qui était descendu Vincente n'aperçut d'abord que les lunettes cerclées d'or, puis la canne à pommeau d'argent, et barrant l'estomac la chaîne de montre, lourde, dorée. Il tendait la main à une femme qui soulevait sa robe noire, qui mettait avec précaution la pointe de son soulier sur le marchepied, puis sur la terre, et dont les doigts étaient dissimulés par des gants ajourés, blancs et longs. Le cocher sur son siège s'était retourné.

— Vous marchez depuis longtemps ? demanda l'homme.

— C'est le sixième jour, dit Carlo.

La dame s'approchait de Luigi, et ses doigts se perdaient dans les boucles noires du jeune Revelli, démêlant les cheveux collés par la sueur.

— Lui aussi ? interrogea-t-elle.

— Lui aussi, comme nous, dit Vincente.

— Mais c'est un enfant.

— Ils sont vigoureux, dit l'homme.

— Tu as quel âge ? demanda la dame.

Luigi haussait les épaules, se tournait vers Vincente.

— Il a dix ans, c'est notre frère.

— Et vous allez ? commença la dame.

— Bien sûr qu'ils vont à Nice, dit l'homme, où veux-tu qu'ils aillent, ils viennent tous, c'est leur rêve, ils s'imaginent que tout est facile, qu'ils vont faire fortune.

— Simplement manger, dit Vincente.

— Avance, dit Carlo en donnant à Luigi une bourrade.

Luigi se mit à marcher, lentement, se retournant souvent, laissant glisser sa main le long du flanc des chevaux, s'attardant près d'eux alors que déjà

Carlo et Vincente étaient loin, que Vincente lui criait : « Allons, viens. »

La route s'élevait rapidement au milieu des arbustes, le soleil tombait droit sur les nuques et le chant des cigales avait une épaisseur, comme s'il était une couche de matière bruissante, étendue au-dessus du sol, invisible mais dans laquelle la tête était plongée et dont elle ne pouvait se dégager. Les Revelli marchaient. Carlo lui-même avait baissé la tête. Ils avançaient, obstinés, résolus. Ils n'entendirent même pas la voiture qui les avait rejoints, qui roulait derrière eux. Le cocher les interpella de la voix dont il parlait aux chevaux. L'homme était penché à la portière.

— Nous allons à Nice, dit-il, montez. Un avec le cocher, un derrière, sur le coffre, nous prendrons le gosse.

La dame se penchait aussi, ses cheveux, noués en chignon très haut sur la nuque, étaient parcourus de mèches grises qui se perdaient dans le noir brillant des autres mèches.

Carlo s'était arrêté, les mains passées dans sa large ceinture, les jambes écartées.

— S'ils veulent monter, dit-il.

Vincente et Luigi s'étaient rapprochés de leur frère.

— Qu'est-ce que vous racontez ? dit l'homme.

Il se mit à rire, se tourna vers la dame.

— Tu les entends.

— Votre jeune frère est fatigué, dit-elle, laissez-le monter.

Elle descendit de la voiture, prit Luigi par l'épaule.

— Mon mari est le docteur Merani, dit-elle, nous sommes à Nice au 18, rue Saint-François-de-Paule, tout le monde connaît le docteur Merani, si vous ne voulez pas monter, je garderai ce garçon jusqu'à votre arrivée.

Vincente regardait les mains sous la dentelle blanche.

— Qu'ils montent eux aussi, dit le docteur Merani, qu'est-ce que c'est que ces comédies ?

Vincente se pencha vers Luigi.

— Va, dit-il, nous serons là-bas demain.

Il se redressa.

— Nous finirons la route à pied.

Le docteur Merani s'était rencogné dans la voiture ; avec sa canne il battait le marchepied. Carlo marchait déjà. Il y eut le claquement des portières, le beuglement du cocher, le grincement des roues. La voiture dépassa Carlo et Vincente, Luigi était à la portière. « Venez », semblait-il dire par ses gestes de la main, mais il n'osait pas crier.

Les deux frères marchèrent côte à côte, plus vite, dans le soleil immobile des milieux d'après-midi, puis vers la fin de la journée, alors que l'horizon passait du bleu au rouge en une vibration insensible de teintes, se recouvrant l'une l'autre au fur et à mesure que la nuit gagnait, le ton grave des rouges l'emportant peu à peu, ils s'arrêtèrent près d'un mur en ruine. Devant eux, enfin, ils aperçurent l'arc ouvert, profil d'une embarcation légère, l'un de ces esquifs qu'on voit sur les poteries grecques, à peine soulevés par la vague, la ligne courbe enveloppant l'horizon, la baie des Anges. Et Nice dont ils distinguaient les terrasses des Ponchettes, surfaces blanches soulignant le dessin du rivage, les toits couleur sanguine serrés autour du dôme des églises qui, couverts de tuiles vernissées, faisaient un instant renaître la lumière violente.

— Voilà, dit Carlo.

Il prit en courant un sentier qui, raide, descendait vers la baie. Vincente regardait la baie, la ville, et le rouge là-bas, sur les collines de l'Ouest comme tombe un rideau d'opéra. Il faisait nuit quand ils entrèrent dans la ville après avoir traversé une large étendue d'ombre et d'eau où ils devinèrent des cultures maraîchères, de longs alignements de bambous, quelques arbres. Puis ils prirent une rue droite, la tête pleine encore du coassement des grenouilles qui peut-être continuait dans ces ruisseaux courant de part et d'autre de la chaussée. De place en place, un bec de gaz, et des femmes en groupe assises sur des chaises paillées, des silhouettes aux vêtements noirs, aux cheveux blancs, dont les mains remuaient inlassablement, dentelle, tricot ou chapelet. Elles levaient la tête quand Carlo et Vincente passaient devant elles, elles échangeaient plus vite quelques phrases puis elles reprenaient leurs murmures, coassement un temps interrompu.

Au bout de la rue, la place. Des arcades, des platanes, une fontaine et des bruits de voix. Les frères Revelli par la rue de la République venaient d'atteindre la place Garibaldi.

— Viens, dit Carlo.

Il était attiré par une lumière plus vive, d'un jaune brûlant que renvoyaient des miroirs placés dans une vitrine où sur le fond rouge se détachaient de grandes affiches représentant des femmes enveloppées de châles multicolores, gitanes de théâtre qui esquissaient des pas de danse. C'était le café de Turin.

La porte vitrée était à double battant et chaque fois qu'elle s'ouvrait on entendait des applaudissements, les refrains d'un piano mécanique en même temps que le son aigre d'une flûte et le tintement d'une cimbale. Vincente était surtout sensible aux odeurs, sueurs, alcool, tabac, sciure humide aussi.

— Il faudrait dormir, dit-il.

Carlo fouillait dans sa musette, en sortait le gros

porte-monnaie de cuir flétri que la mère avait porté sur elle jusqu'à sa mort.

— Ce n'est pas tous les jours qu'on arrive, dit-il.

Il prit deux pièces d'or dans le porte-monnaie. Le tendit à Vincente :

— Garde-le, toi, dit-il.

Ils s'étaient approchés de la porte.

— Tu entres ? demanda Vincente.

Carlo ne répondit pas. Il poussait la porte, et Vincente le suivait, pénétrant dans ce volume imprécis de fumée et de rumeurs. Au fond, sur une scène, des femmes se tenaient par la taille et chantaient. Des hommes à demi couchés sur les tables rondes paraissaient rêver. Un serveur bouscula les Revelli. « Place les paysans, place, de l'air, de l'air. »

Ils trouvèrent une table dans un angle. Un vieux, mais était-il vraiment vieux ? sa figure était simplement ridée, couverte d'une barbe à demi rasée, blanche par places, se tourna vers eux.

— Vous venez d'où, Mondovi ? À pied ?

Il n'écouta pas leur réponse, chiquant, crachant sur la sciure répandue sur le dallage de brique, en forme de losange.

— Qu'est-ce que vous savez faire ?

— On veut travailler, dit Vincente.

— Demain sur la place Garibaldi, à sept heures, on embauche. Vous verrez les autres, il n'y a qu'à attendre.

Carlo semblait ne pas écouter. Il fixait la scène, le mouvement des jupes rouges, des jambes gainées de noir. Le martèlement cadencé des danseuses sautant sur les planches comme les pulsations rapides du cœur.

— Vous savez où dormir ? continuait le vieux. Il y a l'hôtel du Chapeau rouge, de l'autre côté du Paillon, c'est la rivière. Mais elle est toujours à sec. Là-bas vous pourrez dormir.

22

— Va, dit Carlo à Vincente, demain matin sur la place, à sept heures.

Rejeté comme autrefois, quand Vincente voulait accompagner Carlo, quel âge pouvait-il avoir alors, douze ans et Carlo vingt. Vincente commençait à marcher près de lui : « Je viens avec toi, Carlo, laisse-moi, je viens. » Carlo caressait sa moustache qui tirait sur le roux, « fous le camp », disait-il en desserrant à peine les lèvres, « tu sens encore le lait, fous le camp ».

Vincente insistait, recevait un coup de pied mais il s'obstinait, suivant Carlo dans les rues étroites qui montaient de Mondovi-la-Basse à Mondovi-la-Haute, vers la place à pans coupés, belle comme le triptyque doré. Carlo alors, sans même un mot, se baissait rapidement, prenait une pierre et la lançait vers Vincente, non pas pour l'avertir mais pour l'atteindre et avant même que Vincente ait compris, Carlo courait vers lui, dévalant la pente, le rattrapant, le prenant aux épaules, le bourrant de coups de genou dans les reins, de coups de poing dans les épaules, « j'ai dit fous le camp ».

Vincente s'asseyait sur une borne, regardait son frère s'éloigner et ne pouvait lui en vouloir. Il trouvait même juste que Carlo le frappât, c'était la loi. Lui ne l'appliquait pas à Luigi. Mais il n'était pas l'aîné des Revelli, seulement le second.

Carlo répéta :

— Va te coucher, cherche cet hôtel et demain à sept heures sur la place, tu trouveras, pense aussi à Luigi.

C'était sans appel. Mais il y avait la ville inconnue encore, cette rumeur du café, ces lumières qui retenaient comme de la glu. Carlo se retourna vers Vincente et celui-ci se leva.

— Tu vas vers la rivière, dit le vieux, il y a un pont, l'église du Vœu et tout à côté, l'hôtel du Chapeau rouge.

Vincente retint la porte du café, il resta un instant, regardant la salle, enveloppé encore par la musique et la fumée.

Carlo se dirigeait vers les tables près de la scène, où des jeunes gens, le visage rouge, interpellaient les danseuses et riaient en se donnant des bourrades. Carlo s'assit près d'eux, sa musette dans le dos, et quand Vincente le vit lancer une pièce d'or sur la table, il laissa retomber la porte.

Le silence, la lumière prisonnière des arcades entourant la place. Vincente la traversa, il vit une rue qui descendait sans doute vers la rivière et la suivit. Mais au bout, il y avait le port, l'éclat intermittent du phare, le ressac contre la jetée et au bord des quais qu'il se mit à longer, le heurt sourd des coques protégées par de gros sacs de corde tressée, le craquement du pont des barcasses et des tartanes, l'odeur de la mer, neuve pour Vincente, et qu'il se mit à aimer, lui qui n'avait vu que les collines et les montagnes, qui avait couru de châtaignier en châtaignier cependant que son père plaçait dans un panier d'osier les cèpes bruns, fibreux et moelleux comme de la viande trop fraîche. Vincente eut envie de toucher la mer et s'éloignant du port, remontant vers une masse rocheuse, haute et hostile qui tombait comme un cap, fermant la vue du côté de l'ouest, il trouva une route étroite qui, à flanc de falaise, contournait le rocher, surplombait la mer et les vagues qui s'engouffraient dans les dentelures du cap. Quand il fut à sa pointe, Vincente vit à nouveau devant lui la baie des Anges, la mer dans un miroitement d'écailles. Il descendit vers la grève, se déchaussa, entra dans l'eau fraîche et se mit à lancer des cailloux au plus loin qu'il pouvait, faisant éclater en gerbes les pans de lumière. Il marcha ainsi au bord de l'eau. Des barques étaient serrées l'une contre l'autre sur la grève, à demi recouvertes par des bâches. Vincente se glissa dans l'une d'elles et recroquevillé, la musette sous la tête, dans l'odeur de sel et le bruit de l'eau, il s'endormit pour la première fois loin des forêts.

Dans l'aube voilée de ce mois d'octobre 1888, les pêcheurs le réveillèrent. Ils étaient pieds nus, les pantalons de lourde toile retroussés sur les mollets. Ils faisaient glisser les barques vers la mer.

— Qu'est-ce que tu fous ? Allez, sors de là.

Ils étaient sans colère.

— Pousse.

Certains montaient dans les barques avant même qu'elles aient atteint l'eau, d'autres sautaient lestement alors que la vague battait déjà leurs genoux. Vincente s'assit, les regardant s'éloigner cependant que le soleil dessinait la baie à grands coups de lumière blonde. Des femmes vinrent peu après, s'asseyant sur les filets qu'elles commençaient à recoudre. Elles étaient, elles aussi, en noir, un foulard serrant leur front.

— Tu viens de la montagne ?

— Je cherche du travail.

— Tire les barques quand ils rentrent, et ils te donneront du poisson.

Elles parlaient entre elles, sans que Vincente puisse comprendre, l'une d'elles parfois levait son visage et son cou vers le ciel et riait fort, avec tout le haut du corps, puis brutalement elle cessait, à nouveau courbée, les doigts glissant entre les mailles couleur de sang séché des filets.

Vincente n'eut pas le sentiment d'attendre. Le soleil de plus en plus chaud l'engourdissait, il était obligé de fermer les yeux pour affronter cette lumière qui bruissait sur la mer à peine craquelée. Trop de couleurs aussi, trop franches, pour lui qui venait du brouillard et du gris.

Peut-être s'endormit-il, assis, appuyé sur les coudes, rêva-t-il, ou bien c'était le visage de l'une de ces femmes qui lui faisait se souvenir, la mère penchée sur le lit, étendant au-dessus d'une couverture noire une dentelle blanche, celle qui restait pliée dans l'armoire, celle qu'une vieille grand-mère, de qui ? qui était morte ? quand ? avait brodée, assise, silencieuse dans un coin pour se faire oublier, et la mère étendait la dentelle blanche, des roses de fil, leurs pétales pris dans la trame d'une toile d'araignée. La mère lissait la dentelle sur la couverture noire. Et les hommes en costume de velours, leur casquette enfoncée dans les poches de la veste, avaient posé précautionneusement le corps du père. Puis ils étaient restés debout les uns contre les autres dans la cuisine, leurs mains aux doigts crevassés pendant le long du corps, et l'un d'eux avait pris Vincente contre lui, cette main se posant sur le cou de l'enfant, chaude et rugueuse, caressant les joues, les cheveux, et Vincente s'était appuyé à cet homme de velours, osant regarder par la porte ouverte, sur le lit, posé sur la dentelle blanche, le corps du père, qu'un tronc roulant sur une pente, bondissant de ressaut en ressaut, avait frappé, couché parmi les arbres abattus. Et les mains qui avaient levé la hache, les mains de bois dur et d'acier, étaient prises, poissons morts entre les mailles.

Il y eut un appel, un autre qui semblait un écho roulant à ras des vagues, Vincente sursauta. Les barques étaient à une centaine de mètres, un homme debout à leur proue ; les femmes s'avançaient dans l'eau tenant leur jupe d'une main ; des hommes souvent vieux disposaient sur la grève des rondins de bois usé. Quand l'amarre eut été jetée, que des pêcheurs sautant dans l'eau eurent commencé de tirer les barques, Vincente se joignit à eux, scandant avec eux les « oh issa » qui, peu à peu, faisaient surgir, blanche et bleue, la coque ventrue des embarcations. Chaque barque une fois immobilisée attirait les silhouettes noires des femmes et des vieux penchés sur les filets brillants d'eau et de vie ; ils semblaient avides, impossibles à éloigner ; écartés un instant par les pêcheurs, d'un geste, d'une exclamation, ils s'agglutinaient à nouveau, leurs mains, leurs yeux pour prendre, se rassurer.

Vincente restait un peu en retrait, sa musette déjà sur l'épaule, hésitant à partir pourtant. Une femme s'approcha, un paquet de papier gris, grossier, tendu vers lui.

— Tiens.

Il ouvrit les mains, la femme posait brutalement le paquet dans ses paumes et avant même qu'il eût pu la remercier, elle était à nouveau une silhouette penchée sur la barque avec les autres. Et Vincente regardait les trois poissons aux écailles roses qu'elle lui avait donnés, et dont les ouïes ouvertes étaient des plaies profondes.

Alors Vincente s'éloigna, longeant le bord de la mer, de cette baie si largement échancrée. Il marchait vite, enfonçant ses talons dans les graviers humides qui marquent la limite du ressac. Il faisait souvent un écart, sautant de côté pour éviter une vague plus longue mais délibérément, à deux ou trois reprises, il laissa l'écume recouvrir ses souliers. Écume blanche comme les flocons de laine de cette belle couverture dont la mère avait enveloppé Luigi, le jour du baptême, dans l'église de Mondovi-la-Haute. Et ce premier matin dans Nice était jour de baptême.

Sur la longue plage qu'il parcourut, Vincente ne rencontra qu'un autre groupe de femmes. Elles attendaient les pêcheurs dont les embarcations étaient encore éloignées mais dont les voix semblaient proches, glissant au-dessus de la mer, portées par les vagues. Puis la plage s'interrompait, laissant place à une zone de sable gris, de roseaux, à une eau qui paraissait stagnante, et que rasaient des mouettes lourdes qui tout à coup avec des cris aigus s'élançaient en un vol étoilé vers le large. Un homme était là, seul, assis sur des rochers bas, peut-être des blocs fragmentés. De temps à autre, il se levait et lançait d'un geste nerveux un long fil qui se déroulait dans sa main comme un lasso. Au bout, Vincente, qui s'était approché, vit un hameçon aux quatre crocs enveloppés d'un chiffon rouge. L'homme s'asseyait après avoir lancé et tirait lentement, sans à-coups le fil vers lui. Vincente l'interrogea. Cette rivière qui débouchait ici dans la mer, c'était le Paillon et la rue Saint-François-de-Paule était là, proche, parallèle au rivage.

— Derrière les villas des Anglais, dit l'homme.

Il montrait des bâtiments blancs, entourés de palmiers qui dominaient la plage.

— Tu arrives ? demanda l'homme. Ta sœur, ta mère servent chez les bourgeois de la rue Saint-François ? Tu vas devenir cocher ? Ou maçon. Vous devenez tous maçons. Regarde, il y a à construire.

Il montrait le rivage, au-delà de l'embouchure, et Vincente distingua, à travers les arbres — des palmiers, des pins —, des échafaudages, troncs grêles et nus.

— Ils construisent, ils construisent, ils mangent même la mer.

À quelques centaines de mètres à l'ouest, des embarcations plates, des barges, des péniches étaient surmontées de palans, et sur l'une une sorte de machine haute, avec un levier qui ressemblait, une masse de fonte placée à l'une de ses extrémités, à un gros marteau dressé, prêt à retomber. Elles étaient amarrées à une plate-forme de poutrelles noircies faisant comme un embarcadère lancé dans la mer depuis le rivage.

— Quand ils auront mangé la mer, qu'est-ce qui te donnera ça ?

Il montrait les poissons que Vincente tenait toujours dans ses mains.

— Ils vont reconstruire le Casino, une jetée, ça a brûlé une fois mais ils recommencent, ils enfoncent des piliers comme des clous, c'est pas pour toi, c'est pas pour moi.

Tout à coup il se dressa, donna un coup sec à son fil et se mit à tirer vite, des deux mains, le fil se tendait comme si une force résistait puis, peu à peu, l'homme lâchant parfois quelques mètres — et le fil alors se déroulait — reprenant, tirant régulièrement, il n'y eut plus dans l'eau qu'une petite longueur de corde.

— Aide-moi.

Vincente lui passa une sorte de harpon, que l'homme glissa sous son bras, et en deux trois mouvements, tirant son fil de la main gauche, jouant avec son harpon de la main droite, il sortit de l'eau un poulpe gris, dont Vincente se demanda ce que c'était, comment il pouvait être là, accroché stupidement par l'un des crocs, le chiffon rouge enfoncé dans cette masse gélatineuse qui se dilatait et se rétractait, gluante.

— Il est beau, dit l'homme.

Il le prit à pleines mains, le retourna comme un fruit qu'on ouvre, les tentacules retombaient autour du bras de l'homme et Vincente en éprouva un frisson, mais avec violence le pêcheur jeta le poulpe sur le rocher, le ramassa, le jeta encore, plusieurs fois.

— Ça se mange, tu sais, dit l'homme, on le frappe, on lui casse tous ses petits nerfs, on le frappe fort, longtemps.

Il riait, tenant le poulpe dans sa main, le soupe-
sant :

— Tu es tout jeune, dit-il, tu viens de ta montagne, tu sais rien, vous savez rien vous autres les
Piémontais, vous savez travailler, ah ça, vous savez,
on vous met un marteau entre les mains et vous
cassez les pierres, une truelle et vous gâchez du
plâtre, ah oui, vous savez transpirer, vous savez travailler, comme des mulets. Tu es pas un mulet ?

Il avait fait à ses pieds un tas ordonné de la
corde.

— Ecarte-toi.

Il commença à faire tourner son bras au-dessus
de la tête et l'hameçon habillé de rouge zébra l'air,
heurtant durement la vague.

— Travaille bien, dit l'homme comme Vincente
s'éloignait. Sois un bon maçon.

Et cette phrase s'accrochait à Vincente, il
haussait les épaules d'un mouvement instinctif
comme pour se débarrasser d'un objet qui pesait,
mais à chaque geste alors qu'il escaladait le talus,
quittant la plage, elle le gênait davantage. Il se
retourna. L'homme était debout sur son rocher,
lançant à nouveau vers l'horizon d'un mouvement
souple qui incurvait son corps cette fleur rouge
dont la trajectoire se perdait dans le soleil.

Sur la promenade au-dessus du rivage, entre les
palmiers et les lauriers-roses, passait un fiacre, lentement, avec, à demi étendu sur les sièges, un
homme vieux, au teint couleur brique, sans
chapeau et tout habillé de blanc. Le cocher était
une masse noirâtre, une accumulation de boursouflures. Et Vincente regardant s'éloigner la voiture
sut qu'il ne serait jamais cocher. Maçon peut-être,
jamais cocher.

Quand il trouva la maison du docteur Merani,
rue Saint-François-de-Paule, Vincente avait oublié

le pêcheur et le fiacre. Le contraste était grand entre le rivage, la promenade du bord de mer découpée en angles vifs par la lumière solaire et cette rue encore noyée dans l'ombre, fraîche et pourtant si proche de la mer. Rue cossue, austère, avec au bout, vers l'est, un rocher dominé par une tour féodale, sans doute le cap que Vincente avait longé, venant du port. Le docteur habitait une construction de trois étages, ornée de bas-reliefs, de cariatides ; les balcons du troisième étage étaient soutenus par des pattes de lions. Au-dessus de la porte de chêne, dans une mosaïque verte et bleue, était inscrit « Maison Merani ». Une jeune femme astiquait les poignées et le heurtoir de cuivre de la porte. Elle s'accroupissait pour polir les barres de cuivre du soubassement, puis elle se dressait sur la pointe des pieds. On la devinait musclée, nerveuse, sa robe grise serrée à la taille dessinait son corps et comme ses manches étaient retroussées, Vincente vit sa peau brune recouverte d'un léger duvet.

Elle se retourna avec vivacité, baissant d'un seul geste les manches de sa robe, regardant droit dans les yeux, sévère, un pli profond partageant son front, deux légères rides griffant ses joues de part et d'autre de la bouche.

Vincente commença à parler, mais elle l'interrompit sans que son visage se détendît :

— Vous êtes le frère de l'autre, ceux qui sont si fiers, qui préfèrent marcher, Madame m'a raconté.

Elle lui fit signe de la suivre. Ils longèrent la façade, entrèrent sous un porche qui donnait dans une cour pavée. Un puits, sur l'un des côtés, des hangars faisant face à l'entrée et par un portail ouvert, Vincente vit la berline qui s'était arrêtée sur la route, le sixième jour.

— Il doit dormir encore.

La jeune femme guidait Vincente. Au-dessus des

hangars il y avait de petites fenêtres, celles des logements des domestiques. Un vieux couple que Vincente croisa dans le couloir. Vincente reconnut le cocher.

— C'est l'autre, dit l'homme à sa femme. Alors, bien marché ?

La jeune femme ouvrait une porte et Vincente vit son frère qui dormait, les bras écartés, étendu en travers d'un grand lit. Il avait seulement enlevé ses chaussures.

— Il est sale, dit la jeune femme.

Elle poussait les volets.

— Il n'a pas voulu se laver. À la ville, on se lave.

Vincente secoua son frère violemment.

— Debout Luigi, on s'en va, debout.

Luigi se réveillait lentement, frottant ses yeux avec le revers de la main, Vincente le prit par la chemise, l'assit de force, le poussa hors du lit.

— Qu'est-ce que tu attends ? J'ai dit debout.

Luigi se dégagea et Vincente, du revers de la main, lui donna une gifle qui atteignit le bas de la joue et les lèvres. Un geste échappé, tant de fois subi, vu, quand le père rentrait, qu'il voulait que le silence s'établisse et que tout à coup, sans raison, il saisissait Carlo ou Vincente et les giflait à toute volée, comme s'ils avaient été l'un de ces arbres à abattre. Et maintenant c'était Vincente qui donnait des coups. Parce que Luigi était le frère, qu'en le frappant on se frappait soi. On faisait sortir cette colère contre les autres qu'on n'osait pas atteindre.

La jeune femme repoussa Vincente. Elle avait une moue de mépris.

— Laissez-le.

Elle s'était placée entre Vincente et Luigi, faisant face à Vincente, et il recula, honteux d'avoir répété ce geste qui l'avait révolté, là-bas, chez eux, quand son père, pour se venger de quoi ? de qui ? les poursuivait la rage au bout des doigts. Puis il s'asseyait près du fourneau, silencieux, la pipe serrée au coin de la bouche, les yeux dans les flammes et Vincente blotti dans un coin de la cuisine se mettait alors à pleurer, non pas des coups reçus mais de cette fatigue tombée sur le corps du père immobile et il avait envie de lui crier « frappe-moi, tu as raison, frappe-moi si cela te rend la force ».

— Ne le touchez plus, disait la jeune femme.

— Il doit venir avec moi, dit Vincente à voix basse.

— Où allez-vous dormir ?

Vincente haussa les épaules.

— Il ne fait pas froid ici, dit-il.

Elle prit Luigi par la main, résolue.

— Viens, nous allons voir Madame.

Avant de fermer la porte, elle se retourna.

— Il y a de l'eau dans le broc, vous sentez le poisson.

Vincente avait encore dans les mains les trois poissons que la femme lui avait donnés sur la plage. Il ouvrit la fenêtre, la cour commençait à être envahie par le soleil. En modifiant l'angle de la vitre, il réussit à se voir comme dans un miroir, la barbe drue, les cheveux ébouriffés, mais le reflet de son visage lui donna une bouffée d'assurance et presque de gaieté ; il posa les poissons sur le rebord de la fenêtre, il versa de l'eau dans la cuvette de marbre blanc veiné de sinuosités grises, enleva sa veste, et commença à s'asperger le cou, les cheveux, à se frotter les avant-bras ; le soleil jouait sur le marbre et Vincente se mit à fredonner.

— Très bien, très bien.

Il se retourna. La dame de la berline, dans une longue chemise de nuit blanche, les épaules recouvertes d'un châle, était dans l'encadrement de la porte, tenant Luigi par l'épaule.

— On se lave, c'est très bien.

Elle avait les cheveux défaits, et ils tombaient jusqu'au milieu du dos, les mèches grises couvrant les noires, plus vieille ainsi mais peut-être plus belle.

— Alors vous frappez votre frère, vous ne savez pas où dormir ?

Elle se tourna vers la jeune femme.

— Ferme la porte Lisa.

Un sourire ironique transformant son visage, Lisa ferma la porte puis s'y adossa, cependant que Madame Merani s'asseyait sur le lit.

— Vous avez quel âge, vingt ans ?

Vincente fit oui de la tête.

— Nous avons besoin de quelqu'un comme vous, vigoureux, qui pourrait soigner les chevaux, aider pour les gros travaux, monter à notre campagne de Gairaut, qu'est-ce que tu en penses Lisa ?

La jeune femme était à nouveau sévère, bras croisés, visage sans expression.

— Nous te logerions ici avec Luigi, ton autre frère, lui, se débrouillera, c'est le plus vieux.

— Il faut que je le voie, dit Vincente.

— Et toi Luigi, tu veux rester ici, tu feras les courses du docteur ?

Luigi regarda son frère.

— Je ne veux pas être cocher, dit Vincente. Mon père était bûcheron. J'ai été à la manufacture de porcelaine. Je suis ouvrier. Pas domestique.

Madame Merani se leva.

— Qu'est-ce que ça veut dire ouvrier, domestique ? Je veux quelqu'un qui ait envie de travailler ici et à la campagne. Tu ne seras pas cocher, mais tu devras aussi conduire la voiture. Réfléchis. Tu as jusqu'à ce soir. Va voir ton frère. Parlez entre vous. Tu sais...

Elle avait ouvert la porte.

— Tu sais, la chance ne passe qu'une fois.

Elle fit quelques pas dans le couloir, revint.

— Ne sois pas si fier. Je te tutoie ; tu as l'âge que pourrait avoir mon fils s'il vivait — elle se signa. Aussi je le dis pour toi. Ne sois pas si fier, quand on est pauvre on ne doit pas être fier...

2

Carlo plongea ses deux mains dans la vasque qui, au centre de la place Garibaldi, recueillait les eaux d'une haute fontaine de bronze. Il se lava vigoureusement le visage, évitant de frotter la pommette gauche qui devait être enflée, après le coup de tête qu'il avait reçu. Un gars au poil noir, trapu, l'avait provoqué juste devant la scène, au café Turin ; ils s'étaient empoignés, l'autre bondissant et frappant avec son crâne la pommette de Carlo ; on les avait poussés dehors, ils s'étaient insultés sous les arcades, puis le bonhomme était parti titubant et Carlo avait croisé une fille, dans une rue proche de la place. Elle l'avait entraîné. Il s'était retrouvé dans une soupente, la fille le caressant, et lui riait parce qu'elle connaissait le corps de l'homme, savait comment il faut le prendre et qu'il avait toujours rêvé de cela, une femme experte, comme on disait à Mondovi qu'il en existait à Turin ou à Bologne, et il riait aussi parce qu'il avait donné son porte-monnaie avec les dernières pièces à Vincente et qu'il ne pourrait pas payer la fille, qu'il allait l'avoir pour rien.

— Donne-moi quelque chose, donne.

Elle touchait ses poches, fouillait dans la musette et tout à coup elle s'était écartée, son ombre grandissant sur la cloison oblique dans la lumière tremblante de la lampe à huile.

— Tu n'as rien, disait-elle.

Et c'était presque un cri.

— Tu n'as rien, salaud.

Elle l'agrippait par sa chemise, et Carlo secouait la tête, riait. Elle s'était mise à lui frapper la poitrine de ses poings fermés et Carlo aimait le bruit mat des poings qui résonnait dans son corps.

— Tu n'as rien ! Salaud, salaud.

Elle était contre lui secouée de spasmes nerveux et ses cris ressemblaient à des sanglots. Carlo cessa de rire, se tendit ; il la saisit aux poignets, la secoua.

— Arrête, dit-il.

La fille maintenant pleurait doucement, répétant « salaud, salaud ». Il serra ses poignets ; ils étaient minces, il semblait à Carlo qu'il pouvait s'il le voulait les briser. Il ouvrit ses mains, enveloppa la fille de son bras droit, la colla contre lui et se mit à l'embrasser, à la racine des cheveux, contre l'oreille.

— J'ai plus d'argent, murmurait-il, je suis arrivé ce soir de là-bas.

— Tu es d'où ?

Elle reniflait, restait contre lui, immobile, calmée.

— Mondovi.

— Nous sommes de là-bas aussi. Ma mère est venue...

Carlo continuait à l'embrasser, tendrement, et d'être doux ainsi avec elle faisait naître le calme en lui, comme ce jour où, entrant dans une cour de ferme, il avait aperçu une femme debout les mains sur les hanches qui le regardait. Il avait un peu plus de seize ans, il traînait dans la campagne, chapardant, refusant de travailler à la manufacture de porcelaine, suivant parfois son père dans les hautes coupes de bois, vers les sommets, puis le quittant quand il en avait assez du bruit de la cognée résonnant dans la futaie. La fermière s'était avancée vers lui, sous le ciel de l'été piémontais, quand l'orage est là, qu'il ne crève pas et que pourtant l'air a l'épaisseur pesante d'un rideau poussiéreux ; Carlo avait continué à marcher vers elle et sans qu'ils se disent rien, alors qu'ils ne s'étaient jamais vus, ils savaient l'un et l'autre ce qu'ils voulaient. Elle était la femme qui s'offrait à la vigueur neuve et il avait posé une main sur sa poitrine. Il était calme, sûr de lui. Il l'avait suivie dans une chambre aux volets clos. Mais la lumière passait cependant entre les fissures du bois. Il avait vu la femme soulever sa jupe, s'en couvrir presque le visage, et ainsi alors qu'elle avait les reins appuyés au bord du lit, cambrée, il était entré en elle ; il entendait encore le cri rauque qu'elle avait poussé. Une voix claire avait surgi de lui, presque en même temps que la certitude, la sensation qu'il était l'un de ces arbres si droits, si souverains que les bûcherons ne les abattent pas. Ils tournent autour d'eux, respectueux, les mains nues, touchant l'écorce, flattant le tronc.

Ce soir-là, dans la cuisine, le père avait voulu le gifler, pour rien, un bruit, Carlo s'était levé, poings serrés, bras le long du corps, lourds comme des glaives. Et la mère avait tout de suite compris, s'interposant.

— C'est un homme, avait-elle dit. Tu ne dois plus.

Le père était sorti. Peu après l'orage avait éclaté, un souffle froid d'abord, faisant battre la porte, puis les gouttes projetées sur le sol ; s'écrasant avec le bruit mat, pareilles à des fruits trop mûrs. L'obscurité aussi, pas celle de la nuit, autre, inquiétante, avec des reflets violets sur les nuages déchirés.

— Va le chercher, avait dit la mère.

Elle lui avait tendu le grand parapluie noir sous lequel on pouvait se blottir à trois. Mais Carlo avait secoué la tête, restant debout près de la table, et c'était la mère qui avait ouvert le parapluie, les gouttes le martelant.

— Viens avec moi.

Elle avait tenté de lui prendre le bras et Carlo aurait voulu céder, mais il était incapable de parler et de bouger, ne pouvant que refuser. Et la mère avait pris le chemin sous la pluie.

Carlo avait alors posé, près du fourneau, là où son père plaçait sa pipe, le paquet de tabac que lui avait donné la fermière.

« Ne reviens jamais, avait-elle dit en lui tendant le paquet, ou je te fais jeter dehors par le valet, à coups de fourche. »

Calme, Carlo était sorti de chez lui, nu-tête, ne répondant pas à Vincente, marchant sans but dans la campagne balayée par la pluie. Plus tard, quand il était rentré, tous dormaient dans la maison. Il s'était couché près de Vincente et il lui avait semblé qu'au moment où le sommeil le gagnait, le père se penchait au-dessus de lui. Mais Carlo était trop las pour ouvrir les yeux.

Carlo gardait aussi les yeux fermés dans la soupente, allongé sur le lit étroit, cependant que la fille parlait, nue près de lui, la bouche posée contre son aisselle et c'est comme si la voix se perdait dans le corps de Carlo, comme si le mouvement des lèvres, pour dire des mots qu'il n'écoutait pas, n'avait été qu'une autre façon de l'embrasser. Elle avait posé sa main à plat sur la poitrine de Carlo et de temps à autre, elle le caressait, se blottissant plus encore contre lui ; « tu es fort », disait-elle, et elle se mettait à rire, « je suis petite », et elle riait encore.

Tôt le matin, le soleil entrant dans la soupente, Carlo s'était réveillé, se souvenant difficilement qu'il était à Nice, le visage lui faisant mal. La fille était assise, les jambes croisées, sur le lit. Ses cheveux noirs tombaient, de part et d'autre du visage, jusqu'aux seins. Elle regardait Carlo, passive.

— Tu es seule ? avait-il demandé.

Elle avait dit oui, la lèvre boudeuse, comme prise en faute. Ils étaient sortis alors que passaient les premiers charrois qui montaient du port, chargés de charbon, de tonneaux, les charretiers insultant et stimulant les bêtes de leurs jurons hurlés. Sur le port, le travail avait commencé. Le pont des tartanes arrivait au ras des quais et des dockers faisaient rouler les tonneaux, ou avançaient pliés sous des sacs de blé.

— J'ai faim, dit la fille.

Elle avait relevé ses cheveux qui formaient une boule irrégulière d'où s'échappaient des mèches qu'elle tentait d'un geste machinal de rassembler.

— Comment tu t'appelles ?

Carlo aussi avait faim. À la campagne, tout est plus simple. Il lui suffisait de sauter un fossé, de franchir un mur, pour remplir sa chemise de pommes aigres ou de prunes.

— Maria, dit-elle. J'ai rien, je comptais sur toi.

Elle s'était remise à rire, pendue à son bras.

— Salaud de paysan.

Ils s'étaient arrêtés devant la baraque qui servait de bureau d'embauche des dockers. Mais un groupe d'hommes aux vêtements délavés attendaient déjà, les bras croisés, certains assis sur des planches entassées : trop de mains, trop de dos, comme à Mondovi, comme à Turin ; trop d'hommes qui ont besoin de pain.

Carlo cracha.

— Partout pareil, dit-il.

— Tu croyais quoi ?

Plus rien maintenant. Il suffisait de voir ces hommes silencieux, pour comprendre que l'attente allait reprendre, comme là-bas.

« Qu'on me donne une hache et des arbres et ils verront si je ne peux plus », disait le père certains mois quand le travail manquait, qu'on le trouvait trop vieux et que l'attente devenait une maladie sourde. Enfin, un matin, on était venu le chercher : « Toi aussi Revelli, monte. »

Il avait sauté sur la charrette et les bûcherons lui avaient fait place échangeant de grandes tapes sur l'épaule. Ils partaient pour deux mois dans les hautes vallées.

Les camarades l'avaient ramené quelques jours plus tard. « C'était une coupe dangereuse », disaient-ils. Carlo l'avait remplacé le lendemain du jour où on l'avait porté en terre. Mais il n'y avait pas assez d'arbres pour tous ceux qui savaient tenir une hache. Et dès ce moment-là il avait décidé de quitter le pays.

Mais la mère, ses bras qu'elle nouait autour du cou de Carlo, « Ne nous laisse pas », disait-elle. Il lui caressait les cheveux, il ne répondait pas, il travaillait, bûcheron, maçon, paysan au moment des récoltes, charretier et même quelques mois, carrier, quand il revenait blanc, chaque parcelle du corps, chacun de ses poils, même ceux de la poitrine, même ceux du sexe, couverts d'une poussière fine qui s'incrustait dans les plis de la peau. Il occupait maintenant la place du père dans la cuisine et la mère le servait le premier. Il giflait Luigi, il ne regardait pas Vincente, qui gagnait sa part à la manufacture de porcelaine. Le soir, l'été, il montait vers la place de Mondovi-la-Haute, s'asseyant sur les murets, face au café que fréquentaient les bourgeois en veste et gilet noir.

Ils étaient une dizaine de jeunes hommes assis épaule contre épaule qui se connaissaient depuis l'enfance et qui disparaissaient les uns après les autres, ils partaient, vers la France, l'Argentine, l'Amérique, d'autres simplement vers Turin. L'un d'eux était revenu de Nice. « Du travail, disait-il, tant qu'on en veut, il y a les routes, la gare, le Palais qu'ils construisent dans la mer, et les maisons des Anglais. » Il avait saisi sa montre de gousset, « de l'argent, il y en a ». Il repartait bientôt pour là-bas. « Les femmes, c'est pas comme ici », ajoutait-il. Il racontait la fable de l'étrangère dans sa villa de Cimiez, une colline au-dessus de la ville, « elle veut son type, chaque nuit, un jeune, il lui en faut ». Il tendait l'avant-bras, poing fermé, et tous riaient. « Elle paye avec une montre. »

Quand la mère était morte, Carlo avait donné les quelques meubles aux cousins. Et ils étaient partis tous les trois, Vincente et Luigi marchant derrière Carlo.

— J'ai faim, répéta Maria.

Ils avaient quitté le port et traversé la vieille ville qui ressemblait à Mondovi avec ses ruelles, la place devant la cathédrale Sainte-Réparate, les escaliers qui montaient vers le château, un rocher couvert de végétation qui dominait à l'est le port et à l'ouest les toits agglutinés. Les épiciers ouvraient leur boutique. Ils plaçaient les tonneaux ouverts où marinaient des anchois, les petites olives noires de l'arrière-pays, la morue. Des blocs de lard aux larges raies rouges s'entassaient à côté de morceaux d'un fromage qu'on devinait dur, grumeleux, et qui avait l'aspect de certaines pierres éclatées.

— Marche, dit Carlo, retourne au port, à la baraque des dockers.

— Tu me laisses ?

Maria levait la tête vers lui. « Ne nous laisse pas », répétait la mère. Les femmes avaient toujours peur. Elles avaient faim. Elles pleuraient.

— Attends-moi là-bas.

Il fit quelques pas derrière elle, cependant

qu'elle se retournait, indécise, sa longue jupe vague, là où l'ourlet s'était défait, traînant sur le sol, son chemisier rouge, mal serré à la taille, froissé sous le châle. Puis elle ne se retourna plus, et il la devinait les yeux à demi fermés, marchant tête baissée, sans voir. Il se sentait différent, Carlo, il voulait voir, toujours, prendre même si cela fait mal. Il avait tendu son avant-bras dans la campagne à ce paysan qui hurlait : « Voleur, je vais te couper le poing. » Un autre tenait Carlo, lui serrant le cou dans la saignée du bras et lui enfonçant le genou dans les reins. Et Carlo criait : « Coupe. » Le paysan levait sa faux, gesticulait devant lui : « Voleur. » Puis comme pour se défendre contre lui-même il avait jeté sa faux, loin dans les blés et avait saisi sa ceinture en donnant à deux mains des coups sur les jambes et le visage de Carlo. Quand ils l'avaient lâché, il avait le visage couvert d'ecchymoses, les jambes meurtries et griffées. Il s'était lavé dans un ruisseau, avait attendu la nuit couché sous un arbre et avant de rentrer chez lui, par défi, il avait escaladé le mur de clôture du paysan. Les chiens aboyaient dans la cour, un volet battait quelque part sur la façade des bâtiments de la ferme mais Carlo avait sauté, trouvé le hangar où l'on place les outils et il avait emporté une faux, la jetant plus tard dans un fourré, loin, alors qu'il arrivait déjà aux premières maisons de Mondovi-la-Basse.

Un jour qu'il travaillait comme carrier, à l'heure de la pause, cependant qu'il mangeait le pain et le fromage eux aussi recouverts de poussière, ce qui leur donnait un goût de terre, il avait vu près de la galerie de mine un ouvrier avancer courbé, se dissimulant, la chemise gonflée. D'avoir volé donne un instinct. Carlo s'était levé, l'avait suivi. Mais l'autre était aussi aux aguets et après quelques mètres il lui avait fait face, tous deux accroupis pour ne pas être découverts, tous deux s'observant.

— Qu'est-ce que tu as pris ?

— Fous le camp.

— Partage.

L'autre avait sorti un couteau.

— Viens le prendre.

Carlo avait estimé l'adversaire. Nerveux mais pas assez lourd, encombré par ce qu'il cachait dans sa chemise. Il avait brusquement jeté de la terre, une pleine main de terre fine, blanchâtre, soulevée du bout des doigts et envoyée dans le visage de l'autre. Avant qu'il ait pu reculer, Carlo était sur lui, le couchant sur le sol, bloquant ses bras avec les genoux.

— Je prends, disait Carlo.

Et il ouvrait la chemise, découvrant les bâtons de dynamite, ronds et longs comme des bougies. Carlo se taisait cependant que l'autre sous lui toussait, tentait de se dégager.

— Explique-moi, demandait Carlo.

— Qu'est-ce que tu cherches ?

— Je veux savoir.

Carlo se redressait, s'asseyait sur le sol et l'autre en face de lui, les yeux rouges, boutonnait sa chemise.

— Viens ce soir, dans ma baraque.

Près du chantier, l'entreprise avait construit deux baraques de planches où couchaient sur des bat-flanc les ouvriers. Au centre une table grossière, un poêle sur lequel les plus vieux faisaient chauffer des gamelles. Les jeunes se contentaient de pain, de fromage, de vin. Carlo avait retrouvé le carrier. Ils étaient allés s'asseoir à l'écart, à la lisière de la zone de végétation couverte de poussière et rongée peu à peu par la carrière.

— Qu'est-ce que tu veux savoir ?

Carlo avait ouvert les mains en signe d'indifférence.

— La dynamite ça se mange pas, avait-il dit. Tu la revends ?

— Tu crois qu'il n'y a que manger et vendre ?

Carlo avait pris son sexe à pleine main.

— Ça aussi.

— Tu es une bête alors.

Ils avaient parlé une partie de la nuit. Le carrier parlait bien. Il était provocant.

— Tu sais compter ? Tu sais lire ? Tu es vraiment une bête.

Lui savait. Il disait que les jours de paye ceux qui ne savaient pas lire, on les volait toujours. « Tu te laisses tondre. Si tu veux, je vais t'apprendre, c'est facile, ils ne pourront plus te baiser. Mais tu aimes peut-être ça ? »

À deux ou trois reprises Carlo avait fermé les poings. Mais le carrier se mettait à rire : « Je ne suis pas ton ennemi, te trompe pas. » Et il disait : « La guerre, tu vois, c'est la guerre entre toi et ceux d'en haut. Toujours. N'oublie pas. Ils te volent. Et si tu voles un peu, ils t'enferment. Tu comprends ? Seulement il y a trop de moutons, alors ils ont la vie belle. Ils engraissent. Il faut qu'ils nous mesurent le pain, tu comprends, comme ça ils nous tiennent. La dynamite, y a des camarades à Turin qui en ont besoin. »

Le carrier parlait bien, pas seulement avec la voix mais avec le regard, les mains, le corps. Il était tout entier rassemblé autour de ce qu'il appelait « les idées ». Il disait : « nos idées ». « Il faut commencer par se débarrasser des rois, en France ils l'ont fait, pourquoi nous on engraisse un pantin, à quoi ça sert ? Qu'il vienne ici creuser avec nous, qu'il bouffe de la terre comme nous, après on verra s'il est le meilleur. Y a pas de meilleur, tous pareils, égalité. »

Carlo longtemps s'était tu, peu à peu c'est comme si un rideau se levait, ou la brume, et il voyait se dessiner les contours des collines, les pics et leurs névés. Il se mit à parler. « Je n'accepte pas, tu sais, j'aime pas qu'on me baise. » Et il avait raconté l'histoire de la faux. Puis il avait parlé de son père, le dernier départ vers la haute coupe. L'arbre qui l'avait écrasé. « Un bûcheron ça vaut moins qu'un arbre », avait dit le carrier.

— Apprends-moi, répétait Carlo.

Et tout le temps qu'avait duré le chantier, Carlo avait appris à lire. Il y mettait la même énergie qu'à se battre, gosse, contre les bandes de Mondovi-la-Basse. Quand on avait fermé la carrière, au début de l'hiver, Carlo savait lire.

— Apprends à d'autres, avait dit le carrier. Tiens.

Il avait ouvert sa musette. Carlo connaissait bien les livres que le carrier avait avec lui. Il les tenait sur son bat-flanc, dans la baraque, enveloppés dans un morceau de chiffon. L'un relié en cuir, avec en surimpression un visage doré.

L'autre, à peine une brochure sur laquelle on avait collé deux petites planchettes de chêne, tenues ensemble par des lanières de cuir.

— Choisis, avait dit le carrier.

Carlo refusait. Il avait appris à lire sur ces livres, il avait suivi du doigt les lignes, ânonnant chaque lettre.

— Prends.

Carlo secouait la tête.

— Tu ne veux pas choisir ? Tiens, je te donne la *Divina,* je garde le *Manifeste.* Tu as Dante, j'ai Marx.

Il glissait de force dans la musette de Carlo le livre relié de cuir.

— La vraie dynamite ce sont les idées. Mets le feu dans les têtes. N'oublie pas.

Il fermait sa musette, il saluait de la main.

— Ciao camarade.

Carlo avait appris à lire à Vincente. À coups de poing et de pied. Et il avait forcé Vincente à enseigner à Luigi. Dans leur quartier de maisons pauvres, dans Mondovi-la-Haute, les Revelli étaient les seuls à savoir lire. Parfois Carlo achetait un journal, comme le faisaient les bourgeois du café de la place. Et les Revelli possédaient un livre.

Maintenant dans la ruelle déserte du vieux Nice, Carlo marchait lentement, il dénouait les sangles de sa musette, il l'ouvrait, il faisait une place avec la main et il rencontrait le livre relié qu'il poussait dans un coin sous sa chemise de rechange. Il était prêt, il se retournait encore pour voir la ruelle tout entière. Une femme là-bas, au bout, vers les escaliers, jetait un seau d'eau et se mettait à laver avec un balai de paille ; dans une rue voisine, un charreton devait passer, puisque Carlo entendait les cahots de roues sur les pavés. Carlo marchait encore plus lentement puis, comme un animal qui se détend, il prit à l'étalage de l'épicier un bloc de lard, un morceau de fromage, lourd, qu'il eut du mal à faire glisser dans sa musette alors qu'en courant il traversait la place Sainte-Réparate, prenait une rue qui montait vers le Château, se perdait, fermait sa musette, atteignait le bord de mer, contournait le cap par le chemin qu'avait suivi la veille Vincente, retrouvait le port, les dockers immobiles près de la barque et Maria, assise au bord du quai, les jambes pendantes au-dessus de l'eau.

— Il faudrait du pain, dit Carlo.

Un marin espagnol, d'une tartane amarrée, leur en donna contre le bloc de lard. Puis Carlo fit éclater avec son couteau le fromage et ils mangèrent lentement, Maria ramassant du bout de ses doigts humides les miettes de pain qui étaient tombées sur le quai.

— Je dois voir mes frères, dit Carlo.

— Si tu veux ce soir, au café de Turin.

Carlo lui caressa les cheveux, il fouilla dans sa musette et lui tendit le morceau de fromage qui restait.

— Tiens, garde-le chez toi. Si tu rencontres un paysan qui a faim et n'a pas d'argent pour payer.

3

Carlo finissait de se laver à la fontaine de la place Garibaldi quand Vincente et Luigi arrivèrent. La place était carrée, rude comme le climat du Piémont, semblable avec les arcades, les bâtiments symétriques, aux façades nobles, décorées de colonnes et de frontons classiques, aux places de Cuneo ou de Turin. Place militaire où l'on imaginait des troupes faisant l'exercice, croisant leurs fusils. Et dans un hôtel tout proche, Bonaparte avait dormi avant de partir pour la Campagne d'Italie. Pourtant malgré les façades grises, comme un ciel piémontais et l'architecture, la place était méditerranéenne par son animation, les couleurs des toits, les voix, l'éclat de la lumière. Des voitures, fiacre ou berline de louage, s'alignaient près des arcades et les cochers s'interpellaient dans cette langue niçoise, plus sèche que l'italien, moins chantante que le provençal. « Aoura fà caou. » « Maintenant il fait chaud », disait un cocher, enlevant la couverture grise qu'il avait placée sur l'échine d'un cheval. Un autre conduisait l'attelage vers le Paillon. Un omnibus, tiré par deux bêtes puissantes, stationnait devant une tente, installée là en permanence. Il conduisait pour vingt-cinq centimes au pont Magnan, à l'ouest de la ville. Le cocher frappait dans ses mains. « Le pont Magnan, le pont Magnan », criait-il. Les premiers tramways à chevaux arrivaient de la place Masséna.

Luigi assis sur le sol près de ses frères découvrait une grande ville. Il suivait la manœuvre du receveur qui sautant de la plate-forme arrière d'un tramway, une barre d'acier à la main, courait devant la voiture, fichait sa barre dans une encoche creusée près du rail, la ramenait vers lui de toute sa force, actionnant l'aiguillage. Le cocher, au signal, faisait partir les chevaux et la voiture lentement changeait de voie. Quand les roues étaient engagées dans la nouvelle direction, le receveur pesait à nouveau sur le levier, libérant l'aiguillage ; il sautait alors en voltige sur la plate-forme cependant que le tramway prenait la rue Cassini qui, en pente douce, descendait vers le port, ou bien la rue de la République qui conduisait aux abattoirs, à l'est de la ville.

Les Revelli n'étaient pas seuls autour de la fontaine. Des hommes attendaient comme eux, la musette posée à leurs pieds, échangeant quelques mots mais le plus souvent silencieux, impassibles, semblant seulement préoccupés par le soleil qui lentement s'élevait, envahissant peu à peu la place, glissait sous les arcades, illuminant la devanture du café de Turin, éclairant les affiches, ces gitanes de théâtre dont la robe éclatante tournoyait grâce aux jeux de l'ombre et de la lumière.

— Ce soir on couche où ? demanda Luigi.

En pénétrant à l'intérieur de la maison du docteur Merani, Luigi avait compris que tout ce que disait Dante, dans le livre relié sur lequel il avait appris à lire, devait être vrai. Souvent quand

Vincente ne le surveillait pas, au lieu de lire il s'arrêtait, revenant à la première page de chaque chant, là où, sous un papier de soie qui le rendait encore plus mystérieux, se trouvait un dessin, rochers fantastiques, fleuves qui se perdaient dans les nuages, barques secouées par les flots et reflets de lueurs sur les visages. La maison du docteur Merani, ses tentures et ses lampes à gaz, ses tapis, ses longs couloirs, ses portes qui s'ouvraient sur de nouvelles pièces, avec des meubles, encore des meubles et tant de miroirs, des statues, des objets en argent, c'était, en relief, l'une de ces illustrations. Luigi était entré dans le dessin, effleurant les meubles du bout des doigts, découvrant son image renvoyée par un jeu de miroirs, touchant le marbre des consoles, les animaux sculptés dans le bois, comprenant que ces escaliers appartenaient à un seul homme et que toutes ces pièces, cette maison, étaient sa propriété. Dans le lit si large pour lui seul, alors qu'il avait dormi depuis toujours avec quelqu'un, la mère, les frères, il s'était couché gardant le plus longtemps possible les yeux ouverts. Le rêve vivait autour de lui. Et assis, le dos à la vasque, sur la place, il imaginait que peut-être il pourrait retrouver ce lit, la table de cuisine aussi, en marbre, les casseroles en cuivre accrochées au mur, brillantes, et la tarte qu'on lui avait donnée, après la viande, chaque fois dans une assiette différente.

— J'ai dormi dans une barque, dit Vincente à Carlo.

Il n'osait pas demander « et toi ? » mais il espérait que son frère lui raconterait sa nuit. Carlo se taisait, mordillant sa moustache, faisant craquer les phalanges de ses doigts. Vincente connaissait tous ces tics, il savait, il sentait comme on sent la chaleur, la colère de son frère aîné. Et il voulait qu'elle explose, pour qu'il se libère.

— C'est difficile comme là-bas, dit-il, regarde.

Vincente montrait les hommes assis autour d'eux. Certains se levaient, faisaient quelques pas, bavardaient un instant, allaient boire un verre de vin au café de Turin, revenaient s'asseoir, le dos contre la vasque.

— Ça ne peut pas être pire, dit Carlo.

— Ici, on est des étrangers.

— Tu es toujours un étranger tu entends, partout.

— Tu voulais faire fortune ici, dit encore Vincente.

Il avait prononcé cette dernière phrase à voix basse, comme pour s'excuser.

— Et alors ? Si vous n'êtes pas dans mes pattes... Et vous aurez votre part.

Carlo se leva, se mit à marcher. Vincente le voyait qui passait sous les arcades, s'éloignait, traversait. Vincente alla à sa rencontre et Luigi le suivait.

— Si je veux je travaille, dit Vincente, et Luigi aussi.

— La dame, commença Luigi, si tu voyais, ils ont toute une maison, une cour, des escaliers, des étages, des glaces.

Carlo cracha. Il regarda Vincente.

— Travailler là-bas, dit-il, des domestiques. C'est ce que tu cherches ?

Ils revinrent s'asseoir au bord de la fontaine.

— Il y a Luigi, dit Vincente. À dix ans, toi et moi, on avait la maison.

Une charrette avec deux roues montées sur un axe placé très haut venait de s'arrêter près de la fontaine. Un homme assis à côté du conducteur, sur le siège, se leva, frappa dans les mains : « Les gars » cria-t-il. Tout autour de la vasque les hommes se dressèrent, courant vers la charrette. Les Revelli étaient au premier rang.

— J'ai du travail pour la journée, disait l'homme, je donne deux francs. Il faut décharger des madriers, il y a le ciment et l'eau à porter. J'ai pas besoin de compagnons, je veux des jeunes, qui ont des bras.

Certains s'écartaient de la charrette, allaient se rasseoir, marmonnant quelques mots entre eux.

— Où est-ce ? demanda quelqu'un.

— Sur la Promenade, ce soir on vous ramène ici, le charreton rentre à l'entrepôt. Il me faut dix hommes.

Le charretier était descendu et avait dégagé le panneau de bois qui fermait l'arrière de la charrette. L'homme sur le siège prit le fouet et, s'en servant comme d'une baguette, il désignait dans le groupe ceux qu'il choisissait. « Toi », dit-il à Carlo. L'aîné des Revelli, le plus grand, et sous la veste on devinait ses épaules noueuses de bûcheron. Il toucha aussi du fouet Vincente et celui-ci entraîna Luigi. Le charretier protesta.

— Qu'est-ce que tu veux qu'on foute de ce gamin ? dit-il.

— Il vient avec nous, dit Carlo.

Il poussa Luigi devant lui et le charretier haussa les épaules.

— Je m'en fous, dit-il, s'il veut travailler pour rien.

Ceux qui n'avaient pas été choisis se dispersaient, retournaient vers la fontaine, lentement, lançant leur musette sur le sol, regardant s'éloigner le charreton qui prenait la direction du Paillon.

Assis contre les montants les hommes se taisaient. Certains somnolaient. Les Revelli regardaient la ville. Au bord de la rivière, des lavandières à genoux, un panier en osier tressé placé près d'elles, battaient le linge, des gosses couraient, sautant de flaque en flaque dans le large lit caillouteux dont le Paillon n'occupait qu'une partie.

— Il ne pleut plus, dit un homme près de Luigi, y a plus d'eau, les maisons, tout change.

On ne pouvait pas lui donner d'âge. Il avait le visage tanné de ceux qui ont passé leur vie dans les champs ou sur les échafaudages. Ses mains posées sur les cuisses étaient recroquevillées, le bout des doigts presque bleu.

— Tu regardes ? demanda-t-il à Luigi, regarde bien.

Il secoua ses mains.

— Faut faire attention où on met ses doigts, tu vois, garde-les dans ta poche si tu peux, moi je les ai laissés sous une pierre, mais ça repousse.

Il se mit à rire, passant son bras sur l'épaule de Luigi.

— Tiens, là, y a plus d'argent que tu pourras jamais en avoir.

La charrette longeait un bâtiment massif, entouré d'arcades. Le toit était orné de coupoles qui donnaient à l'ensemble un aspect oriental.

— Ils sont tous là, tous les soirs, continuait l'homme, il y a des ducs, les empereurs des Indes, les Russes, les Anglais, les rois, ils jouent, ils se ruinent. Mais toi tu peux pas te ruiner, t'as rien, tu seras pas ruiné, mon camarade, jamais, tu seras jamais à plaindre, tu vois, c'est bon de pas être riche, t'as pas de soucis.

— Ferme-la, on la connaît ta musique.

— Je parle si je veux.

Mais il se tut, Carlo regardait le Casino dont on apercevait maintenant la façade principale sur la place Masséna que la charrette commençait à traverser. Fenêtres hautes en plein cintre, succession d'arcades, motifs sculptés qui décoraient les coupoles comme une église ou un palais royal situé au centre de l'un des côtés de la place. Des garçons de café disposaient en avant des arcades, des tables de métal rondes, des chaises et baissaient des tentes pour protéger cette terrasse du soleil.

— Ils ont une peau fine, tu sais, disait l'homme en se frottant les mains. C'est pas comme moi.

Il se dressa à demi, se mit à siffler violemment, les doigts dans la bouche.

— Regarde là !

Devant l'entrée du casino, une femme agitait son ombrelle blanche dans la direction des voitures qui stationnaient en file au milieu de la place. Elle portait une cape aux reflets dorés, un chemisier de dentelle qui bouffait, un large chapeau à fleurs et une voilette. Près d'elle apparut un homme — vêtement noir, canne qu'il secouait impérieusement vers les voitures — qui saisissait la femme par le bras. L'ouvrier près de Luigi se leva, s'accouda aux montants de la charrette et se mit à crier :

— On t'appelle, cocher, y en a qui veulent se coucher.

Les ouvriers se mirent à rire. Du siège le contremaître sans se retourner lança :

— Vos gueules.

La charrette traversait la place, longue arène dont les gradins étaient les façades d'un rose si vif qu'il était presque rouge et que pointillait le vert cru des volets. Le soleil la prenait obliquement, inondant le jardin public qui en formait l'un des côtés, vers la mer et la promenade des Anglais, large allée bordée de palmiers, dominant la plage, de l'embouchure du Paillon au vallon de Magnan, sur près de deux kilomètres. Quelques promeneurs malgré l'heure matinale, des femmes avec leur ombrelle, des messieurs en long pardessus noirs.

La charrette s'arrêta devant un bâtiment en construction, presque au bout de la Promenade, avant le petit pont qui enjambait le Magnan. Des hommes travaillaient sur l'échafaudage. Assis sur le sol, d'autres, un lourd marteau à la main, les yeux à demi fermés, les sourcils couverts de poussière, taillaient des pierres pour le soubassement. Quatre charretons chargés de madriers et de sacs étaient rangés face à l'échafaudage. Le contremaître sautait à terre, dégageait le panneau et, d'un geste, donnait l'ordre aux ouvriers de descendre. Il arrêta Luigi par le bras :

— Qu'est-ce que tu fous toi ?

Carlo s'avança.

— C'est mon frère, il fallait qu'il vienne avec moi, on arrive, il peut rester là.

— C'est pas un orphelinat, envoie-le à Don Bosco, si tu veux.

Le contremaître se mit à crier.

— Je veux personne sur le chantier, seulement ceux qui travaillent, tu entends paysan, on dirait que tu as jamais travaillé ?

Vincente s'avança. Il ne voulait pas que Carlo bondisse. Il se plaça devant son frère aîné, face au contremaître.

— Il s'en va, dit-il, il s'en va, vous fâchez pas.

— Et comment qu'il s'en va, répéta le contremaître.

Il secouait Luigi, « fous le camp, mendiant, fous le camp », cria-t-il encore.

Vincente prit son frère contre lui, l'entraîna hors du chantier, l'accompagna jusqu'à la Promenade, face à la mer.

— Reviens ici, dit-il, ce soir, juste avant le coucher du soleil.

— On retourne là-bas ? demanda Luigi.

— On ira là-bas, dit Vincente, chez la dame.

Puis il regagna le chantier.

Le pain, en ce temps-là, était dur à gagner.

Il y eut les madriers à décharger. Vincente était

debout parmi les planches sur la charrette. Il les faisait glisser, vers le bord, vers une épaule, une nuque. Parfois il reconnaissait Carlo à sa chemise, au cou. Mais déjà il fallait soulever un autre madrier, sentir dans ses paumes, sous les ongles, les échardes s'enfoncer. Il poussait un juron quand déséquilibrée, une planche frappait sa cheville. Et cela donnait de la hargne, un supplément d'énergie. Une brise venue de la mer séchait sa sueur, laissait une impression de fraîcheur agréable et même, si on ne bougeait plus, une sensation de froid.

Ils s'arrêtèrent un moment quand la première charrette fut vidée, regardant la mer, les promeneurs, ce va-et-vient des voitures, les chevaux frappant du sabot, secouant la houppe placée entre leurs oreilles gainées. Mais le contremaître gueulait depuis l'échafaudage :

— Je vous paye pour quoi, pour prendre le soleil ?

Il y eut les sacs. Carlo se mettait le dos contre le bord du charreton, arc-bouté, les bras levés au-dessus de la tête, attendant le poids qui allait envelopper sa nuque, ses épaules, son crâne et tendre les muscles des cuisses, jusqu'aux pieds, qu'il cambrait sur la terre. Il saisissait le sac, enfonçant ses ongles dans le papier épais et il fallait pousser dans sa poitrine, dans sa gorge, un rugissement étouffé pour arracher ce poids, soulever les pieds, avancer jusqu'à l'échafaudage et là commencer à monter sur les passerelles, pas après pas, et poser le sac en haut, contre le mur de brique que les maçons dressaient faisant claquer les briques l'une contre l'autre dans le mortier frais, raclant d'un coup rapide de truelle les bourrelets qui débordaient, les recueillant dans leur paume ouverte. En haut, sur la dernière passerelle, le dos libre enfin, Carlo se redressait. Une branche de palmier droite comme la hampe d'un drapeau, coincée entre les briques à l'angle d'un mur, marquait le faîte de la construction.

Il restait là, l'aîné des Revelli, quelques secondes, pour reprendre souffle, se sentir homme, léger, fier dans cette brise qui soufflait forte à cette hauteur, sûr qu'il y avait en lui assez de colère, pour qu'il ne vive pas toujours ainsi, courbé sous les sacs ou sous les madriers. Il avait faim, envie de mordre, de saisir. D'avoir dans sa main quelque chose à serrer, bien à lui ; il s'attardait, s'appropriant la baie, le château, cette promenade bordée de palmiers où les hommes et les femmes n'étaient que des silhouettes minuscules, quand on les voyait de si haut.

Un coup de sifflet. La pause. Carlo s'assit près de Vincente, un peu à l'écart des autres qui sortaient de leurs musettes des morceaux de pain, des olives dans des cornets de papier, des oignons qu'ils coupaient en les plaçant entre le pouce et l'index de leur main gauche, le couteau dans la main droite, faisant sauter les tranches fines qu'ils mâchaient méticuleusement avec le pain. Autour d'un feu allumé dans un trou, des hommes accroupis attendaient que rôtissent des châtaignes rassemblées sous les cendres. Vincente prit dans sa musette les poissons, les montra à Carlo. Il les transperça d'une tige de fer trouvée sur le chantier et tous deux assis près du feu, tenant chacun un bout de tige, changeant de main pour ne pas se brûler, les firent griller. Vincente donna l'un des poissons à Carlo, prit l'autre. Le troisième était pour Luigi. Et il le remit dans sa musette.

— Et ce travail ? demanda Carlo.

— Je vais le prendre, dit Vincente. On sera bien. C'est une chance, comme ça en arrivant, la chance...

— Tu te souviens ? dit Carlo.

56

Il n'avait pas besoin de raconter. Vincente se souvenait de la mère, les derniers jours, quand elle sentait, assise près du fourneau, toute ramassée sur elle-même, que la vie cessait lentement de brûler. Elle tendait les mains vers le foyer et elle demandait toujours qu'on enlève le couvercle de fonte, pour voir le feu. Puis ses doigts réchauffés, elle recommençait à dévider son chapelet, inlassablement. Les dernières nuits, les fils l'entendaient qui priait, le bruit des petites boules de buis comme un autre murmure. Carlo et Vincente se levaient, se penchaient sur son lit. « Dors mama. » Elle secouait la tête, ébauchait un sourire. « Je ne veux pas, je ne veux pas, je veux rester avec vous, je vais dormir bientôt, longtemps. » Carlo la soulevait en passant son bras sous son dos. Elle avait tant maigri, si légère à porter jusqu'à sa chaise devant le fourneau. Là elle recommençait à prier. « Pour vous, pour que la chance soit avec vous. Je veux que la chance soit avec vous, mes fils. »

— Je me souviens, dit Vincente.

Les hommes se levaient. Un coup de sifflet, long, venait de marquer la fin de la pause. Carlo prit son frère par l'épaule. Il était plus grand que Vincente, le dépassant de la tête. « Il tire de mon côté », disait le père. « Toi, ajoutait-il vers Vincente, c'est ta mère, vous êtes des doux, des mous. »

— La chance, dit Carlo. Placez-vous là, en attendant.

— Et toi ?

Vincente ne se souvenait pas que son frère l'eût ainsi serré contre lui. Cette main qui empoignait son épaule était de la même chair.

— Moi ? dit Carlo.

Il s'écarta de Vincente, fit craquer ses phalanges, couvrit son sexe de la paume de sa main droite.

— J'ai déjà fait mon trou.

4

En hiver le docteur et Madame Merani ne montaient pas à leur campagne de Gairaut. Cauvin le fermier, un homme d'une cinquantaine d'années, silencieux comme le sont souvent les paysans de la région de Tende dont il était originaire, descendait une fois par semaine rue Saint-François-de-Paule. Le jeudi matin Madame Merani le guettait, venant dans la cuisine, interrogeant Lisa : « Mais qu'est-ce qu'il fait, il se moque de nous. »

Cauvin arrivait enfin, poussant son charreton chargé de paniers d'osier. De la fenêtre Vincente le voyait qui s'essuyait le front avec sa blouse, puis qui posait côte à côte dans la cour les paniers de mandarines, de tomates et parfois de dame-jeanne remplie d'huile d'olive. Il portait les paniers dans la cuisine où l'attendait Madame Merani qui le saluait à peine : « Tu viens, toujours plus tard, disait-elle, montre un peu. » Elle prenait un fruit, une tomate : « C'est à peine mûr, je vais en parler au docteur, parce que ça ne peut plus continuer, si on n'est pas toujours sur votre dos pour vous surveiller, tout va à l'abandon, tout. » Elle essayait de déboucher la dame-jeanne, finalement Cauvin le faisait et Madame Merani plongeait son index dans la bonbonne, sentait, goûtait l'huile, secouait la tête : « Combien tu as fait d'huile, cette année ? » Cauvin commençait une phrase dont Vincente quand il était présent ne comprenait jamais le sens, la pluie se mêlait aux maladies des oliviers, à la dispute qui l'avait opposé à ceux du moulin de Gairaut. Madame Merani au bout de quelques secondes ne l'écoutait plus, l'interrompait : « Tu as toujours raison, tais-toi. » Elle appelait Thérèse, la femme du cocher, elle montrait les légumes : « Tu feras des aubergines pour midi, et des œufs frais. » Puis elle s'éloignait en marmonnant dans le long couloir.

Cauvin s'asseyait, buvait un verre de vin, échangeait quelques mots en piémontais avec Vincente. De l'une des nombreuses poches de sa blouse, il sortait deux œufs, il clignait de l'œil : « Ils sont de ce matin, ceux-là. » Il les donnait à Luigi qui les perçait de deux trous et les gobait, le visage levé, ses lèvres collées à la coquille blanche.

En janvier, le vent d'est balayait souvent le ciel et le beau temps, sec et froid, s'établissait pour quelques semaines. Les collines de l'ouest, qu'on apercevait depuis le troisième étage de la maison Merani, le rocher du Château et la pointe de Roba-Capeù, le mont Chauve au nord de la ville, tout l'horizon, les moindres ressauts de la mer elle-même, se découpaient, ces jours-là, âprement.

Madame Merani hésitait un jour ou deux, puis si le beau temps durait, elle demandait à Vincente d'atteler. Lisa s'asseyait près d'elle dans la voiture et Luigi montait près de son frère. Madame Merani multipliait les recommandations :

— Attention Vincente, ne sois pas brusque, attention.

Vincente n'aimait pas conduire la voiture. Il baissait la tête quand il croisait, traversant la place Masséna dans toute sa longueur, une charrette transportant un groupe d'ouvriers vers un chantier, ou bien quand le long de l'avenue de la Gare, bordée de jeunes platanes, il était dépassé par un tramway, les voyageurs, debout sur la plate forme, le regardant.

C'était le moment que choisissait Madame Merani pour se pencher vers lui.

— Tiens-le bien, disait-elle, ne le laisse pas s'emballer.

Vincente avait la tentation de donner un coup avec les rênes et, à deux ou trois reprises, il l'avait fait, Luigi l'encourageant à voix basse. Madame Merani avait hurlé : « Arrête-le, arrête-le, tu le fais exprès, je vous mets dehors ce soir, tous les deux, vous verrez, arrête-le. » Vincente ne savait plus. Il avait le désir d'aller plus vite encore, de se mettre debout, de crier « va, va ». Et il sentait chez Luigi le même désir. Mais la peur aussi, cette pression sur la gorge, la poitrine, le sexe. « Je vous jette dehors », criait Madame Merani. Et Vincente était incapable de tendre les rênes, il laissait le cheval aller, il baissait la tête. Lisa s'était levée dans la voiture, avait crié à son tour : « Vincente. » Et il avait su, à nouveau, le cheval reprenant le pas peu après, Madame Merani murmurant : « Mon Dieu Lisa, mon Dieu, comme j'ai eu peur. »

— J'en parle au docteur, continuait-elle, tu sais qu'il ne l'aime pas, avec cet air prétentieux qu'il a, quant au petit, il saura ce que ça veut dire, travailler, ils comprendront.

Cette pression dans le corps, comme la panique, quand Vincente avait glissé dans le Tanaro, une rivière du Piémont, qu'il s'était senti emporté par le courant et qu'il avait crié, Carlo lui donnant enfin la main, le tirant de là. Carlo disait maintenant qu'il lui arrivait de passer une semaine entière sans travail à attendre sur la place Garibaldi près de la fontaine. « Même à un franc par jour il n'y a rien. » Les entrepreneurs débauchaient, les chantiers recommenceraient au mois de mars, avec le retour définitif du beau temps. « Je pourrais être domestique, dans un hôtel, ajoutait Carlo, mais ça. » Il faisait un geste du bras : « Pas pour moi. »

Lisa dans la voiture parlait à voix basse, Vincente réussissait à saisir quelques mots : « Il ne l'a pas fait exprès, Madame, vous le savez bien. C'est le tramway, vous avez entendu, le conducteur, il sonne exprès la cloche, pour que les chevaux s'emballent. Ça les amuse. Ils ne vous aiment pas, Madame. »

Un tramway, son attelage piaffant, descendit l'avenue, venant à leur rencontre. Vincente respirait mieux, la pression en lui se relâchait. Il avait la main de Carlo dans la sienne, il était allongé sur la berge et Carlo riait.

Lisa disait : « Celui-là n'a presque pas sonné, vous avez remarqué Madame ? »

— C'est le docteur qui a raison, continuait Madame Merani. Ils sont envieux, jaloux, c'est la politique. Ce sont les anarchistes. Va lentement, ajoutait-elle autoritaire.

Au pas, la voiture remontait l'avenue de la Gare, passait devant les grands hôtels, l'Hospice de la Charité. Il semblait à Vincente, quand il longeait cette construction basse et grise, qu'il était encore à Mondovi, regardant l'hôpital ou la caserne. Mais l'hospice était entouré de maisons hautes, aux façades peintes, ornées de balcons, nouveau visage de la ville qui masquait peu à peu celui, terne et tenace, de la monarchie piémontaise. Souvent Vincente devait s'arrêter. Madame Merani lui touchait le bras.

— Attends, attends, disait-elle, je veux voir.

Deux landaus descendaient de la gare, par l'avenue Thiers bordée de palmiers.

— C'est le train de Paris, disait Madame Merani.

Elle se dressait sur son siège pour voir les touristes, s'indigner parfois de l'une d'elles, sans chapeau, ou bien rire de celles qui portaient un bonnet de fourrure.

— Ces Russes, disait-elle, elles s'imaginent qu'il va neiger. Allez, va, va, ou nous n'arriverons jamais là-haut.

Mais il fallait encore marquer le pas devant le

café de la Maison-Dorée, tenter de voir, par-dessus les palmiers nains qui protégeaient la terrasse.

— Avance, disait-elle, après un instant.

Elle commençait un long monologue. Elle ne sortait pas assez, depuis la mort de son fils — Vincente savait qu'elle se signait d'un mouvement rapide, qui interrompait sa phrase, comme une ponctuation — elle avait cessé de trouver du plaisir à la vie. Autour d'elle, il n'y avait que des gens égoïstes et heureux. « Même le docteur, Lisa, même lui. C'est un homme, bien sûr il a du chagrin, mais il a son ambition, son métier, la politique, comment veux-tu qu'il me comprenne, je l'ennuie, j'ennuie tout le monde, ah Lisa, la vie change si vite, méfie-toi Lisa, méfie-toi. »

La voiture passait sous le pont de la Gare qu'empruntait la voie ferrée qui gagnait l'est de la ville, et de là en une succession de tunnels, le premier dans la ville même, sous la colline de Cimiez, la nouvelle frontière italienne, au-delà de Menton. Le pont franchi, la ville changeait. La voiture roulait dans une banlieue dont seules les grandes voies étaient tracées. « Tu peux prendre le trot », disait Madame Merani. Vincente faisait claquer les rênes et ils atteignaient rapidement la place Beatrix, la gare en construction des chemins de fer du Sud. Au-delà c'était vraiment la campagne, les étendues maraîchères, et vers le Ray, de grandes propriétés dont les limites étaient marquées par des murs bas, de pierre de taille. Madame Merani se dressait : « ralentis », disait-elle à Vincente. « Tout ça », elle montrait les allées de palmiers, les champs d'arbres fruitiers, qui en pente douce gagnaient la colline de Gairaut, « tout ça, c'est à la comtesse d'Aspremont, elle a au moins trois fois plus de terrain que nous, mais nous sommes mieux placés. C'est humide ici, je ne pourrais pas m'y faire, l'été, tu le sais Lisa, il y a tant de moustiques, que l'air est noir ».

Arrivé au pied de la colline de Gairaut, Madame Merani voulait que Vincente laisse souffler le cheval, elle descendait de voiture, donnait le bras à Lisa et commençait à marcher.

Souvent, s'engageant par le racourci qui prend à travers les planches et les oliviers, elle criait à Vincente : « Va, nous montons à pied. » Elle traversait ainsi la propriété Merani ; elle pouvait, avant même d'atteindre la maison, juger du travail des Cauvin, savoir si les arbres et la vigne avaient été taillés, l'herbe des planches coupée.

Vincente et Luigi seuls désormais, menaient la voiture à leur guise. Luigi prenait les rênes et debout, il excitait le cheval qui passait au trot devant la cascade, longeait le canal de la Vésubie qui alimentait la ville avec les eaux de la montagne. Un peu avant le sommet, Vincente reprenait sa place. Il arrêtait la voiture au bord du chemin pour que le cheval se repose, et les coudes sur les genoux cependant que Luigi chantonnait, Vincente regardait la baie des Anges, la ville là-bas, damier qu'encadraient les collines. Il ne se lassait pas du paysage. Quand le ciel d'hiver était ainsi dégagé après le vent, la vue portait loin, vers le massif de l'Estérel, masse dentelée fermant la mer à l'ouest ; vers le mont Boron que dominait le fort du mont Alban, et vers le mont Gros que la boule de l'observatoire couronnait, verrue blanche au milieu des pins.

Vincente aimait cette ville. Quelques mois à peine qu'il la connaissait et il lui semblait que le Piémont, Mondovi l'austère appartenaient à une autre vie. Quand il y avait la mère et le père. Ils étaient morts. L'autre vie était morte avec eux. Ici, à Nice, commençait le nouveau chant des Revelli.

Vincente sauta de la voiture.

Il aimait se retrouver seul avec son frère. Il se prenait à rêver, regardant ces planches d'oliviers, ces fermes dispersées, d'une grande maison, ici, proche et loin de la mer, où ils se seraient tous retrouvés, Carlo, Luigi, lui et ceux qui allaient naître d'eux. Ils auraient travaillé, partageant les jours sans pain et le pain frais, quand il sort du four, la croûte craquante et la mie chaude. Mais peut-être était-il le seul à vouloir cela.

Carlo vivait chez une fille, près du port. Il avait maigri. Quand Vincente le rencontrait le dimanche, au début de l'après-midi, sur la place Garibaldi, il lui semblait que Carlo avait froid. Se frottant les mains, cherchant le soleil, et il se souvenait de ce que sa mère disait toujours, le soir, quand la neige étouffait les bruits : « Mangez, la faim donne froid. »

« Et Luigi ? demandait Carlo. Et toi, tu t'habitues ? » Il parlait peu de lui, disant seulement que le travail manquait, mais que ça allait revenir « après le Carnaval ». Vincente, un dimanche, lui avait montré quelques francs. Le pourboire que les invités du docteur Merani lui avaient donné, le lendemain du réveillon de Noël, quand il les avait accompagnés chez eux, à l'aube, sous la pluie. « Je ne sais pas ce que je peux en faire, disait Vincente, logé, nourri, comme à l'étable. »

Carlo avait hésité, mordillant sa moustache : « Garde, on ne sait jamais. » Voilà longtemps — presque un mois — que Vincente ne l'avait pas vu. Il ne venait pas au rendez-vous, place Garibaldi, et Vincente ignorait son adresse. Alors, il se promenait une heure ou deux, du côté du port, puis il rentrait rue Saint-François-de-Paule.

Luigi était dans la cour, à sa place habituelle, près du puits, assis sur les pavés, au soleil, jouant aux osselets. C'est là qu'il se tenait dès le matin attendant qu'on l'appelle. Le docteur Merani se servait de lui, cinq ou six fois par jour, l'envoyant à Riquier, le nouveau quartier de l'est, ou à l'ouest vers le Vallon obscur. Souvent aussi, Luigi courait dans les rues tortueuses de la vieille ville, passant de café en café, déposant dans chacun une enveloppe du docteur. À *L'Éclaireur* ou au *Petit Niçois,* il devait voir un journaliste, prendre un pli à rapporter d'urgence. Le soir, dans leur chambre au-dessus de l'écurie, Luigi étalait sur la couverture les quelques sous qu'il avait gagnés, un pourboire, le prix d'une course de tramway ou en fiacre, qu'il avait économisé, faisant le trajet en courant, ou sautant sur une charrette, ou lâchant avant que le receveur ne le contrôle le marchepied du tramway. De parcourir ainsi la ville lui donnait de l'assurance. Il parlait déjà le français parfaitement, il savait le niçois et dans les bars de la vieille ville, les habitués l'appelaient « Loulou ». Cependant que Vincente déchiffrait un vieux numéro de *L'Éclaireur,* Luigi racontait : « Le docteur veut les voix de la vieille ville, s'il les a, il est élu. Moi, je le sais, je les entends. » Tout en parlant, il comptait et recomptait les pièces, les poussait vers Vincente : « Prends-les », disait-il, mais il en retirait deux ou trois, « celles-là, je les garde ». Puis il les poussait à nouveau vers Vincente : « Prends-les aussi, prends-les. » Vincente plaçait les pièces dans une boîte de fer : « Elles sont à toi, disait-il, tu le sais. » Luigi faisait oui de la tête, mais Vincente saisissait sur le visage de son frère une expression qu'il n'aimait pas, les lèvres boudeuses, l'inférieure se gonflant, masquant la bouche. C'était une grimace nouvelle, que Luigi prenait aussi quand il tendait son assiette à Thérèse. La vieille cuisinière demandait : « Tu en veux encore ? » Luigi, la bouche pleine, secouait la tête, avançait le plat, sa lèvre gonflée, puis il mangeait, penché en avant, le dos voûté. Vincente avait eu d'abord envie de rire, de dire : « Mange, c'est bon, mange frère, prends, nourris-toi, tu ne sais pas si demain tu mangeras. » Mais peu à peu, à chaque repas, il sentait davantage monter en lui une colère. Parfois il se disait que Luigi osait ce que lui hésitait à faire, tendre son assiette, reprendre du ragoût de pommes de terre aux tomates et au lard. Et pourtant, il aurait pu manger encore et la salive lui venait à la bouche, devant cette couenne de lard, ces pommes de terre rouges de sauce que Thérèse posait dans l'assiette de Luigi. Mais sa colère venait de plus profond que l'envie. Il n'aimait pas que Luigi soit ainsi avide, dépendant, avec ces femmes, Madame Merani, Thérèse et même Lisa qui l'entouraient de soins. Elles aimaient son visage rond, sa peau laiteuse sous les cheveux noirs qui bouclaient. Quand Luigi tendait son plat vers la louche, Vincente aurait aimé lui saisir le poignet : « Arrête-toi, Luigi, c'est assez, garde ta faim, garde ce creux. Ce vide c'est toi, ton orgueil, ta volonté. N'ouvre pas ta bouche trop grande. Tu voudras toujours qu'elle soit pleine, tu ne sauras plus résister à la faim. Arrête, tu vas devenir rond, plus blanc encore, tu vas ressembler aux fils des bourgeois de Mondovi, mais tu es pauvre et si tu deviens lourd, si tu n'as pas de muscles, que pourras-tu faire, frère ? »

Mais Vincente se taisait. Comment être sûr de ce qu'on pense ? Comment choisir ?

Là, sur le bord du chemin, au sommet de la colline de Gairaut, alors qu'il allait arriver à la maison de campagne des Merani, Vincente regardait son frère. Luigi s'était assis dans l'herbe, le dos appuyé à la roue de la voiture, il avait sorti ses osselets, il jouait, ses mains agiles virevoltant. Que lui dire ? Un jour, Vincente était parti avec son père dans la forêt. Ils avaient marché toute la matinée, le père ramassant des champignons, Vincente lui présentait ceux qu'il trouvait. Le père les soupesait, crevait de l'ongle la chair fibreuse, disait simplement : « Mauvais, mauvais. » Vincente avait renoncé, trouvant un jeune sapin d'une cinquantaine de centimètres de haut. Il le déracina, creusant avec ses mains autour du tronc à peine plus gros qu'un pouce. « Je veux le replanter », disait Vincente. Le père avait haussé les épaules. « Tu l'as tué, il est trop jeune, il ne reprendra pas. » Vincente s'était obstiné, il avait rassemblé de la terre, trouvé une caissette et tous les matins, il regardait le sapin qu'il avait placé sur le rebord de la fenêtre. Il recouvrait la terre d'eau. Il enfonçait près du tronc des morceaux de pain et de lard. Peut-être les arbres mangeaient-ils ? Mais le sapin transplanté était mort en quelques jours. Luigi était si jeune aussi.

— Viens, dit Vincente, viens.

Il caressait la tête de Luigi. Luigi rassembla ses osselets.

— Je vais essayer, dit-il, tu vas voir.

Il monta dans la voiture, s'installa sur les sièges, entre les coussins que Madame Merani disposait sur la banquette, à cause de ses reins, disait-elle.

— Allons cocher, dit Luigi, enflant sa voix, allons, vite et au pas, vous entendez, sinon, je vous mets dehors.

— Descends, dit Vincente.

Il tremblait de colère, il la laissait monter, reconnaissant en lui la violence du père et celle de Carlo, la colère des Revelli.

— Descends, répéta-t-il, les dents serrées.

Luigi sauta par la portière opposée.

— Qu'est-ce que j'ai fait ? criait-il.

Il se mit à courir mais Vincente le rattrapa, lui donna une violente claque sur la nuque, le secoua, et lui envoya de toute sa force un coup de pied.

— Salaud, dit Luigi, lâche.

— Prends le cheval par la bride, avance.

Vincente remonta sur le siège.

Au bout du chemin, derrière les hauts cyprès centenaires, il apercevait la façade ocre de la maison de campagne des Merani.

5

C'est au début de l'année 1890, que Carlo avait rencontré Frédéric Karenberg.

Depuis le matin, ce jour de février, il creusait la terre grasse de la colline de Cimiez. La pioche d'abord pour défoncer la croûte séchée, pleine de cailloux, de racines gluantes et blanches comme des veines. Puis la pelle. Carlo s'appuyait de tout son poids sur le bord du métal. Quelques secondes de repos : il suffisait de peser avec le pied. L'acier s'enfonçait droit dans la terre. Quand le soulier touchait le sol, il fallait appuyer sur le manche, soulever et, d'un mouvement sec qui au bout de quelques heures arrachait le bras, envoyer la terre par-dessus l'épaule gauche. Peu à peu la tranchée se dessinait. « Va droit, des palmiers jusqu'à la maison », avait dit Gimello. C'était un petit entrepreneur qui n'employait que cinq ou six ouvriers, et parfois, quand il y avait un gros chantier, une douzaine. Il avait embauché Carlo, à la mi-janvier, sur la place Garibaldi. Puis au bout d'une semaine, le samedi soir, au moment de la paye, alors que Carlo regardait cette poignée de francs comme une poignée de graviers, Gimello avait demandé : « Toi, c'est Revelli ? »

Tant de pelletées, ce bras si souvent arraché, ces muscles durcis par la fatigue et ces trois pièces qu'on tenait entre les doigts. « Tu veux travailler avec moi ? Je te prends dans l'équipe. Paye chaque semaine. »

Gimello faisait surtout des travaux de réfection, une toiture à réparer, un mur à abattre, une aile de bâtiment à aménager. Il répartissait ses ouvriers sur les différents chantiers, leur faisant confiance, et le soir il passait se rendre compte, donner ses indications pour le lendemain, gueuler un coup. Au début du mois de mai, il avait accompagné Carlo chez les Karenberg. Une grande villa entourée d'un parc sur la colline de Cimiez. « Regarde la grille, ça vaut... » C'était une grille haute, des lances aux pointes dorées serrées l'une contre l'autre, qui clôturait la propriété. « Une fortune » continuait Gimello. Le gardien les avait conduits vers le bassin de marbre. « Madame la baronne Karenberg veut installer une fontaine devant la maison,avec l'eau de la source. Le fils, monsieur le baron, il veut faire creuser pour fouiller, il veut y trouver... » Le gardien faisait de grands gestes. « La baronne », répétait-il. Carlo avait envie de cracher. « Ne touchez pas aux fleurs et aux pelouses », continuait le gardien.

« Ces larbins, disait Gimello, sale race. » Du pied, il avait tracé dans la terre deux lignes. « Pas plus large, Revelli, tu creuses un mètre cinquante, je te donne trois jours, des palmiers jusqu'à la maison. »

Carlo était arrivé vers sept heures. Il faisait frais. Il était seul dans le parc. On apercevait derrière les arbres le creux du port, entre le château et le mont Boron, la ville encore recouverte de brume. Dès dix heures, il faisait chaud. Le soleil montait vite au-dessus des palmiers. Carlo s'adossait à la terre de la tranchée. Il nouait son mouchoir aux quatre coins, il l'enfonçait comme un béret et il recommençait, la sueur collant son tricot de peau, qui à la fin de la journée était gris. À midi, au château, on tirait un coup de canon pour annoncer le milieu de la journée. Détonation sèche, fumée blanche qui s'effilochait au-dessus du port et que Carlo apercevait avant même d'avoir entendu l'explosion. Il s'arrêtait, s'asseyait sous un arbre, et somnolent, mangeait lentement. Il avait envie de se laisser aller, dormir un peu, couché en boule comme il l'avait vu faire sur certains chantiers. Mais il résistait. Son luxe, c'était un toscan, un court cigare, âcre, qu'il fumait en quatre ou cinq fois, prenant seulement quelques bouffées, l'éteignant vite, le replaçant dans une boîte plate de métal, qu'il fermait avec un caoutchouc. Le tabac le réveillait, l'énervait. Mais c'est cela qu'il recherchait, ce coup de griffe au creux de la gorge, ce plaisir qu'il fallait interrompre parce qu'un toscan coûtait cher, le tiers d'une journée de travail, combien de pelletées de terre ? Carlo regardait la grille du parc, le marbre du bassin, ces arbres, le gardien dans sa maison à l'entrée, et les domestiques là-bas sur la terrasse. Et lui aussi, le maçon, Carlo Revelli, en train de creuser. Eux, ils possédaient tout ça.

Souvent, il retrouvait Maria au café de Turin. Il n'habitait plus chez elle. Il avait aussi fallu résister, et ça n'avait pas été facile, quand les premiers mois il rentrait après avoir passé une journée place Garibaldi, à attendre l'embauche qui ne se présentait pas. Maria l'attendait : « Tiens, tu me les rendras, tiens, c'est pour moi, pourquoi tu veux pas me faire plaisir ? » Elle lui tendait des pièces qu'il regardait. Des morceaux de métal, brillant d'être passé entre les doigts, d'avoir été frotté contre les peaux. Et elle donnait sa peau pour ça. Saloperie. C'est elle qui lui avait fait connaître les toscans. Une vingtaine de cigares qu'elle avait posés devant lui le jour où il lui avait annoncé qu'il s'installait ailleurs.

Elle faisait rouler les cigares sur la table, les effleurant à peine de la paume, les doigts tendus, écartés : « Tu t'en vas, Carlo, disait-elle, je le savais, tu sais. » Elle lui avait tendu un cigare : « Fume-le, maintenant, ça me plaît que tu le fumes devant moi. » Elle avait enlevé le verre de la lampe, baissé la flamme pour qu'il allume le cigare, puis remettant le verre, elle avait laissé la flamme courte, presque morte. « Tu viendras ? Je suis toujours au café de Turin. »

Carlo s'était installé derrière l'église du port, chez Madame Oberti. Un vieux tailleur de pierres de la région de Carrare lui avait donné l'adresse. « Va de ma part, Nucera, je suis resté chez elle deux ans, elle fait crédit, tu manges le soir, elle te prépare la gamelle pour le chantier, une femme qui te vole pas, elle est de ton pays. »

Madame Oberti avait un rez-de-chaussée, une cour, un jardin, trois caves. Les derniers arrivés dormaient dans les caves. L'air rentrait pas les soupiraux grillagés qui s'ouvraient au-dessus du trottoir et le matin le roulement des charrettes sur les pavés, les pas des dockers se rendant au travail, réveillaient Carlo. Il y avait trois lits par cave. Au rez-de-chaussée la cuisine, la salle où on mangeait et quatre chambres. Dans l'une, Madame Oberti et ses trois filles. Dans les autres, des pensionnaires. Carlo, après une semaine, avait quitté la cave pour l'une des chambres du rez-de-chaussée dont la fenêtre donnait sur la cour.

Le matin, quand il se levait pour aller se laver à la pompe, Madame Oberti était déjà debout, énorme avec ses jupes noires qui la gonflaient et dans lesquelles elle plongeait ses mains, pour en tirer des porte-monnaie, des ciseaux, des peignes qu'elle plaçait dans son chignon de cheveux gris, des pièces de monnaie, des lacets, des cigares. Quand Carlo rentrait le soir, tard, venant du café de Turin, Madame Oberti était encore levée, assise à la grande table de bois noir, un verre de vin devant elle, les bras croisés, les yeux ouverts et fixes. Elle reconnaissait chaque pensionnaire à son pas. « Alors Revelli ? Viens t'asseoir » disait-elle, sans bouger. Carlo prenait place à sa table, à la droite de Madame Oberti. « Rina ! » Elle avait la voie autoritaire faisant claquer les mots. « Apporte un verre et la bouteille. » Rina était la plus jeune des filles, celle qui aidait Madame Oberti. Les deux autres travaillaient à la manufacture de tabac, privilège que Madame Oberti avait réussi à obtenir. Les cigarières étaient assurées de garder leur emploi, « à la fin, elles ont la pension », ajoutait Madame Oberti.

Elle versait à Carlo un verre de vin, elle se servait un demi-verre. « Lis-moi, Revelli. » Elle avait aperçu dès le début, le livre dans la musette de Carlo. « Tu sais lire toi ? » C'est à cela qu'il avait dû de passer si vite de la cave à la chambre d'en haut. Rina, en même temps que le verre et la bouteille, avait déposé sur la table la lampe et le livre. Carlo ouvrait au hasard, il commençait, retrouvant cette langue qu'il n'employait plus et qui faisait monter en lui, sans qu'il puisse en arrêter le flux, ces visages, le père, Vincente, le jour où il avait glissé dans le Tonaro et aussi les arbres, la poussière de la carrière ; ce camarade, la poitrine gonflée de bâtons de dynamite.

« Lis, Revelli, lis », disait Madame Oberti quand il s'interrompait :

> *Per me si va nella città dolente*
> *Per me si va nell'eterno dolore*
> *Per me si va tra la perduta gente*

Madame Oberti ne bougeait pas. Bras croisés, yeux fixes. La poitrine simplement soulevée d'amples respirations. Et des larmes sur le visage. « Tu lis bien, Revelli », disait-elle quand il fermait le livre, lui aussi oppressé. Elle sortait de l'une de ses poches un cigare, le larcin de l'une de ses filles de la manufacture. « C'est pour toi », disait-elle.

Carlo, s'il faisait doux, allait fumer seul dans le jardin. Il en aimait les odeurs. Il écrasait entre ses doigts une feuille de menthe ou de basilic, il la respirait. Le sommeil venait. Il éteignait le toscan. Il rentrait. Madame Oberti était assise, à la même place, immobile.

Un samedi d'automne, un paysan avait emmené dans la cour un charreton lourdement chargé de cagcots de raisin noir. Madame Oberti, les mains dans les poches, passait entre les cageots. « Demain, on fait le vin », avait-elle dit. Elle avait une dizaine de pensionnaires. Ils s'étaient tous retrouvés, le dimanche matin, pieds nus, les pantalons retroussés. « Lavez-vous les pieds », criait Madame Oberti. Ils se rassemblaient en riant autour de la pompe. Ses filles portaient au milieu de la cour les grands baquets dans lesquels Madame Oberti versait les cageots de raisin. « Allez, allez », Carlo avait commencé à piétiner les grappes, Madame Oberti frappait dans ses mains, Rina s'était mise à chanter. L'odeur sucrée du raisin montait peu à peu. Tous reprenaient en chœur les refrains de Rina. Des gosses des maisons voisines étaient venus accompagner de leurs cris les chants. Madame Oberti les chassait d'un geste alors qu'ils volaient des grappes et s'enfuyaient dans la rue.

On n'avait mangé qu'une fois le travail achevé, quand les tonneaux avaient été remplis de jus rouge. Madame Oberti surveillait la fin du travail depuis la fenêtre de la cuisine, elle demandait qu'on sorte dans la cour la longue table que quatre hommes soulevaient avec peine. Il devait être deux heures. Le soleil était à la verticale de la cour. Les hommes s'étaient assis. Madame Oberti et ses filles apportaient les plats de raviolis couverts de la sauce brune de la daube. On se faisait passer la bonbonne de vin. Puis, à la fin du repas, Madame Oberti avait pris dans sa poche les toscans, un pour chacun et elle en avait allumé un pour elle.

Quelques-uns des pensionnaires de Madame Oberti étaient devenus pour Carlo des amis. Il sortait souvent avec Jouanet, le terrassier, un homme rond, les jambes courtes, le torse gonflé de muscles et qui semblait né une pelle à la main. Après quatorze heures de travail, il était aussi vif qu'au matin, essayant d'entraîner Carlo vers la Place. Il ne la désignait pas, mais Madame Oberti, dès qu'il commençait à parler, le guettait, tapant du poing sur la table : « Tu le laisses tranquille, ou je t'envoie dehors, cochon. » C'était la place du bordel, au bout de la rue Bonaparte. Des hommes y plaisantaient devant la maison basse aux volets clos. Jouanet se renversait en arrière sur sa chaise, riait : « On est des hommes quoi. » « Tais-toi, cochon. » Il y avait aussi Sauvan, un charpentier. Il savait lire. Il buvait peu, se taisait, les mains ouvertes sur la table, prêtant à Carlo des brochures, une histoire de confréries ouvrières, de secrets transmis depuis le Moyen Age. Il chiquait, fraternel et pourtant absent, regardant autour de lui, jouant parfois avec un mètre pliant, en bois jaune, les angles renforcés par des coins de cuivre. Grinda, le charretier, était au contraire un braillard au visage empourpré. On poussait vers lui une bouteille, il levait les bras au ciel et sa mimique déjà faisait rire. Il tordait sa bouche, écrasait son nez, d'une casquette il faisait un masque, de comédie. Quand il commençait à parler, on oubliait qu'il était lourd, incapable d'un pas de danse. On s'attendait qu'il saute sur la table, commence des cabrioles, comme un bouffon ou un arlequin. Il bousculait Sauvan, il entraînait Carlo, il détournait Jouanet de la rue Bonaparte. « Viens, j'ai un ami », Grinda était l'homme des combines. Des petits vols, des trafics. Il revenait des abattoirs avec des paquets de tripes, qu'il jetait sur la table de Madame Oberti : « Faites-nous ça pour demain soir, je régale tout le monde. »

Ils avaient réussi tous les quatre au bout de quelques mois à se grouper dans la même chambre. Parfois, ils y mangeaient, assis sur leur lit, leur assiette sur les genoux, Grinda et Jouanet avaient obtenu d'approcher des fourneaux et Madame Oberti fournissait l'huile, le sel, la sauce tomate, les oignons, ils faisaient un plat de pâtes qu'ils mangeaient entre eux. Souvent Grinda ouvrait une bouteille d'asti. « Un échange », disait-il. Entre charretiers, ils faisaient du troc. Il donnait de la viande, il recevait du vin. « Vous pouvez m'avoir un peu de bonne farine », demandait Madame Oberti. Il en rapportait dès qu'un bateau chargé de sacs en provenance d'Odessa avait commencé à être vidé par les dockers. Quelquefois, il racontait en riant l'un de ses « systèmes ». « Tu perces un tonneau d'asti, avec une mèche, pas plus grosse qu'un clou, ça gicle, tu remplis ta bouteille. Tu as préparé une cheville de bois. » Il faisait le geste de boucher le trou avec la paume, d'enfoncer la cheville du pouce, « un coup de maillet, un peu de poussière, cia barraca ».

Ils sortaient ensemble, allaient s'attabler dans une gargote du babazouk, la vieille ville aux odeurs de fruit pourri et de tanin. Ils y mangeaient en se tachant les doigts la socca, cette farine de pois chiches délayée, qui, quand elle est frite, devient croustillante et prend la teinte jaune de l'or. Jouanet et Grinda buvaient un ballon de rouge. Sauvan poussait le sien auquel il n'avait pas touché vers Grinda et, Carlo, après avoir trempé ses lèvres, fait claquer sa langue, tendait le verre à Jouanet. Il n'aimait pas boire. Maria et Madame Oberti lui avaient donné l'habitude des toscans. Un luxe qui le protégeait de l'alcool. Il sortait sa boîte de métal plate, il prenait une moitié de cigare. Sauvan souriait. Jouanet et Grinda commandaient un nouveau ballon, Carlo tentait d'allumer le toscan, les jambes allongées, sa chaise en équilibre sur les deux pieds de derrière. « Il boit le thé, c'est une Anglaise », disait Grinda. Sur les chantiers, Carlo était ainsi l'un des rares ouvriers à ne pas avoir près de lui, au moment de la pause, la bouteille de vin.

Assis, le dos appuyé au tronc d'un palmier, dans le parc de la baronne Karenberg, remettant son toscan à demi fumé dans la boîte, Carlo se demandait s'il s'agissait d'une Anglaise, ou, à cause du nom, d'une Allemande ou d'une Autrichienne. L'une de ces femmes que l'on voyait passer en victoria, descendant de Cimiez, pour une promenade au bord de la mer, leur peau si blanche enveloppée de dentelles, de coussins. Elles étaient dans un écrin. Et pourtant putain, elles chiaient comme tout le monde. Il fallait bien qu'elles les relèvent leurs jupes. Carlo mit sa boîte dans la musette. Il cracha dans ses mains. Il en avait encore pour sept ou huit heures. Il prit la pioche, courba le dos, recommença à creuser. Le sol comme seul horizon. La fatigue comme seule pensée. Le bruit de l'acier heurtant la terre comme chanson. Ce n'est qu'au deuxième appel qu'il se redressa, s'appuyant sur le manche de la pioche, pour regarder cet homme jeune, un lorgnon pinçant son nez, un gilet blanc sous son veston noir, qui répétait : « Vous avez soif ? » Il tenait d'une main une carafe de cristal biseauté à demi remplie de vin rouge, un long bouchon la prolongeant, de l'autre un verre à pied.

Il parlait avec un accent étranger, qui donnait aux mots une consistance pâteuse, comme s'ils avaient été enveloppés d'une étoffe humide. Il répéta en italien, fit un geste de la carafe vers le verre.

— Je n'ai pas soif, dit Carlo.

Il resta un instant, regardant l'homme, puis s'essuyant le front du revers de la main, il recommença à piocher, plus profond, rageusement, et chaque fois qu'il levait le pic au-dessus de sa tête, il voyait l'homme, la carafe à la main, le gilet blanc, les pantalons rayés, les chaussures de paille tressée.

— Arrêtez-vous un moment.

— Il faut que j'arrive là-bas ce soir, dit Carlo, montrant la maison.

— Mais non, mais non.

— Le patron dit oui.

— C'est moi qui paie le patron.

— Ça, moi, je suis ouvrier, je suis payé pour arriver jusque là-bas ce soir.

L'homme posa la carafe et le verre près de la tranchée, s'assit sur le rebord, les jambes pendantes contre la terre grasse.

— J'expliquerai à votre patron, ce soir ou demain. Je ne suis pas pressé de voir les travaux finir. C'était ma mère, moi, je ne veux pas de fontaine, je veux fouiller, nous ne sommes pas très loin des arènes romaines ici.

Il enleva son lorgnon, commença à l'essuyer avec un mouchoir rose. Ainsi le visage baissé, les doigts glissant sur le verre, les cheveux blonds assez longs qu'il commençait à perdre, ce qui élargissait son front, il paraissait fragile. Carlo respira plus facilement. Il s'appuya au manche de l'outil. Ses doigts larges, quand ils avaient ainsi tenu longtemps le manche, serrant pour qu'il ne glisse pas au moment où il frappait le sol, Carlo avait du mal à les déplier. Il gardait les poings fermés. Il posa le manche contre sa poitrine, et fit craquer ses phalanges, il se sentit mieux.

— Vous commencez tôt le matin ?

Qu'est-ce qu'il voulait ? Peut-être étaient-ils du même âge ? Combien de mètres de tranchées pour le prix de ces souliers qu'il frappait contre la paroi, faisant tomber de petits blocs de terre qui rougissait la paille blanche et la semelle.

— Je suis Frédéric Karenberg, le fils, oui, le fils de la baronne Karenberg. Vous êtes italien ?

Deux couilles entre les jambes. Pas trois. Deux. Et peut-être qu'une, une de moins que moi. Des types comme ça, ils n'ont peut-être qu'une couille. Carlo mordillait sa moustache.

— Vous êtes en France depuis longtemps ?

L'homme remettait son lorgon, ressemblant à un médecin ou à un professeur.

— Un an et demi, dit Carlo en donnant un coup de pioche.

Il n'était pas payé pour parler. C'est comme les putains, tu donnes un franc, elles se couchent, les jambes écartées, elles te touchent même pas avec les mains. Si tu veux des caresses, la main sur le dos, la bouche, il faut donner plus. Beaucoup plus. Je suis payé pour creuser. Je creuse.

— Vous n'avez pas tort de vous taire, mais je parle quand même, continuait Karenberg. Je n'essaie pas de vous dire que vous êtes un brave homme d'ouvrier, et que je suis un brave propriétaire. À quoi ça sert, n'est-ce pas ?

Carlo prit la pelle et commença à aplanir le fond de la tranchée. Il ne levait plus la tête. Il voyait les souliers blancs, le bout taché de terre, à quelques mètres de lui.

— Cela dit, pour que tout soit clair, si vous aimez le vin, il est bon, frais, et ce sera toujours ça de pris ?

— Je ne bois pas, dit Carlo.

— Vous savez lire ?

La question était si inattendue que Carlo répondit oui, sans hésiter. Puis il s'en voulut de s'être ainsi laissé prendre. Qu'est-ce que ça pouvait lui faire à ce baron qu'il sache lire ou pas ? Karenberg ne raclait plus la terre avec la pointe des souliers.

— Qu'est-ce que vous lisez ?

Carlo était sur ses gardes. Il secoua la tête, cela voulait dire, rien ou n'importe quoi.

— J'ai beaucoup de livres, dit Karenberg.

— Vous avez sûrement beaucoup de tout.

Carlo lança sa pelle, reprit la pioche, il s'en voulait encore de cette phrase.

— C'est vrai. C'est comme ça. Vous êtes vigoureux, j'ai des rhumatismes. Je ne peux pas faire d'efforts, je m'essouffle tout de suite. C'est comme ça. Que voulez-vous faire ? J'ai cinquante mille hectares en Russie, presque une province.

Carlo creusait. Derrière leur maison à Mondovi, s'étendait un jardin, trente pas dans le sens de la longueur, une centaine pour la largeur. Deux arbres, des pommiers qui donnaient des fruits acides. Le père avait toujours rêvé de les posséder. Un rêve bien sûr.

— Les Karenberg ont ça depuis toujours, des services rendus au tsar, il y a quelques siècles, maintenant, c'est à moi, jusqu'à ce que l'on me reprenne tout ça, le tsar, j'ai des cousins voraces. Je suis devenu inutile. Pire.

Il se leva. Posa sur le rebord de la tranchée une boîte rouge de longs cigares hollandais.

— Je sais que vous fumez. Je vous ai aperçu tout à l'heure.

Il fit quelques pas. Se retourna.

— Ne les laissez pas. Pensez que vous me prenez un peu de ce à quoi vous avez droit.

Il avait une curieuse démarche, la tête rejetée en arrière, le visage haut levé, comme s'il cherchait dans le ciel son chemin.

6

La fête avait commencé rue Saint-François-de-Paule, dès la proclamation des résultats de l'élection. Le docteur Merani l'emportait par cinq cent soixante-scpt voix de majorité. « Député, il est élu, Lisa, député tu entends. » Madame Merani, un mouchoir à la main, courait du grand salon à la cuisine, elle embrassait Luigi qui arrivait de la mairie pour donner la nouvelle : « Tu ne te trompes pas, tu es sûr. » Luigi sc laissait embrasser, « cinq mille neuf cent quarante et une voix pour le docteur, cinq cent soixante-sept voix de plus que l'autre. »

« Mon Dieu, mais ils vont venir. »

Madame Merani se mit alors à crier des ordres d'une voix aiguë que Vincente ne lui avait encore jamais entendue. « Viens avec moi », disait-elle à Vincente. À la cave, devant les casiers à bouteilles, elle faisait de grands gestes de la main qui dans le cône de lumière se multipliaient sur les murs, se tordaient, entourant les tonnelets rangés l'un sur l'autre.

— Tout ça, il faut que tu montes toutes celles-là. Tout le champagne, mettez les bouteilles dans les baquets.

Luigi et Vincente avaient commencé à transporter les bouteilles. Le cocher attelait pour aller chercher de la glace vive. Lisa et Thérèse disposaient les tables dans le grand salon, « des fleurs,

Lisa, il faut des fleurs, partout, achète, même à dix francs le panier, dix francs, tu entends, dis que c'est pour le docteur Merani, ils doivent savoir déjà ». Lisa traversait la cour, un châle sur les épaules, mais elle n'était pas encore sortie que Madame Merani la rappelait depuis la fenêtre de la cuisine : « Lisa, où as-tu mis l'éventail, je m'étouffe », Vincente montait derrière Lisa. Madame Merani, le visage rouge, s'était assise sur une chaise dans la cuisine, « dégrafe-moi, disait-elle à voix basse, vite ». Lisa d'un geste demandait à Vincente de remuer l'un des battants de la fenêtre pour faire entrer un peu d'air. Il était doux, chargé de l'odeur des lauriers-roses, arbres proches du jardin public. La journée avait été transparente, la mer et le ciel paraissaient recouverts d'une gaze bleutée, blanche par endroits quand s'étiraient quelques nuages plats, lointains, fils dispersés d'un voile. La plus belle journée depuis des semaines.

Le matin de ce 30 mars 1890, Madame Merani, en revenant de la première messe, avait dit rentrant dans la cuisine : « Il fait beau, j'ai mis un cierge à saint Jean-Baptiste, le docteur doit être élu. » Elle s'était signée. « Mais il ne faut plus en parler maintenant, Lisa tu vas m'aider, nous allons faire le grand salon, il y a une poussière sous ces meubles ! Vincente les poussera. »

Toute la journée ils avaient déplacé les consoles, les vitrines, battu les tapis, épousseté les objets, lavé les vases, nettoyé les vitres. Puis, Luigi avait crié de la cour : « Il est élu, il est élu. »

— Ça va mieux, dit Madame Merani, va chercher les fleurs Lisa, vite.

Elle se levait, tenant la main sur son cœur. « L'émotion, ça me tuera, je suis trop sensible », disait-elle.

Peu après, Vincente avait entendu des acclamations et des cris. De l'une des fenêtres qui ouvrait sur la rue Saint-François-de-Paule, il pouvait apercevoir un groupe qui brandissait un drapeau. Des torches oscillaient au-dessus des têtes et parfois, quand le cortège se trouvait dans l'axe de l'une des rues qui donnaient sur la promenade des Anglais, les flammes vacillaient, courbées par la brise qui s'engouffrait dans ces rues et glissait vers la mer. Les voix alors, au moment même où l'obscurité s'étendait, paraissaient plus proches, comme protées, puis les flammes s'élevaient à nouveau et les voix s'éloignaient.

Vincente eût aimé rester à la fenêtre, le groupe s'était arrêté devant la maison, il entendait la voix du docteur Merani qui lançait au milieu des applaudissements : « C'est une victoire de Nice et de la République », mais Madame Merani criait dans le couloir « Vincente ». Elle voulait qu'il se place devant la porte, qu'il interdise l'entrée à tous ceux qui n'avaient pas un carton portant la signature du docteur : « Tu entends, personne, je ne veux pas des gens du babazouk ici, on leur donnera à boire, ils ont bien voté, mais dans la cour, tu entends, dis-le-leur. » Elle avait toujours le visage rouge, elle transpirait comme si elle avait eu peur de cette foule qui lançait à intervalle répété : « Viva Merani, viva Merani. » Quand il n'y eut plus dans la rue qu'une dizaine de personnes qui bavardaient, Vincente remonta et passant dans le couloir il regarda dans le salon. Lisa et Thérèse servaient les invités, des hommes pour la plupart, qui entouraient Merani. Une coupe à la main, le docteur pérorait : « Ils ont voulu me salir avec l'histoire de Boulanger, mais moi, le général Boulanger... » Vincente alla s'asseoir dans la cuisine, les bras croisés sur le rebord de la fenêtre ouverte, il regarda droit devant lui, sans voir la façade, la cour, sans entendre les dernières voix qui montaient de la rue. En Italie c'était le roi, ici la République. Il y avait un député à Mondovi, un ici.

Un bruit derrière lui. Vincente se retourna. Lisa s'essuyait le visage avec son tablier. La mère aussi, souvent, faisait ce geste.

— Tu es fatiguée, dit Vincente.

Lisa eut un mouvement brusque, sa ride au milieu du front, un instant effacée, se reforma.

— Oui, je suis fatiguée, fatiguée.

Elle prit les verres posés sur la table en désordre et commença à les laver, faisant parfois chanter le cristal. Vincente se leva. Elle était debout devant l'évier, le menton appuyé sur la poitrine, ses doigts glissaient machinalement sur les verres. Vincente saisit ses poignets, lui enleva le verre.

— Va te coucher, dit-il, va, je vais le faire.

Elle ne dit rien. Essuya les mains à son tablier, regardant Vincente et s'éloigna dans le couloir d'où parvenait encore, forte et joyeuse, la voix du docteur Merani.

Le lendemain soir, la fête continua à Gairaut, dans la propriété Merani. Vincente, Lisa, Luigi, Thérèse et Madame Merani étaient montés dès le matin. La journée était encore plus douce que la veille et de la route, après la cascade, la ville n'était qu'une partie à peine moins brillante, dans les reflets du soleil sur les toits et les vitres, de la mer. Avec Cauvin, Vincente et Luigi installèrent la tente, dans le parc, devant la maison. Un mât central, qu'on calait avec des coins rentrés en force dans la terre à coups de masse, puis on tendait la toile, accrochant les filins aux branches des arbres. Luigi grimpait, Vincente lui lançait le filin et il tirait, chantant des refrains du Piémont, un air d'opéra. Un été, il était parti du côté de Ceva, chez un oncle, celui que le père appelait par dérision « il bel cantante », le « beau chanteur » et, Vincente se souvenait, au retour Luigi avait commencé à chanter. Mais la maison de Mondovi n'était plus accueillante aux chansons. Le père venait de mourir. Le visage de la mère s'était froissé, deux plis profonds de chaque côté de la bouche. Et Carlo avait dit : « Si tu chantes ici, je t'arrache la langue. »

Vincente s'arrêta. Il regardait Luigi qui nouait un filin, puis qui, adossé au tronc, continuait sa chanson.

> *Amore mio non piangere*
> *Se me ne vado via*
> *Ritorno a casa mia.*

Le visage de Luigi se transformait, s'affinait, semblait trouver une vigueur neuve, et cette voix donnait à Vincente envie de pleurer, de retourner là-bas, ne fût-ce qu'une fois, pour revoir, pour que les souvenirs ne soient pas seulement cette poussière d'instants, d'images, mais aussi un vrai bruit, la sirène de la manufacture, une forme dans l'espace, cette borne près de la place, la maison, et ce chemin bordé de peupliers qui conduisait au cimetière.

Luigi avait cessé de chanter. Et le silence, tout à coup, était comme un creux qui s'ouvre sous les pieds et vous entraîne.

— Mais tu chantes ? Quelle voix, Lisa, tu as entendu.

Madame Merani était sur la terrasse de la maison, elle interpellait Lisa, qui sortant d'une chambre apparut à son tour.

— Vincente ! Qui lui a appris ? demanda Madame Merani.

Vincente fit un geste vague.

— Bien sûr tu ne sais rien, pauvre petit, avec ces deux brutes, Luigi, Luigi.

Le trou dans lequel tombait Vincente était

profond. Maintenant qu'ils l'avaient surprise, volée, la voix de Luigi serait autre. Elle venait de là-bas, de Ceva, elle était née dans ce berceau que la mère plaçait près de son lit, et sur lequel elle se penchait, en des temps lointains, quand le père vivait encore, qu'il jouait aux cartes avec ses deux grands fils, Vincente, Carlo, et le dernier s'endormait dans son berceau, la mère chantant une complainte, douce, chaude, comme l'est le duvet d'un oiseau.

Fini ce chant.

Luigi se laissait aller le long du tronc. Il avait repris son expression habituelle, la lèvre boudeuse, la tête rentrée dans les épaules. Il regarda Vincente un long moment puis lança :

— Madame, Madame, je viens.

Et il courut vers l'entrée de la maison.

Les voitures commencèrent à arriver au coucher du soleil. Thérèse et Madame Cauvin avaient dressé une longue table sous la tente, nappe blanche brodée et couverts d'argent à manche de nacre. Au centre, énormes, comme des membres disjoints, gonflés et morts, quatre porcelets rôtis, leur peau craquelée, ficelés et bourrés d'herbes odorantes. Vincente était à la cuisine, lavant les assiettes et les verres. « Tu ne veux pas servir, naturellement, avait demandé Madame Merani, bien, c'est Lisa, et Thérèse, qui le feront, toi tu laveras à leur place, puisque tu préfères, tu renverserais tout, tu es un paysan, moi qui voulais t'acheter un habit, eh bien non, ce sera toujours une économie, lave, reste au bas de l'échelle, va, tu n'es qu'un paysan, tu sens encore la vache, l'étable. »

À plusieurs reprises, Vincente dut remplacer les lampes sur la table. Il fallait une lumière forte et le pétrole brûlait vite. Lisa entrait dans la cuisine :

— Il faut que tu prennes les lampes, disait-elle,

Madame veut que tu les remplisses, les trois du centre, fais vite.

Elle l'observait un moment, indécise, puis d'une voix plus basse, elle ajoutait :

— Ils ne te verront même pas, ils parlent, ils parlent.

Vincente enlevait son tablier, boutonnait son gilet, et se dirigeait vers la table. Les voix, les rires, semblaient rebondir sur la toile de la tente, se mêler et Vincente ne saisissait qu'un mot de temps à autre sans pouvoir savoir qui le prononçait. Seule la voix du docteur s'imposait parce que les autres, quand il parlait, s'éteignaient. L'éclat d'un rire, isolé tout à coup, restait un instant, couvert bientôt par la phrase lancée du bout de la table par le nouveau député de Nice : « Le préfet bien sûr avait des instructions de Paris, mais lui, c'est un brave homme, il comprenait la situation locale... » Vincente glissait son bras entre deux corps qu'il ne voyait pas. Il prenait la lampe, s'écartait, revenait. Il fut surpris de s'entendre appeler par Madame Merani : « Vincente, va chercher ton frère. » Il fut entouré par le silence, par les regards : « Ce sont des paysans du Piémont, ils sont arrivés, il y a presque deux ans, des têtes dures mais honnêtes, et vous allez entendre le plus jeune, une voix extraordinaire. »

Ils quittaient la table, s'installaient dans des fauteuils d'osier. Lisa et Thérèse passaient avec des plateaux portant le café et les liqueurs.

— Tu as entendu Vincente ? répétait Madame Merani. Il doit être prêt.

Luigi était assis dans le salon. Il portait une chemise blanche trop grande pour lui et un nœud de velours noir qui, serré autour du col, faisait ressortir son visage gonflé, blanchâtre. Vincente s'immobilisa devant lui. Il avait une tête ronde.

— Elle m'a coupé les cheveux, dit Luigi.

— Ils t'attendent.

Luigi tira sur sa chemise et sortit. Ce fut le silence. Le bruit régulier de la fontaine, le heurt des verres et la voix qui s'élevait, frêle, presque douloureuse dans sa clarté vive comme la brisure d'un cristal.

Vincente se dressa. Il ne pouvait pas. C'était comme le jour où la mère était morte. Le même désir de hurler, non pas avec la bouche, mais avec le ventre. Il avait quitté la maison, marché seul dans les rues de Mondovi. Là, chez les Merani, il voulait que son cri étouffe toutes les voix, fasse éclater les vitres, saccage, comme l'une de ces bourrasques d'été, qui, dans le Piémont, balayent la plaine, arrachant les toits, déracinant les arbres puis viennent le calme et la pluie fine apaisante.

Il sortit sur la terrasse. Luigi était debout, ce nœud de velours comme un coussin sur lequel était placée sa tête d'albâtre. Il avait croisé les bras, et les jambes écartées, il chantait, le docteur Merani fumait, les yeux mi-clos, deux femmes se penchaient l'une vers l'autre. Vincente fit un pas. Il voulait que ce chant cesse.

— Viens, dit Lisa, viens, ne reste pas là.

Elle lui prenait le bras, elle ouvrait sa main qu'il tenait serrée, poing prêt à frapper.

— Viens.

Elle l'entraînait. Ils passaient derrière la maison, ils s'enfonçaient dans le chemin qui, à travers les planches d'oliviers, descend vers le bas de la colline de Gairaut, vers la propriété de la comtesse d'Aspremont. Lisa marchait vite, comme si elle eût voulu elle aussi que s'étouffe ce chant. Bientôt, ils furent au milieu des oliviers, avec le seul bruit de l'eau. Ils étaient au-dessus du courant. Vincente se pencha. Il pouvait atteindre l'eau froide de la montagne. Il en prit dans ses paumes, s'aspergea le visage. Lisa se taisait, assise assez loin de lui, le visage caché par l'ombre portée des arbres, flaque noire dans la nuit claire.

— On va remonter, dit-elle.

Déjà elle se levait.

— Je ne pouvais pas entendre, commença Vincente.

— Il y a beaucoup de choses qu'on ne peut pas...

Lisa avait fait quelques pas. Elle était dans la lumière figée de la lune, comme le tronc d'un arbre jeune et droit.

— Et on les fait, continuait-elle.

Vincente se dressa à son tour.

— Pourquoi ? demanda-t-il.

Il fit quelques pas vers elle, mais elle s'éloigna, s'immobilisant plus haut sur le chemin.

— Mon père est mort, dit-elle. Ma mère avant lui. Mes trois frères sont partis en Amérique. J'ai une sœur, plus vieille. Elle avait servi chez le docteur Merani. Elle m'a placée là. Je suis bien.

— Pourquoi ? répéta Vincente.

Il avait rejoint Lisa, mais elle recommença à monter devant lui.

— On est bien chez les Merani. Ils sont bons. Ils nourissent bien. Ils payent juste. Toi, moi, nous avons de la chance.

Ils commençaient à entendre la voix de Luigi, plus assurée. Puis il y eut des applaudissements et il reprit le refrain.

— Le soir quand je me couche, je sais que le lendemain et encore le lendemain, je mangerai et tant que je pourrai travailler, il y aura à manger pour moi chez les Merani.

— Il chante encore, dit Vincente.

Lisa s'arrêta, se retourna, lui fit face.

— Qu'est-ce que tu crois, qu'on le nourrit pour rien ?

— Pas ça, dit Vincente.

— Tu es fier ?

— Non, non.

Vincente secouait la tête, répétait pour lui-même ce non modeste, calme.

— Sois fier dedans, dit Lisa. Ils n'aiment pas qu'on soit fier dehors.

Déjà la lumière des lampes éclairait le chemin. Luigi avait cessé de chanter et ils entendirent Madame Merani qui répétait : « Lisa, mais où est passée Lisa ? »

Lisa se baissa, rassembla ses jupes, commença à courir.

— Ne rentre pas, dit-elle, s'arrêtant un instant, va faire le fier.

Vincente devinait qu'elle souriait.

— Je ferai travailler Luigi.

Elle s'éloigna vite.

Vincente la rattrape, lui saisit le bras.

Ils étaient dans la lumière. Elle le regardait droit dans les yeux, avec l'expression qu'elle avait quand elle s'était retournée, le premier jour qu'il l'avait vue, astiquant les poignées et le heurtoir de cuivre de la porte, rue Saint-François-de-Paule.

— Je veux me marier avec toi, dit Vincente.

Elle ne bougea pas. Le pli qui partageait son front paraissait à Vincente plus profond.

— Tu me diras cela demain matin, dit-elle d'une voix grave.

Un à un, elle souleva les doigts de Vincente qui serraient son bras et les tint un moment dans sa main. Puis elle courut sans se retourner vers la tente. Vincente la vit qui se penchait vers Madame Merani.

Il hésita mais il sentit qu'il ne pouvait pas retourner là-bas ce soir, entre ces murs, entre ces voix, sous ces regards. Ils descendit donc vers la ville, longeant le mur de pierre de la propriété de la comtesse d'Aspremont. Il faisait nuit noire, c'était la campagne avec les chiens qui de loin en loin aboient, le froissement des feuilles et le refrain d'une eau courante. Il marchait vite, courant parfois, s'essoufflant, reprenant le pas. Place Beatrix, devant le chantier de la nouvelle gare, des gardiens assis autour d'un feu de bois, le regardèrent passer avec suspicion. Après le pont du chemin de fer, l'avenue de la Gare était éclairée, et au loin, au bout de cette longue ligne droite, Vincente distingua déjà les becs de la place Masséna. Pour la première fois depuis qu'il était arrivé à Nice, il était seul, la nuit, libre. Quelques fiacres stationnaient encore devant le casino, les cochers somnolents, appuyés à leurs fouets. Les lumières, comme un incendie contenu derrière les baies du premier étage du casino et quand tournaient les portes à tambour, sous les arcades, le reflet d'une flamme, éclairaient la chaussée. Vincente resta un moment devant l'entrée. Il était en bras de chemise, et le portier de sa main gantée de blanc lui fit signe de s'écarter. Vincente s'appuya à l'une des colonnes. Le portier s'approcha. Il portait une houppelande noire comme celle des conducteurs de diligence, mais elle était ornée ainsi que le haut chapeau noir, de parements dorés.

— Tu ne peux pas rester là, dit-il. Tu ne peux pas.

— Je ne fais rien, dit Vincente.

— On te voit.

— Je regarde.

— Mets-toi plus loin.

Il devait avoir une quarantaine d'années, des favoris touffus couvraient les mâchoires. Vincente restait appuyé, immobile. Le portier le poussa du plat de la main sur l'épaule.

— On te voit ici, répéta-t-il.

Vincente, brutalement, lui donna un coup de pied dans les chevilles, de toute sa force, cela il le comprit plus tard, parce que le coup était parti sans même qu'il le sache, comme un réflexe, mais il le sut alors qu'il courait sous les arcades de la place, puis dans la rue Saint-François-de-Paule cependant que le portier hurlait : « Si je te retrouve. » Vincente entra dans la cour de la maison Merani, reprit son souffle, adossé au portail de l'écurie. Hésitant un moment, il sortit, marcha vers le port par les rues de la vieille ville que traversaient parfois de gros rats paisibles, qui allaient, ondulant sur leurs pattes, d'un tas d'ordures à un autre.

Il n'était pas encore minuit quand il arriva place Cassini, devant l'église du port. Il aimait cette place. L'église au centre, et de part et d'autre les deux longs immeubles soutenus par des portiques de pierre blanche, massifs, comme ces avant-bras fermés, dressés sur la table de la cuisine, quand les bûcherons se faisaient face, qu'ils se défiaient, savoir qui allait réussir à faire plier l'autre. Et Vincente, les yeux juste à la hauteur du plateau de la table, regardait ces mains qui s'empoignaient, colonnes que secouait un tremblement de terre. Un jour Carlo avec un grand cri avait baissé le bras du père. Et celui-ci, frottant sa main, avait dit : « Tu es fort. »

Vincente voulait voir Carlo ce soir. Mais les souvenirs se dérobaient, il prenait une rue, s'avançait sous un porche, sûr qu'il s'agissait de la pension de Madame Oberti et il se trompait, contraint de marcher encore, alors que la fatigue le rendait anxieux, qu'il essayait vainement de reconstituer ce dimanche après-midi, quand il était venu, avec Luigi, retrouver Carlo. « Ils sont beaux tes frères », avait dit Madame Oberti, et elle les avait laissés tous les trois, dans la grande salle. Cette scène était au bout de sa mémoire, et pourtant Vincente ne réussissait pas à combler ce vide, il était devant l'église du port avec Luigi, et il prenait une rue, laquelle ? Laquelle ? Un quartier neuf, fait de maisons semblables, que séparaient encore des cultures maraîchères, s'étendait de l'église, jusqu'à Riquier et à la voie de chemin de fer. À deux reprises Vincente s'immobilisa : il était parvenu, sans même s'en apercevoir, dans la campagne, au milieu des bambous alignés, des arbres bas, orangers ou citronniers. C'est par là qu'ils étaient, Carlo et lui, entrés dans Nice. Il lui suffisait de marcher encore droit devant lui, sur ce chemin, pour reprendre la route qui conduisait à Mondovi. Il refit le trajet en sens inverse, en direction du port, se trompa une nouvelle fois, se retrouva dans la campagne, comme si une mémoire profonde, une volonté secrète, l'instinct l'incitaient à repartir, à quitter cette ville. Il s'assit contre une palissade, les jambes recroquevillées, dans l'attitude qu'il prenait quand il se pelotonnait dans la cuisine, près de la chaise de sa mère ; elle écossait des haricots ou des fèves, elle racontait l'histoire de ce chat qu'ils avaient perdu quand ils avaient quitté le village pour Mondovi (« Tu n'étais pas encore né, disait-elle, il n'y avait que Carlo, c'était facile »), et le chat, Dieu sait comment, avait trouvé sa route, franchissant les forêts et les torrents, et il était un jour entré dans la cuisine, retrouvant sa place, près du fourneau : « L'instinct, ils sentent. »

Vincente aussi retrouvait le chemin du retour. Il se leva. Mais il n'y avait plus de pays au-delà des montagnes. Une crevasse terminait la route à la sortie de la ville. Plus tard, avant de mourir, il irait avec ses enfants, pour leur faire entendre, au bord de la rivière, tout près du pont, le battement de la manufacture, et la cloche de Mondovi-la-Haute. Plus tard, quand la vie serait tracée.

Il n'avait plus rien à dire à Carlo et c'est alors qu'il reconnut la rue, qu'il fut devant le jardin qui séparait la maison de Madame Oberti de la chaussée, hésita, entra. Personne ne parlait dans la maison. Il avait donc imaginé. Une pièce au fond était éclairée, il en poussa la porte entrebâillée. C'était la grande salle, la table, un journal ouvert et la lampe de cuivre dont la flamme courte grésillait. Madame Oberti était assise dans l'ombre, peut-être à demi endormie.

— Tiens, un Revelli, dit-elle.

Elle se leva, les mains sur ses reins.

— Tu cherches ton frère ?

Madame Oberti s'appuya sur la table, prit le journal, le poussa vers Vincente.

— Tu sais lire ? Vous êtes tous savants les Revelli. Alors, lis bien, parce que eux aussi ils savent lire.

Lettres noires sur lesquelles la lampe a laissé un cercle gras, le journal est froissé. Vincente lentement déchiffre le titre, et la première phrase : « Il faut ouvrir le bal social. » Il pose le journal.

— Tu as raison Revelli, tu en as lu assez.

Elle se penche avec difficulté, lourde, elle sort une bouteille de vin, deux verres.

— Assieds-toi, tu bois ?

Elle lui sert un verre de vin rouge, pétillant.

— Écoute-moi Revelli, un ouvrier ça doit boire, j'en ai vu passer, des dizaines, je me souviens de tous, crois-moi, un ouvrier qui ne boit pas c'est mauvais signe, il va lui arriver quelque chose, et qu'est-ce que tu veux qui arrive à un ouvrier ? Du bien ?

Elle fouilla longuement dans les poches de ses jupes, en sortit un cigare enveloppé dans un morceau de papier journal.

— J'en ai qu'un, dit-elle, je le fume.

Elle enleva le verre de la lampe, la main protégée par un pan de sa jupe, elle aspira longuement, s'assit en face de Vincente, de l'autre côté de la table.

— J'ai connu comme ça un marbrier. Un artiste, il savait lire. Le marbre, il en faisait ce qu'il voulait, des fleurs, des lettres, Rossi, tu vois, le nom même je me souviens. Il se mettait dans la cour, une plaque blanche entre les jambes — Madame Oberti écartait les jambes, dessinait de ses mains dans l'espace, la plaque — et il taillait, des petits coups, pour lui, il travaillait pour lui. J'y reviens, je sais où je vais, il ne buvait rien, jamais. Il était propre, il se lavait tout le temps, il cousait ses vêtements, pas un bavard, il lisait. Un artiste. Un jour il est parti, il m'a payé jusqu'au dernier sou, des pensionnaires comme ça on s'en souvient. Je sais qu'ils l'ont tué, à Florence, je sais pas ce qu'il avait essayé, les autres ne me l'ont jamais dit, mais il ne buvait pas, il lisait des journaux comme ça.

— Mon frère ? demanda Vincente.

— Ils sont deux, il y a lui, et un autre Sauvan, ils savent lire, et Sauvan boit encore moins que ton frère, rien, pas une goutte, ton frère il trempe ses lèvres, pour me faire plaisir, tu vois ?

Elle poussa le journal vers Vincente.

— Il vaudrait mieux qu'ils boivent, un ouvrier ça doit boire. Pas trop, mais ce qu'il faut.

Vincente la laissait parler de Carlo. La fatigue, la chaleur, le vin, l'engourdissaient et il prenait plaisir à découvrir Carlo à travers cette femme, mais brusquement, peut-être ces lettres noires.

— Il n'est pas mort ?

Madame Oberti haussa les épaules.

— Ton frère ? Il sera dur à tuer.

Elle achevait son cigare, les coudes appuyés sur la table, une main tenant son menton.

— Remarque, ils en ont tué de plus forts que lui. Dis-lui qu'il boive un peu. Ça le calmera.

Madame Oberti se tut un long moment, puis versant à boire à Vincente, elle expliqua enfin :

— Le commissaire est venu, il y a deux jours, tu sais ils viennent toujours le matin, il avait quatre gardiens avec lui, ton frère et Sauvan n'étaient pas encore partis, ils les ont pris tous les deux, ils ont trouvé les journaux, ils savent tout ; avec ces élections, ils avaient peur ; alors tous les anarchistes, ils les ont pris, partout, ils les gardent quelques jours, comme ça ils sont sûrs, tu comprends, après ils les relâchent. Sauvan, il a ses habitudes là-bas, ton frère, ils peuvent l'expulser. Il est italien. Mais il a rien fait, il s'est rien passé, le docteur Merani a été élu, ils vont le relâcher demain, tu verras. Tu veux boire encore ?

Il refusa.

— Comment tu as su ? Tu as senti ? On sent, y a des jours comme ça, on devine.

Madame Oberti se levait. « Tu es fatigué ? » Elle lui caressa la nuque.

— Viens petit, viens, tu vas dormir dans le lit de ton frère.

Madame Oberti prenait la lampe, éclairait le couloir, ouvrait une porte. Quatre lits vides. Elle montra celui de Carlo, au-dessous de la fenêtre.

— Y en a deux qui sont en prison, deux au bordel. Ils auront bu, ils vont te réveiller en rentrant.

Vincente s'allongeait sur le lit. Il retrouvait l'odeur de Carlo, cette sueur qui imprégnait la couverture, l'odeur du lit, là-bas, dans la pièce près de la cuisine quand ils dormaient tous les trois, les frères Revelli, côte à côte. Il voulait dormir. Depuis deux jours, il était comme ces morceaux de chiffon qu'on tend pour qu'ils se déchirent.

— Dors, dit Madame Oberti.

Elle soufflait la lampe.

— Ils le relâcheront demain, tu sais.

Vincente se tourna contre la cloison.

— Dors, répéta-t-elle encore.

Au bien que lui faisait cette voix, Vincente sut qu'il avait besoin de vivre avec une femme. Et il fut heureux d'avoir parlé à Lisa.

7

Ils se marièrent le 12 avril 1890 à l'église du port. Madame Merani avait donné à Lisa une ample mantille de dentelle noire. « Je ne l'ai presque jamais portée, tu le sais, avait-elle dit, mais je te la donne, je veux que tu sois belle ce jour-là, oh, ce n'est pas pour lui, tu seras toujours belle pour lui, mais pour toi, c'est un jour dont on se souvient. » Elle avait embrassé Lisa. « Appelle-le, dis-lui de venir me voir. »

Vincente attendait dans la cuisine. Lisa était entrée, la mantille à la main : « Elle veut te voir », avait-elle dit. Elle avait serré le bras de Vincente : « Écoute-la, ne dis rien. »

Madame Merani, assise dans le grand salon, près de la cheminée de marbre, jouait avec le lourd crucifix d'or qu'elle portait toujours, tache lumineuse sur les vêtements noirs. Il faisait encore humide dans cette pièce immense, au sol de tommettes rouges, au plafond haut de plusieurs mètres.

— Et si tu allumais le feu ? avait dit Madame Merani.

Vincente sortit, revint avec du bois, se mit à genoux, le feu prit du premier coup, faisant craquer l'écorce des bûches.

— Assieds-toi, mais si, assieds-toi.

Vincente prit place en face d'elle. Le pique-feu à la main, elle retournait les bûches.

— Je veux que tu rendes Lisa heureuse, tu entends Vincente. Elle le mérite. Tu as de la chance, tu es chez nous, tu travailles, c'est vrai, tu n'es pas fainéant, mais tu as mauvais caractère, et ça il faudra que tu changes, sinon...

Elle repoussa son fauteuil, loin de la cheminée.

— Il fait trop chaud maintenant, ouvre un peu la fenêtre.

Il revint, resta debout. Il préférait être debout.

— Je sais ce que je dis, ne me regarde pas comme ça, tu ne m'impressionnes pas, et puis, il n'y a pas que toi, il y a ton frère, l'anarchiste, celui qu'on a mis en prison, ça t'étonne que je sache ?

Elle était heureuse de le surprendre.

— J'ai demandé au docteur de faire une petite enquête pour savoir qui vous étiez, vous autres les Revelli, je ne veux pas que Lisa soit malheureuse, à cause de toi. Et si vous avez des enfants, c'est à eux que je pense et tu devrais y penser, déjà, dire à ton frère que s'il continue, on l'expulsera et peut-être toi avec, mais Lisa, je la garderai et elle restera, tu pourras toujours partir en Amérique si tu veux.

Elle se leva, déplaça un vase, modifia l'ordre d'un bouquet.

— Tu ne réponds pas ?

Vide, comme une noix trop sèche. De celles qu'on écrase d'un seul coup entre les paumes. Elles sont sans chair, à peine une membrane noirâtre, mortes, on les jette. Voilà ce qu'il était devenu pendant qu'elle parlait. Sa gorge, sa langue, ses lèvres, ses joues avaient séché, s'étaient collées.

— Tu as compris, j'espère ?

Elle lui avait donné un vieux costume du docteur. « Lisa te l'arrangera, ce sera très bien, vous allez vous marier à Gairaut, à la chapelle...

— Non.

Il l'avait interrompue. Répété.

— Non madame.

Elle avait eu deux ou trois mouvements vifs de la tête, les lèvres pincées, puis méprisantes entrouvrant à peine la bouche, elle avait dit :

— Marie-toi où tu veux, après tout, c'est votre affaire, il faudra bien que vous reveniez coucher ici le soir, où iriez-vous ?

Ils s'étaient mariés à l'église du port. Les platanes de la place Cassini avaient des feuilles d'un vert pâle que soulevait la brise de mer. Derrière Vincente et Lisa, agenouillés devant l'autel, se tenaient Thérèse et son mari le cocher, Luigi, Madame Oberti et Jouanet. Grinda travaillait, et Rina, la fille de Madame Oberti était restée à la pension pour préparer le repas de noces. Carlo et Sauvan attendaient sur le parvis de l'église, appuyés aux colonnes blanches. On sortit à nouveau la table dans la cour de la pension. On s'embrassa. Luigi chanta, puis on but trois bouteilles d'asti que Grinda avait offertes.

— Au premier garçon, dit Madame Oberti.

Elle levait son verre.

— Ce sera un Français, celui-là, le premier Français des Revelli, continuait-elle.

Sauvan se mit debout, les deux mains appuyées à la table.

— Tu pourrais boire aujourd'hui, dit Madame Oberti, un verre au moins.

Sauvan secoua la tête.

— S'il doit naître, dit-il, ce nouveau Revelli, qu'il soit un homme libre.

Sauvan hésita, parut chercher de nouveaux mots, puis se rassit.

— C'est tout ce que tu dis ? et toi l'oncle ?

Madame Oberti tendit le doigt vers Carlo.

— Tu seras l'oncle.

Carlo but en secouant la tête. Il n'avait rien à dire. Il était mal à l'aise, joyeux et mécontent. Il avait envie de les prendre, Vincente et Lisa, tous les deux contre lui, de les embrasser, de dire des mots simples, d'avouer : « Vous avez bien fait, je suis heureux. » Mais il ne réussissait pas à se laisser aller et quand Vincente l'avait plusieurs fois regardé, il avait détourné les yeux, et il était resté figé en face de Lisa alors qu'elle attendait qu'il l'embrasse. Ç'avait été Madame Oberti qui les avait poussés l'un contre l'autre, bougonnant : « Vous êtes frère et sœur, maintenant. »

— Tu choisiras le prénom, disait Madame Oberti.

Lisa était assise en face de Carlo. Sous la table, elle prit la main de Vincente et la serra de toutes ses forces.

— Tais-toi, dit Madame Oberti, tu blasphèmes.

— Pour être terrassier ou domestique, crever un peu plus tôt, un peu plus tard.

Il ne voulait pas dire ces mots. Mais ils montaient en lui comme l'écume à la bouche des chevaux.

— Tout le monde crève, dit le cocher, tous, le docteur Merani, il crèvera un jour comme toi, et le roi d'Italie lui aussi.

— Mais qu'est-ce que vous dites, cria Madame Oberti, vous n'avez pas honte, un jour comme aujourd'hui, tu n'as pas honte, Revelli ?

Elle ouvrait la main devant le visage de Carlo comme si elle allait le gifler.

— Voilà ce que c'est, continuait-elle, ces hommes qui ne boivent jamais, un verre et ils ne savent plus ce qu'ils disent, tais-toi, va te coucher.

Elle s'était levée, attrapant Carlo par sa veste et il se laissait secouer, inerte.

— Il a raison, dit Lisa.

Elle parlait de sa voix grave, le front partagé par sa ride profonde.

— Il a raison, si j'étais sûre que rien ne changera

jamais, qu'il sera comme nous, un domestique, alors je le tuerais de mes mains, avant même qu'il ouvre les yeux.

Elle avait lâché la main de Vincente, elle nouait ses doigts devant sa bouche, comme dans une prière ou dans un effort pour broyer.

— Je le tuerais, Carlo, répéta-t-elle.

Elle ne criait pas, elle parlait calmement. Et tous, autour de la table, la regardaient, fixaient ses mains aux doigts rouges, ses mains courtaudes de paysanne, qui connaissaient chaque jour l'eau froide et la soude, les chiffons et la paille de fer.

— Mais ce sera autrement, Carlo, ça doit être autrement. C'est pour ça qu'il doit naître.

Puis seulement, pendant les minutes, le léger bruissement de la brise dans les arbres du jardin. Jouanet se leva, il grimaça, esquissa un pas de danse.

— Vous me faites pleurer, dit-il d'une voix éraillée et contrefaite, faire des enfants...

Il siffla, fit un geste du bras :

— Faire des enfants, faut pouvoir et est-ce qu'il peut ? T'as pas essayé ? dit-il tourné vers Lisa, moi je peux.

On se mit à rire, on cria, Rina arrivait avec deux plats de beignets qu'elle posait au milieu de la table et vers lequel chacun tendit la main, poussant des cris parce que les beignets couverts d'huile étaient brûlants, et qu'il fallait, pour les tenir, les faire passer d'une main dans l'autre.

Thérèse et son mari partirent les premiers avec Luigi. Quand le soleil eut quitté la cour, Lisa prit la main de Vincente. « On s'en va », dit-il.

— J'espère bien que vous partez, dit Madame Oberti. Viens, Vincente, viens.

Elle poussait Vincente devant elle, se tournant vers Lisa :

— Toi, reste ici, dit-elle.

Elle longea le couloir, ouvrit une porte, c'était sa chambre, les volets à demi fermés, un lit large, couvert d'un édredon bleu, un chat dormait au milieu des coussins, il ne bougea pas.

— Il vient ici l'après-midi, dit Madame Oberti, je laisse la fenêtre entrebâillée ; la nuit, il rôde.

Elle sortit du tiroir d'une console une boîte qu'ouvrait une petite clé. Vincente vit quelques bijoux, un collier de perles.

— Tiens !

Elle tendait à Vincente deux pièces d'or. Il secoua la tête. Il refusait. Elle prit sa main de force, l'ouvrit, lui glissa les pièces, replia ses doigts.

— Écoute-moi, il faut savoir accepter. Tu ne demandes rien, je te donne. Parce que c'est ma joie.

Elle refermait la boîte, poussait le tiroir de la console. Elle prenait Vincente par l'épaule.

— Tu sais ce que tu vas faire de cet argent ?

Vincente serrait les pièces dans ses doigts.

— Je sais, dit-il.

— Tu es sûr ? Tu as compris ?

Il l'embrassa. Elle sentait, comme sa mère, l'huile frite, cette odeur forte qui imprègne les cheveux.

Lisa, dans la cour, n'avait pas bougé, elle tenait sa mantille à deux mains. Carlo tête baissée, yeux mi-clos, fumait. Jouanet était parti. Sauvan les bras croisés regardait les arbres que le soleil éclairait encore, Rina devait être à la cuisine. Vincente toucha Lisa à l'épaule, elle ne sursauta pas, elle l'attendait et ils sortirent de la cour en silence. Dehors les façades dans la lumière orangée de la fin de la journée, la rue, un gosse qui poussait un charreton si lourdement chargé de couffins remplis de charbon, que de temps à autre, il était entraîné, ne réussissant à le tenir à l'horizontale qu'en sautant pour peser davantage sur les bras du charreton. Il restait un instant suspendu, puis il reprenait pied, donnant un coup de reins, forçant le charreton à avancer de quelques mètres.

Lisa et Vincente allaient vers l'église du port, par des rues que le soleil abandonnait peu à peu, un aiguiseur faisait chanter les lames sur la meule, et plus loin, adossés aux façades, des rempailleurs de chaises, gitans dont les enfants pieds nus couraient dans le ruisseau, les interpellèrent avec des mots qu'ils ne comprirent pas. Vincente avait pris la main de Lisa et ils marchaient lentement, sans se regarder. Quand ils furent place Cassini, Lisa dit :

— Il faut rentrer.

Vincente secoua la tête. Il sortit de sa poche les pièces d'or de Madame Oberti. Il les fit sonner dans son poing fermé.

— Demain matin, dit Vincente, on ne peut pas cette nuit, chez eux.

Il ouvrit la main, montra les pièces.

— On ne peut pas, répéta-t-il, on a l'argent, regarde.

Lisa ne regardait pas les pièces mais les yeux de Vincente et elle commençait à sourire, son visage devenait lisse, tel qu'il aurait pu être, sans une ride, tel qu'il fut, un instant, les plis même qu'elle avait de chaque côté de la bouche, s'effaçant.

— On rentrera tôt, demain matin, continuait Vincente. Ils ne diront rien.

— Et même s'ils disent, ajouta Lisa.

Elle prit son bras. Et elle marcha, appuyée contre lui, se balançant, un peu en retrait, plus petite.

8

Si peu de chose changea en apparence. Ils habitaient toujours au-dessus des écuries dans la maison Merani, mais Lisa était venue s'installer dans la chambre de Vincente et Luigi dormait dans celle de Lisa, échappant ainsi à la surveillance de son frère. Il était souvent dans le grand salon avec Madame Merani, elle pianotant, lui chantant, debout près d'une croisée. Puis elle s'interrompait, lui demandait de lire à haute voix le journal, le récit de la réception, place Cassini, du président de la République, le discours du docteur Merani et celui du comte Malausséna, le maire. Quand Lisa entrait, d'un geste elle faisait taire Luigi, elle disait d'une voix trop aiguë : « Et ton Vincente, je veux qu'il remplace le mari de Thérèse, qu'il le fasse pour toi s'il est trop fier, mais je ne le paierai pas pour rien. » Le cocher avait eu une crise de rhumatismes qui lui tordait les mains, le forçait à marcher avec une canne. « Elle nous en veut », disait le soir Lisa. Elle passait ses doigts dans les cheveux de Vincente, les rejetant en arrière. « Tu seras plus souvent sorti, ajoutait-elle, ça ne te vaut rien de rester ici, dans cette maison, tu as besoin d'être dehors. »

Vincente ne pouvait plus refuser. Il devenait prudent, attentif à préserver ce qu'il avait, pareil à ce braconnier qu'ils avaient suivi un matin dans le brouillard, son père et lui, avançant courbé, s'allongeant parfois dans l'herbe trempée par la rosée, tendant le bras vers un lacet avec la prudence que met une couleuvre pour se glisser entre deux pierres. Il écoutait Lisa. Elle parlait comme sa mère qui mettait à sécher la veste de velours du père lourde de pluie ; le père jurait, disait qu'un jour avec la hache ce n'était pas les arbres qu'il abattrait, mais des hommes qui avaient moins de sève et de cœur qu'un vieux tronc pourri. « Calme-toi, disait la mère, qu'est-ce que tu peux changer, c'est toi qu'ils tueront, prends ton pain et laisse-les dire. »

Alors Vincente acceptait. Madame Merani était descendue le premier matin dans l'écurie : « Tu es devenu raisonnable, tu sens que tu n'es pas si mal ici, continue et tout ira bien entre nous, maintenant tu n'es plus seul, tu as une femme et si tu lui fais des enfants, pas tout de suite j'espère, enfin, ça vous regarde. »

Il attelait, il sortait de la cour, montant seul à la maison de Gairaut, et dès qu'il s'éloignait de la rue Saint-François-de-Paule, dès que le cheval prenait le trot après la place Beatrix, Vincente, les doigts serrés sur les rênes, découvrait la saveur forte de la vie. Le bruit des sabots, le mouvement de la tête du cheval qui semblait vouloir se dégager, l'air de la course et ces paysans dans les jardins maraîchers de la comtesse d'Aspremont, tout cela lui donnait du plaisir. La vie à ces moments-là était semblable au corps de Lisa, à son ventre creusé entre les hanches, ce lieu de peau au grain rose, jamais souillée et qui n'était qu'à lui. Jamais personne, avant, après.

Il entrait au trot dans la cour de la maison de campagne, les roues traçant dans le gravier des ornières franches, il criait en tirant sèchement les rênes, il appelait Cauvin. Puis sautant à terre, il flattait le cheval à l'encolure, le prenant par la bride, le conduisant vers les hangars où Cauvin finissait de remplir les caissettes de haricots, de tomates, d'aubergines ou de fruits. Il l'aidait et souvent Cauvin entraînait Vincente à la cuisine. Un pain rond, à la mie encore fraîche, fendu en deux comme une pêche qu'on ouvre, de l'huile cuivrée avec des reflets verts qui trouvait son chemin dans les boursouflures et les creux de la pâte, une tomate rouge coupée sur cette mie, « tu veux de l'ail ? ». La gousse frottée sur la croûte laissant des traces blanches. Vincente s'asseyait près de Cauvin sur le seuil de la cuisine, le chien guettant un morceau du « pan bagnat ».

— Elle t'a changé Lisa, disait Cauvin, quand tu es arrivé ; qu'est-ce que tu étais ?

Ils retournaient vers le hangar, chargeaient les cageots.

— Un homme, continuait Cauvin, c'est une femme qui le fait, elle t'a fait.

Il fallait rentrer. Le cheval descendait difficilement, glissant souvent sur le chemin en pente raide. Vincente, le soleil dans les yeux, ne voyait plus rien que l'échine lourde de la bête s'arc-boutant sur les jambes de derrière. La plaine du Ray était humide, déjà sombre souvent alors que le soleil coiffait encore la colline de Gairaut. Puis c'était la ville, les ruades du cheval quand un attelage passait rapide ou que des enfants hurlaient place Beatrix, se battant à coups de pierre dans les chantiers. La place Masséna, la rue Saint-François, la cour, l'écurie, et les voix : « Tu en as mis un temps, j'attendais ces légumes, Thérèse, Lisa. » La vie gluante, poisseuse, la journée qui s'allongeait ; la nuit attendue était l'une de ces lucioles qu'on croit toujours prendre, qui se dérobent et Vincente avait couru après elles dans la campagne.

Enfin Lisa entrait dans la chambre. Il voulait déjà, mais elle avait un geste pour lui recommander le silence. Entravée la nuit. Qui passait dans le couloir ? Qui ouvrait une porte ? Qui allait arrêter, peut-être guetter pour surprendre ? Quand donc s'élèverait la voix « Lisa, Lisa », qui réclamerait qu'on fasse vite une tisane : « Bien chaude, pour le docteur. »

Braconniers, Lisa et Vincente, essayaient de

voler les heures profondes, le creux de la nuit, quand ils seraient enfin seuls, qu'ils pourraient allumer la lampe, découvrir sur l'autre visage la crispation du plaisir. Mais il leur fallait retenir le cri, celui qu'ils avaient librement laissé jaillir, la première nuit, dans l'hôtel qui faisait face à la baie, près de l'embouchure du Paillon, cet hôtel des Anges, vers lequel souvent leurs pensées revenaient. Vincente retrouvait l'odeur de noisette âcre, cette peinture fraîche qui couvrait les murs de l'étage où le concierge les avait laissés : « C'est tout ce que j'ai » avait-il dit. Des ouvriers transformaient les chambres pour la saison prochaine. Peut-être voulait-on les décourager, les isoler des autres clients auxquels ils ne ressemblaient pas. Lisa se souvenait de ce lit blanc, de cette armoire de noyer sur laquelle elle avait posé sa main à plat et dont le bois était si doux. Ils avaient ouvert la fenêtre sur la baie, pour chasser cette odeur entêtante, poussé le lit contre elle. Qui pouvait les entendre à cet étage désert, navire dérivant vers la mer si proche qu'ils ne voyaient qu'elle de leur lit ?

« Angelo », disait Vincente à voix basse, pouvait-il être sûr que quelqu'un n'aborderait pas dans l'île noire du milieu de la nuit, Madame Merani, ou le docteur, un étranger qui détenait le droit d'ouvrir les portes ? « Angelo » répétait Vincente, et il caressait les seins de Lisa, son ventre, elle se détendait, sa respiration devenait plus forte, mais un bruit quelque part dans la maison, la garottait à nouveau. « Il faut dormir », disait-elle parfois, pour que cesse ce guet, ou parce que le matin il y avait la lessive ou les vitres du grand salon qu'il fallait laver, trempant des journaux dans l'eau chaude, frottant bras levé, jambes tendues, et les mollets devenaient douloureux. Vincente s'écartait, se recroquevillait sur le bord du lit. Ce cri muselé restait dans sa bouche comme un tampon d'étoupe.

Lui aussi voulait dormir, dormir, il le voulait comme on frappe du poing sur une table.

Quelques mois plus tard, Vincente avait définitivement remplacé le vieux cocher devenu concierge. Le matin il attendait dans la cour, voiture attelée, que descende le docteur Merani. Il lui tendait les journaux et il aidait le docteur à monter dans la voiture. On passait à la mairie, on s'arrêtait au siège de *L'Éclaireur*. Puis on faisait la tournée des grands hôtels. Le docteur Merani tenait à saluer, comme député et comme médecin, les Altesses qui descendaient à Nice, les ministres et parfois même monsieur le Président de la République. Vincente stationnait devant les escaliers de marbre, ou bien entre les palmiers, échangeant quelques mots avec les cochers, essayant le plus souvent de se tenir à l'écart, d'oublier qu'il était l'un de ces hommes qui se précipitaient ouvrant la portière, prêtant l'avant-bras, se découvrant, et se courbant. Il regardait le ciel, le point blanc dans le ciel matinal d'une étoile, ou bien le déplacement des nuages, ou la nuance que prenait l'horizon aux différentes heures de la journée. Il ne sommeillait jamais, son esprit vif, il le faisait fuir dans des directions inattendues qui le surprenaient lui-même. Il imaginait d'aborder dans une île déserte avec Lisa, Luigi, Carlo et leurs femmes, d'y fonder un État. Il suivait les générations, inventant des moyens pour que demeure entre les fils l'égalité des pères. Il supprimait les héritages, répartissait entre tous les surplus. Le docteur Merani le touchait de sa canne : « Tu dors, Vincente, disait-il amusé. Allons. » Vincente dépliait le marchepied, sautait sur son siège, attendait l'ordre.

Un jour le docteur lui fit prendre la promenade des Anglais, puis arrivé au pont Magnan, il le fit arrêter, descendre. « Monte avec moi », dit-il à Vincente.

La voiture était immobilisée sur une bande de sable réservée aux cavaliers tout au bout de la promenade. Le cheval levait haut la tête, tirant sur les rênes, semblant suivre le vol bas des mouettes.

Le docteur Merani, sa canne entre les genoux, les deux mains posées sur le pommeau en or, regardait, grave et ironique. Vincente.

— Tu es un brave garçon, dit-il, Luigi aussi. J'ai pensé...

Il s'arrêta.

— Mais il y a l'autre, le troisième Revelli. Tiens.

Le docteur Merani prit un papier de sa poche, le montra à Vincente.

— Je te parle d'homme à homme, tu es un homme maintenant, tu es marié. C'est vrai ce que me dit Madame Merani, que Lisa attend un enfant ?

Vincente fit oui. Ce garçon qui allait naître, ce garçon, car il voulait que ce soit un homme, il l'avait rêvé devant les portes majestueuses des hôtels pour princes étrangers. Ce fils était la plus inconnue et la plus fertile des îles désertes. Sa vie à venir serait l'un de ces fleuves dont on ne peut prévoir le cours, mais dont on sait qu'ils vont s'élargir, couvrir toute la plaine, comme le Pô en crue. Il ne s'inclinerait que devant ceux qu'il saurait plus justes que lui, plus savants. Et Vincente se taisait, se courbait, acceptait sans révolte parce qu'il imaginait que sa soumission présente nourrirait de sève son fils et le ferait plus fort. « Les racines, c'est l'arbre », disait le père à Vincente, en montrant ces veines grosses comme des bras que l'on voit parfois dressées hors de terre, quand un orage a soulevé l'arbre avant de le coucher.

— Tu dois penser à lui, alors, continuait le docteur Merani, d'ailleurs tu as changé, tu es moins tête folle, je le sens, bon, il y a l'autre, regarde ce que me transmet le préfet, à moi, parce qu'il pense que je suis votre protecteur à vous les Revelli, il m'avertit.

Un rapport, fine écriture penchée sur des lignes noires à peine perceptibles. Carlo qu'on soupçonnait, le 1er Mai, d'avoir collé des affiches contre la société, sur les murs de la vieille ville, Carlo qu'un indicateur avait surpris, le jour de la réception de monsieur le Président de la République, « proférant avec le nommé Sauvan, anarchiste connu de nos services, des injures et des menaces ».

— Tu entends ? disait le docteur, ils sont bien renseignés.

On avait vu Carlo sur les marches de l'église du port. Le président Sadi Carnot écoutait le discours de monsieur le maire, le comte Malausséna, et l'indicateur mêlé à la foule avait noté...

— Et puis, il y a les journaux qu'il lit, et le Cercle Libertaire, rue Séguranne.

Le docteur replia le rapport, le glissa dans sa poche, frappa de sa canne sur le plancher de la voiture, martelant ses phrases :

— Tu sais ce qu'il va arriver ? On va l'expulser et toi avec, Luigi y échappera peut-être, moi je ne peux rien. Réfléchis, vois ton frère, explique-lui, je ne voudrais pas que tu aies des ennuis, surtout maintenant, avec Lisa... On rentre, discute avec lui, viens me voir...

Plus tard, Vincente silencieux, assis sur le bord du lit, Lisa allongée du côté du mur.

— Donne-moi ta main, dit-elle.

Il resta immobile. Elle prit son poignet, posa la main de Vincente sur son ventre.

— Tu le sens bouger.

Entre les hanches, la peau jour après jour se tendait, et chaque nuit Vincente croyait découvrir un nouveau signe de cette croissance, il n'osait plus appuyer son corps sur ce ventre, à peine s'il l'effleurait de ses lèvres : « Tu peux », disait Lisa. Elle paraissait si sûre d'elle, tranquille alors qu'il était inquiet.

— Il bouge, dit Lisa.

Il retira sa main, se leva. Lisa s'appuya sur le coude. Quand elle était ainsi à demi ployée, on voyait mieux la rondeur de ses formes, les seins, les hanches même, tout son corps s'était gonflé. Lisa observait Vincente, elle ressentait comme si cet enfant qu'elle portait avait été Vincente, chacune des émotions, des pensées qui pouvaient bouleverser son mari. Ce soir elle se sentait lourde, nerveuse, il lui semblait que l'enfant bougeait plus que d'habitude, avec une sorte d'agressivité, lui donnant ce qu'elle imaginait être un coup de pied.

Elle se leva. Vincente était à la fenêtre. Cet automne était chaud, sans un souffle, comme si l'été collait au pays, brumeux, tenace. Lisa s'appuya au dos de Vincente, prenant son cou entre ses mains, posant sa tête dans ce creux qu'il avait entre les omoplates carrées, fortes.

— Parle-moi, dit-elle, tu dois...

Lui qui s'était juré de ne rien lui dire, au contact de ce corps tiède, rond, qui devenait une partie de lui, voici que les phrases se formaient seules, qu'elles se déployaient, graves.

— Il y a Carlo, disait-il, ce matin le docteur Merani...

Peu à peu, à chaque phrase, il respirait mieux, comme un prisonnier qu'on délie, corde après corde. Lisa ne bougeait pas, mais elle pesait davantage sur lui, c'était comme s'il naissait d'elle, de ce corps dont un homme allait naître.

— Viens te coucher, dit Lisa quand il eut terminé.

Elle l'entraînait, le forçait à s'allonger sur le lit, le dévêtait lentement, avec la tendresse attentive des mères.

— Tu sais, disait-elle, ils nous font peur, et si nous avons peur... Mais je n'ai pas peur, toi non plus ?

Elle avait ouvert sa chemise de grosse toile, elle se coucha près de lui, lui caressant la poitrine.

Vincente se taisait, la main de Lisa si légère comme l'eau dont on lave une plaie.

— Laisse, disait Lisa, laisse faire Carlo, il est seul tu comprends, seul, c'est sa manière à lui, et s'il le fait c'est pas contre nous. Laisse-le, ne le retiens pas.

Elle était sur Vincente, lourde, chuchotante.

9

Carlo attendait l'Anglaise, la belle putain blonde du bordel de la place Pelligrini. Madame George, la tenancière, ne lui proposait même plus d'autres filles. Elle s'avançait vers lui, son éventail brodé collé contre sa poitrine.

— Je te l'envoie, disait-elle.

Elle jouait de son éventail, s'éloignait, recommençait sa comédie, revenait.

— Mais non, que je suis bête, toi, tu peux monter directement, va !

Elle faisait à Carlo une œillade, il payait et prenait l'escalier tapissé de fleurs rouges, lacérées de-ci de-là. L'Anglaise occupait la chambre 7, au troisième étage. Carlo poussait la porte entrouverte. Elle était assise sur le lit, ses jambes se balançant, blanche, blonde, si blonde avec ses dentelles noires, son corset gainé qu'elle n'enlevait jamais, le long lacet dans le dos, torsadé et les seins blancs qu'elle faisait jaillir en les soulevant de ses paumes.

— Alors Piémontais !

Elle avait un léger accent, différent de celui des filles du Sud et elle était ainsi devenue l'Anglaise, la fille d'un lord, disait-on, qui l'avait vendue pour 20 000 francs après s'être ruiné au Casino de la Jetée-Promenade, une nuit où il voulait tenter à nouveau sa chance.

— Approche Piémontais !

Elle prenait le poignet de Carlo, elle découvrait le tatouage qu'il avait depuis quelques mois, au-dessus du poignet, un poignard et un mot — vendetta — qui s'enroulait sur la lame comme se tord le lierre.

— Tu n'avais pas ça ?

Elle le repoussait, se massait lentement les cuisses, du genou à l'aine.

— Que vous êtes tous cons, tu te fais marquer comme un bœuf et tu es fier.

L'Anglaise s'appuyait au dossier du lit, elle tendait sa main :

— Donne, allez donne mon petit cadeau !

Avec elle, la passe revenait cher, mais elle était blonde, la plus blonde, la plus blanche du bordel. Anglaise aussi comme ces jeunes femmes qui se promenaient dans leur victoria, l'une d'elles se retournait sous son ombrelle, paraissant dévisager les ouvriers sur le chantier. Carlo esquissait dans leur direction des gestes obscènes, et du toit, Gari, un ouvrier de l'entreprise Gimello, hurlait « bella moussa », beau sexe, beau cul, et la victoria s'éloignait, ne restait que le cercle blanc d'une ombrelle que Carlo suivait longtemps.

— Bella moussa, disait Carlo.

Il tentait de poser sa main sur le sexe de l'Anglaise du bordel, mais elle secouait la tête : « C'est moi qui travaille », le repoussait avec un bruit humide des lèvres : « Donne », répétait-elle : « Donne. »

En sortant du bordel Carlo remontait la rue Bonaparte vers la place Garibaldi. Le samedi soir des ivrognes titubaient dans les rues mal éclairées, lançant des jurons, se colletant parfois ; l'un d'eux le dos appuyé à la vasque de la fontaine, pleurant par sanglots sonores et répétant un prénom de femme. Carlo se lavait le visage longuement, laissant les mains dans l'eau jusqu'à ce qu'elles s'engourdissent, puis il rentrait au café de Turin, demandait un verre de vin au comptoir. Il y plongeait à peine ses lèvres, il voulait seulement se brûler la bouche, la gorge, et il crachait sur la chaussée en sortant. « Puttana », disait-il retrouvant l'italien pour l'injure, putain, l'Anglaise celle à l'ombrelle et celle du bordel, Puttana la vie. Parfois il rencontrait Maria, qui offrait son sexe. Qui se mettait nue. On n'avait que ce qu'on ne désirait pas. Puttana.

Ces nuits-là, Carlo essayait de briser, comme on le fait d'une branche sur son genou, sa vie trop droite, tracée, le chantier, la pension, le café de Turin, Maria, l'asti qu'offrait Grinda et un jour, on glisse sur le toit, un échafaudage cède, et on tombe, comme Gari, en battant des bras, en lançant un cri. Ou bien on crève comme Grinda le sang mêlé au vin. À quelques semaines de distance deux camarades, Gari qui criait « bella moussa » et Grinda le charretier avaient crevé. Leurs morts étaient lourdes comme des madriers, elles s'enfonçaient comme des écharcdes sous les doigts gourds quand le matin est froid, qu'on ne réussit pas à saisir le bois, qu'il vous écrase. Et l'ongle bleuit, et le doigt fait mal, comme si sa racine plongeait dans le cœur.

Puttana. Le sexe de Carlo lui semblait douloureux, gênant, comme serré par un lacet. Il pissait debout sur le quai du port, tenant son membre à pleine main et la tentation le prenait d'arracher de lui, d'une torsion rageuse, cette branche encore verte. Après il eût été peut-être comme Grinda, avant qu'il crève. Le vin qu'on vole et qu'on boit. Puis on se laisse aller, la tête reposant sur les bras et on ronfle.

— Qu'est-ce que tu veux faire Revelli, disait Grinda. Changer tout ça !

Il montrait les murs de la pension et cela voulait dire, la ville, les hommes.

— Tu crèveras avant ou ils te crèveront.

Il donnait un coup de paume sur son front, un autre sur le mur.

— Il est plus dur Revelli, bien plus dur.

Grinda avait crevé comme un tonneau qui se brise. Il déchargeait des muids, du vin du Var qui arrivait par les tartanes aux voiles rapiécées. Il poussait les grosses barriques vers le plateau de la charrette en les faisant rouler sur deux planches inclinées. L'un des muids, presque trois cents litres de vin rosé de Bandol sur le corps de Grinda.

La mort est si lente souvent, qu'on se demande, si lente à venir. À l'hôpital, Madame Oberti passait un mouchoir sur le front de Grinda.

— On se demande, répétait-elle.

Quand les yeux de Grinda s'étaient enfin couverts d'une épaisse humeur grise, Carlo avait quitté la salle.

— Va-t'en, c'est l'affaire des femmes maintenant.

Madame Oberti qui avait posé la tête de Grinda dans la saignée de son bras, lui caressait le visage, main nue, comme la mère le faisait à Luigi pour qu'il s'endorme.

Puttana la vie.

À Roba Capèu, le vent prenait brutalement Carlo de face. Il apercevait alors la courbe de la Baie des

Anges et le Casino de la Jetée-Promenade, sa lourde coupole orientale se reflétant dans la mer. Du bordel au Casino, c'était l'itinéraire de Carlo, le chemin de sa méditation rageuse.

Crever, autant que ce soit pour 20 000 francs.

Il suivait le quai des Ponchettes, la longue ligne des terrasses, s'attardait devant l'hôtel des Anglais ou l'hôtel des Anges, puis, après l'embouchure du Paillon, il s'installait face au promontoire de métal sur lequel on avait reconstruit le Casino de la jetée. Une nuit, pour 20 000 francs, le lord anglais y avait vendu sa fille. Carlo suivait le mouvement des voitures, ces femmes aux corsages cintrés, sans visage, seule la ligne blanche des dents sous la voilette. Il s'approchait, faisait le tour du bâtiment, s'engageant sur le chemin de promenade, balayée par les embruns quand la mer était forte, qu'elle s'engouffrait avec un battement rauque entre les poutrelles et les piliers. Appuyé au bastingage, le dos au large, Carlo tentait d'apercevoir derrière les vitres et les voilages, les tables de jeux, les plaques glissant sur le feutre, s'immobilisant sur un chiffre, rectangle blanc dans un rectangle vert. Vingt mille francs, dix mille jours à 2 francs par jour, trente ans. Puttana.

Crever, autant que ce soit pour 20 000 francs.

Il rentrait à la pension Oberti, réveillait Sauvan. Jouanet maugréait, lançait sans colère vers eux un de ces gros souliers de terrassiers au cuir fendillé, imprégné de poussière ocre.

— Vous la finissez cette parlote, merde, disait-il.

Carlo et Sauvan allaient s'asseoir dans la grande salle, Sauvan sifflant entre ses dents, battant la mesure sur la table, ses doigts s'arrêtant parfois quand Carlo répétait :

— Tu risques toujours, tu manques l'échafaudage, tu tombes et quoi, tu crèves pour deux francs ? Alors il faut risquer.

« Il n'y a qu'à ramasser » expliquait Carlo. Il avait vu, dans le salon de la villa Karenberg, « le gardien, il est à l'entrée du parc, il n'entend rien ». C'était il y a des mois, Carlo sur la terrasse observait Frédéric Karenberg qui payait Gimello. Un coffret, posé entre des livres, dans le salon.

— Attention, disait Sauvan, attention, ils se méfient toujours. S'ils te prennent, tu en auras pour cinq, dix ans.

Carlo se taisait. Les paysans du Piémont l'avaient roué de coups pour quelques pommes aigres.

— Faut pas se laisser prendre.

— On n'est pas les plus malins, Revelli, imagine toujours qu'ils sont plus malins que toi, sinon, tu serais à leur place.

— Tu m'emmerdes.

Carlo ne voulait plus rien entendre. Il avait envie de lancer sa vie sur le tapis, pour qu'elle change. Il ressortait laissant Sauvan immobile, les coudes sur la table, le menton dans les mains. Il traversait le pont neuf, montait vers Cimiez, longeait la grille de la villa Karenberg, cette succession de hallebardes aux pointes dorées. Il repérait la première branche de l'eucalyptus, qu'on pouvait saisir, et une fois au sommet de la grille, il suffisait de sauter dans le parc. Après c'était le jeu, la chance.

— Tu y vas ? demandait Sauvan le jour suivant.

Carlo rentré du chantier, reprenait sa veste accrochée à un long clou de charpentier. Il hésitait et finalement d'un signe de tête il répondait non. Il traînait encore, mais l'Anglaise coûtait cher. Il passait au Cercle Libertaire, rue Séguranne, une pièce en contrebas de la chaussée, presque une cave. Lambert, qui venait du Nord, y vendait des brochures de Jean Graves, de Bakounine ou de Malatesta.

— Toi, un Italien, disait Lambert, t'as pas vu Malatesta, il est passé ici, en 89, mais qu'est-ce que tu foutais ?

Carlo fumait, laissait dire, repartait vers le Casino. Un soir il avait aperçu Vincente, sautant de son siège de cocher, dépliant le marchepied, encore courbé quand la femme du docteur était descendue, puis monsieur le député Merani, qui avait eu un mot pour Vincente. Celui-ci était remonté sur son siège, dirigeant la voiture vers les jardins. Carlo l'avait surpris peu après alors que Vincente paraissait, les yeux ouverts, ne rien voir.

— Tu attends ? interrogea Carlo.

Vincente sursautait, hésitait avant de répondre comme s'il retrouvait difficilement la conscience du présent.

— Il y a banquet, disait-il enfin.

— Tu es bien ?

— Lisa va accoucher.

— Déjà ?

Carlo ne les avait vus que deux fois depuis leur mariage. Un dimanche, le député Merani et sa femme séjournant à Paris, Carlo était allé avec Sauvan à la maison de campagne de Gairaut, un repas sous les oliviers, Lisa le corps rejeté en arrière, les deux mains sur le ventre, Lisa qui disait : « Carlo, tu seras le parrain. » Un autre dimanche, Vincente et Lisa étaient revenus à la pension Oberti, mais Carlo n'aimait pas cette façon qu'ils avaient de se tenir par le bras, même quand ils étaient assis, Lisa posant parfois sa main sur le genou de Vincente, et lui, qui avait grossi, le visage rond, ce sourire qui lui venait, ce voile sur les yeux. « Je m'en vais », avait dit Carlo. Il était allé s'asseoir au café de Turin, ne buvant pas, renfrogné, avec l'envie de se faire mal, de tordre quelque chose en lui

— Lisa veut que tu sois le parrain. Elle te l'a dit.

Carlo toucha l'épaule de son frère.

— Il est pas né.

— Il va naître.

— Si je suis le parrain, avait dit Carlo, appelle-le Dante.

Les mots avaient jailli, trop tard pour qu'il les reprenne.

— Dante, disait Vincente, Dante.

Et il avait ri.

Dante Revelli était né le 19 avril 1892, rue Saint-François-de-Paule, dans la maison Merani.

Vers six heures, le matin, Lisa avait enfoncé ses ongles dans le poignet de Vincente.

— Il est là, il est là, murmurait-elle.

Vincente réveilla Thérèse.

Elle avait fait chauffer de l'eau cependant que Lisa se cambrait, son ventre se soulevant, sa ride au milieu du frond si profonde. Il l'avait laissée, courant vers la rue de la Préfecture. Les vendeurs du marché déchargeaient les charretons venus du Ray, de Gairaut, les charrettes qui arrivaient de l'autre côté du Var, de Saint-Laurent ou de Saint-Paul. Les couffins, les cageots s'entassaient près des tréteaux. Des paysannes accroupies devant leurs paniers sortaient de la paille les œufs frais, et plus loin des femmes de pêcheurs renversaient sur de larges feuilles de figuiers les poissons au ventre blanc et les poulpes gris dont les ventouses roses s'ouvraient comme des fleurs. Vincente voyait tout cela, courait, évitant un gamin qui passait portant sur sa tête protégée d'un chiffon roulé un plateau de zinc où achevait de griller, dans l'huile encore chaude, une plaque de socca. Vincente qui sautait par-dessus un cageot, qui sentait les odeurs de poisson et de l'huile frite, qui martelait la porte de l'accoucheuse, 10, rue de la Préfecture, la sage-femme, Madame Cuggia Augusta, Vincente qui repartait en courant, vif, traversait la cour de la

maison Merani, entrait dans la chambre. Et Lisa
lui tendait la main, serrait, serrait, répétant :

— Il est là, il est là.

10

Il était là, dans leur chambre, la peau du visage
plissée, et penché sur le berceau, Vincente montrait la ride profonde qui lui partageait le front.
Puis il se recouchait posant sa paume sur le front
de Lisa, effaçant d'une caresse ces rides qu'elle
avait.

— Il te ressemble, disait-il, Thérèse l'a dit aussi.

Lisa la main posée sur le berceau tiré tout contre
le flanc du lit, ne bougeait pas, lasse, avec ses chairs
qui tout à coup semblaient l'envelopper comme un
vêtement trop grand, une robe dont elle eût oublié
de fermer les boutons, de nouer la ceinture et qui
flottait autour d'elle, loin de son corps et elle avait
toujours envie de prendre Dante dans ses bras, de
refermer cette sensation de plein, de poids, qu'elle
avait connue pendant neuf mois. Comment
pourrait-elle, toute sa vie, rester ainsi vide, découverte ?

Elle eût aimé tout de suite être à nouveau
chargée d'une vie, et Vincente ne comprenait pas
ce rire nerveux qui la prenait, douloureux mais
qu'elle ne pouvait pas arrêter ; elle mettait les
mains sur son ventre pour tenter de retenir les
mouvements instinctifs de son corps que le rire
faisait naître et qui peu à peu déclenchaient la douleur.

— Qu'est-ce que tu as ? demandait Vincente.

Il lui passait la main sous la nuque, il la soulevait,

et elle se calmait, posant son visage contre la poitrine de Vincente, s'endormant parfois.

— Qu'est-ce que tu as ? répétait-il.

Le rire la reprenait. Elle embrassait Vincente, frottait son nez contre lui.

— Je voudrais faire un enfant tous les jours, disait-elle.

Il lui caressait les cheveux ; cette phrase, il voulait l'entendre à nouveau. Il interrogeait Lisa, sa main glissant le long du dos.

— Angelo, disait-il, Angelo.

Elle s'endormait, se réveillant quelques secondes avant que Dante ne se mette à crier, elle s'agenouillait sur le lit, sa chemise de nuit blanche lui donnant une forme ronde, comme une chatte ; elle prenait Dante, dont la bouche déjà, à peine l'avait-elle soulevé, s'avançait, elle le glissait contre ses seins, la tête appuyée sur l'un, l'autre tendu vers l'enfant. Vincente ne pouvait pas s'endormir, il écoutait le bruit de succion, il regardait le sein, les plis qui depuis la naissance de Dante s'étaient formés sur le ventre de Lisa, il était fasciné par les mains de l'enfant, comme gonflées, et souvent il tendait son doigt vers l'une d'elles, hésitant à la toucher.

— Tu peux, disait Lisa, tu peux.

Il soulevait un doigt de Dante, l'abandonnait vite, comme si cette peau avait été brûlante.

— Il a une faim ! disait Lisa.

Parfois elle le changeait de sein, et il avait encore sur ses lèvres cette mousse blanche, ce lait tiède, et tout cela, ces odeurs, ces bruits, c'était pour Vincente comme un souvenir inaccessible qui lentement venait au jour, sans souffrance, éclosion douce mais qui laissait Vincente rompu, le corps mou, avec le désir de voir encore, de respirer encore cette odeur un peu aigre du bébé qu'on change. Le premier jour, le docteur Merani était venu examiner Dante. Il avait écarté les couvertures du berceau.

— Défais-le, je ne vais pas le manger ton petit Français.

Il paraissait joyeux, touchant le ventre de l'enfant, avec violence semblait-il à Vincente, le soulevant nu, jusqu'à hauteur de son visage, retroussant les paupières, passant la main sur le crâne bosselé, à peine couvert d'un duvet foncé.

— Il est sain, ce bébé, bravo Lisa, toi aussi bien sûr, ajoutait-il tourné vers Vincente. Mais tu sais, ce sont elles, nous...

Il s'était approché de Lisa, assise sur le lit.

— Et toi, comment ça va ? Aujourd'hui et demain tu ne sors pas de ta chambre.

Madame Merani, un mouchoir sur les yeux, debout, silencieuse, murmurait :

— Je le lui ai dit Joseph, je lui ai déjà dit, il faut qu'elle s'occupe de son bébé.

— Je vais bien, dit Lisa, cet après-midi, je recommence.

Elle se levait, s'appuyant sur le dossier du lit, la voix assurée. Le docteur haussa les épaules, regarda sa femme, Lisa.

— Débrouillez-vous, dit-il, j'ai besoin de toi Vincente, de toute façon, tu ne sers plus à rien.

Au bureau de poste principal, rue Saint-François-de-Paule, on inaugurait la liaison téléphonique entre Nice et Cannes. C'était à quelques centaines de mètres de la maison Merani mais le député tenait à arriver en voiture, Vincente attela rapidement, le docteur Merani faisant les cent pas dans la cour, jouant avec sa canne, sifflotant, s'approchant de Vincente :

— Tu es trop jeune pour savoir, pour sentir, attends d'avoir vingt ans de plus, tu sais, mon fils, je l'ai eu, j'avais ton âge, vingt-trois, vingt-quatre ans, c'est ça ?

Vincente passait les sangles sous le poitrail du cheval.

— Je ne me suis pas rendu compte, continuait Merani, aujourd'hui, le tien, maintenant que je suis sur l'autre pente, il s'est passé quelque chose quand je l'ai pris, c'est la vie, c'est neuf, et quand tu commences à avoir des rhumatismes dans les mains, ça fait quelque chose, à vingt-cinq ans on ne sait pas. Dis-moi...

Vincente avait terminé, il ouvrait la portière au docteur, qui s'arrêtait, un pied sur le marchepied.

— Dis-moi, ton frère ? Plus de bêtises ? Il y a ton fils maintenant.

Il hésita, touchant Vincente à l'épaule, avec sa canne.

— Il y aurait quelque chose à faire, te naturaliser toi et Luigi, pour le service militaire on s'arrangera.

Vincente fermait la portière, le docteur se laissait tomber sur la banquette, las, observant un instant Vincente, détournant les yeux, revenant à lui.

— Si l'autre fait des conneries, toi tu ne seras pas expulsé. Je vais en parler au préfet, il me doit bien ça.

Alors, Vincente monta sur son siège, et avec les rênes donna un coup sur l'échine du cheval qui avança au pas.

— Dante, disait le docteur Merani, il te porte chance.

On baptisa Dante Revelli à l'église Saint-François-de-Paule.

Carlo refusait d'être le parrain. Vincente, pour le convaincre était allé l'attendre à la sortie du chantier, derrière le Casino de la place Masséna.

Carlo venait de quitter l'entreprise Gimello et il

122

était entré comme terrassier chez Forzanengo, un entrepreneur qui avait emporté l'adjudication des travaux pour la couverture du Paillon.

— Tu as tort, avait dit Sauvan à Carlo, Gimello, tu le connais, il te fera toujours travailler. Forzanengo, tu es un parmi cent, quand il aura fini, il te balance. Tu as tort Revelli.

C'était un dimanche, Sauvan et Carlo étaient partis de la pension Oberti et ils marchaient, vers le mont Gros, leur veste sur l'épaule, lentement. Carlo fumait, proposant de temps à autre le toscan à Sauvan qui en aspirant une bouffée. Après les zones maraîchères et fruitières, au-delà de Riquier, ils avaient commencé à grimper, dans la chaleur limpide du mois de mai. La sphère de l'observatoire se détachait sur le vert terne des pins, et dessinait une encoche blanche dans le ciel uniment bleu.

Ils s'arrêtèrent là où, depuis le bord de la route en corniche, on aperçoit à la fois les montagnes qui ferment la vallée du Paillon, le mont Chauve, au nord, et la ville frangée par la mer. Dans toutes ces directions, les routes comme les doigts d'une main ouverte marquaient la progression de la ville, le long du Paillon, ou au-delà de la promenade des Anglais dont le prolongement se perdait, après le pont Magnan, dans l'éclat multiplié du soleil sur la mer. Une barcasse, sa voile romaine couleur sang déployée, sortait du port. Au milieu de l'arc de la Baie, la boule métallique et brillante de la coupole du Casino de la jetée, comme un reflet, déformé, de l'observatoire. Carlo s'assit sur le bord du chemin, jouant avec les aiguilles de pin, l'herbe déjà sèche.

— Habiter haut, dit-il, ici, là-bas.

Les collines encerclaient la ville, comme une autre baie, qu'une vague déferlante moutonneuse et sombre signalait. Dans cette végétation de pins, quelques éclats incandescents, les vitres des premières villas qu'on commençait à construire dans la plus proche hauteur, celles des Baumettes ou de Fabron. À l'extrême ouest, vers l'embouchure du Var, les deux baies, la marine et la terrienne, se rejoignaient, l'une blanche et mouvante, l'autre noire.

— La ville sera partout, continuait Carlo, les riches en haut, les pauvres en bas.

En face du mont Gros, partageant la ville, la colline de Cimiez que les quartiers de Carabacel ou de la place d'Armes recouvraient peu à peu, comme le sable une source. Plus loin, la colline semblait resurgir, vivre à nouveau droite après un parcours souterrain avec le rocher du château qui tombait à pic sur le port et la mer. Carlo se leva, prit Sauvan par l'épaule, montra Cimiez.

— Regarde, dit-il, la villa Karenberg, c'est ce toit.

Sauvan ne distinguait rien, peut-être l'angle rose d'une façade au milieu des arbres.

— Tu imagines ? dit-il.

— J'imagine, dit Carlo.

Ils se remirent en marche vers l'Observatoire. Une fois le tournant de la corniche franchi, on ne voyait plus que l'est, les hautes montagnes dans le fond, sans doute la frontière italienne et de chaque côté du large lit caillouteux du Paillon, les pentes arides des collines proches.

— Tu joues, tu gagnes, dit Carlo. J'achète un terrain dominant la ville. J'habite là, je travaille la terre, j'attends, on fait à deux, si tu veux.

— J'aime pas jouer, dit Sauvan. Acheter, pour quoi faire ? Si tu achètes, tu te lies les mains.

Ce morceau de terrain, derrière la maison des Revelli, là-bas, à Mondovi, trente pas, cent pas, que le père n'avait jamais pu acheter. Et la mère disait « n'y pense plus, c'est pas pour nous. Il faudrait un miracle ».

— Tu as peur ? dit Carlo.

— Tu as peur de rester pauvre, Revelli. Moi je n'ai pas peur.

Carlo se mit à marcher plus vite, se détachant de Sauvan, puis il s'arrêta, l'attendit.

— Tu as lu, moi rien, deux livres seulement, deux, écoute, il y a un morceau de viande, tu as faim, il est devant toi, et ce sont les autres qui mangent, dis-moi, tu acceptes ? Les Revelli, de temps en temps, on leur jetait un os, basta, basta.

Carlo tira un coup de pied dans une des pierres et ce geste lui rappela Vincente, leur marche depuis Mondovi. Quand il se retournait il voyait Luigi, traînant ses pieds et Vincente qui, tête baissée, envoyait une pierre sur le bord du chemin. Vincente chien fidèle qui acceptait de se laisser nourrir. La femme, le fils. Qu'est-ce qui avait changé pour lui ? Il ressemblait à la mère, toujours prête à se soumettre, à dire au père « laisse, attends ».

Elle lavait le linge des autres, les femmes d'officiers en garnison à Mondovi. Ce linge, elle l'étendait dans le jardin qui ne leur appartenait pas, derrière la maison. Longues culottes blanches serrées aux mollets et garnies de dentelles, des draps, des serviettes. Quand la lessive bouillait, une odeur humide et forte imprégnait la maison et Carlo sortait. Il bousculait la mère. Elle pliait sur ses genoux le linge qui était déjà séché, s'apprêtant à le repasser.

Lisa aussi, comme elle, les mains trempant dans la saleté des autres.

— Basta, basta, répéta Carlo.

— Tu n'as pas tort, Revelli.

Sauvan arrachait une poignée d'herbe, prenait une longue tige, commençait à mâchonner :

— Tu n'es pas le premier, seulement ce que tu veux, c'est pas la justice, tu veux te mettre à leur place Revelli, tu veux toute la viande, pour toi.

Il cracha sur le sol.

— Parce que tu as trop peur de rester pauvre, continua-t-il.

— Basta, dit Carlo, tu marches avec moi ?

Parvenu à l'entrée du chemin de l'Observatoire, ils virent les voitures arrêtées, les cochers formant un groupe à l'ombre d'un pin, l'un d'eux assis sur l'une des bornes qui marquait l'accès à l'Observatoire, somnolait. Puis il y eut un appel « le voilà », et le gardien courait, dévalant le chemin. Une dizaine de personnes entourant un homme grand aux cheveux blancs, avançaient lentement, derrière lui. Ils montèrent dans les voitures qui s'éloignèrent en direction de la ville, cependant que le gardien replaçait la chaîne entre les bornes de l'entrée.

— C'est le roi de Suède, Oscar, dit le gardien que Carlo interrogeait. Ils viennent tous ici. On a la coupole flottante, tous, je les ai tous vus depuis 87. Ils visitent.

Peu après, Carlo et Sauvan commencèrent à redescendre, le soleil dans les yeux, la ville recouverte par la lumière rasante déjà rousse du crépuscule.

— Si tu me proposais, commença Sauvan.

Ils marchaient au milieu de la route, leurs pas d'hommes jeunes sonnant, entraînés par la pente qui était raide.

— Si tu me disais, continuait-il, on tue un roi, un grand-duc, pour leur montrer à tous qu'on crève aussi quand on est roi, pas seulement les pauvres. Si tu me disais cela Revelli, peut-être que je ferais ça avec toi, mais le reste, c'est ton affaire, à toi tout seul.

— Tu refuses ?

— Avertis-moi.

— Ce sera bientôt. J'ai quitté Gimello pour ça.

— Ils sont malins.

— Moi aussi, dit Carlo.

Mais Vincente était venu l'attendre un soir, à la sortie du chantier, près des palissades, et Carlo avait dû écouter son frère, cette histoire de baptême, de parrain.

— Prends le député pour parrain, répétait Carlo ironique.

Vincente faisait non.

— Lisa veut que ce soit toi, elle veut, vraiment. C'est toi qui as donné le prénom.

— C'est tout ce que je donnerai, disait Carlo, l'autre il pourra lui être utile.

— Elle veut que ce soit toi.

Carlo était flatté de la détermination de Lisa, mais il lui semblait aussi qu'on l'attachait, qu'on voulait, comme on le fait d'un cheval rétif, raccourcir la longe. Alors il se rebiffait encore, luttant contre lui-même.

— Je m'en fous. Non Vincente. J'entre pas dans une église.

— Elle va venir te voir, elle.

Vincente était parti avant même que Carlo puisse répondre et depuis il attendait Lisa, il remettait soir après soir son « tour » à la villa Karenberg. Quand il rentrait du chantier il s'attendait à voir sa belle-sœur assise parlant avec Madame Oberti et Rina.

C'est avec Sauvan qu'elle était, dans leur chambre, lourde encore, un col de dentelle blanche sur sa robe grise. Carlo ne l'embrassa pas, la salua à peine, enlevant sa veste, l'accrochant au clou.

— Tu dis que tu ne veux pas ? dit Lisa sans bouger.

Sauvan sortait fermant doucement la porte.

— Pourquoi ?

Carlo bougonna, remit sa veste.

— Viens dehors, dit-il, il fera plus frais qu'ici.

Ils s'assirent côte à côte sur le muret qui clôturait le jardin.

— Tu es l'aîné, dit Lisa, c'est toi qui marches devant. Vincente, Luigi, c'est toi qu'ils regardent.

— Chacun va où il veut, comme il veut, dit Carlo.

Il avait pris une pierre aux angles vifs, il en rayait la terre.

— Dante, c'est un Revelli, comme toi, dit Lisa.

— Chacun joue sa partie, dit Carlo.

Lisa se tut.

Il y avait un oncle, à Mondovi, dont on disait qu'il ressemblait à Carlo. « C'est des oncles que tiennent les fils », répétait le père.

— Comment il va ? demanda Carlo.

Lisa fit signe que Dante se portait bien. Le père, quand les autres étaient nés, Vincente, Luigi, jurait, il s'en prenait à la mère. Il disait que, en Savoie, vers le nord, au-delà de la Suisse, il y avait toujours du travail pour les bûcherons, et qu'il allait partir, qu'ils se débrouillent, eux la femme, les enfants ; lui, il en avait assez d'attendre, qu'ils se débrouillent. « Fais ce que tu sens », disait la mère. Le père parfois lançait son poing contre le mur, comme s'il eût voulu que de ce seul coup, la maison tombe, sur lui, sur eux. Et il n'était pas parti. L'affection d'un enfant, qu'est-ce qu'on en fait Lisa ?

— Tu veux pas ? disait Lisa en se levant.

Carlo se levait aussi, lui faisant face.

— Demain, je peux être en prison, je peux partir.

Lisa était beaucoup plus petite que lui, mais il lui semblait qu'elle le forçait par son regard à se plier, et il s'écarta, n'osant plus l'affronter. Elle le prit par le bras.

— Il n'a pas besoin de toi comme tu crois.

— Je n'ai rien, dit Carlo.

Lisa haussa les épaules.

— Tu as beaucoup, tu sais partir.

Elle tourna brusquement le dos à Carlo, traversant rapidement la cour et elle s'engageait déjà sous le porche.

— Quand ? lança Carlo. Dis-moi quand ?

Madame Merani avait voulu être la marraine.

— On me critiquera, on trouvera que je vais trop loin, disait-elle au docteur.

Ils étaient assis dans leur grand salon. Lui, une pile de journaux sur le genou, s'exclamait de temps à autre, interrompait sa femme :

— Laure, fais-moi porter une tisane, veux-tu, disait-il.

Elle se levait, lançait un ordre depuis le couloir, on entendait le pas de Lisa sur les tommettes. Madame Merani prenait l'un des journaux que son mari après les avoir feuilletés lançait sur le sol.

— Mais ils le jugent encore, demandait-elle, mais pourquoi ne l'ont-ils pas condamné, on devrait les guillotiner tout de suite.

— La frousse dit le docteur.

Lisa entrait, posant le plateau sur l'un des coffres de bois clair que Madame Merani avait achetés à une Anglaise revenue des Indes.

— Ils tremblent tous devant eux, quelques bombes et cela suffit, continuait le docteur.

Il se tourna vers Lisa qui versait lentement la tisane dans la tasse au liséré bleu.

— Et notre Ravachol, qu'est-ce qu'il devient ? Ton beau-frère, précisa-t-il comme elle paraissait ne pas comprendre.

— Il travaille, dit Lisa.

Avant de refermer la porte elle demanda.

— Je peux ?

— Oui, oui, va te coucher, dit Madame Merani. Tu sais, ajouta-t-elle sans regarder le docteur, que le frère de Vincente doit être le parrain ?

— Toi la marraine, bravo, belle association autour du bénitier, sous la protection divine et pontificale.

— Précisément, Joseph, je voulais en parler, on va me critiquer, avec ces bombes, ce Ravachol si l'on sait que Revelli est anarchiste et moi, Madame Merani, avec lui, on trouvera que je vais trop loin. Pour ta carrière.

— Il n'a pas encore posé de bombes — le docteur pliait les journaux. Il a un peu la tête chaude, tout ça n'est pas bien grave, pour le moment.

Le docteur se levait, s'étirant.

— Tu y tiens ? demanda-t-il.

— Je voudrais, dit-elle, mais je vais peut-être trop loin, ce sont des domestiques, on ne sait pas.

Le docteur regarda sa montre.

— Ils voteront ma chère, comme toi, comme moi, nous sommes en République.

Madame Merani le suivit dans le couloir. Elle tordait son mouchoir entre les doigts.

— Tu sors, Joseph ?

Il prenait son chapeau, sa canne, tirait sur son gilet.

— Je vais faire quelques pas.

Il avança les lèvres, elle tendit sa joue.

— Si cela te fait plaisir, dit-il, vraiment ne t'inquiète pas.

Le docteur marcha lentement dans la rue Saint-François-de-Paule, vers le jardin public et le Casino de la jetée. Deux ou trois soirs par semaine, il sortait ainsi, seul, et il avait la sensation, alors, de respirer et de voir mieux, comme s'il recouvrait

130

des sens engourdis. Il s'attardait dans les allées, reconnaissant les odeurs encore douces des lauriers et les senteurs de pins. Peu de voitures devant le Casino de la jetée. Il rentra cependant, laissant sa canne et son chapeau au vestiaire, faisant le tour des salles, échangeant quelques mots avec la comtesse d'Aspremont.

— J'ai perdu, encore, je perds toujours, disait-elle.

Elle parlait au docteur mais en même temps elle regardait la salle, ses yeux gris, mobiles, que couvraient les mouvements rapides, ininterrompus des paupières comme si elle avait voulu masquer leur avidité.

— Mon cher député.

Elle prit Merani par le bras, le serra. Plus grande que le docteur, ses gestes autoritaires, sa voix, avaient peut-être par l'absence de fragilité, de faiblesse, quelque chose de masculin. Elle se penchait vers le docteur.

— Mon cher député, est-ce que votre République va continuer à nous laisser assassiner par ces anarchistes ? En plein Paris. Jamais un souverain, vous m'entendez, jamais, il n'aurait permis cela, mais comment s'étonner...

Elle abandonna Merani, lui fit un signe de la main.

— Après tout, dit-elle, en revenant vers lui, vous êtes député comme Robespierre.

Elle rit, s'éloigna, saluée par l'un de ces hommes encore jeunes qui portaient des vêtements clairs, des cravates de couleurs vives. On disait à Nice que la comtesse chaque soir renouvelait son compagnon, le choisissant parmi les serveurs, les portiers ou les dandys ruinés par le jeu. « Mais docteur, murmurait le portier, elle préfère les petits jeunes, elle leur donne quatre, cinq francs, elle les garde un jour ou deux, pas d'histoire avec eux, et pas question qu'ils refusent de monter avec elle, elle va voir le directeur s'il le faut. »

Le docteur Merani écoutait le portier distraitement, hésitant sur ce qu'il allait faire, puis il se dirigea vers la place Masséna, prenant l'avenue de la Gare que ne parcouraient que quelques voitures. Une ou deux semaines encore et la ville neuve, sur cette rive droite du Paillon, paraîtrait déserte. Les commerçants de l'avenue, de la rue de France ou du quai Saint-Jean-Baptiste, partiraient, leur saison niçoise finie, pour Vichy ou Deauville. Les cochers feraient eux aussi le voyage par petites étapes, ne revenant qu'au mois d'octobre. Et les rues, avec les vitrines protégées par des planches clouées, une petite affiche manuscrite annonçant la date de réouverture, seraient livrées au soleil droit des mois d'été.

Le temps viendrait de la Maison de Gairaut, des crépuscules qui n'en finissent plus, des cigales stridentes dans ce plein de la journée, quand la maison se ferme comme une huître, volets et portes closes retenant l'ombre, que dehors le gravier blanc semble craquer sous la chaleur et Laure qui dort, le sommeil entrecoupé de soupirs, d'interrogations « Joseph, Joseph », et il faut répondre, sinon elle se lève, se penche sur l'épaule pour savoir ce qu'il lit.

Encore un été qui s'avance avec ce tête-à-tête interminable. Il faudrait trouver une mission à l'étranger, une délégation parlementaire en Russie, n'importe où.

Merani était à nouveau préoccupé, ne voyant plus cette terrasse du café de la Maison dorée où il comptait pourtant s'asseoir un instant au milieu des touristes anglais, il avait la respiration plus courte, comme s'il avait repris, après une halte trop brève, l'ascension.

Et c'était bien cela, un effort de chaque jour, le réseau d'alliances qu'il avait fallu tisser puis maintenir serré pour vaincre les rivaux, le comte Malausséna, ou le millionnaire Bischoffhein. Maintenant il ne les craignait plus. Il resterait député. Il avait toujours su qu'une fois le poste conquis seule la mort l'en délogerait. Celle-là, il n'était pas question de la terrasser, mais enfin, si on pensait à elle ?

Le plus difficile quand son fils était mort, sept ans déjà, ç'avait été pour le docteur Merani, de ne pas se laisser prendre à la mission de la médecine. Se dévouer, se lever au milieu de la nuit, ces maisons de pauvre, ces enfants dont le cou et l'aine étaient gonflés de ganglions jaunes. Il aurait pu ainsi s'enfoncer dans l'anonymat glorieux. Déjà, on disait quand il passait sur le marché du cours Saleya, le matin en rentrant d'une visite : « C'est le docteur Merani, lui... » Les paysans de Gairaut qu'il soignait lui apportaient chaque jour un panier de fruits, des œufs dont il ne savait que faire, et qu'il donnait à d'autres malades.

Seulement cette vie, il fallait la partager avec Laure. Elle se levait la nuit en même temps que lui, elle aurait voulu l'accompagner, l'aider. Elle l'attendait veillant elle-même à faire chauffer la tisane, le café. Elle l'accueillait comme s'il avait été un saint. Elle disait : « Notre fils te voit. Sa mort, Dieu l'a voulue peut-être, pour que tu puisses... C'est ainsi, c'est lui qui nous soutient, il est mort mais il est avec toi, n'est-ce pas Joseph ? »

Et voilà qu'il ne pouvait plus supporter cette voix, ce regard qu'elle portait sur lui. Voilà qu'il avait envie de la gifler quand il rentrait, qu'elle posait devant lui, dans le salon, la tasse au liséré bleu. Il voulait lui dire à voix basse : « Il est mort notre fils, mort, tu n'as pas vu de mort, moi j'en vois chaque jour, ce fils je le touche chaque jour, tu me l'as donné pour la mort. Qui me dit que celui que tu pourrais porter encore, tu ne le feras pas

aussi pour la mort ? Alors tais-toi, tais-toi. »
Parfois ces derniers mots venaient jusqu'à ses
lèvres avec violence et Laure était surprise car elle
n'imaginait pas ce long discours muet qu'il lui avait
tenu, alors qu'il buvait silencieusement, penché en
avant, ne la regardant pas, paraissant l'écouter.

Brusquement il l'interrompait : « Tais-toi, tais-
toi. » C'est comme s'il l'avait jetée à terre d'une
poussée haineuse. Il lui tendait quelques mots :
« excuse-moi, la fatigue, je vais me coucher »,
qu'elle saisissait vite, « je te prépare le lit, quand
veux-tu que je te réveille ? ». Elle l'embrassait,
prête à se coucher aussi, attendant sans doute qu'il
fasse ce geste vers elle, et elle se serait allongée
près de lui, immobile et recueillie. Mais il
détournait ses yeux, il disait : « Je vais rester ici,
dans le salon, je prendrai une couverture. »

Déjà il s'en enroulait les jambes, il fermait les
yeux, il les oubliait lui, ce fils qu'elle avait fait
maladif, qui portait la mort sur ces épaules voûtées,
qui la disait dans cette toux coupante, elle, Laure
qu'il fallait quitter pour continuer à vivre. Sinon la
mort allait le saisir.

Quand on avait proposé au docteur Merani
d'être candidat républicain radical, il avait accepté
et en quelques jours il s'était voué à cette nouvelle
vie, une médecine sans la mort, avec seulement des
mots. Il visitait les pauvres mais pour leur dire que
bientôt s'ils votaient pour lui, leur sort changerait.
Il avait tenu des réunions sous la grande tente de
la rue Pastorelli, six mille personnes venues l'ac-
clamer, le préfet d'abord hostile qui se ralliait à sa
candidature, les directeurs de journaux qu'il fallait
séduire ou acheter, les petits voyous auxquels on
donnait quelques pièces pour qu'ils fassent bien
voter le babazouk. Et Laure qui ne comprenait plus
rien, qu'il éloignait ainsi de lui, qu'il quittait quand
il y avait séance à la Chambre. Ces visages nou-

veaux, ce goût qu'il avait pris de parler haut, de sentir son pouvoir. Déjà médecin il aimait chez les malades ce regard terne de la soumission. Mais il y avait la mort. Dans la politique, il ne restait que ce regard.

Merani avait remonté l'avenue Thiers d'un bon pas, rentrerait-il cette nuit ? Il regarda l'heure, décida de passer au Temple maçonnique, ce devait être la fin d'une tenue, il pourrait échanger quelques mots avec Bertagna, le Vénérable de l'Ordre, bien informé toujours de ce qui se disait à Paris, chez le Grand Maître. Si l'on voulait un ministère, cela pouvait peser.

La politique se traitait comme une maladie, il fallait tout prendre en compte, le pouls du malade et la coloration de son iris. Le frère qui servait de concierge accueillit avec servilité le député Merani, l'une des notabilités de la franc-maçonnerie niçoise. Il prit sa canne, son chapeau, le guida, vers l'une des petites pièces qui, flanquant la salle de tenue, servait de salon, de lieu de réunion pour le Vénérable. Bertagna s'apprêtait à partir avec un homme jeune, aux cheveux blonds assez longs,le front déjà dégarni. « Le baron Frédéric Karenberg », disait Bertagna, qui venait de faire une conférence sur la situation en Russie.

— Remarquable, mon cher Merani, continuait le Vénérable, tu y aurais appris, je sais bien que tu es informé mais le baron, notre frère...

— Je sais bien peu sur la Russie, dit Merani.

Frédéric Karenberg le regardait ironiquement, puis enlevant son lorgnon, ses yeux perdirent toute vivacité.

— Karenberg nous annonce une révolution auprès de laquelle notre 1789 apparaîtra comme, comment disiez-vous, interrogeait Bertagna.

Karenberg sourit :

— Vous savez, nous sommes excessifs en Russie,

je me trompe peut-être, je disais que la Russie, c'est à la fois, le Moyen Âge, la barbarie, quelque chose de l'Empire byzantin et puis les idées d'aujourd'hui, nous exécutons nos tsars avec des bombes.

Il avait cessé de sourire, passant avec soin ses gants de cuir fauve, enfonçant chaque doigt séparément, lissant la peau :

— Et c'est un jour la Russie tout entière qui explosera, il faut le savoir puisque je crois, monsieur le député, que la France compte beaucoup sur l'Alliance russe. Mais — il se remit à sourire — c'est peut-être dans dix ans, dans un demi-siècle.

— Nous avons le temps, dit Merani.

L'assurance moqueuse de Karenberg, cette suffisance aristocratique et peut-être l'accent étranger, la façon grasseyante de prononcer, l'irritaient :

— La politique, c'est un peu comme la vie, dit-il, on joue avec ce qui existe, vous vous croyez en bonne santé, et vous mourrez demain, la Russie, n'est-ce pas, la France, c'est la même chose.

— Vous êtes un député philosophe, dit Karenberg.

Il avait achevé de passer ses gants, il remettait son lorgnon.

— D'ailleurs, reprit-il, puisque nous nous rencontrons ici, c'est bien que vous êtes philosophe.

— Notre député est aussi médecin, dit Bertagna en les invitant à sortir.

— Mais croyez-moi, ajouta Karenberg. Il est bon de savoir que la Russie est un volcan, pas tout à fait éteint. Avez-vous visité Pompéi, monsieur le député ?

Merani qui prenait sa canne et son chapeau ne répondit pas.

— Je vous raccompagne, dit Bertagna, ma voiture est là.

Merani refusa d'un geste qu'il regretta, le baron Karenberg décidant lui aussi de rentrer à pied. Ils attendirent la voiture de Bertagna et se retrouvèrent marchant silencieusement, côte à côte sur l'avenue de la Gare, les sabots d'un cheval qui s'éloignait venant seuls comme l'écho de leurs pas.

— Curieuse ville, dit Karenberg, si peu française, n'est-ce pas ?

— À peine une trentaine d'années, nous ne sommes français que...

— Je sais, je sais, dit Karenberg en l'interrompant, mais cela ne se compte pas en années, il y a tout un climat, cette population, ces Italiens, ces étrangers, je crois que ce ne sera jamais une ville française comme l'est Bourges ou Aix-en-Provence. J'ai vécu à Aix, continua-t-il après un silence, je suis un passionné d'antiquités romaines, et la Provincia, votre Provence est si riche, je m'étais installé à Aix avec ma sœur, nous avons exploré toute la région. Quelle richesse, cet Empire si puissant, et qui a disparu, cela ne vous fascine pas ?

— Peu, dit Merani brutalement, je n'aime pas le passé. Je préfère un arbre à une statue.

Karenberg s'arrêta, forçant le docteur à l'attendre.

— J'aime beaucoup cette phrase, dit Karenberg d'une voix lente, l'arbre et la statue.

Il parut méditer puis reprit sur un autre ton, enjoué :

— Ma mère, la baronne Karenberg, m'a légué une propriété à Cemelanum, Cimiez, je fais creuser, on ne sait jamais, je vais peut-être mettre au jour un antique, de ma terrasse j'aperçois les arènes...

— Pompéi, dit Merani.

Karenberg se mit à rire :

— Seulement une statue. Pompéi ? Toutes nos

villes ressemblent à Pompéi, sont déjà Pompéi, couvertes de cendres, mais nous l'ignorons.

Ils étaient arrivés place Masséna. À l'un des angles, vers l'ouest, du côté du jardin public, l'eucalyptus centenaire dressait ses branches convulsives jusqu'au premier étage du Cercle anglais.

— Voilà une belle statue, dit Karenberg, montrant l'arbre avec sa canne. Vivante mais pour combien de temps ?

— Ce sont des statues qui repoussent.

— monsieur le Député, vous êtes un optimiste.

Merani haussa les épaules.

— Je suis arrivé, dit-il. Vous avez encore une voiture.

Un dernier fiacre stationnait au milieu de la place ; le cheval, la tête inclinée, paraissait dormir et le cocher devait être à l'intérieur de la voiture.

— Je vous laisse, dit Karenberg, je vous laisse. Voulez-vous venir dîner un soir ? Ma sœur s'ennuie. J'ai de beaux arbres. Je vous montrerai mes fouilles.

Le docteur Merani eut un sourire qui pouvait passer pour une acceptation. Il regarda la voiture de Karenberg s'éloigner, puis prit la rue Masséna. Il avait souvent l'habitude quand il sortait le soir de finir la nuit avec une femme. Mais Karenberg l'avait irrité et après avoir fait quelques pas dans la rue, il renonça, rentrant d'un pas rapide, décidant qu'il partirait dès le lendemain soir par le train de Paris.

11

Frédéric Karenberg fit arrêter la voiture après le tunnel de Cimiez. Le cocher bavardait depuis la place Masséna et le balancement léger sur les roues hautes donnait à Karenberg envie de vomir ou peut-être était-ce cette soirée, ces visages à la peau grasse et épaisse, ces souffles d'animaux, rauques, ces mains recouvertes de poils, ces gilets qui se déboutonnaient sous la poussée du corps, ces hommes-marionnettes grimés, avec leurs gants blancs, leurs tabliers maçonniques. Et il s'était laissé prendre, une nouvelle fois, ce besoin, une maladie, qu'il avait de parler, d'expliquer, de tendre des mots, mais il n'y avait en face de lui que l'arrogance bourgeoise, les certitudes obscènes. Ils ne savaient plus, ou plutôt ils ne sentaient rien. Mais à qui parler ? On ne pouvait que lire ou écrire, ou bien marcher et soliloquer.

Frédéric Karenberg renvoya la voiture et se mit à marcher le long du boulevard. Il aimait ce milieu de la nuit, quand tout est recouvert d'une eau calme, que le regard et la pensée sur ces étendues immobiles peuvent porter loin, sans que rien les agrippe et les détourne. Il marchait ainsi la nuit dans les allées du parc, à Semitchasky, à une centaine de kilomètres de Saint-Pétersbourg, la baronne Karenberg le faisait suivre par une voiture et les domestiques se tenaient prêts à l'abreuver de thé brûlant ou à le couvrir de compresses chaudes.

Mais Frédéric Karenberg ne craignait pas le froid de la Russie, vertical, rigide, présent comme une cloison contre laquelle on se heurte de l'épaule et qui reste extérieur. Depuis l'adolescence, quand les chiens sautaient haut sur la neige tassée et que leurs aboiements glissaient comme l'haleine au ras des étangs gelés, il avait connu d'autres froids.

Cette première nuit à Pompéi, assis à l'angle du forum, attendant que se lève autour du Vésuve, comme une fumée blanche, l'aube. La ville tombeau, creuse, prête à recevoir et il avait guetté le jeu des échos, répercutés par les façades, ces parois grises s'engouffrant dans les rues droites, lavées par le temps, revenant comme une boule que chaque coin renvoie. Voilà le froid.

Karenberg poussa le portail. Une locomotive sans doute à l'entrée du tunnel manœuvrait et la brise à peine sensible modulait la respiration cadencée tout à coup rapide, puis à nouveau ralentie de la machine.

Le chien du gardien se mit à aboyer, et Karenberg au raclement des pattes sur le gravier l'imagina bondissant, tirant sur sa chaîne, déchirant la nuit de sa violence. Il alla vers le chien, le calma, s'enfonça dans le parc prenant l'allée qui, bordée de palmiers, conduisait à la terrasse. Des chiens bâtards ces bourgeois de Nice, tous domestiques, arrogants et veules. Il fallait le temps pour que les visages s'affinent, pour que la peau devienne ce parchemin, fragile et précieux, qu'ils avaient eux les Karenberg, parce que depuis des siècles, ils se désintéressaient de l'or et du commerce. Ils possédaient, Semitchasky et ses forêts, ses fleuves, et ces palmiers de Cimiez, et seuls les régisseurs connaissaient le détail des héritages. L'extrême richesse rejoignait ainsi la pauvreté et l'aristocratie le peuple. La bourgeoisie elle, comptait, elle savait le prix d'un stère de bois. Elle vendait, elle louait. Elle seule possédait. Et donc elle seule était possédée. Karenberg s'immobilisa. Sur la terrasse l'homme baissé avançait, à demi caché par la balustrade, mais elle s'interrompait et Karenberg le vit qui s'accroupissait devant les portes vitrées de la bibliothèque. Il y eut un grincement, celui de l'acier contre le verre, puis un léger choc, la silhouette se redressa et Karenberg instinctivement se dissimula, se plaçant derrière un palmier. Il pouvait rejoindre la maison du gardien, le réveiller et à deux ils surprendraient le voleur. Mais la curiosité le retint. L'homme était entré dans la bibliothèque. Il devait connaître les lieux car il n'y eut aucune lumière ; la nuit, il est vrai, était claire et souvent Karenberg restait dans la bibliothèque toutes lampes éteintes, distinguant pourtant les objets, le coffret bien sûr. Peut-être l'un des domestiques. Ou bien l'un des ouvriers qu'il avait employés pour creuser les tranchées de fouilles dans le parc. Karenberg s'approcha de la terrasse passant d'un tronc à l'autre, s'arrêtant chaque fois, retrouvant ce plaisir malsain de la chasse, quand la neige est tombée, qu'elle emprisonne les bruits et qu'elle enveloppe jusqu'à la taille. Peut-être n'était-ce qu'une visite pour Helena, elle aimait provoquer, donner le bout de ses doigts et retirer sa main. Tant de fois Karenberg avait vu sa sœur jouer ainsi à Semitchasky, à Pétersbourg ou à Aix, qu'il s'était toujours étonné qu'aucun de ces jeunes hommes si fiers ne la saisisse par le bras, et ne la couche sur l'un des canapés des salles de bals, simplement pour relever ses robes et la fesser. Mais les bourgeois étaient serviles, les aristocrates indifférents et les hommes du peuple n'étaient pas invités. Donc c'était un voleur. Le tenir en joue, le blesser à la patte, pour voir s'il était de bonne race, le livrer ou le laisser repartir, en claquant les mains et suivre sa trace dans la neige jusqu'au terrier en retenant les chiens.

L'homme ressortait debout maintenant, silhouette vigoureuse qui enjambait la balustrade, le bruit sourd dans les buissons, un bruit de feuilles, il devait se diriger vers la grille. Karenberg se leva rapidement, courant dans l'allée sur la pointe des pieds. Le chien du gardien à nouveau se mit à hurler et il lui fallut le calmer, perdant ainsi quelques minutes. Il sortit sur le boulevard, se collant contre les colonnes qui formaient l'entrée du parc, espérant voir passer l'homme. Il attendit, s'avança. Le boulevard était désert. Karenberg se plaça au milieu de la chaussée, pour tenter de saisir le boulevard dans toute sa longueur, mais les quelques minutes perdues avaient sans doute suffi. Le voleur, en courant, avait dû gagner le quartier de Carabacel, au-delà du tunnel de Cimiez.

Karenberg revint lentement vers le portail. La toux grasse et rythmée de la locomotive reprenait, plus régulière, ou bien la brise avait-elle cessé ?

Dans la bibliothèque, quelques livres étaient tombés sur le parquet mais le coffret avait été refermé. Il était vide. Combien contenait-il ? Helena devait savoir cela. Avec le pommeau de sa canne, Karenberg acheva de casser le carreau qui avait été découpé. Il le faisait avec de petits gestes méticuleux, puis du pied il poussa les débris sur la terrasse. Il laissa la porte-fenêtre ouverte, face au parc, éteignit la lampe et les yeux mi-clos, jouant avec son lorgnon, il resta un long moment, isolant une à une ses pensées comme on peut le faire des fils d'une trame. Ce qui le retenait en vie, c'était précisément le désir de savoir pourquoi des brins se croisent, ce qu'il en résulte. On tire à la chasse, un renard tombe ou bien il a fait un écart et la balle siffle pour mourir dans le tronc d'un arbre. Le vénérable Bertagna, cet avocat bouffi, qui prenait le bruit des mots pour de la pensée, Merani, arrogant, tout étonné encore de ses succès politiques, étaient pourris par les projets. L'un, qui sait, pourrait un jour être Grand Maître de l'Ordre ou maire de Nice, l'autre, pourquoi pas, ministre. Et le voleur tendait sa gueule vers le piège pour essayer d'arracher un morceau de l'appât. Ils étaient encore couverts de cette mousse qu'on nomme l'ambition ou le désir. Karenberg l'ancêtre, le soudard balte au casque grimaçant avait à coups de glaive réalisé ses projets. Taillé le fief dans les terres plates des rivages du Nord. Karenberg le conseiller du Tsar signait les traités, rencontrait Napoléon-le-Grand, au milieu du Niémen, d'autres Karenberg avaient acheté des architectes italiens, des musiciens viennois, des femmes. Ils avaient joué du marbre et de la chair. Puis la cendre, cette pluie grise tombant sur leurs châteaux, sur les arbres de Semitchasky, comme la neige, et le dernier Karenberg s'assied à l'angle sud du forum, attend que se lève l'aube sur le Vésuve. Helena stérile et moi, curieux, seulement désireux de suivre le chemin de chaque brin.

Frédéric Karenberg se lève, va à son bureau. Ce journal qu'il tient depuis qu'il a quitté la Russie, qu'il vit par le regard, par l'écho en lui de la terre qui tremble. Cette Russie qu'il sent bouger, qu'il voudrait voir crever comme le flanc d'un volcan, rougeoyant tout à coup de la lave qui sort. Pourquoi écrire, pour lui ? Façon de suivre les brins. Parfois, quand il se laisse prendre à la phrase, Karenberg change de ton, sa voix s'enfle comme celle d'un chanteur qui peu à peu s'assure.

« Si les forces qui en chaque individu, écrit-il ce jour-là, le poussent à l'action, si le courage qu'il faut pour s'introduire dans cette bibliothèque, si l'ambition de Merani ou de Bertagna, et même le goût de la fortune, si tout cela pouvait être fondu comme ont fondu les pierres sous la chaleur souterraine tout à coup répandue, alors un ordre neuf comme un grand fleuve russe quand la débâcle au printemps le grossit, pourrait entraîner l'histoire des hommes, à nouveau. Et même moi, je serai pris, par sa coulée. Mais il faut d'abord que commencent les temps de la lave. Viendront-ils ces purificateurs armés du feu ? D'où pourraient-ils surgir sinon du peuple barbare, profond, obscur comme les entrailles volcaniques ? »

— Tu es là, demanda Helena.

Karenberg ferma le cahier.

— Mon journal, dit-il.

Helena était en peignoir, les cheveux blonds défaits, si grande d'être maigre.

— J'ai entendu du bruit, dit-elle, le chien a aboyé, je suis restée réveillée, finalement je me suis levée. Je dors mal.

Depuis toujours ils avaient l'habitude de parler français, entre eux. Helena s'assit de l'autre côté du bureau.

— Tu es sortie, demanda Karenberg.

— J'ai jeté quelques plaques, j'ai gagné, je gagne tu le sais, c'est désespérant. La comtesse d'Aspremont a voulu m'entraîner, elle est folle.

Helena se leva, fit quelques pas sur la terrasse, s'appuyant à la balustrade, revint vers son frère.

— Je veux mourir, Frédéric, dit-elle tout à coup, sans hausser le ton, résolument.

— Petite sœur.

Il alla vers elle, la prit par l'épaule.

— Qu'est-ce qu'il y a, petite sœur.

Il avait peur de l'écouter, elle parlait d'une voix qui murmurait en lui, si douce, voix étouffée, tiède comme un oreiller de duvet.

— Je veux mourir Frédéric, ils m'ennuient tous.

— Nous vivons, petite sœur, nous vivons, regarde.

De la terrasse, ils apercevaient la masse trapue des arènes et au-delà, quadrillée par le tracé lumineux de quelques avenues, la ville, et la mer, laque miroitante.

— Nice, continua Karenberg, sais-tu, c'est Nikaia, les Grecs, leur victoire, puis Rome, tu es ici, vivant après des millénaires.

Il se tut, il parlait comme un avocat, les mots étaient des outres vides.

— Je sais, reprit-il à voix basse. Je te comprends petite sœur. Les choses glissent entre nos mains. Nous n'avons plus de griffes, nous ne savons plus les retenir. Voilà ce que tu sens. Mais cela aussi c'est la vie.

Helena se colla contre lui. Il sentait son épaule grêle.

— Nous ne vivons plus, dit Helena.

Elle soupira, s'écarta de lui.

— Je voudrais.,.

Elle n'osa pas poursuivre.

— Je ne sais même pas, dit-elle seulement.

Elle embrassa Frédéric.

— Je te laisse.

Il rouvrit son cahier, mais les mots n'étaient plus que de petits traits noirs, des rainures vaines, vides. Il tendit la main pour prendre un cigare. La boîte avait disparu.

Karenberg rejeta la tête en arrière, suivant des yeux les motifs du plafond, les entrelacs des frises, les rosaces.

Ses cheveux longs tombaient de part et d'autre du visage qui paraissait ainsi plus juvénil. Karenberg se mit silencieusement à rire. Il se souvenait d'une boîte de cigares qu'il avait posée sur le rebord de la tranchée. L'imbécile. Il bâilla. Il avait trouvé un nouveau brin de la trame.

12

Les sacs de sable étaient devenus moins lourds, les seaux qu'il fallait remplir dans le Paillon n'arrachaient plus les bras, leurs anses ne cisaillaient plus les doigts. Carlo avançait au milieu des madriers, jusqu'au monticule de sable et de gravier, creusé en son centre comme un volcan, et il vidait des deux seaux dans le cratère, puis avec la pelle il mêlait la chaux et remuait jusqu'à ce que le mortier soit devenu une pâte grise dont il fallait à nouveau remplir des seaux avant de les porter jusqu'aux maçons, aux terrassiers qui montaient les piliers dans le lit du Paillon. Forzanengo, l'entrepreneur, venait lui-même tous les jours, descendant dans la rivière, ses bottes de cuir noir laissant des empreintes profondes dans la boue. Parfois il s'emparait d'une pelle, il attendait que quelqu'un gâche le mortier et au fur et à mesure que l'eau tombait du seau, il remuait avec énergie, criant au terrassier : « Tu vois, il faut pas t'endormir, je te paye pas pour t'appuyer sur le manche. » Il voulait qu'on en finisse avant les pluies d'automne quand le lit du Paillon, en quelques heures, se remplit d'une eau terreuse charriant les troncs arrachés dans les hautes vallées.

Carlo, les seaux à bout de bras, le mortier débordant souvent car il les avait chargés à ras bord, passait sans hésiter l'une de ces passerelles rudimentaires que les maçons construisent, des planches rassemblées par des traverses grossièrement clouées et qui vibrent sous les pas. D'autres terrassiers quand ils abordaient ce passage, hésitaient, avançant lentement, veillant à ne pas donner aux mouvements de la passerelle une trop grande amplitude. Carlo courait presque. Il lui semblait que s'il l'avait voulu, un grand bond eût suffi pour qu'il traverse, sautant d'un pilier à l'autre, sans dommage. Il s'élançait, ses deux seaux le forçant à se tenir courbé, à plier les jambes parfois et déjà il était de l'autre côté, vidant les seaux avec une sorte de rugissement joyeux. Quand il pouvait utiliser la brouette il la soulevait, la poussait avec la même énergie. Et le mortier s'entassait au pied des écha-faudages, les maçons ne réussissant pas à suivre le rythme, l'un d'eux parfois quand le contremaître s'éloignait, se tournait vers Carlo, crachait dans sa direction.

— Mais qu'est-ce que tu fous, tu veux quoi, tu l'auras ta place de contremaître.

À la pause, Jouanet qui travaillait sur le même chantier s'asseyait près de Carlo qui se tenait à l'écart.

— Un soir, ils vont t'arranger si tu continues, ils s'y mettront à trois ou quatre, tu les verras même pas et t'auras un bras cassé, ils savent donner les coups où il faut, va moins vite Revelli.

Après la pause, Carlo commençait lentement, s'attardant à remplir les seaux ou la brouette, s'in-terrompant entre chaque pelletée, mais le jour alors s'immobilisait, le soleil restait fixe dans l'axe de la coupole du Casino de la place Masséna, et peu à peu, pour que vienne plus tôt le sifflet du contre-maître, Carlo reprenait son rythme, retrouvait la joie de l'effort efficace et brutal et le soleil dispa-raissait derrière le Casino sans qu'il eût le temps de le suivre. Un soir, un groupe qui se tenait à distance l'avait suivi. Il avait réussi à les égarer dans les rues du babazouk. Jouanet l'attendait devant la porte de la pension Oberti, allant au-devant de lui.

— J'ai pas pu t'avertir Revelli, ils veulent te faire la peau.

— Ils m'auront pas Jouanet. T'en fais pas.

Carlo était entré en chantonnant. Chacun son jeu. Il les comprenait mais son impatience était la plus forte.

Que ce chantier finisse, que les journées s'usent, vite, puisqu'il s'était donné ce délai avant d'utiliser l'argent des Karenberg.

— Planque-le, avait dit Sauvan, continue, un an,

deux ans, méfie-toi, ils cherchent tant qu'ils n'ont pas trouvé, si tu changes trop vite, ils te demanderont pourquoi, comme ils te connaissent, ils sauront que tu as travaillé chez Gimello, alors laisse pisser, attends.

Sauvan avait apporté une longue pièce de bois, le montant d'une charpente. Il en avait donné un coup sur le sol, de toute sa force et le bois ne s'était pas brisé. Puis, prenant un couteau, il avait suivi l'une des veines du bois, et enfonçant la lame, il avait fait jouer le mâle et la femelle d'un assemblage en queue d'aronde, la pièce de bois se partageant ainsi par le milieu, et devenant une fois ouverte une boîte, avec le centre du bois évidé, dans laquelle Carlo avait glissé l'argent des Karenberg. Sauvan avait remis en place les deux parties, enduisant les faces du bois de suie et de poussière puis Carlo avait posé la pièce au milieu d'autres planches apportées par Sauvan.

— S'ils viennent, elles sont à moi, avait-il dit.

C'est Sauvan encore, qui, dans la nuit même, était allé jusqu'au port jeter la boîte de cigares, refusant à Carlo le plaisir d'en fumer un seul.

— Pauvre con, avait-il dit, voler, c'est comme pendant une bataille, si tu perds la tête, si tu fais des fantaisies.

Quand il était revenu, Carlo l'attendait assis dans la salle de la pension.

— Demain tu es sur le chantier comme d'habitude.

Carlo faisait oui d'un mouvement de tête. Jamais il n'avait connu une fatigue si complète, atteignant chacun de ses muscles, il avait mal dans le cou et dans les mollets ; les mains, parce qu'il s'était coupé en enfonçant le verre de la porte-fenêtre, brûlaient. Et il avait la sensation que jamais plus il ne pourrait baiser une femme parce qu'il lui semblait avoir un trou à la place du sexe.

— Ça s'est passé comment ? demandait Sauvan.

— Le chien a aboyé, deux ou trois fois. Quand j'ai filé, il y avait un type dans le parc, je l'ai vu depuis la grille, il courait dans l'allée, je me suis planqué dans un jardin en face, sur le boulevard, le type est sorti, il a cherché à me voir, c'était pas le gardien, peut-être le proprio, avec une canne.

— On se couche, dit Sauvan.

Carlo s'était levé.

— S'ils viennent, tu diras que je suis sorti, maintenant, que je t'ai réveillé, n'importe quoi.

Il avait marché vite, vers la place Pellegrini. Sa fatigue, il voulait lui donner un autre visage que celui de la peur. Il voulait se rassurer. Au moment où il entrait dans la bibliothèque des Karenberg, où à tâtons, sa main glissant sur les reliures, il avait enfin trouvé le coffret, l'ouvrant, touchant les pièces sur lesquelles ses doigts se refermaient, il avait ressenti dans son sexe une douleur, la réalité physique de la peur, il avait pris les pièces, l'argent et c'est comme si on lui avait arraché le sexe en échange.

La lanterne du bordel, au-dessus de la porte, brillait encore, mais la place animée d'habitude était vide, pas un rai de lumière derrière les volets des chambres. C'était l'aube déjà, diluant la nuit. Carlo frappa longuement, gueula, appelant « Madame George ». Il s'éloigna enfin, allant boire au café de Turin qui restait ouvert toute la nuit, puis incapable de rentrer à la pension, il alla chez Maria, poussant la porte qu'elle ne fermait jamais, la découvrant recroquevillée sur son lit encore vêtue, la courte flamme de la veilleuse — une mèche sortant d'un liège qui flottait sur une couche d'huile dans un verre — la faisait difforme. Il la secoua. Elle grogna, se laissant faire, maintenant sur le dos, bras et jambes dépliées, ouverte, passive. Et il la baisa sans un mot, sans qu'elle bouge. Il était calmé, reposé même. Il marcha jusqu'à la mer, au-delà de

Roba Capèu, estimant la somme qu'il avait prise, calculant. Peut-être lui faudrait-il changer de pays, partir pour l'Amérique. Attendre en tout cas avant d'utiliser l'argent. Il descendit sur la grève. L'horizon délavé était rayé de rouge. Le Casino de la jetée n'était qu'un rocher massif, aux contours indéfinis, où l'ombre encore s'accrochait. Pas une ride sur la mer. Des pêcheurs au large s'interpellaient. Carlo se sentit sale, couvert de sueur, d'odeurs, d'une couche épaisse de crasse comme une peau vieillie. Il s'approcha du rivage, se déshabilla lentement et s'avança dans l'eau jusqu'à ce qu'elle recouvrit son sexe, il s'accroupit, se plongea jusqu'aux épaules en se frictionnant dans la mer qui lui parut à peine fraîche, puis ruisselant, il resta assis sur la grève, se séchant avec sa chemise roulée en boule, partant pour le chantier au premier coup de six heures à l'horloge de la cathédrale Sainte-Réparade. Depuis ce matin-là, il attendait que le chantier s'achève, il avait décidé d'attendre mais il n'avait pas appris la patience. Alors il travaillait vite, comme s'il avait eu le pouvoir à lui seul d'accélérer les travaux, ne gagnant à ce rythme qu'il s'imposait qu'une fatigue bienvenue qui le terrassait le soir et aussi cette haine des autres, les maçons, les terrassiers du chantier, qui devaient suivre, pour utiliser, avant qu'il ne durcisse, le mortier que d'un mouvement brutal, Carlo versait près d'eux.

Mais couvrir le lit du Paillon était une longue entreprise et les semaines passaient. Pas d'enquête, un vol sans suite, et s'il n'y avait eu cette pièce de bois que Carlo soulevait parfois, hésitant à l'ouvrir, il aurait pu croire qu'il avait imaginé cela, les aboiements du chien et la silhouette qui courait entre les palmiers puis s'était avancée au milieu du boulevard. Un jour, vers la fin de l'après-midi, Forzanengo avait interpellé Carlo : « Toi, le grand, viens ici. »

Forzanengo était assis derrière une table grossière, couverte de plans, parsemée de traces de mortier séché.

— Tu étais où avant ?

Forzanengo regardait Carlo en tambourinant sur la table de ses doigts crevassés de maçon, les phalanges plates, comme écrasées, semblables à des spatules. Carlo répondit.

— Chez Gimello, reprit Forzanengo, c'est un bon patron, pourquoi tu l'as quitté ? Tu voulais monter ?

Forzanengo se leva, secouant la poussière qui couvrait sa veste de velours.

— Tu sais que les autres t'aiment pas ici. Moi, je dois tous savoir et je sais qu'ils t'en veulent. Tu travailles trop vite. Seulement, si eux, ils t'aiment pas, moi je t'aime bien.

Il se mit à rire, donna une bourrade à Carlo qui eut envie, une envie de tout le corps, de lancer son poing au milieu du visage de Forzanengo large, le nez épaté, la peau presque noire de ceux qui ont passé leur vie au milieu de la terre et des pierres.

— C'est comme ça. Continue et à la fin du chantier, je fais quelque chose de toi.

Mon cul. Puttana de vie.

— Qu'est-ce qu'il t'a dit ? demandait Jouanet, le soir. Il te l'a promis ?

Carlo était allongé, il avait envie de tenir à bout de bras une pelle et de faire des moulinets autour de lui, le tranchant du métal zébrant l'air, abattant les madriers d'un échafaudage, cisaillant de jeunes arbres, couchant d'un seul coup Forzanengo sur le sol.

— Tu réponds même plus, continuait Jouanet, hé Revelli, tu te vois déjà avec le sifflet entre les dents.

Carlo bondit vers Jouanet, le saisit par la chemise, le souleva du lit sur lequel il était assis et commença à le secouer. Il dépassait Jouanet de la tête. Sauvan se précipita, donnant un coup sec du bord de la main sur l'avant-bras de Revelli. Carlo lâcha Jouanet qui grommelait.

— On peut plus rien dire entre copains.

— Viens, dit Sauvan.

Carlo hésita puis il suivit Sauvan. Ils marchèrent le long des quais du port puis prirent la rue Emmanuel-Philibert, plantée d'acacias. Au bout de la rue, on apercevait la place Garibaldi et la statue du héros niçois qu'on avait inaugurée l'année précédente, Merani prononçant un discours : « Vive le Paladin des temps modernes, vive le chevalier de la Justice et du Droit, Vive la France, vive l'Italie. » Les becs de gaz dessinaient autour de la statue une étoile de lumière jaune aux rayons inégaux et l'un d'entre eux s'enfonçait dans la rue Emmanuel-Philibert, jusqu'à Carlo et Sauvan.

— Qu'est-ce que tu crois, disait Sauvan, qu'ils vont rester avec toi ? Tu as choisi, Revelli.

— J'ai choisi de pas crever comme un mouton.

— T'as choisi de pas crever avec eux, et ça, même s'ils savent rien, ils le sentent. Ils sont pas cons, Revelli, et il est pas con, Jouanet. Ces choses-là ils les comprennent, même s'ils savent pas lire.

— Je m'en fous, dit Carlo. C'est moi qui ai risqué.

— Leur tape pas sur la gueule.

— Je me défendrai, dit Carlo.

Ils remontèrent la rue Séguranne, entrèrent au Cercle Libertaire où Lambert pérorait, devant une dizaine d'auditeurs, qui parfois l'interpellaient, Lambert brandissait un journal : « Sébastien Faure, l'avait prévu, disait-il, leur manifestation du 1ᵉʳ Mai, c'est le traquenard, c'est comme si on disait aux ouvriers, alignez-vous contre un mur pour qu'on puisse vous fusiller proprement, à dates fixes, et qu'est-ce qui s'est passé à Fourmies, l'année dernière ? Ils ont tiré et ç'a été le massacre et cette année, les ouvriers ont compris, le 1er Mai est mort, camarades. »

Carlo s'était appuyé le dos au mur. Ces voix lui parvenaient de si loin, ces visages étaient si gris, que disaient ces bouches qui s'ouvraient ? Ils se souvenaient pourtant. L'année dernière, collant des affiches dans les rues du babazouk, puis quand il avait su que les soldats avaient tiré, à bout portant, sur les manifestants du 1er Mai, il avait avec Sauvan, Lambert, quelques autres, hurlé sous les murs de la caserne : « Fourmies, Fourmies, À bas l'armée des assassins. » Et ils avaient couru se dissimulant sous les porches jusqu'à ce que la patrouille montée, les chevaux raclant leurs sabots sur la chaussée, ait disparu.

Loin ce temps.

Sauvan s'était avancé et, debout parmi les auditeurs assis qui tournaient leurs yeux vers lui, il parlait méticuleusement. Sébastien Faure après tout n'était qu'un bourgeois, disait-il, et les ouvriers savaient ce que cela voulait dire, huit heures de travail, « c'est pas une fumisterie comme tu le racontes » continuait-il, le doigt levé vers Lambert.

— Tu n'es qu'un socialiste, lança Lambert, bientôt tu vas nous dire que la question sociale, c'est les syndicats qui vont la régler.

Carlo sortit du local. Attendre, savoir attendre. Quand le chantier serait fermé, alors il démonterait l'assemblage, prendrait l'argent dans la pièce de bois et ce serait le début.

Il faudrait jouer à coup sûr, calculer, ce ne devait pas être plus difficile que de placer les coins dans l'entaille pour qu'un tronc à demi tranché tombe du bon côté. Si on se trompe il vous écrase. Il ne fallait pas se tromper. Avancer prudemment. Une vie comme une coupe de bois, il faut savoir quels arbres abattre, quels autres conserver pour que la coupe donne chaque année.

Les autres, Jouanet, ceux du chantier, il fallait d'abord qu'ils en aient là. Carlo mit sa main sur son sexe, là. Pourquoi, lui, avait-il risqué ? Qu'est-ce qui les empêchait de l'imiter. Ils étaient comme Vincente.

Tout à coup Carlo revit la scène. Lisa entrant dans l'église, portant Dante dans ses bras, ce petit paquet de dentelles blanches qui hurlait. Lisa qui se penchait vers Dante, lui embrassait le front, murmurait. Carlo suivant le mouvement de ses lèvres. Et Vincente, en retrait, qui semblait ne voir que sa femme et son fils, ce sourire qui le faisait ressembler davantage encore à la mère. Carlo avait eu envie de les laisser là, entre eux, pour s'en aller fumer dehors, sur le parvis, mais Lisa avait pris la main de Carlo, l'avait entraîné vers le bénitier où attendaient déjà Madame Mcrani et le prêtre. Un instant, tant que Lisa avait tenu sa main, il s'était senti avec eux, puis elle l'avait lâché pour découvrir le visage plissé de Dante, et à nouveau cette sensation de froid dans la gorge, cette peine qu'il avait à la chasser en avalant, ce besoin de fumer qui irritait sa bouche. Et qu'il retrouvait, marchant seul dans la rue Séguranne, les poings serrés comme si l'attendaient dans une encoignure des hommes prêts à bondir sur lui, comme s'il avait dû être prêt à répondre coup pour coup. Deux coups pour un coup. Puttana la vie.

13

Au Castèu, à la Crota ou à la Feniera, des cafés du Babazouk et des bords du Paillon, on avait d'abord appelé Luigi, Loulou. Puis comme il se faufilait entre les tables, pareil aux gobis, ces poissons qu'on suit quand la mer est calme, zigzaguant entre les rochers et que les gosses réussissent parfois à saisir à la main, l'un bloquant l'issue, l'autre épuisant l'eau, quelqu'un, peut-être Tacco, le patron de la Crota, avait lancé « Ve lou gobi ». Tout le monde s'était retourné pour voir Luigi se glisser dans le café et le surnom lui était resté « Gobi », Gobi Revelli.

Pourtant il n'avait plus rien de chétif. Il était au contraire trapu, le cou large, le visage trop lourd, gras mais les cheveux noirs bouclés lui donnaient un air léonin, les sourcils très fournis diminuaient encore le front déjà couvert par les cheveux, ce qui accentuait l'impression de force têtue. À quinze ans Luigi était un adolescent vigoureux, sans élégance mais que les touristes russes ou anglaises remarquaient.

Elles entraient au Castèu en revenant de visiter la Tour Bellanda qui dominait la Baie et qui était le dernier vestige du château fort détruit sous le règne de Louis XIV « par un duc anglais », disait Chouà en leur servant à boire, dehors sur les tables qu'il sortait et autour desquelles les touristes s'asseyaient avec une désinvolture trop marquée pour ne pas révéler leur inquiétude. Du vin de Bellet, une colline de l'ouest de Nice, dans un fiasco, de la tourte de « blea » la bette — avec des pignons, ou bien à la fin de la matinée une friture pêchée à l'aube, les tranches de citron, taches jaunes sur le gris foncé des poissons minuscules encore grésillant d'huile chaude, un ou deux morceaux de pissaladiera, et ils redemandaient du vin ; détendus, ils posaient des questions un peu comme on fait l'aumône, cette pyramide au cimetière du château qu'est-ce que c'était ? Chouà répondait lentement, racontant l'incendie de 1881, l'explosion d'une herse de gaz juste avant le spectacle, à l'Opéra. La toiture s'était écroulée, et ce soir-là, on devait chanter *Lucia*. Les pompiers, les marins, les soldats, tout le monde s'y était mis, mais 53 morts étaient alignés côte à côte le matin dans l'église Saint-François-de-Paule. « Ici, les théâtres ça prend toujours feu » disait-il clignant de l'œil à Luigi, et quelqu'un alors, se mettait à raconter le tremblement de terre de 86, le lendemain de Carnaval, « Y en aura d'autres » ; Luigi s'avançait, les mains enfoncées dans sa large ceinture de cuir, montrant d'un mouvement du menton la direction du nord : « Le mont Chauve, on dit que c'est un volcan. » Chouà faisait la moue : « il exagère un peu » semblait-il dire.

Souvent les voitures attendaient ces Messieurs-Dames, place Sainte-Réparade. Les gosses du Babazouk se rassemblaient autour d'elles réclamant quelques pièces ou insultant le cocher, et des mendiants, des vieilles femmes quittaient l'entrée de la cathédrale dès qu'ils voyaient s'avancer vers les voitures ces femmes en longue robe blanche, leur ombrelle tournant au bout de leurs doigts gantés, ces hommes qui marchaient derrière elles, le menton levé, avec cette assurance que donnent la richesse et la propriété. Parfois l'une de ces femmes, son ombrelle posée sur l'épaule, le visage à demi dissimulé par cet écran de toile, paraissait s'adresser à l'un de ces messieurs en jaquette, dont l'expression changeait alors, devenant, semblait-il à Luigi, trop douce, servile. Mais il imaginait que cette femme, en se retournant, c'était lui qu'elle voulait voir, il faisait un pas en avant, comme s'il s'apprêtait à la suivre, et l'ombrelle tout à coup dissimulait entièrement le regard, le visage.

Luigi retournait au café, passait une partie de sa journée avec Marcel, Miqueu, Gigi, d'autres jeunes gens qui entre deux chantiers attendaient la chance, vivant de menus travaux, tirant un charreton, employés municipaux le temps d'une élection, chargés de créer quelques bousculades dans les réunions du candidat opposé à celui qui les payait. Luigi, c'était le garçon à tout faire de monsieur le député Merani. On le savait et comme Merani était puissant, au mieux avec le préfet et donc avec la police, on respectait Gobi Revelli. À la Crota, Tacco lui offrait le verre de l'amitié dès qu'il entrait, cherchant à obtenir pour tel ou tel de ses amis un petit service. « Dis-lui un peu, Gobi, à ton Merani... »

Luigi Revelli écoutait, surpris d'abord de découvrir que ces vieux le traitaient avec respect, puis jouant de sa situation, exagérant son rôle, faisant comprendre à demi-mot que Merani l'aimait comme un fils, et tout le monde savait à Nice que le fils Merani était mort.

Mais à la Feniera, Ugo, le patron, un homme d'une cinquantaine d'années, silencieux, laissait Luigi au comptoir sans paraître le remarquer. Pourtant quand il entrait dans ce café sur les bords du Paillon, du côté de la vieille ville, presque en face du lycée, il sentait qu'on le reconnaissait : Gobi, l'espion de Merani. Des terrassiers, des maçons venus du chantier Forzanengo étaient assis, figés par leur fatigue, leurs mains entourant le verre de vin. Un soir l'un d'eux avait craché dans la direction de Gobi, ne cherchant pas à l'atteindre, simplement à marquer son mépris.

— Revelli merda, avait-il dit.

Ugo avait levé les yeux vers Gobi, en levant le verre.

— Tu bois encore ?

Luigi par défi avait commandé un autre verre. Il n'aimait pas entrer à la Feniera, mais Merani l'y envoyait, pour savoir, parce que là se réunissaient les ouvriers des chantiers, qu'ils discutaient, oubliant la présence de Luigi et parfois il pouvait saisir une phrase dans le brouhaha, répéter que ceux de Forzanengo, les charpentiers, allaient réclamer un franc de plus par jour, maintenant que commençaient les pluies et si Forzanengo refusait eh bien, eux les charpentiers, qui se tenaient la main, ils quitteraient le travail, ils feraient comme ceux de Cannes qui en 90 avaient demandé 10 centimes de plus par heure et l'avaient obtenu.

Avant le dîner, Merani convoquait Luigi dans son cabinet. Gobi se tenait debout, les mains derrière le dos, retrouvant sans le savoir les attitudes qu'il avait prises les premiers jours chez les Merani, quand ses frères marchaient encore et qu'il les attendait seul dans cette maison plus riche qu'une église.

Merani terminait une lettre et il questionnait Luigi, sans même lever la tête.

— Alors voyou, qu'est-ce qu'on dit ?

Si Luigi ne répondait pas, il s'interrompait, posant le porte-plume, croisant les mains :

— Tu ne vas pas me raconter qu'on ne dit rien. Qu'est-ce qu'ils pensent de l'élection de Rancaurel ?

Rancaurel, le nouveau maire, était un allié et un rival pour Merani. Les deux hommes se surveillaient. L'un avait joué la carte municipale, l'autre la députation. Leurs domaines étaient ainsi bien délimités mais l'un craignait que le député soit tenté par la mairie et l'autre que le maire cherche à devenir député. Ils se surveillaient. La mairie avec le pouvoir local qu'elle donnait, les emplois qu'elle permettait de créer, les subventions que le Conseil municipal accordait était une place forte à partir de laquelle on pouvait élargir son influence, se créer une clientèle fidèle, prête à suivre n'importe où pour ne pas perdre les pourboires distribués. Merani savait cela et il préférait faire alliance avec Rancaurel, manière de le surveiller, de lutter ensemble si besoin était contre le comte Borriglione qu'ils avaient réussi à chasser de Nice, mais qui venait de se faire élire député de la montagne, Merani obtenant le renouvellement de son mandat.

— Je me demande, continuait Merani, à quoi tu me sers. Et sur les chantiers, qu'est-ce qu'on raconte, et à la Bourse ?

Kermesse, banquet, discours : tout le bord du Paillon décoré de guirlandes tricolores, Merani debout, à la droite du préfet Chasles qui a Rancaurel à sa gauche. On inaugure la Bourse du travail. « Les travailleurs niçois, amis de l'ordre et soucieux de progrès », avait dit Merani en levant son verre, et le maire demandait aux ouvriers de « bannir de leurs discussions les questions politiques et électorales ».

Seulement ils votaient et Merani comptait avec leur voix. Il envoyait Luigi Revelli à la Bourse du travail, place Saint-François. Sur cette place ronde se tenait le marché aux poissons ; des charretons, une planche calée les gardant à l'horizontale, servaient d'étal aux pêcheurs. Les femmes remplissaient des seaux à la fontaine et lançaient l'eau fraîche sur les « pei » qui brillaient ; les voix aiguës des plus jeunes, actives, bras nus, se répercutaient sur les façades : « Bella poutina », « O bei pei ». Luigi s'attardait entre les charretons. Il rencontrait Chouà qui venait bavarder avec les pêcheurs, traînait devant la Bourse du travail, allant d'un groupe à l'autre, invitant à boire. On le disait l'homme à tout faire du maire, et souvent les réunions électorales pour le quartier du babazouk se tenaient dans son bistrot, le Castèu. Gobi faisait un clin d'œil au concierge de la Bourse, un employé de la mairie, payé par elle, et passait d'une salle à l'autre, cherchant à savoir qui était là, Lambert l'anarchiste, Sauvan charpentier qu'on disait dangereux, « un socialiste qui se déguise en anarchiste pour mieux recruter », avait dit Merani à Ritzen.

Luigi avait été convoqué dans le cabinet du docteur, à la fin de l'après-midi, comme à l'habitude. Mais, assis dans l'un des fauteuils, sous le portrait de Garibaldi en chemise rouge chevauchant un cheval blanc, il y avait un jeune homme, les cheveux coupés très court, la nuque presque rasée, qui paraissait moins de vingt-cinq ans.

— Voici Luigi Revelli, en qui j'ai pleine confiance, avait dit Merani, c'est un gamin, mais il sait voir et écouter. Il est né à Mondovi mais il sera français, Luigi...

Merani montrait son interlocuteur qui souriait, les jambes croisées.

— monsieur Ritzen t'interrogera souvent, c'est un ami.

Chouà avait renseigné Luigi. Ritzen était un jeune commissaire chargé de surveiller les anarchistes, les « rumpa couillons », disait Chouà, les emmerdeurs. Il venait de l'Est, son père avait quitté l'Alsace en 70, plutôt que de subir l'occupation allemande. Une ou deux fois par mois Gobi Revelli rencontrait Ritzen. Quelques minutes seulement qui laissaient Luigi mal à l'aise. Ritzen l'observait sans dire un mot et Luigi pour que le silence cesse commençait à parler mêlant ensemble des morceaux de phrases cueillies ici et là, dans la rue parfois, à la Crota, à la Feniera ou à la Bourse du travail.

— Tu ne parles jamais de tes frères, avait dit Ritzen à leur dernière entrevue.

Luigi avait commencé à transpirer. Les gouttes de sueur coulaient sur son front, il les sentait glisser dans ses sourcils et l'une parfois parvenait jusqu'à ses yeux, irritant la pupille, le forçant à se frotter la paupière avec le dos de la main.

— Vincente, il travaille chez toi chez monsieur Merani, et l'autre c'est comment ?

— Je ne le vois pas, dit Luigi, jamais, on se voit jamais...

— C'est Carlo n'est-ce pas, essaye de le voir, c'est ton frère.

Silence à nouveau.

— Penses-y Revelli.

Luigi sortait du commissariat principal, proche de la préfecture. Devant lui la place du Palais, l'étang de lumière, cette réverbération violente après l'obscurité des bureaux et des couloirs. Il clignait des yeux. Il s'immobilisait. Le jour et la ville le rejetaient. Il avait envie de courir vers sa mère, comme autrefois, quand elle vivait. Elle le prenait contre elle, elle le pressait contre ses jambes, ce tablier humide qu'elle portait toujours, elle disait : « Luigi, Luigi, ne pleure pas, ils ne te frapperont plus. » Elle lançait une malédiction à Vincente, elle hurlait, elle caressait ses cheveux. Et lui, les yeux fermés : « Serre-moi, maman, disait-il, serre-moi. » Elle l'emprisonnait lui tenant la nuque et il reniflait, sachant que s'il ouvrait les yeux il trouverait la nuit encore, ce tablier noir. Et il était rassuré de cette nuit que sa mère créait ainsi en plein jour. Mais il devait traverser la place du Palais, longer le mur de la caserne Rusca pour rejoindre la rue Saint-François-de-Paule. Il entendait parfois un commandement hurlé, une sonnerie de clairon, et la tentation le prenait de partir, comme Pascalin, un jeune du Castèu, qui avait pris le train pour

Marseille et là-bas, disait-on, il avait signé à la Légion. On racontait aussi qu'il suffisait de se présenter au consulat des États-Unis, on s'engageait pour cinq ans dans leur marine et quand une escadre jetait l'ancre à Villefranche, on prenait le canot qui faisait la navette entre la Darse et les bateaux. Après la visite médicale on partait avec eux et les cinq ans passés on devenait américain.

Au lieu de rentrer directement à la maison Merani Luigi allait au Castèu. Il s'installait au fond de la salle. Gigi, qui habitait rue Droite, dans le babazouk, était là le plus souvent. Ils restaient face à face, silencieux. Chouà leur demandait un coup de main, pour allumer le feu du four, scier du bois, déplacer des tables. À la fermeture du Castèu, ils traînaient encore, se retrouvant toujours dans les petites rues, du côté de la place Masséna, s'attardant devant les music-halls pour touristes ; des filles avec des robes rouges qu'ils apercevaient, quand la porte d'un hôtel s'ouvrait, et que dans la lumière crue, ils devinaient des silhouettes, hommes et femmes l'un contre l'autre. Ils se donnaient des coups de coude, échangeaient en niçois des commentaires, puis ils traversaient la ville longeant le Paillon, descendant la rue Bonaparte jusqu'à la place Pellegrini, s'arrêtant devant l'entrée du bordel, s'éloignant, revenant. Une nuit Luigi s'y était rendu seul avec dans ses poches les pièces économisées depuis des mois, celles que Merani lui donnait ou celles qu'il trouvait, ouvrant une armoire quand il était sûr que la maison était déserte, fouillant dans les poches des gilets, découvrant toujours quelques sous oubliés.

Maintenant Madame George dans l'entrée du bordel le tenait aux épaules, le poussait vers le salon mais Luigi secouait la tête.

— La plus chère, je veux la plus chère, disait-il.

Madame George lui avait caressé le visage.

162

— Tu as l'argent au moins.

Il avait ouvert ses mains, et une à une, Madame George avait pris les pièces comme on picore, lui laissant quelques sous.

— Tu lui donneras ça, après, si tu t'es amusé, ajoutait-elle en lui serrant le poignet.

Puis elle avait jeté un coup d'œil au tableau des chambres.

— Il y a l'Anglaise, disait-elle, mais cette nuit, je ne peux pas, tu reviendras, je vais te donner...

Il s'était allongé sur le lit et la fille, une brune d'une trentaine d'années, les joues couvertes des cercles du maquillage, avait commencé à le caresser, puis elle était venue sur lui, le tenant aux épaules, pesant, ce visage qu'il voyait, le menton lourd, les seins qu'il aurait voulu toucher, mais elle le tenait sous elle, prisonnier.

— Reviens, avait dit Madame George, reviens je te donnerai l'Anglaise.

Mais Luigi n'avait plus eu besoin de revenir. Les filles, comme si elles avaient su, commençaient à tourner autour de lui, ou bien c'est lui qui, après la nuit au bordel, les découvrait. Il les entraînait vers le château, elles se laissaient conduire, sachant qu'ils se coucheraient sous les pins, et devant eux, le port, la mer. Avant de s'éloigner Luigi faisait à Gigi un clin d'œil, un geste complice. Parfois une fille refusait, elle repoussait Luigi, elle se mettait à courir, alors il l'insultait, lui jetant des pierres, la rattrapant, lui donnant une claque du revers de la main. Ils étaient seuls, face à face, il la collait contre un arbre, il s'appuyait contre elle, lui maintenant les bras immobiles, glissant son genou entre ses cuisses. Elle pleurait, s'abandonnant souvent, se débattant encore quelquefois et il la laissait alors, après une dernière insulte, un simulacre de coup de poing, de coup de pied qui la faisait se recroqueviller craintive. Et Luigi rentrait par les raccourcis, qui à travers les pins descendent vers la vieille ville. Il lui fallait bien regagner la maison Merani. Le plus tard qu'il le pouvait, pour ne pas rencontrer Vincente ou Lisa. Elle lui parlait à peine se contentant de dire, le regardant dans les yeux : « Travaille, fainéant, au lieu de traîner. » Il riait, rejetant ses cheveux en arrière, d'un mouvement désinvolte mais il mettait un long moment à retrouver son insouciance. Elle lui donnait à nouveau envie de partir, de pleurer et ce n'était que quand il s'était éloigné de la rue Saint-François-de-Paule, qu'il racontait à Gigi, qu'il oubliait Lisa, son mépris.

Vincente se contentait de l'interroger des yeux, sans jamais dire un mot, mais Luigi n'aimait pas ce regard. Pour ne pas avoir à affronter Lisa et Vincente il prenait ses repas avant eux, debout dans la cuisine. Quand ils entraient, il s'essuyait la bouche du revers de la main, il sortait, allait dans sa chambre ou le plus souvent au Castèu ou à la Crota.

Assis au fond du café, jouant parfois avec Gigi à la mora, lançant leurs mains au-devant du visage, criant un chiffre et celui qui gagnait avait deviné le total des doigts déployés, Luigi attendait que la journée passe, qu'une fille se présente.

Choùa parfois lui proposait une place de figurant pour le soir, au théâtre de l'Opéra. Une aubaine que distribuaient à leurs amis les protégés du maire. Luigi, vers six heures, s'asseyait au milieu des décors avec les autres figurants. Puis le régisseur en hurlant les faisait avancer sur la scène à peine éclairée, il montrait les principaux mouvements, il secouait l'un des figurants, Luigi quelquefois : « Toi, tu as compris, tu sais ce qu'il fait, lui. » Quelques figurants professionnels servaient de guides aux autres. Avant la représentation, on leur donnait un morceau de pain, du fromage, un verre de vin. Ils s'habillaient en plaisantant et enfin c'était l'éclat des cuivres, les soleils des lampes à gaz, les chœurs, la chanteuse en voile blanc, transparent.

Quand le rideau tombait sur le dernier acte, que déjà Luigi tendait la main pour recevoir les deux ou trois francs qu'on leur versait pour un soir, il se sentait vide, volé. Il rentrait immédiatement à la maison Merani et allongé sur le lit, il revoyait les scènes, il entendait la musique, il fredonnait à voix basse les airs que peu à peu il apprenait. Pendant plusieurs jours il les chantait dans la cour, pour Thérèse, s'interrompant quand Lisa ou Vincente passaient, gêné de se laisser surprendre. Mais le besoin était si fort qu'il recommençait jusqu'à ce que, les jours succédant aux jours, la musique en lui peu à peu se tarisse.

Il gardait longtemps le souvenir de ces moments où il se découvrait tout entier rassemblé en lui-même, rond, lisse comme un des galets avec lesquels quand il flânait avec Gigi le long de la grève ils tentaient de faire des ricochets. Alors qu'il chantait ainsi dans la cour, Madame Merani l'avait interpellé, lui demandant de la rejoindre au grand salon.

— Le voici notre chanteur, notre ténor, disait-elle comme il entrait.

Entourant Madame Merani, deux femmes étaient assises, l'une, la plus âgée, les jambes qu'on devinait écartées sous la robe, les mains fermées sur les accoudoirs du fauteuil, le buste haut, les yeux mobiles.

— Tu sais un air complet, ou bien quelques mots par-ci et par-là ? demanda-t-elle d'une voix impérieuse.

— Il pourrait apprendre, dit Madame Merani.

— Il n'a pas la tête de quelqu'un qui apprend, votre chanteur.

Luigi baissait les yeux.

— Mais comtesse, dit avec un accent étranger la plus jeune des deux femmes, il sait peut-être déjà.

Elle portait une robe droite comme Luigi n'en avait jamais vu, ne laissant deviner ni l'existence des seins ni des hanches.

— Veux-tu chanter, sais-tu vraiment ?

La voix était toujours dure.

Luigi quand le prêtre l'interrogeait à Mondovi ne réussissait pas à lever la tête autrement que pour donner un coup d'œil, surprendre une expression du prêtre, savoir s'il allait ou non recevoir une taloche parce qu'il ne savait rien ou bien réussir par son silence, son absence, à le désarmer.

— Luigi, commença Madame Merani.

Luigi la regarda.

— Luigi, répéta-t-elle.

Il l'avait désarmée.

— La comtesse d'Aspremont voudrait que tu chantes, chez elle, dans sa propriété. Peux-tu apprendre quelque chose ? — Madame Merani se tourna vers la comtesse — je peux lui faire donner quelques leçons, ajouta-t-elle.

— Il lui faudrait un costume, n'est-ce pas Helena ! répondit en riant la comtesse d'Aspremont. Nous le déguiserons en prince russe même s'il chante du Verdi.

Il y eut un moment de silence.

— Si vous le permettez, je m'occuperai de lui, dit Madame Merani. Tu peux aller Luigi.

La fête de charité de la comtesse d'Aspremont était un des moments importants de la vie niçoise. Le dimanche précédent celui des Rameaux, elle invitait dans son château du Ray tout ce que Nice et Cannes comptaient de célébrités internationales ou de notabilités locales. Mais la comtesse séparait ses invités. Les uns n'avaient accès qu'aux terrasses inférieures du parc, et des domestiques interdisaient par leur seule présence l'entrée des salons du château. Des cartons de couleur différente permettaient de diriger les invités vers le parc ou les bâtiments.

Plusieurs semaines durant, la comtesse abandonnait les salles de jeu du Casino de la jetée pour se consacrer à l'organisation des festivités. Elle entraînait la baronne Helena Karenberg.

— Helena, vous allez venir avec moi, disait-elle en entrant dans la bibliothèque de la villa Karenberg.

La comtesse prenait Helena par la main, se tournait vers Frédéric Karenberg.

— Votre sœur, Frédéric, s'ennuie et vous ne la distrayez pas. Vous êtes un garçon sinistre. Allons Helena, je vous attends.

Helena soupirait, quittait la bibliothèque que parcourait la comtesse, prenant un livre, interrogeant Frédéric.

— Dites-moi, le grand-duc et la duchesse seront-ils encore à Nice, je compte sur vous Frédéric, je veux voir Pierre de Russie à ma fête.

— Vous savez bien comtesse que je ne vois personne, je suis anarchiste, si je les voyais je leur lancerais des bombes...

La comtesse s'immobilisait.

— Ne plaisantez pas, monsieur le baron, vous, avec ce que vous représentez, vous n'avez pas le droit, même pour jouer.

— Mais je ne joue pas...

Frédéric allumait un cigare, passait sur la terrasse, s'appuyait à la balustrade. Il faisait chaud, ici, même au cœur de l'hiver, quand le soleil dès quatre heures disparaît à l'ouest dans l'étoupe grise, nuages en bandes qui s'étiraient au-dessus de l'Estérel. La chaleur s'était accumulée, au pied de la façade de la villa, sur le marbre de la terrasse, comme une eau qui coule et rejaillit.

— Frédéric...

La comtesse s'approchait de Karenberg, elle lui prenait la main, elle la serrait.

— Frédéric, vous autres Russes, vous êtes des destructeurs, comment dites-vous.

Karenberg dégagea sa main. Il connaissait la comtesse d'Aspremont, son exaltation, murmurait-on avec un sourire.

— Nihiliste, dit-elle, voilà, des nihilistes.

Elle prit un air enjoué qui, pour un instant la rajeunit, le visage transformé par une idée, un souvenir peut-être, affiné, l'expression mutine, les lèvres un peu pincées, les yeux plus mobiles encore.

— Savez-vous Frédéric qu'on vous surveille ? C'est peut-être que vous êtes vraiment un anarchiste.

Elle secoua la tête, se mettant à rire trop fort, prenant à nouveau la main de Karenberg qu'il lui abandonna pour savoir.

— Mais je ne peux pas le croire, vous, baron.

— Pouvez-vous m'expliquer ?

— Ah ! vous prêtez enfin attention à moi Frédéric.

Elle lui serrait la main et sous les gants de dentelle il devinait la peau, glacée lui semblait-il.

— Un petit jeune homme que m'envoyait le préfet, un nouveau commissaire, mais sachant se tenir dans un salon, il n'a pas le visage d'un policier, il m'a interrogée sur vous, sur Helena, feriez-vous vraiment trembler le tsar, Frédéric ? Moi qui vous demande d'insister auprès du grand-duc.

— Voilà Helena, dit Karenberg, en retirant sa main.

— Qu'elle est belle, dit la comtesse, ma chérie vous êtes éblouissante, allons donnez-moi le bras, vous allez me vieillir, mais enfin.

Karenberg baisait cérémonieusement la main de

la comtesse qui ne la retirait pas, puis il embrassait sa sœur.

— Prenez soin de ma petite sœur, disait-il.

La comtesse d'Aspremont se retournait, descendant les marches qui de la terrasse conduisaient au parc, elle riait, agressive.

— Comme de vous-même, Frédéric, je vous assure.

Comment ne pas rire avec elle ? Sa franchise, son avidité étaient une forme de la santé. Souvent quand Frédéric la rencontrait, il pensait à Catherine Petchera cette amie de sa mère qui venait à Semitchasky, l'été. Elle possédait une résidence à quelques kilomètres du château. Son mari, un haut fonctionnaire de la Cour, restait à Pétersbourg. « Chère amie, disait-elle à la baronne, je vous enlève Frédéric, je n'ose pas rentrer seule, je vous le renvoie. » D'abord ils marchaient à pied dans les allées, la voiture avançant au pas derrière eux, elle parlait de son enfance, d'un séjour à Nice précisément, puis de Karlsbad. Quand ils longeaient les étangs, les moustiques commençaient à les assaillir, ils montaient en voiture et il fallait fermer les glaces. Il faisait lourd, la voiture sentait le cuir, le parfum. Les genoux se touchaient et Frédéric sentait bien qu'elle recherchait ce contact. Un soir elle prit son bras, l'entraîna chez elle alors qu'à l'habitude il la quittait sur le perron.

« Tu m'as protégée, disait-elle, il faut que je te remercie. » Ainsi il découvrit la femme. Elle était vive, elle donnait à Frédéric des livres interdits, elle disait :

« Cette Russie meurt Frédéric, et c'est pourquoi tu es là, avec moi, il ne faut pas respecter ce qui est mort. » Parfois elle s'absentait pour quelques jours et Frédéric guettait son retour, marchant seul dans les allées du parc, mesurant combien elle lui manquait, blanche et ronde. Quand elle le prenait dans ses bras, il s'y blottissait, avec la sensation douce de disparaître peu à peu, et à la fin elle était à lui. Mais après l'amour, il fallait qu'il regagne Semitchasky où sa mère faisait mine de ne rien comprendre — et peut-être vraiment n'avait-elle pas deviné — Catherine le raccompagnait. Il était devenu son confident, elle était sa maîtresse, au sens le plus fort, le guidant, l'aidant à s'interroger et à comprendre. Elle avait dîné à Pétersbourg avec un général, ami de son mari, responsable de la IIIe Section de la Police secrète. Elle s'indignait : ils ont des espions partout, ils achètent les hommes, ils les tuent.

« Ce comte Tohnlehm, Frédéric, tu l'as vu chez moi, eh bien il travaille pour eux à Paris, à Genève, à Nice. Chaque semaine il envoie son rapport. Voilà la Russie Frédéric, je la hais cette Russie-là. »

Ce souvenir de Catherine Petchera qui revenait à Frédéric Karenberg parce que la comtesse d'Aspremont était comme elle l'une de ces femmes qui avaient refusé d'être des reflets, qui se donnaient un visage. Ce commissaire aussi dont parlait la comtesse. La France était l'alliée de la Russie, et les polices, bien sûr, collaboraient. Un dossier à Pétersbourg au nom des Karenberg devait se gonfler de notes, de renseignements.

Frédéric Karenberg écrasa son cigare sur la balustrade. Il avait vu Catherine pour la dernière fois, il y avait une dizaine d'années. La baronne Karenberg avait décidé, sans doute pour rompre cette liaison qui durait depuis trop longtemps, d'envoyer Frédéric à Vienne. Il avait vingt ans. On venait d'assassiner le tsar. La baronne craignait que son fils ne soit définitivement corrompu par les idées nouvelles. Et Catherine était le poison.

Nuit de séparation, par les fenêtres ouvertes de la chambre, l'odeur de l'herbe sèche, qu'apporte chaque rafale de vent. « Va », disait Catherine. Il refusait de partir. La tête posée sur ses genoux, il sanglotait.

Il ne se souvient plus de son visage mais encore de cette odeur de foin et de la main qu'elle passait dans ses cheveux. Il fallait bien partir.

Qui donc lui avait dit, quatre ou cinq ans plus tard, alors qu'il vivait à Aix avec sa sœur, que Catherine Petchera était morte bêtement, une barque qui renverse et cette robe blanche qui gonfle comme une fleur avant de disparaître dans le lac ?

Karenberg revint dans la bibliothèque. Il ferma la porte-fenêtre. Il aimait se trouver ainsi dans l'obscurité, les livres formant autour de lui comme une forêt ou une foule fraternelle. Il lui fallait leur présence silencieuse pour qu'il osât, à son tour, ouvrir ce cahier, prendre la plume, ajouter quelques mots à son journal, écrire ce soir : « Le souvenir de Catherine Petchera voici qu'il est revenu. Elle est la neige brûlante de froid, la Russie qui me manque avec ses terres qui ondulent dans la brume d'été comme la mer ici, car la Russie est le pays où la terre devient océan. Ailleurs chaque espace a sa limite. Seule la mer me rappelle le sentiment que j'éprouvais. J'essayais d'atteindre les limites de notre parc à Semitchasky et je ne parvenais jamais qu'à une butte derrière laquelle recommençait la plaine ou la forêt. Il me semble que c'est cela qui nous habite, nous autres Russes, nous qui sommes des navigateurs terriens, nous avons besoin d'être dévorés par quelque chose qui n'a pas de fin. Mystique, politique ou passion, nous sommes les fils d'un océan continental. »

Karenberg referma son cahier. Il en était réduit depuis qu'il avait quitté Catherine à soliloquer. Helena était trop frêle pour porter les mots qu'il aurait pu lui dire. D'ailleurs entre eux, à quoi bon parler ? Il suffisait qu'il la prenne contre lui, qu'il dise « petite sœur » et qu'elle se laisse aller, pour qu'ils sachent à quel point l'un et l'autre étaient parvenus de leurs pensées. Mais souvent Karenberg éprouvait le besoin de trouver un interlocuteur, de briser, avec sa voix, une autre voix. À Aix il avait accepté dans cet espoir d'être affilié à la franc-maçonnerie. Le conservateur du Musée et un professeur d'histoire romaine avaient été ses parrains. Durant quelques semaines il avait connu une excitation intellectuelle à la pensée qu'enfin il entrait dans une société secrète, qu'il allait courir un danger, comme ces décembristes qu'on avait déportés en Sibérie ou ces conspirateurs que l'on avait pendus parce qu'ils avaient essayé d'abattre le tsar. Peut-être aussi pourrait-il trouver des hommes avec qui parler. Des voix qui ne seraient plus seulement des mots imprimés, voix nues et pures, mais des voix avec un visage, des yeux, des mains. Déception. Mieux valait lire Herzen, Pouchkine ou même Stendhal qu'écouter le docteur Merani ou le Vénérable Bertagna.

Peut-être était-il trop timoré encore. Que risquait-il pourtant ? Il sonna. Le gardien restait à la villa avec sa femme, jusqu'au dîner.

— Marcel, dit Karenberg, vous devez connaître la rue Séguranne, expliquez-moi.

Le commissaire Ritzen sut le 24 mars 1894 par l'un de ses indicateurs, que le baron Frédéric Karenberg, né le 7 janvier 1861 à Semitchasky (Russie) propriétaire — et sur lequel le préfet de Police de Paris lui-même avait attiré l'attention par une note, sans doute élaborée avec le concours de l'Okhrana, la police secrète russe — que ce descendant d'une des plus vieilles et des plus riches familles de l'aristocratie avait assisté à une réunion anarchiste au Cercle Libertaire de la rue Séguranne. Il était intervenu plusieurs fois pour décrire la situation en Russie.

« Il faut reconnaître, écrivait l'indicateur au commissaire Ritzen, que la baron Karenberg ne s'est pas montré précis. Je ne saurais dire s'il s'agit de prudence ou d'ignorance. Il m'a semblé que le baron était une sorte d'artiste, de professeur ou de littérateur plutôt qu'un enragé politique. Il a dit cependant — il a répété ces paroles dans chacune de ses interventions et je les résume en essayant de rapporter l'essentiel — que « l'Océan russe serait bientôt secoué par la tempête sociale ». Comment il y avait eu un long affrontement entre Sauvan et Lambert — dont je rends compte par ailleurs dans deux notes distinctes — sur les mérites du socialisme et de l'anarchisme, le baron Karenberg a indiqué qu'en Russie les anarchistes joueraient le rôle d'étincelle mais que la poudre ne pouvait qu'être socialiste, parce que le peuple russe était depuis toujours groupé dans des collectivités. Je ne crois pas utile de rapporter un long développement du baron — qui a provoqué l'ennui de l'assistance — sur la façon dont sont organisés les paysans russes dans leur village. À la fin de la réunion Sauvan et Karenberg sont sortis ensemble. Ils semblaient ne pas se connaître au début de la réunion. Mais ce n'est peut-être qu'une dissimulation. »

— Tout cela n'est pas bien sérieux.

Le préfet Chasles rendit à Ritzen le rapport. Ce jeune commissaire avait une conscience toute germanique de son devoir et il ne s'était pas encore rendu compte qu'il était ici aux antipodes. Chasles prit Ritzen par le bras et le raccompagna vers la porte du bureau. Les larges fenêtres donnaient sur le jardin de la préfecture, planté de palmiers, de lauriers, de cactus. Chasles s'arrêta devant une baie, montra les palmiers.

— Nous sommes déjà dans le Sud, mon cher commissaire, ce n'est pas l'empire turc mais grec. Vous connaissez la Jeanne d'Arc niçoise, Catherine

Séguranne ? Une héroïque lavandière qui chassa les Turcs précisément à coups de battoir à linge, et en leur montrant la partie basse de son anatomie, ne souriez pas, la politique ici c'est oriental. On distribue des bakchichs, on achète les voix, tenez, notre bon maire, Rancaurel, faites donc un tour dans un café, vous le connaissez, le Castèu, à la veille des élections. On y fait la queue. Le patron, qui a quelques intérêts dans l'une des maisons de la place Pellegrini, y distribue des pièces aux électeurs. Et si Rancaurel est élu, eh bien, ils ont encore quelques pièces. Et il y a foule, croyez-moi. J'ai, mon ami, mes informateurs moi aussi. Alors vos anarchistes, vos socialistes, votre baron Karenberg, non pas ici, mon cher, pas ici.

Ritzen pliait son rapport lentement sans regarder le préfet.

Si jeune, ce commissaire nommé à Nice, un beau début, sans doute des appuis au ministère. Chasles retint Ritzen au moment où celui-ci le saluait.

— Cela dit, toutes mes félicitations, commissaire, plus rien ne vous échappe à Nice, continuez. Après tout, nous avons ici beaucoup de têtes couronnées, si l'un de ces cons nous faisait un attentat, je m'en remets à vous totalement.

Dans les jours qui suivirent Ritzen convoqua « les chevaux de son manège ». Lambert, Sauvan, d'autres qu'un policier en bourgeois allait chercher sur les chantiers ou le soir dans les quartiers de l'est ou du nord. Le yacht du prince de Galles, le *Britannia*, était depuis le 20 mars amarré au port de Nice et il fallait redoubler de précaution, faire sentir à ces vieux chevaux, qu'on ne les lâchait pas, que le commissaire tenait les rênes et qu'il savait. Le ministère avait multiplié les dépêches, le procès d'Emile Henry, ce « fou meurtrier », devait s'ouvrir à Paris et — précisait une note confidentielle signée du directeur du cabinet du ministre — « tous les policiers savent que le crime et les attentats sont une maladie contagieuse. Emile Henry tel que l'ont décrit les journalistes toujours prêts à vanter les mérites d'un criminel — et pas seulement ceux qui écrivent dans les feuilles anarchistes — peut apparaître aux yeux de certains exaltés comme un justicier se sacrifiant pour la cause. L'attentat commis au café Terminus par son horreur fascinera la tourbe des déclassés et des maniaques. Il faudra donc que les policiers chargés de ces problèmes veillent avec un soin particulier au maintien de l'ordre républicain. La période du procès — qui devrait s'ouvrir courant avril — pourrait être choisie par les anarchistes pour des actions d'éclat. »

Ritzen se mit donc en chasse. Il ne faisait jamais asseoir ceux qu'il interrogeait. Il les regardait longuement, attendant que le besoin de parler les prenne, mais Lambert, Sauvan se taisaient. Sauvan s'appuyait au mur, méditatif, ironique, défiant Ritzen et c'était le commissaire qui disait :

— Voyons Sauvan, je ne savais pas que tes idées te conduisaient à fréquenter les barons russes ? Ah vous êtes curieux vous autres.

Le charpentier ne bougeait pas, mais quand le commissaire s'interrompait, il répondait d'une voix très calme :

— monsieur le commissaire, vous m'avez fait quitter le chantier, vous n'avez pas le droit, je vais prendre un avocat, je dois gagner ma vie, l'État ne me paie pas, monsieur le commissaire.

— Demande à ton ami le baron Karenberg.

D'un geste Ritzen signifiait à Sauvan qu'il pouvait foutre le camp. Et il passait à un autre de ces messieurs. Il eut du mal à trouver Carlo Revelli. À la pension Oberti on ne savait rien, Sauvan avec nonchalance avait répondu que Revelli travaillait chez Forzanengo, à la couverture du Paillon. Mais les travaux étaient achevés depuis plusieurs mois. C'est une demande de renseignement de la gendarmerie de Drap, une petite bourgade de la vallée du Paillon, à une dizaine de kilomètres à l'est de Nice qui mit Ritzen sur la piste de Carlo Revelli. Le Piémontais venait d'acheter un terrain qui dominait la rivière, un flanc sec et rocheux de colline, il vivait dans une cabane et demandait le droit afin d'exploiter une carrière de posséder des explosifs. Pour Ritzen tout devint clair : les anarchistes avaient donné l'argent à Revelli et ainsi ils se procuraient de quoi fabriquer légalement leurs bombes. Là, enfin, il tenait une piste.

Un matin, il partit pour Drap en voiture. Le cocher menait bon train, longeant la rive gauche du Paillon, s'enfonçant dans cette large vallée qui, entre les pentes caillouteuses avec souvent des terrasses plantées d'oliviers, roulait des eaux terreuses. Il avait plu depuis plusieurs jours dans l'arrière-pays, de lourds orages qui ruisselaient, creusant le sol pierreux, arrachant le limon, mettant parfois à nu les racines écorchées des arbres. Mais ce matin-là, le ciel était une tente bleue tirée sur l'arc des cimes.

À la Trinité-Victor, Ritzen s'arrêta à la gendarmerie et requit un brigadier pour l'accompagner jusqu'à Drap. Il avait en mémoire l'arrestation d'Emile Henry telle que l'avaient rapportée les journaux, l'homme tirant des coups de feu sur ses poursuivants après qu'il eut jeté sa bombe, dans la salle du café.

Passé la Trinité-Victor, la route montait plus vite entre des platanes. Le paysage était aride, les arbustes clairsemés, les oliviers rares.

— C'est pauvre, dit Ritzen au brigadier.

— Ils abandonnent tous la terre, dit le gendarme.

176

Il s'appuyait sur son sabre laissant aller son corps selon le mouvement de la voiture.

— On dirait l'Algérie, continua-t-il. Ça n'intéresse plus que les macaronis, eux, ils ont faim, ils sont trop nombreux en Italie, ils prennent notre place ici. Ils sont travailleurs, on ne peut pas dire. C'est pas les Arabes, ceux-là je les ai vus...

Ritzen n'écouta plus. Les hommes parlaient trop, toujours. Ils ressemblaient à ces boîtes à musique que les Ritzen avaient réussi à emporter avec eux quand ils avaient quitté l'Alsace. Un déclic et la musique commence, toujours la même, sans surprise. Ritzen pensa à Sauvan. Lui savait se taire. Et tout à coup une remarque s'imposa au commissaire : pourquoi Sauvan le silencieux avait-il dit que Revelli travaillait chez Forzanengo ? Il eût dû simplement hocher la tête, ou murmurer « je ne sais rien monsieur le commissaire, cherchez, vous trouverez bien Carlo Revelli ». Surprise, il avait parlé, donc il taisait autre chose.

À Drap, la mairie renseigna Ritzen. À cinq kilomètres plus à l'est, il fallait prendre un chemin muletier vers le hameau de Darbella. Le Piémontais était là. Il avait payé sans discuter, du bel argent. Et il vivait sur son terrain, une ancienne carrière qu'il voulait remettre en exploitation.

— Il faudra qu'il travaille jour et nuit, disait le maire. Seul il ne réussira pas, ou alors, il vivra comme une bête. Pas comme un humain.

Le brigadier alors qu'ils se dirigeaient vers le chemin muletier, reprenait ses commentaires que Ritzen n'écoutait plus.

— Les Piémontais, disait-il, ils ont le travail dans la peau, je les connais, ils ont acheté pour deux sous de la terre au bord du Paillon, ils la retournent, ils vont jusqu'à l'os, et ils font pousser sur la pierre, ah, ils ont faim alors ils ne dorment pas.

Après une demi-heure de marche on accédait à

un vallon qui s'élargissait et dont l'un des flancs était creusé comme une motte de beurre entamée. Des blocs dispersés sur le sol, partiellement fragmentés, donnaient une impression de chaos. Une cabane de planches était adossée à la paroi. Des coups sourds résonnant derrière des blocs plus massifs provenaient du bord opposé de l'excavation. Ritzen eut la tentation de demander au gendarme de dégainer son arme puis il se reprit. Ils s'approchèrent et découvrirent courbé, Carlo Revelli, un lourd marteau tenu à deux mains, qu'il abattait de toute sa force sur la pierre friable. Il obtenait ainsi des éclats qu'il brisait à leur tour, tamisant, accumulant le sable et le portant, pelle après pelle sur un charreton. Ritzen demeurait immobile, regardant Carlo, ces muscles des épaules et du bras se contractant sous la peau luisante de poussière blanche mêlée à la sueur. À un moment donné Carlo levant la tête les aperçut. Ses cheveux étaient collés sur le front, la moustache elle aussi blanchie. Il posa son marteau, se redressa, dépassant d'une tête Ritzen et le brigadier.

— Revelli, on ne te voit plus, dit Ritzen.

— Pourquoi on devrait me voir ?

— Tu sais que j'aime bavarder avec les gens comme toi, de temps en temps, continuait Ritzen, vous avez toujours de bonnes idées vous autres.

Ritzen s'assit sur un bloc. Carlo reprit son marteau et recommença à frapper, des coups plus lents mais plus forts.

— Tu es devenu riche ? demanda Ritzen.

Carlo s'arrêta.

— Ça t'a coûté cher tout ça.

Ritzen montra la carrière, la cabane, les oliviers et les figuiers qui entouraient le flanc ouvert et couvraient les planches qui descendaient jusqu'à la rivière.

— J'ai travaillé et personne n'en voulait.

— Quand même, dit Ritzen, on t'en a pas fait cadeau.

— J'ai travaillé tout l'hiver chez Forzanengo.

Forzanengo dissimulait autre chose, peut-être un vol, un crime comme celui que Ravachol avait commis.

— Ne me fais pas croire ça à moi, dit Ritzen.

Carlo se remit à frapper sans hâte, calmement. Il s'était assis les jambes écartées, la pierre entre ses cuisses, et Ritzen était pris par le rythme, le martèlement régulier, le marteau paraissant rebondir sans effort sur la pierre, le bras comme un levier métallique, indépendant de cet homme assis qui de temps à autre le regardait, le visage impassible couvert de sueur. Ritzen sentit le découragement le gagner : ce Piémontais lui échappait.

Le commissaire se leva, il était à nouveau le lycéen frêle que l'on bousculait dans la cour d'une poussée de la paume sur la poitrine, « écarte-toi ». Il avait beau se précipiter poings dressés, les grands d'une bourrade l'envoyaient contre le mur, lui arrachant son cartable.

— Tu vas venir avec moi, dit Ritzen.

— Moi ?

— Et dépêche-toi.

— Je travaille.

— Dépêche-toi.

Le brigadier s'était avancé.

— Ecoute monsieur le commissaire, dit-il à Revelli.

Carlo posa son marteau, alla jusqu'à un tonneau rempli d'eau, s'aspergea le visage, se lava le torse, les avant-bras avec une lenteur que Ritzen trouvait insupportable. Mais il se contenait, transpirant maintenant que le soleil frappait la carrière, réfléchi par la pierre, séchant l'air, plaquant sur le sol une lumière blanche, couleur du métal qui va fondre.

— Passe devant, dit Ritzen.

Carlo sa veste pliée sur le bras, la chemise au col ras serrant la peau brique où les veines traçaient leurs sillons comme d'épaisses nervures, regardait Ritzen.

— C'est pas juste, dit Carlo.

— C'est moi qui décide de ce qui est juste, dit Ritzen, pas toi.

Et de sa paume il poussa Carlo vers le sentier.

Revelli passa l'après-midi et la nuit au commissariat principal. Ritzen avait vérifié ses activités dans les derniers mois, examiné les enquêtes en cours, il n'avait rien trouvé. Forzanengo regrettait Revelli qu'il avait voulu nommer contremaître et qui avait travaillé dur, pendant tout le chantier. « S'il veut, il n'a qu'à se présenter, je l'embauche tout de suite », disait Forzanengo.

À l'aube un gardien avait secoué Carlo qui s'était endormi sur l'un des bancs de la salle de police.

— Tu peux partir.

Carlo se releva, il prit sa veste qu'il avait roulée en boule sous sa tête.

— Allez, dehors.

Nuit encore. Deux tombereaux, leurs conducteurs debout les rênes passées dans la saignée du coude, s'interpellant, traversent la place du Palais. Il a dû pleuvoir, les becs de gaz se renvoient des lueurs jaunes qui rebondissent en se brisant sur des flaques aux contours indécis que l'obscurité efface.

Fils de putain. Carlo crache. Ils peuvent tous s'y mettre, tous armés de haches, il ne dira rien. C'est lui qui restera debout. Ils laisseront tomber la cognée. Et un jour je lèverai la hache et ils se fendront au premier coup. Les paysans, sur le marché du cours Saleya, déchargeaient les cageots de légumes et, battant la cadence, couvrant leurs voix et les bruits, le ressac de la mer proche. Carlo dans un des cafés déjà ouverts le long du marché mangea

180

l'une de ces soupes épaisses du matin, à peine tiédie, les légumes entiers, morceaux de pommes de terre et haricots rouges et dans laquelle on brise le pain. Des paysans, des charretiers, étaient assis à la table commune, silencieux, graves même. Quelqu'un secoua Carlo qui sursauta.

— Tu t'endors, Revelli ?

C'était Cauvin, le fermier des Merani, qui s'asseyait près de Carlo, l'interrogeait en attendant qu'on le serve.

— Vincente m'a dit que tu as acheté ? Qu'est-ce que tu vas faire ? Du sable ? Tu as raison, ils construisent partout. À vous trois les Revelli vous pouvez en abattre du travail dans une journée.

Carlo s'essuya les lèvres en se levant.

— Je reste seul, dit-il.

Seul il avait sauté la grille cependant que le chien aboyait, là-bas, près de la maison du gardien. Seul il remontait à Drap, faisant un signe à un charretier qui retenait son cheval, le laissait grimper. Seul il savait ce que cela voulait dire, toucher cet olivier, le premier, dressé après le coude du chemin muletier quand on apercevait, enfin, le hameau de Darbella. Prendre une olive, déchirer cette pulpe âcre et savoir qu'on peut couper cet arbre si on le veut, qu'il est à soi. Comme les pierres de la carrière. Comme tout ce que Carlo voit quand il s'assied, qu'il serre un bloc entre ses cuisses et qu'il regarde devant lui l'échancrure jaune dans le flanc de la colline et la mince couche de sol brun qui la couronne. Il prend le marteau. Il frappe. Et chaque coup est à lui, chaque grain de ce sable lui appartient. Et il frappe jusqu'à ce que la fatigue le plie, sa tête retombant sur le bloc, il donne quelques derniers coups et souvent le marteau glisse, l'ongle éclate sous le coup, la douleur bleue, violette, noire, jaillit jusqu'à l'œil. Il se lève, il trempe le bras dans l'eau saumâtre du tonneau. Il secoue son bras, comme s'il voulait que la douleur tombe avec les gouttes. Il monte, longeant la lèvre de la carrière, s'accrochant aux figuiers, aux arbustres, il atteint ainsi le sommet de la colline, où la nuit semble dissipée par la brise. Il s'assied là, s'allonge bientôt, les paumes ouvertes sur la terre rugueuse et sèche. Il faudra en serrer chaque motte comme un fruit qu'on écrase pour en extraire le jus, et puis retourner la peau, mordre pour ne pas laisser la pulpe, pour arracher comme il le faisait des citrons quand la faim ou la soif le prenait alors qu'il frappait la pierre, toute cette chair fibreuse, aigre et qui a la douleur de l'or.

Les sacs de sable, Carlo les descendit l'un après l'autre sur ses épaules par le sentier muletier. L'un d'eux creva et il ramassa le sable dans ses mains jointes, poignée après poignée, comme s'il s'était agi d'une eau vitale. Il avait acheté un charreton et il s'y attela, dans une fin de matinée balayée par le vent d'est, les crêtes au loin bordées d'un liséré blanc, des bâtiments de l'ancienne abbaye de Saint-Pons, se détachant sur la colline comme isolés dans une cloche de lumière. Toute la vallée du Paillon semblait ainsi miroiter, chaque galet du lit maintenant sec, brisant en gerbe un rayon solaire, répercuté plus loin, plus haut par une roche métallique, une tuile vernissée.

Le vent tomba d'un seul coup et avec lui la chaleur, le silence. Carlo entrait en ville, l'épaule droite sciée par la courroie du charreton, les doigts crispés d'avoir tenu longtemps les deux montants de bois. Sur les pavés le charreton se mit à osciller et Carlo dut ralentir, l'effort devenant plus grand parce que la route cessait d'être en pente. À Saint-Roch elle remontait même vers le mont Gros. Carlo arriva essoufflé devant les entrepôts Forzanengo, des hangars couverts de tuiles où l'entrepreneur rangeait les voitures, les outils, les madriers servant aux échafaudages. Carlo, tirant le charreton, entra dans la cour, s'immobilisant au cri du gardien qui s'avançait, hostile.

— Qu'est-ce que tu veux ?

Carlo montra les sacs sans lâcher le charreton.

— J'ai du sable.

— On te l'a commandé ? C'est qui toi ?

— Revelli, c'est à moi.

— On n'achète pas, dit le gardien. On nous livre par tombereau, tous les matins, sur les chantiers.

— Je veux voir le patron, dit Revelli.

Le gardien eut un geste de la main vers son front.

— Hé, fit-il.

— Je veux voir le patron, répéta Revelli.

Il ne haussait pas la voix mais il enlevait la courroie, s'adossait au charreton pour l'équilibrer avant de poser les montants sur le sol. Les sacs de sable restèrent en équilibre.

— Je le connais, dit Revelli.

Le gardien hésita.

— Si... commença-t-il.

— Dis que c'est Revelli, celui du chantier du Paillon, dépêche-toi.

Carlo s'avançait vers lui lentement. Il savait que Forzanengo passait chaque jour à ses entrepôts avant de visiter les chantiers. Le gardien s'éloigna, revint.

— Il t'attend, dit-il.

Carlo s'attela au charreton, le gardien tenta de protester mais il s'interrompit, haussa les épaules et rentra dans la cabane où il s'abritait près du portail.

Carlo Revelli vendit son sable un bon prix. Forzanengo l'avait écouté sans répondre mais il avait sorti des pièces qu'il avait poussées vers Carlo.

— Tu les auras tous contre toi, avait-il dit. Tous. Ils t'aimaient pas. Maintenant...

Il ferma son poing.

— Mais je t'apprends rien, continua-t-il. Amène ton sable ici, quand tu veux, moi je te l'achèterai, parce que moi, je les emmerde tous, je fais ce que je veux, et ça fait du bien, crois-moi.

Le charreton vide sautait sur les pavés et Carlo, le bruit des planches heurtant les montant de fer, le roulement des jantes cerclées d'acier sur la pierre, se souvint de ce trajet, qu'il faisait, enfant, quand son père l'asseyait dans un charreton semblable à celui-ci : « Tiens-toi, disait-il, tiens-toi là » et il prenait la main de Carlo la posant sur les montants, il dépliait les doigts, les refermait puis il s'attelait, se retournant souvent, et Carlo criait, effroi, plaisir. C'était avant que le père ne s'assombrisse, avant Vincente, quand ils habitaient encore la ferme, avant Mondovi. Carlo se retourna comme si un fils à lui était assis sur le charreton.

Peu après il entrait dans la cour de la maison Merani, il poussait le charreton dans le hangar, il cherchait Vincente, s'avançait vers les écuries, appelait. Lisa ouvrait la fenêtre. Près d'elle, accrochant ses mains au cadre, Carlo vit des cheveux noirs bouclés, un visage dont il n'apercevait que les yeux, Dante qui sans doute se haussait sur la pointe des pieds. Lisa se pencha, souleva son fils le prenant dans les bras, le forçant à faire signe de la main. Puis elle fut dans la cour, déposant Dante, le poussant vers Carlo.

— Il marche, dit-il.

Lisa se mit à rire.

— Il court.

Elle vit que Carlo la regardait s'attardant à sa taille, elle eut un mouvement de la tête, un défi, une excuse.

— Ce sera une fille, dit-elle, j'en suis sûre.

Carlo se taisait, prenant conscience qu'il était là, chez les Merani, qu'il avait voulu voir son frère, ou

184

peut-être Dante. Il attendait, se balançant d'un pied sur l'autre.

— J'ai vendu mes premiers sacs, dit-il. Tiens.

Il prit deux pièces parmi celles que lui avait données Forzanengo, il les tendit à Lisa.

— Je suis le parrain.

Lisa faisait non de la tête. Mais elle regardait la main ouverte, avec dans la paume, ces deux pièces.

— Tu as voulu, dit-il.

Elle prit les pièces, les mit dans la poche de son tablier de tissu noir éclairé par de minuscules fleurs grises ou violettes qui ressemblaient à la lavande. Dante s'accrochait à elle, des yeux, ronds, sombres, occupant toute la largeur du visage.

Carlo ne voyait qu'eux. Lisa prit l'enfant et le tendit à Carlo.

— Pèse comme il est lourd, dit-elle.

Carlo avait ouvert les bras, il sentait contre sa joue qui lui semblait sèche, épaisse comme de la corne, la peau de Dante, eau fraîche, désaltérante. Puis hésitant à garder l'enfant, il le tendit à Lisa sans un mot. Vincente rentra peu après avec la voiture, sautant dès que les chevaux s'étaient immobilisés, dépliant le marchepied, ouvrant la portière. Carlo reconnut cette silhouette qui descendait cependant que le docteur Merani sortait à son tour, de l'autre côté de la voiture, tendant la main à une jeune femme.

— Je vous en prie, disait-il.

Helena Karenberg, sans chapeau, les mains nues, refusa l'aide de Merani, sauta, découvrant Dante, debout près de sa mère.

— Le bel enfant, dit-elle.

Elle s'avança, s'agenouilla presque, passant sa main dans les cheveux de Dante.

— C'est le vôtre, demanda-t-elle à Lisa.

Lisa fit oui.

— Il est beau, dit Helena.

Frédéric Karenberg s'était immobilisé, souriant ironiquement à Carlo.

— Ah, voici notre amateur de cigares, dit-il.

Le docteur Merani aperçut Carlo qu'il n'avait pas encore remarqué. Helena se retourna. Carlo n'était plus qu'un seul muscle. Ses mâchoires lui faisaient mal d'être serrées, ses doigts s'écrasaient sur les paumes.

— Ton frère, n'est-ce pas, demanda le docteur à Vincente. Vous le connaissez, ajouta-t-il tourné vers Karenberg.

— Un peu, nous aimons la même marque de cigares.

Karenberg se mit franchement à rire. Helena surprise regardait tour à tour son frère d'une gaieté inattendue, perdue depuis des années, et cet homme jeune au visage osseux et massif, qui tenait les poings fermés, qui semblait se préparer à bondir et dont elle devinait la tension, la violence, comme celle de certains chiens quand on s'apprête à leur lancer un morceau de bois et qu'ils sont comme suspendus, immobiles et pourtant déjà en mouvement. Elle eut peur de façon instinctive, s'imaginant que cet homme allait saisir Frédéric à la gorge. Elle s'avança, se plaça à côté de lui, un peu en avant.

— Viens, dit-elle.

Elle observait Carlo qui paraissait ne pas la voir, les yeux fixés sur le visage de Karenberg. Le docteur Merani tentait lui aussi de comprendre, questionnant.

— Qu'est-ce que cette histoire de cigares ?

Karenberg cessa de rire, une expression de lassitude et de tristesse voilant ses yeux.

— Rien, dit-il, monsieur a travaillé chez moi, et je lui ai offert quelques cigares, et la coïncidence, ici chez vous.

Merani prit Karenberg par le bras.

— Ce monsieur, baron, est anarchiste, n'est-ce pas ?

Merani dirigeait sa canne vers Carlo dont Helena remarqua que les poings s'ouvraient.

— Je ne suis rien, dit Carlo, je vends du sable.

— Tiens, il faudra que ton frère me raconte. Venez ma chère.

Le docteur Merani abandonna le bras de Frédéric Karenberg pour saisir celui d'Helena et il entraîna le frère et la sœur.

Depuis qu'il avait dîné un soir à la villa Karenberg, qu'il avait découvert l'ovale du visage d'Helena, le gris-bleu de ses yeux, sa nonchalance mélancolique tout à coup effacée par un mouvement vif, spontané qui laissait deviner une passion trop retenue, le docteur Merani voyait souvent les Karenberg. Il les invitait à ses dîners hebdomadaires et s'ils refusaient il se rendait à la villa s'inquiétant de leur santé, les pressant de venir avec lui, essayant d'éloigner Frédéric, mais Helena entraînait son frère et leurs promenades comme celles de cet après-midi n'étaient qu'un long bavardage du docteur qui retrouvait aux côtés d'Helena le plaisir des mots et redécouvrait avec elle cette côte qu'il parcourait pourtant depuis sa naissance.

— Et Luigi, demanda Carlo à Vincente en se dirigeant vers le charreton.

Déjà il passait la courroie autour de son épaule, l'air soucieux.

— Qu'est-ce que tu as, dit Vincente, tu les connaissais ?

— Elle, qui c'est ?

— La sœur du baron, dit Vincente, Merani voudrait bien.

Carlo cracha dans ses mains, les frottant vigoureusement l'une contre l'autre.

— Pour Luigi, continua Vincente.

Mais il s'interrompit, regardant Lisa.

— Il n'est plus ici, dit Lisa, ça fait quelques jours. Il a chanté à une fête, et il est resté là-bas, c'est une vieille femme.

— Pas si vieille, dit Vincente.

Il commençait à dételer la voiture, parlant au cheval, le flattant.

— Elle est vieille, dit Lisa, une comtesse. Luigi est un fainéant.

— Il travaille, dit Vincente à mi-voix.

Lisa haussa les épaules.

— Il devrait travailler depuis des années, dit-elle. Elle appela Dante qui se traînait à quatre pattes dans la cour, et comme il tardait à venir, elle alla vers lui, le souleva d'un mouvement rapide, le serrant contre elle, revenant vers Carlo et Vincente.

— Il est serveur, dit Vincente. Elle l'a fait embaucher au Casino de la Jetée.

Carlo empoigna les bras du charreton et le tira brutalement.

— Tous domestiques, dit-il à mi-voix.

Lisa était proche de lui et il regretta ces mots qu'il n'avait pas su retenir comme une douleur qu'il s'infligeait à lui-même. Lisa le regardait. Elle déposa son fils à terre.

— Tiens, dit-elle.

Elle avait pris dans la poche de son tablier les pièces qu'il lui avait données. Carlo baissa la tête. Le charreton s'ébranla et le cahot des roues sur les pavés de la cour empêcha Carlo d'entendre le tintement des pièces que Lisa lançait derrière lui.

14

« Ai-je eu tort, écrivait Karenberg dans son journal le 24 mai 1894, de parler à Helena de ce Carlo Revelli "mon" voleur ? Quand je la regarde il me semble reconnaître "Monsieur votre père", comme aurait dit ma mère et j'ai la même sensation que devant ces lettres dont le papier a jauni, qu'il écrivait de Vienne ou de Londres, une tristesse irrépressible me recouvre. Il était si loin de nous et si proche, et je sens Helena, là devant moi si absente pourtant. J'ai voulu la distraire avec cette accumulation romanesque de coïncidences, les cigares, Merani, Sauvan enfin et dont Revelli était l'ami. Elle a semblé s'intéresser puis je ne sais qu'elle idée a dû l'inquiéter, peut-être la conviction que le destin m'a tenu la main, qu'il y a donc derrière les apparences une intention. A-t-elle été jusqu'à imaginer une machination maléfique ? Suis-je aveugle comme elle le dit parfois ?

« Ce qui m'intéresse dans cette minuscule aventure ce sont les rencontres qui s'ordonnent autour d'elle. Elle est une sorte de point de départ. L'irruption de l'anecdote dans une vie trop bien réglée, la chute dans le cours d'un fleuve. Ma curiosité s'en ai trouvée avivée. J'ai presque de l'impatience. C'est moins le vol en vérité qui m'intéresse que les hommes qui bougent autour, Sauvan surtout, cette permanente remise en cause de mes idées à laquelle il m'oblige. Je crois que nous sommes des amis. Je n'en ai jamais eu. Les jeunes gens querelleurs que ma mère me forçait à rencontrer me paraissent aujourd'hui, quand je les compare à Sauvan comme des automates du XVIIIe siècle, guindés et guidés par quelque ressort. Sauvan est un aristocrate. Ma définition est maladroite ; je devrais dire qu'il appartient à l'aristocratie des hommes. Quelle épreuve faut-il surmonter pour y accéder ? La pauvreté est-elle nécessaire ? Catherine Petchera, richissime, était malgré tout ce qui les sépare une sœur lointaine de Sauvan. Elle avait, comme lui, cette générosité sans calcul, "prends, prends", me disait-elle. Ce refus de la possession pour soi, cette indifférence à la possession, est-ce cela qui fait les aristocrates ? Sauvan, quand je lui ai parlé de Carlo Revelli, a eu cette phrase qui était une condamnation : "il veut avoir pour lui". Il refusait de le juger, lui accordait des excuses mais le ton était sans appel. Il a recommencé son réquisitoire contre la société-moloch et m'a parlé une nouvelle fois du socialisme comme du grand remède. Et s'il y a de nouveaux automates dans cette société nouvelle ? S'il n'existe que deux catégories d'hommes, partout, les hommes-machines que le ressort social met en mouvement et les autres que je nommerai aristocrates, faute de mieux ? Il faut peut-être faire le pari. Ce soir en tout cas je suis partisan de la révolution sociale pour employer le langage de Sauvan. L'exécution d'Émile Henry, ce fanatique qui a cru qu'en lançant une bombe dans un café, on réveille l'ardeur révolutionnaire des foules, est d'une telle bêtise ! Je ne croyais pas la République aussi barbare que notre tsarisme. J'ai noté cette phrase remarquable de Maurice Barrès "soixante kilos, tout un système social tombait, en lui ébréchant le menton, sur le cou de cet adolescent qui, dit-on, mourut vierge. Dans une crise où il faudrait de hautes intelligences et des hommes de cœur le politicien et le bourgeois n'apportent que des expédients". Jugement d'un aristocrate. »

Frédéric Karenberg ferma le cahier et se massa les paupières avec le bout de ses doigts. Il sortit dans le parc. Écrivait-il ce qui lui importait vraiment ? Chaque fois qu'il prenait son journal il avait le sentiment qu'il allait dire l'essentiel, noter pour plus tard ce qui faisait la trame de ses pensées. Mais la plume posée il était sûr d'être resté à l'extérieur, sur le bord de ce trou sombre, trop profond pour qu'il ose s'y pencher. Là, marchant dans le parc alors que les nuages en se déchirant laissaient la lueur figée de la lune envahir le ciel, bleuir les arbres, il s'interrogeait. N'était-ce pas cette remarque de Barrès sur la virginité qui l'avait d'abord ému, bouleversé bien plus que l'inutile cruauté d'une justice stupide ?

Pourquoi n'avait-il pas osé écrire à Peggy Wood, la fille du consul de Grande-Bretagne rencontrée à la fête de la comtesse d'Aspremont ? Il ajoutait ligne après ligne, dissertait de Sauvan, du socialisme, recopiait l'article de Barrès. Ridicule et timide. Il n'avait même pas osé prendre la main de Peggy Wood alors qu'ils se promenaient dans les allées, loin des buffets, et que parvenait à peine la voix du chanteur.

— L'opéra, disait Peggy, je découvre, c'est émouvant...

Ridicule et timide. Il ne l'avait pas invitée. Il dissimulait son souvenir, cette robe claire — Catherine aimait le blanc, seulement le blanc — sous des mots.

« Quand je ne serai plus là, répétait la baronne Karenberg, qui te poussera à agir Frédéric ? Heureusement je te laisse des biens, mais tu m'inquiètes. Tu as la pusillanimité de ton père, ce goût morbide du dilettantisme. »

Karenberg s'assit au bord du bassin. Les bustes de César qu'il avait fait placer dans l'allée centrale sur de hauts socles de pierre grise semblaient de bronze, la lumière glissant à la surface de la pierre. Il faisait doux, le bruit irrégulier de l'eau, jet de la fontaine que la brise soulevait et rabattait, venait par intermittence heurter le silence. Les palmiers formaient la colonnade d'un temple aux limites du désert.

Karenberg faisait le tour des ombres, des bruits, décomposant la nuit, créant un monde imaginaire. Tout à coup il y eut un cri venant de la maison, une porte qui s'ouvrait, la voix d'Helena qui appelait. Karenberg courut vers la terrasse. Helena était assise dans la bibliothèque les mains croisées sur la poitrine, les cheveux dénoués, il se pencha vers elle, la prenant aux épaules.

— Petite sœur, dit-il.

— Ce cauchemar, dit Helena.

Elle lui saisit les poignets.

— Tu ne voyais pas son visage, dans la cour, chez le docteur Merani. Il était prêt à te saisir à la gorge, je le sentais, et cette nuit, ce cauchemar.

— Raconte-moi, dit Frédéric.

Il s'assit par terre, s'appuyant contre elle, tenant ses genoux. Souvent dans les grandes pièces de Semitchasky, le feu s'éteignait peu à peu, ils se blottissaient l'un contre l'autre, des domestiques les surprenaient endormis, posant sur eux des couvertures, jetant une bûche dans la cheminée et les flammes hautes réveillaient Frédéric et Helena, toute une partie du corps transie.

— Raconte-moi, répéta Frédéric.

— Tu te souviens, commença Helena, l'hôtel de Vienne, le hall, quand nous avons laissé papa.

— L'hôtel Métropole, dit Frédéric.

Il revoyait leur père qui depuis l'escalier alors qu'ils s'éloignaient les saluait. Et ce fut sa dernière image.

— Ton voleur était là, caché derrière une colonne, il tenait sous son bras le coffret, et dans l'autre main une sorte de lance. Papa montait vers lui, j'ai crié mais ton voleur m'a regardée et j'ai rattrapé Papa, je lui ai montré la colonne où l'autre se cachait. Père hésitait à avancer, je lui ai dit « avance » et je savais qu'on allait le tuer et c'est moi qui le dirigeais vers l'assassin.

— Ce n'est pas bien grave, petite sœur, dit Frédéric.

— Mais après, dit-elle, c'est après.

Helena prit les mains de son frère.

— Dis-moi.

Frédéric lui caressait le visage.

— Dis-moi, répéta-t-il.

— Après, j'ai plongé mes mains dans quelque chose de noir, de sale, ce devait être son sang et je me suis toute barbouillée, le visage, les jambes, j'en mettait dans ma bouche, partout, et j'avais envie de vomir et plus j'avais envie de vomir et plus j'en avalais, j'en prenais et j'avais envie de vomir davantage, je m'étouffais, je m'étouffe Frédéric, je m'étouffe.

Helena se cabra, eut un haut-le-cœur, Frédéric sentit sur le front de sa sœur une sueur froide.

— Calme-toi petite sœur, dit-il, calme-toi.

Elle se détendait un peu, reprenait.

— J'ai dû pousser un cri en dormant, j'avais tant envie de vomir que je me suis réveillée.

Frédéric servit à Helena un verre d'eau-de-vie. Il ne savait que dire, troublé lui aussi, inquiet. Il se mit à parler de Peggy Wood.

— Je crois que je suis amoureux, dit-il, je suis anarchiste et amoureux, petite sœur, je voudrais que nous l'invitions, ici.

Mais Helena était distraite, songeuse à nouveau.

— À quoi penses-tu, demanda-t-il.

— Cette photo, ce jeune homme de vingt-deux ans qu'ils ont décapité avant-hier, j'ai lu l'article, ces éponges, un seau, un paravent pour l'éclaboussure.

— Voilà ton cauchemar, dit Frédéric, bien sûr.

Helena secoua la tête.

— Je veux le rencontrer, je veux qu'il sache qu'il n'a rien à craindre de nous, sinon j'aurai toujours peur qu'il revienne.

Frédéric se mit à rire.

— Il t'a plu petite sœur, mon bandit.

Il voulait qu'elle s'insurge contre cette idée qu'il lançait mais qui dite cessait déjà d'être une plaisanterie.

— Il me fait peur, dit Helena.

Puis elle se tut.

Le lendemain elle paraissait avoir oublié son cauchemar, le désir de rencontrer Revelli. Assis côte à côte sur la terrasse incandescente, ils se taisaient les yeux mi-clos, Frédéric servait le thé, buvait une gorgée, puis s'immobilisant à nouveau avec l'euphorique sensation d'être, jusqu'au plus profond de soi, brûlé, purifié par la chaleur. Ils pouvaient ainsi, l'un ct l'autre, rester de longues heures au soleil. Le docteur Merani les surprenait parfois, les mettant en garde, le soleil, disait-il, était l'ennemi de la peau, des poumons.

— Vous ne pouvez pas comprendre, répondait Frédéric, vous ne savez pas ce qu'est la neige, le brouillard, ce besoin de soleil, un miracle chaque jour.

Quand Peggy Wood vint pour la première fois à la villa Karenberg, elle s'enthousiasma.

— Aidez-moi Frédéric, disait-elle.

Elle voulait monter sur la balustrade de la terrasse pour voir de l'Estérel au cap de Nice la côte tranchant le miroir de la mer. Elle s'appuyait sur l'épaule de Frédéric, elle se haussait sur la pointe des pieds et il apercevait ses chevilles.

— Merveilleux, disait-elle, je ne quitterai plus jamais ce pays, jamais, Papa peut aller où il veut.

Elle sautait sur la terrasse, sa robe blanche aux

larges plis volant autour d'elle et elle riait, se pliant sur les genoux, retenant sa robe.

— Helena, il faudra que je vous apprenne le tennis, ils viennent de créer un court au Parc Impérial, vous sautez, vous vivez, vous aussi Frédéric.

Elle esquissait un mouvement du bras, la main fermée.

— Les balles arrivent, c'est un jeu.

Peggy se laissait tomber dans un fauteuil, soufflait, tentait de remettre de l'ordre dans ses cheveux.

— Mais je ne suis plus coiffée.

Elle lançait un coup d'œil à Frédéric.

— Expliquez-moi, comment vivent les Karenberg ? On les voit si peu.

Peggy s'étirait, bâillait. Elle aimait elle aussi le soleil, cet engourdissement qui gagne peu à peu, et parfois ils restaient sur la terrasse, oubliant l'heure du déjeuner. Peggy prenait soin de protéger son visage par une ombrelle, Helena s'endormant et Frédéric alors laissait son bras ballant le long du fauteuil, espérant que le hasard lui permettrait de saisir la main de Peggy. Peggy brusquement se levait, réveillait Helena en frappant dans ses mains.

— Mon Dieu.

Il y avait une réception au Consulat, le prince de Galles ou même la reine Victoria, elle était en retard, elle se penchait vers Helena, l'embrassait, courait sur la terrasse, partait tête nue, la capeline blanche flottant au bout de sa main, en un signe d'adieu, elle se perdait dans les allées du parc, Frédéric se mettant à peine debout, Helena qui disait :

— Accompagne-la, prends la voiture.

Il courait à son tour, l'appelait :

— Peggy, Peggy, attendez-moi.

Enfin il la rejoignait, cependant que Marcel

ouvrait le portail, sortait la voiture, Peggy souriait, la capeline posée sur les tresses brunes.

— Frédéric, vite, mon père va me maudire, le prince de Galles, l'héritier du trône d'Angleterre.

Elle enflait sa voix moqueuse. Il s'asseyait près d'elle, il disait à Marcel de prendre le trot mais le boulevard était en pente rapide et il fallait retenir le cheval plutôt que l'exciter. Dans la voiture Peggy parlait, se regardait dans un miroir.

— Je suis affreuse, ce rouge, il ne faut plus se mettre au soleil.

Puis elle se tournait vers Frédéric.

— Frédéric dites-moi, comment vivez-vous, qui êtes-vous, que faites-vous, je ne sais rien, vous êtes si secret, Papa me dit que votre père était ambassadeur à Vienne, qu'il l'a connu là-bas, que c'était un homme admirable et puis il refuse de m'en dire davantage, parlez-moi de votre père, Frédéric.

— Un jour, commença Frédéric.

Puis il s'interrompit, mais les souvenirs déjà étaient au bord des lèvres et des yeux, cette dernière image, le baron Karenberg sur les escaliers de l'hôtel Métropole. Frédéric regarda Peggy, son visage rond, presque joufflu, la peau si blanche avec deux taches roses sur les pommettes, la course sous le soleil, cet air de franchise, de spontanéité qu'elle avait quand il la regardait ainsi, naturelle, vraie comme un fruit.

— Ne me dites pas, si vous ne voulez pas, dit-elle.

— Mais si, pourquoi ne pas vous dire ? Un jour, nous avons appris qu'il s'était tué. Voilà.

Le visage de Peggy s'était ridé, les ailes du nez comme pincées. Elle prit la main de Frédéric.

— Il y a longtemps, dit-il en souriant.

Puis il se tut, brusquement au bord des larmes, mordant sa lèvre pour ne pas laisser jaillir un sanglot, un cri, pareil à celui qu'il avait poussé dans le parc de Semitchasky, courant entre les arbres, voulant retrouver Catherine, fuir cette mère qui venait de les réunir avec les domestiques du château, dans la grande salle de réception, qui avait dit, cassante : « Mes enfants, je vous apprends à tous, en même temps qu'à mon fils et à ma fille, la mort du baron Karenberg. » D'un geste de la main elle les avait congédiés, ne retenant que Frédéric et Helena, agressive, confiant peu après Helena à la gouvernante, faisant asseoir Frédéric, disant :

— Tu es le seul descendant mâle des Karenberg, tu as plus de vingt ans, tu sais ce qu'est la vie, n'est-ce pas ? Je peux te dire que ton père a choisi de mourir, choisi, tu comprends ce que cela signifie ?

Frédéric s'était levé. Pourquoi savait-il depuis des années que son père battait des bras comme un noyé, que l'eau un jour le recouvrirait et qu'il ne pouvait rien pour l'aider, il était trop loin, ces lettres seules présentes et si brèves.

Frédéric traversait le salon, la voix de sa mère le poursuivant : « Frédéric, Frédéric. » Il descendait l'escalier de marbre, il s'engageait dans le parc, il commençait à marcher plus vite, il courait, et le cri naissait, se prolongeait, s'amplifiait, se nourrissant de ce cri même, et Catherine seule, enfouissant la tête de Frédéric entre ses genoux, l'étouffait enfin.

— Pourquoi ? demanda Peggy. Je ne devrais pas, mais pourquoi ?

— Le désespoir, dit Karenberg, mais ce n'est qu'un mot, il y a tant de fils qui nous relient à la vie, si l'un se casse, il y a les autres, et le mât tient encore.

Ils étaient arrivés rue de la Buffa, Frédéric apercevait déjà le jardin qui entourait le consulat d'Angleterre.

— Vous ne serez pas en retard, dit-il.

Peggy tenait toujours la main de Frédéric, elle la serra, secouant la tête.

— Allons jusqu'à la mer, dit Peggy.

Et elle demanda elle-même à Marcel de les conduire sur la Promenade. C'était l'une de ces journées qui finissent mal, le vent d'est accumulant par ses longues poussées humides les nuages couleur de la mer grise, enroulés sur eux-mêmes comme des copeaux arrachés aux vagues. Les branches de palmiers, pliées, redressées, fouettaient les troncs trapus enveloppés d'embruns. Quelques voitures passaient lentement, dans l'une une femme debout tenant son chapeau à deux mains semblait, la bouche ouverte, boire ce vent aux odeurs de sel.

— Je voudrais savoir, dit Peggy. Je ne suis pas curieuse, mais comment vous connaître si je ne sais pas ?

— Le désespoir, reprit Karenberg. Les révolutionnaires venaient de tuer le tsar, un 1er mars, la Russie a tremblé, et le tsar qu'ils tuaient, ce n'était pas le pire, l'autre, Alexandre III, ça a vraiment été le retour de la nuit, un âge médiéval qui recommençait, peut-être pour un siècle encore. Je crois que mon père était une sorte de libéral, il lui arrivait de se lever quand nous étions à table, de faire interrompre le service et de nous réciter pendant une heure des vers de Pouchkine, ma mère ne pouvait pas supporter cela, mais nous faisions alliance avec lui, contre elle.

— On ne se tue pas parce qu'un nouveau roi...

— Si, dit Karenberg.

C'est lui qui venait de prendre la main de Peggy.

— Nous autres Russes cela nous arrive. Mon père avait accepté cette ambassade à Vienne, parce qu'il imaginait qu'il fallait appuyer la politique de réformes, et puis, ces deux bombes, il faudrait que je vous raconte l'histoire de cet attentat, de ces hommes, quel courage. Je suis si lâche, si pusillanime comme disait ma mère.

— Je ne vous crois pas.

— Il faut me croire.

— Rentrons maintenant, dit Peggy.

Ils prirent une rue perpendiculaire à la Promenade, dans laquelle le vent s'engouffrait coulant comme un torrent rageur. Devant le Consulat, Peggy resta un instant immobile.

— Merci de m'avoir raconté, dit-elle.

— Je vous prie de m'excuser, dit Karenberg.

— Venez me chercher, demain, je vous attends, d'ailleurs.

Elle sauta sur le trottoir, interpella Marcel.

— La voiture demain matin, pour onze heures, ici avec monsieur le baron Karenberg dans la voiture.

Frédéric Karenberg se mit à rire.

— Allez Marcel, dit Peggy.

Marcel se retourna vers Frédéric, hésitant.

— Allons, dit-il en continuant à rire.

15

Sous les arcades de la place Garibaldi le cri roula, pavé qui rebondit :

— À la porte les macaronis.

Il y eut un creux, comme avant le flux, quand la vague a déferlé et que l'autre n'a pas encore jailli, on entendit le piétinement des hommes qui couraient, enfin le nouveau cri, devenant hurlement.

— À mort les pipis, dehors.

Dans le café de Turin, Carlo se leva avec d'autres. Les garçons se regardaient. Les danseuses s'immobilisaient et le pianiste sur une dernière note grave qui vibra longtemps cessa de jouer. Puis la voix du patron :

— Fermez, cria-t-il, fermez.

Les garçons se précipitèrent mais déjà une dizaine d'hommes se pressaient devant l'entrée leurs poings tendus, hurlant :

— Pipis, Piémontais dehors.

Ils bousculaient les garçons, avançaient vers la scène, renversant les tables, lançant des injures. Le patron, les bras ouverts, tentait de les refouler.

— J'appelle la police, criait-il.

Un homme d'une quarantaine d'année, un chapeau de feutre gris, un col blanc cassé, une canne à la main qu'il tendait en direction du patron.

— Nous faisons la police, Monsieur, nous ne voulons plus d'assassins en France.

Il s'interrompit et cria d'une voix aiguë :

— À la porte les étrangers.

Carlo, bras croisés, était adossé à la scène. Il avait envie de saisir une chaise et de l'envoyer à toute volée dans ce groupe mais il avait demandé sa naturalisation et il essayait de ne pas les écouter, de ne pas les voir. Pipi, macaroni, Piémontais, Italien, qu'est-ce que ça voulait dire ? Qu'est-ce qui leur prenait ? Deux hommes, élégants comme des messieurs, de ceux qui passent sur la promenade des Anglais, au bras de leurs femmes, s'approchèrent de Carlo. L'un d'eux, une courte moustache taillée en brosse, tendit le doigt vers Carlo.

— Français ?

Le corps de Carlo résonna des saccades de son sang, un coup, un coup, elles le secouaient, martelant ses tempes, irriguant douloureusement les jugulaires, un coup, un coup.

— Tu as entendu la question de Monsieur, dit l'autre.

Il touchait la poitrine de Carlo du pommeau de sa canne. Carlo lentement du revers de sa main écarta le pommeau.

— C'en est un sûrement, cria en se retournant

vers le groupe resté en retrait à l'entrée du café l'homme à la moustache courte.

Cinq ou six hommes entourèrent Carlo.

— Il sent la bouse de vache, dit l'un.

— Il s'est fait dessus.

Il y eut des rires, quelqu'un cracha vers Carlo. Le patron du café essaya de s'approcher.

— Laissez-le, voyons, disait-il, laissez-le, je le connais.

Carlo vit une canne qui se levait pour le frapper, il l'arracha d'une seule main et il se mit à faire des moulinets la tenant maintenant à deux mains, les jambes pliées, écartées, les pieds solidement collés au sol, il cria :

— Qu'est-ce que vous voulez, qu'est-ce que vous voulez ?

Il évita une bouteille que quelqu'un lui lançait du fond de la salle.

— C'en est un. C'en est un.

Un tabouret vola, frappant Carlo aux genoux, le déséquilibrant, et avant qu'il ait pu réagir, trois ou quatre hommes étaient sur lui, le bourrant de coups de pied, de coups de canne. Il se débattait, retrouvant instinctivement la position de défense de son enfance, les poings fermés, les coudes protégeant la tête et les yeux, criant entre ses dents serrées : « Fils de putain, putains, putains. »

Le roulement des sifflets des agents de police, les pieds qui s'écartent du corps de Carlo :

— Lève-toi, dit une voix.

Carlo s'appuie sur les mains, il tente de se dresser, mais il ne peut déplier la jambe, une douleur éclate dans le genou, comme si l'os se brisait. Putain. Il pense au sentier qui monte à la carrière, au charreton qu'il faut traîner, aux sacs. Putains. Il réussit à se lever en se tenant au rebord de la scène. Il a dans la bouche la saveur tiède du sang, la mâchoire lui fait mal. Dans le café c'est le silence. On le regarde.

— Alors, tu es tombé, dit un policier goguenard. Tu as bu ?

Il a parlé fort et les hommes qui se sont rassemblés dans le fond de la salle, ceux qui sont entrés en hurlant, se mettent à rire. Les agents entraînent Carlo qui avance en boitant, la tête baissée. Les autres sifflent, et quelqu'un crie encore : « Dehors les macaronis », puis on entend : « Vive la France ! »

La nouvelle de l'assassinat du président de la République Sadi Carnot par l'Italien Santo Caserio, était parvenue au début de la soirée du 24 juin 1894. Devant le siège du journal *L'Éclaireur* la foule s'était rapidement agglutinée. De grands panneaux de papier blanc tendu sur lequel un rédacteur du journal écrivait au charbon les dernières nouvelles, étaient accrochés sur la façade. L'assassin s'était faufilé entre les cuirassiers de l'escorte, et d'un coup de poignard avait atteint le foie. Caserio avait crié : « Vive l'anarchie ! » On l'avait arrêté, malmené, et la foule lyonnaise rassemblée près de la Bourse pour applaudir le Président, quand elle avait appris que Caserio était lombard, s'était répandue dans les rues, saccageant les magasins italiens, criant : « Dehors les macaronis. »

Devant *L'Éclaireur,* un badaud avait, reprenant ce cri, ajouté : « Ils sont tous au café de Turin. » Un cortège s'était formé, désordonné, descendant l'avenue de la Gare, traversant la place Masséna, brisant la devanture de la Feniera, essayant d'entrer dans le café mais Ugo, le patron, et les terrassiers qui s'y trouvaient, s'étaient barricadés et le cortège était passé entraîné par quelques hommes qui continuaient de crier : « Au café de Turin. »

Vincente qui ramenait le docteur Merani rue Saint-François-de-Paule avait dû tenir le cheval qui piaffait, nerveux, affolé par les cris, une torche que quelqu'un dans le groupe brandissait, s'approchant de la voiture, interpellant le docteur Merani :

— Ils ont tué le Président, un Italien, un anarchiste.

Merani depuis la voiture avait dit quelques mots : « République, se réunir autour de la Patrie, punir les criminels. » Mais les manifestants l'avaient interrompu, se mettant à courir derrière un homme qui poussait un charreton, qui l'abandonnait bientôt pour s'enfuir dans les rues de la vieille ville toute proche, Vincente voyait autour du charreton des hommes qui se bousculaient, qui sautaient sur les montants, qui brandissaient des pièces de bois, qui repartaient en courant vers la place Garibaldi : « Dehors les macaronis », « À mort les anarchistes ».

La rue Saint-François-de-Paule était calme comme à l'habitude. Dante dormait près du lit où Lisa attendait Vincente, somnolente. Quand il se coucha, elle vint vers lui, cherchant sa place, la tête contre sa poitrine. Mais elle devina, se réveilla, se dressa sur un coude.

— Qu'est-ce que tu as, demanda-t-elle.

Il ne pouvait rien lui cacher. Il raconta.

— Des bêtes, dit Lisa, ils sont comme des bêtes.

— C'est nous qu'ils chassent, dit Vincente.

Le docteur Merani avait obtenu du préfet qu'il appuie la demande de naturalisation de Revelli et ce n'était plus qu'une question de mois. Mais que changeaient un papier, un tampon officiel ? Vincente se sentait pourchassé comme cet homme qui avait dû fuir, abandonnant son charreton. Lisa se serra contre lui.

— Tu sais bien qu'il ne nous arrivera rien, dit-elle. On est tous les deux.

— Je pense aussi à Carlo, dit Vincente.

On avait conduit Carlo Revelli au commissariat

principal. Son genou avait gonflé, la chair tuméfiée était devenue bleu noirâtre et d'un coup sec de son couteau Carlo avait déchiré le pantalon qui lui serrait la jambe et irritait la peau. Il s'était assis la jambe tendue et du revers de sa manche il avait essuyé le sang qui s'était collé sur son menton, sur ses pommettes. Des agents passaient devant lui, s'attardant parfois, disant : « Alors, ils t'ont corrigé ? »

Peu après Ritzen arriva. Le préfet avait donné des ordres précis. Contrôler tous les anarchistes, ouvrir une procédure d'expulsion pour les « indécrottables ». « Il faut se débarrasser de cette vermine, disait Chasles à Ritzen. Je vous couvre. »

Ritzen s'arrêta devant Revelli.

— Tu es déjà là, dit-il, eux, ils ont été moins polis que moi, comme ça tu te souviendras.

Lambert, Sauvan, un Espagnol, des Italiens, une dizaine d'hommes furent bientôt rassemblés dans une pièce attenante au bureau de Ritzen. Certains s'asseyaient par terre, Sauvan agenouillé près de Carlo, avait dégagé complètement le genou, touché les chairs autour de l'articulation, donné d'un coup du tranchant de la main sur le tendon d'Achille.

— Tu n'as rien de grave, disait-il en se redressant.

— Je peux plus marcher pour combien, demanda Carlo.

— Trois semaines, un mois.

Puttana de vie. Il faudrait essayer de trouver quelqu'un, le payer, peut-être Luigi. Mais pourquoi accepterait-il ? Il avait pris l'habitude des costumes noirs et des chemises blanches. Il n'avait jamais tenu une masse, soulevé un sac. Puttana.

— En ce moment, dit Sauvan, j'ai pas d'embauche. Si on nous laisse dehors, tu me diras combien tu payes, patron.

Carlo baissa la tête. Ritzen de temps à autre traversait la pièce, donnait un ordre. On relâchait quelqu'un ou bien il lançait un nom et un agent poussait dans le bureau du commissaire celui qu'il venait d'appeler, qu'on ne revoyait pas. Vers le milieu de la nuit, alors que Carlo somnolait, il y eut un brouhaha. Karenberg venait d'entrer dans la salle étonnant par son élégance ceux qui étaient déjà là, vêtus pour la plupart comme des ouvriers ou des artisans. Karenberg avec son gilet, son chapeau, sa canne, ses chaussures de paille blanche tressée, attira tous les regards, créant tout à coup le silence. Il reconnut Sauvan et tous deux vinrent s'asseoir sur le banc, près de Carlo.

— Qui ? demanda Karenberg en montrant les blessures de Revelli.

Carlo ouvrit les yeux. La douleur dans sa jambe, la peau du visage qui semblait se fendre : en chaque point sensible de son corps il ressentait une brûlure intense. Il regarda Karenberg.

— J'ai beaucoup de boîtes de cigares, vous savez, dit Karenberg. Une de plus ou de moins, je vous l'ai déjà dit, je crois. Qui vous a mis dans cet état ?

— Ils sont partis de *L'Éclaireur,* dit Sauvan, quand ils ont su la nouvelle, et comme ça, les Italiens qu'ils ont trouvés...

Karenberg se leva. Pour se frayer un passage, il demandait pardon, bientôt il fut devant la porte du commissaire que gardait un agent. Sans même jeter un coup d'œil au policier, Karenberg frappa avec le pommeau de sa canne la porte. Le policier lui saisit brutalement la main :

— Qu'est-ce que vous voulez ? hurla-t-il.

Karenberg le toisa.

— Monsieur, je suis le baron Karenberg, dites à votre supérieur que je lui demande de conduire ce blessé à l'hôpital.

— Mêlez-vous de ce qui vous regarde, dit l'agent.

Il bouscula Karenberg.

— Vous êtes en France, hurla-t-il encore, retournez chez vous.

Karenberg revint s'asseoir près de Sauvan.

— C'est dans ces moments-là, qu'on souhaiterait disposer du pouvoir absolu, dit-il en riant.

Quelques instants plus tard la porte du bureau de Ritzen s'ouvrit.

— Monsieur Karenberg, lança-t-il.

Tout le monde se tourna vers Karenberg qui ne bougea pas. L'agent le désigna à Ritzen.

— Monsieur Karenberg...

Ritzen, debout devant Karenberg, fut contraint face à l'indifférence de Karenberg qui paraissait ne pas le voir de répéter.

— Monsieur le baron, dit-il, monsieur le député Merani et votre sœur vous attendent dans mon bureau.

— Mais non, mais non, dit Karenberg, vous avez probablement vos raisons si vous m'avez, avec ces messieurs, fait conduire jusqu'ici, je suis étranger, et je menace peut-être la République.

Il y eut des rires dans le dos de Ritzen.

— C'est une erreur, dit le commissaire à mi-voix. Comprenez qu'avec ce qui vient d'arriver, certains d'entre nous agissent un peu rapidement.

Karenberg se leva.

— De toute façon je ne quitterai cette pièce qu'avec mes amis. Il montra Carlo et Sauvan.

— L'un devrait être soigné depuis longtemps, et je me porte garant de l'autre.

Sauvan toucha le bras de Karenberg.

— Je reste ici, dit-il.

Karenberg hésita.

— Je pars avec monsieur, continua-t-il en désignant Carlo.

Ritzen appela l'agent.

— Aide celui-là à se lever.

Carlo en s'appuyant sur la cloison réussit à se dresser puis d'un mouvement d'épaule il refusa la main que l'agent lui tendait. En se déhanchant, boitant, il arriva jusqu'à la porte du bureau de Ritzen. Il s'arrêta un instant, se tenant au cadre de bois.

Assise à côté du docteur Merani, dans le bureau de Ritzen, Helena Karenberg le regardait.

Deuxième partie

LA RUE DE LA RÉPUBLIQUE

16

Les escaliers d'ardoises, les murs verts, ce palier aux dalles de marbre blanc sur lequel il sautait, les platanes de la cour entrevus et la rue, le soleil qui bondissait vers le visage : Dante Revelli, sortant de l'école dans la rue Saint-François-de-Paule, se faufilant au milieu des groupes, les mères qui se penchaient, leur chignon comme une toque noire, celles qui bavardaient, l'ombrelle glissée sous le bras. Dante pensait, je ne reviendrai plus.

Piget l'avait appelé dans la salle de classe déserte. Les feuilles les plus hautes des platanes formaient devant les fenêtres ouvertes un rideau immobile.

— La porte, avait crié Piget, comme Dante avançait entre les bancs.

S'agglutinant dans le couloir, des élèves, des parents déchiffraient la liste des reçus que Piget avait lue quelques minutes auparavant.

— Tu l'as ton certificat, disait Piget.

Il avait posé sur son bureau le canotier de paille tressée au large ruban noir. Dante regardait le tableau, évitant les yeux du directeur, ne voyant que cette date, ces mots dont il allait se souvenir, les derniers mots qu'il verrait écrits sur un tableau noir, « Certificat d'Etudes Primaires, 11 juillet 1903 ».

— Qu'est-ce que tu vas faire, tu as été reçu premier de liste. Ta mère, ton père, pas là ?

Dante secoua la tête. Le père, ce matin, avant de partir à la brasserie Rubens où depuis qu'il avait quitté les Merani il était livreur, avait simplement dit à Dante :

— Alors fils, c'est ce soir ?

La mère, allaitait Violette et elle avait à peine penché la tête vers Dante quand il l'avait embrassée.

— Ne traîne pas, passe chercher Louise.

Puis elle avait poussé un cri, essayant de sa main libre de saisir Antoine qui courait dans la cuisine, renversant des chaises.

— Tu veux travailler ? demanda Piget.

Il s'était mis à écrire.

— Il sait lire ton père, demanda-t-il.

— Oui, dit Dante. Il sait lire le français et l'italien. Il m'a fait réciter. C'est lui qui a appris à maman.

Piget leva les yeux tout en pliant la feuille quadrillée qu'il avait séchée avec un buvard rose, rayé de grands traits violets.

— Tu lui donneras ça. Tu peux le lire si tu veux.

Piget repoussa sa chaise, se balançant en arrière comme il en avait l'habitude quand il criait à Revelli « monte au tableau ».

— Combien vous êtes chez toi ?

— J'ai deux sœurs, un frère, dit Dante.

— Plus grands ?

— Je suis le plus vieux, dit Dante.

— Rends-moi ça.

Piget reprit le billet, le déchira. En recommença un autre qu'il froissa, le jetant loin contre le mur.

— Qu'est-ce que tu veux que j'écrive, hein Revelli, que tu devrais suivre le cours supérieur, le cours complémentaire ? Ils n'ont qu'une hâte c'est de te faire travailler.

Dante sentit son visage devenir brûlant. Il eut honte, sûr qu'il était rouge. Il voulait partir, comme il l'avait désiré déjà, le soir du feu d'artifice deux ou trois ans avant. Il attendait qu'éclatent les premières gerbes, que s'effeuillent ces fleurs roses et vertes qu'on lançait depuis le château. Mais il avait aperçu devant le porche le docteur Merani, en habit, tenant son chapeau haut de forme à la main. La municipalité recevait à l'Opéra le président de la République Emile Loubet. Il y eut un premier coup de canon, puis une lueur blanche et le silence.

— Mais qu'est-ce que tu fous, cria le docteur.

Dante à la fenêtre se tassa.

— Vincente, dépêche-toi, nom de Dieu, continuait Merani.

Et la voix de son père, sourde, faible.

— Il a peur, disait-il, ce coup de canon, j'arrive pas à le faire sortir.

— Tu es imbécile.

Merani s'emportait. Dante le voyait qui s'avançait vers l'écurie.

— Tu es moins empoté dans un lit. Là tu t'agites.

Madame Merani était sortie de l'ombre. Elle avait murmuré quelques mots et Merani avait regardé dans la direction de Dante, haussant les épaules, se mettant à marcher de long en large dans la cour. Dante avait fermé les yeux.

— Ton intérêt, continuait Piget, ton intérêt à toi et à eux, mais ils ne voient pas plus loin que la fin de leur semaine, s'ils voyaient est-ce qu'ils...

Il s'interrompit, mit son canotier sur la tête, prit une autre feuille de papier, recommença à écrire.

— C'est pas eux, c'est moi, dit Dante. C'est moi qui veux.

Il voulait depuis qu'ils habitaient au 42 rue de la République, non loin de la place Garibaldi. Ils avaient quitté la maison Merani, au mois de septembre 1901, quelques mois après cette scène entre le député et son père que Dante avait surprise et qui l'avait ému, ses joues brûlant comme après une gifle. Sa mère et son père ne lui avaient rien dit mais il les écoutait.

— On ne leur doit rien, disait sa mère.

— S'il veut, répondait Vincente, il peut dire de ne pas m'embaucher.

— Il ne le dira pas, disait Lisa.

Un soir, Madame Merani était entrée dans la cuisine, le visage rouge, le mouchoir serré entre ses mains.

— Vous avez décidé ? Comme ça, sans rien me dire, comme des hypocrites.

Lisa continuait à laver la vaisselle, Vincente s'était levé, s'appuyant à la table de marbre. Dante gardait Antoine contre lui et Louise se tenait près de son père, cherchant sa main.

— Il ne faut plus que Lisa travaille, avait dit Vincente. Elle a les enfants.

— Et tu crois qu'elle travaille pour moi, ici !

Madame Merani s'avançait vers Vincente puis reculait.

— Elle est toute la journée avec les enfants que tu lui as faits, ajoutait-elle.

— On part, c'est décidé, Madame.

Lisa, sans cesser de laver, continuait :

— Ce n'est pas bon pour des enfants d'avoir des parents domestiques. Vincente et moi, on ne veut pas, dites qu'on est fiers si vous voulez. C'est pour les enfants.

Puis elle avait posé l'assiette, essuyant ses mains au tablier, regardé Madame Merani.

— Vous, vous voulez pour nous... Mais nous, on pense différemment, c'est normal. Vincente a trouvé du travail, il va être livreur à la brasserie Rubens.

— Ce que j'ai fait...

Madame Merani tordait son mouchoir.

— Ces enfants, tout ce que je leur ai donné, je suis la marraine.

Sa voix aiguë s'éraillait par moments, comme si elle allait se rompre en un sanglot.

— Ils viendront vous voir.

— Garde-les tes enfants, cria Madame Merani. Je ne veux pas que tu me les envoies à Noël ou à Pâques, pour les cadeaux. Rien, vous partez, mais ne revenez plus.

Elle claqua la porte.

Vincente resta un long moment debout. Lisa se mit à ranger les assiettes.

— Dante, dit-elle, couche Antoine et Louise.

— Il faut s'en aller, maman, avait dit Dante.

Rue de la République ils habitaient une maison basse, avec une cour intérieure, un balcon de fer, sur lequel on avait emménagé les cabinets. L'appartement qu'ils occupaient donnait sur la rue. Et Dante tout de suite aima ce quartier. Il continuait à aller en classe rue Saint-François-de-Paule, l'instituteur avait insisté, mais il avait hâte de retrouver la place Garibaldi, la longue rue de la République, qui partait vers l'est et où souvent passaient les soldats. Il voyait, avant même d'entendre, la fanfare, les cuivres des clairons levés à bout de bras, les cors portés à l'horizontale au-dessus de la tête avant d'être embouchés ; le soleil d'ouest chantait sur le métal, Dante courait avec les gosses du quartier au-devant des chasseurs alpins, et bientôt, ils précédaient le tambour-major, certains gosses faisant la roue, ouvrant la marche au défilé.

La rue de la République, c'était comme la scène

d'une parade. Vincente avait dit à son fils : « C'est par ici avec ton oncle Carlo que nous sommes entrés dans Nice. » Dante refaisait le trajet, partant de la place Garibaldi, remontant vers l'est, courant derrière les premières voitures du tramway électrique qui se dirigeaient vers les abattoirs ou bien vers le dépôt du boulevard Sainte-Agathe. Les gosses couraient, s'accrochaient aux voitures, sautant en marche quand le receveur s'approchait. La place d'Armes n'était pas loin. On traversait par le nouveau pont Barla que la Reine Victoria avait inauguré en 1889. Un des premiers souvenirs de Dante, son oncle Carlo, qu'ils avaient rencontré par hasard, et qui avait soulevé Dante à bout de bras :

— Regarde une Reine, avait dit l'oncle.

Puis il avait posé Dante au sol, avait placé dans sa main une pièce :

— Et moi je suis le Roi.

La pièce était grosse. Dante pouvait à peine refermer ses doigts sur elle.

— Tu la montreras à ta mère, ajoutait Carlo en se penchant. Dis-lui, « c'est mon parrain qui me l'a donnée. »

Puis l'oncle s'était éloigné, saluant à peine son frère, et Dante suivait cette silhouette qui dépassait la foule des épaules.

Une fois traversé le pont Barla, Dante longeait la rive droite du Paillon. Souvent il descendait dans le lit de la rivière avec Millo, le fils de l'épicier qui avait sa boutique, 37 rue de la République. Les lavandières avec des pierres entassées, des planches, ralentissaient le cours d'un des ruisselets qui constituaient en fait, une bonne partie de l'année, le Paillon. À genoux, elles frottaient le linge, qu'elles rinçaient dans de grands baquets. Puis elles l'étendaient sur des fils tirés entre deux montants plantés dans les graviers du lit. Dante,

Millo construisaient un barrage, espéraient toujours découvrir un poisson, soulevaient des blocs, s'aspergeaient. Dante s'arrêtait pour surveiller Louise, Antoine que sa mère lui confiait afin de pouvoir ranger la maison, laver le linge de Madame Millò, ajouter ainsi quelques sous à la paie de Vincente.

Un coup de clairon les faisait remonter sur les quais, courir vers la place d'Armes. Là c'était comme si le cirque Barnum et Bailey avait toujours ses tentes dressées, ou comme si Buffalo Bill et ses Indiens continuaient leurs cavalcades. Pour Dante, les deux cirques ç'avait été l'Amérique, débarquée là par surprise. Des trains s'arrêtant en gare de Riquier, les éléphants de Barnum et Bailey, descendant par des plans inclinés trompes dressées, l'odeur de paille et d'urine, et Buffalo Bill conduisait la charge des Indiens. Depuis Dante croyait, quand il suivait chaque semaine dans l'illustré les aventures de *Nick Carter détective,* que le dessin un jour s'animerait et qu'à nouveau sur la place d'Armes, la légende s'élancerait, vivante.

Elle l'était presque avec les manœuvres des artilleurs, ce grand cirque militaire offert aux badauds, à Dante et à Millo. Les cavaliers s'élançaient, partant de l'orphelinat Don Bosco, traversant toute la place au galop, les pièces d'artillerie soulevant une poussière qui ressemblait à la poudre. Puis les hommes, à un signal de clairon, tiraient sur les rênes, les chevaux se cabraient, certains dressés comme ceux des Indiens de Buffalo Bill, sur leurs jambes de derrière. Les soldats sautaient, détachaient les canons, les mettaient en batterie, s'immobilisaient un instant comme des figurines de plomb, puis un nouveau coup de clairon les faisait se précipiter sur les attelages. Ils accrochaient les pièces aux montants qui traînaient dans le sable et, au galop, repartaient vers l'autre extrémité de la place d'Armes, vers Don Bosco.

Le soir, les colonnes d'artillerie rentraient au pas vers les casernes. Dante, les enfants les entouraient, interpellant les soldats, et ceux-ci leur lançaient des morceaux d'une galette dure et savoureuse dont parfois Dante gardait une part pour sa mère. Elle n'aimait pas qu'il traîne ainsi dans les rues, même quand il rapportait un couffin de charbon, ramassé en suivant les tombereaux qui remontaient du port par la rue Cassini, vers la place Garibaldi et qui, cahotant sur les pavés, laissaient derrière eux une traînée noire, sur laquelle se penchaient Dante, d'autres gosses et quelques vieilles femmes.

Lisa menaçait, le mettait en garde :

— Ils vont te battre un jour, je vais te remettre au patronage de Saint-François-de-Paule.

Il refusait résolument. Elle n'insistait pas. Le patronage, c'était le temps de Madame Merani, de la rue Saint-François-de-Paule, de la place Masséna, un autre quartier où il avait eu aussi ses itinéraires, mais il les parcourait seul.

Il quittait l'école et le soleil, le rouge sanglant du crépuscule le forçant à fermer les yeux, il entrait dans les jardins, il descendait dans la grotte artificielle, s'asseyant au bord du lac miniature où glissaient, indifférents et somptueux, des cygnes. Il revenait par la place Masséna, la frontière de son pays d'alors. Zone changeante comme une autre Amérique. On avait tranché en une nuit pour faciliter le passage des automobiles l'eucalyptus séculaire qui fermait la place à l'ouest. Un kiosque avait été construit pour les tramways électriques qui dévalaient l'avenue de la Gare en faisant jaillir parfois des gerbes d'étincelles. Dante allait les attendre à la sortie de l'avenue, au moment où ils freinaient pour traverser la rue de France et gagner la place, sans pouvoir reprendre de la vitesse puisqu'il leur fallait s'arrêter au kiosque. Dante bondissait sur le marchepied de la plate-forme arrière et quelques mètres avant le kiosque, il sautait, évitant les contrôleurs de la Compagnie des Tramways qui, pérorant dans leur uniforme, jaquette et casquette bleue, pantalons blancs, bavardaient autour du kiosque, avec les cochers dont les fiacres stationnaient encore devant le Casino. Quand les tramways repartaient, accélérant vers les quais du Paillon, la place Garibaldi, Dante se mettait à courir derrière eux, sans plus penser à les rattraper, simplement pour entendre ce grésillement, ce bruit de métal, qu'il lui arrivait de percevoir le matin quand il quittait la maison Merani pour l'école. Le tramway accélérait le long du boulevard Mac-Mahon et Dante revenait lentement vers la place, vers la rue Saint-François-de-Paule.

Le premier voyage en tramway, Dante s'en souvient. Les enfants du patronage sont en rang, l'abbé est devant eux, les faisant aligner. Le moniteur prend les pièces. Dante n'en a pas demandé à sa mère. On le fait sortir de la file. Ils sont trois à l'écart qui, par défi, rient trop fort.

— Et toi, Revelli, dit l'abbé, tu n'as pas d'argent ?

L'abbé Jean qui vient souvent chez les Merani s'approche :

— Tu n'as pas demandé ? continue l'abbé.

De son poing fermé il frappe sur le front de Dante.

— Têtu, dit-il, orgueilleux.

Le tramway arrive.

— Allez, montez tous, dit l'abbé.

Ils vont jusqu'aux arènes et au monastère de Cimiez.

Les gosses se pressent autour du wattman, Dante

serrant le rebord d'acier de la voiture comme s'il s'était agi des manettes qui en commandaient la marche.

Mais c'était un mauvais souvenir : l'abbé les contraignant à s'asseoir, à laisser vide la plate-forme, expliquant ce qu'était Cemenelum, la ville romaine, les martyrs jetés dans les arènes. Dante regardait le jeu des manettes, essayant de deviner ce qui permettrait d'aller plus vite, de tirer cette voiture sans attelage. Il voulait interrompre l'abbé, dire, où met-on l'électricité, comment la nourrit-on ? Mais l'autre parlait et Dante se désintéressa, sûr que l'abbé ne savait rien, qu'il était une sorte de cocher.

Quand un dimanche matin, on leur distribua au patronage un sifflet, qu'ils gagnèrent en rang une salle de la ville, sur la rive droite du Paillon et que les moniteurs et les prêtres avaient dit :

— Au signal, vous sifflerez tout le temps, comme vous voudrez, sifflez, sifflez...

Et les gosses riaient. Dante, tout en portant le sifflet à sa bouche, retenait son souffle. À l'entrée de la salle décorée de drapeaux tricolores, les gosses des patronages, des messieurs en chapeau se rassemblaient, une dizaine d'agents se tenant à distance.

— C'est une réunion publique, criait un homme, haussé sur la pointe des pieds, ouverte à tous, nous avons le droit d'entrer.

— Pousse, dit un gosse à Dante.

Il se laissa entraîner vers l'entrée, déferlant avec les autres au milieu de la salle, renversant quelques bancs. Des hommes qui se tenaient aux premiers rangs, près de la scène, s'étaient levés, leur faisant face, se concertant, se rasseyant bientôt. Et les moniteurs, les prêtres donnaient aux gosses l'ordre de se taire, d'attendre :

— Attendez qu'il vienne, disait-on à voix basse.

Quelqu'un chuchota dans l'oreille de Dante :

— Il faut laisser parler le premier, et siffler après, pour l'autre.

Des premiers rangs, un homme sauta sur la scène, croisa les bras.

— À la tribune, à la tribune Sauvan, lui cria quelqu'un.

Il hésita, puis se plaça derrière le pupitre, placé au centre de la scène, enveloppé du drapeau tricolore :

— Vous êtes venus pour créer le désordre, commença-t-il, pour empêcher le citoyen Jaurès...

Il y eut quelques applaudissements, mais le piétinement cadencé de tout le fond de la salle, puis les stridences des sifflets qui résonnaient sous la verrière bleue couvrirent la voix de Sauvan.

Dante, son sifflet entre les dents, regardait, immobile au milieu de ses camarades qui se dressaient, s'époumonant. Un homme trapu, le visage massif pris dans une barbe, la tête posée sur les épaules comme s'il n'avait pas eu de cou, vint au milieu de la scène, sans que Dante l'ait vu arriver, il leva les bras et curieusement, il y eut après ce geste un moment de silence. Dante entendit :

— Citoyens, tous les républicains, tous les...

La salle se déchaîna, l'homme sur la scène hésitait. Des premiers rangs on hurlait dans la direction du fond de la salle des mots que Dante ne devinait pas. Deux ou trois hommes s'avancèrent vers les gosses, mais Jaurès avec vivacité descendit dans la salle, s'interposa et ils gagnèrent tous la scène puis disparurent dans les coulisses. Il y eut des cris de triomphe, les moniteurs, les prêtres faisant sortir les gosses qui continuaient de siffler, les messieurs riant entre eux. Dante s'éloignant seul, jetant son sifflet dans le Paillon, courant après un tramway qui faisait comme par défi tinter sa sonnette au fur et à mesure qu'il s'éloignait.

17

Parfois Helena Karenberg demandait à Marcel d'arrêter la voiture au-dessus du tunnel, là où le boulevard amorçait une large courbe. Elle descendait, elle disait à Marcel, et un signe suffisait souvent, de continuer, elle le rejoignait plus tard, à la fin du boulevard. Elle s'accoudait regardant les rails noirs, ces lignes qui se croisaient comme des vies, avant de se perdre dans le tunnel. Elle était Anna Karénine, elle entrait dans la gare, elle marchait le long des voies, elle attendait debout, les bras écartés, les paumes ouvertes, que surgisse ce point d'acier qui allait la coucher, l'entraîner dans un halètement rauque vers le tunnel-gouffre. Helena ne s'éloignait qu'au moment où un train survenait, le bruit, la fumée l'éveillant tout à coup, elle courait presque sur le boulevard, retrouvant la voiture, Marcel qui se retournait, la voyant enfin, sautant de son siège, s'avançant vers elle, silencieux, désapprobateur.

— Tu me laisseras au port, disait Helena.

Il attendait qu'elle soit montée, pour reprendre place sur le siège, interroger :

— Au port, Mademoiselle ?

— Au port, répétait Helena.

C'était le début de l'après-midi, la chaleur étouffante de juillet, le silence vibrant seulement quand passait un tramway ou un charreton, le silence auquel la chaleur donnait un volume. Helena, blottie au fond de la voiture, avait la sensation qu'elle traversait une épaisseur cotonneuse, déchirée parfois par la voix d'une lavandière quand la voiture roulait sur le pont Barla. Helena étouffait, et cela la prenait au moment où elle franchissait le Paillon, où elle reconnaissait à cette voix de la lavandière, ou bien aux bruits plus nombreux, le tintement de la sonnette des tramways qui se croisaient sur la place Garibaldi, qu'elle entrait dans une autre ville, celle des bruits, des odeurs, des hommes en casquette, les bras nus, le col de la chemise ouvert, les pantalons attachés par une ficelle laissant libre l'estomac, le ventre, les femmes sans chapeau.

La voiture prenait la rue Cassini, et c'était l'odeur d'huile rance du port, les fûts entassés sur les quais, les planches mal équarries, dont les tas formaient comme les parois d'un labyrinthe, bois de Russie, flottant le long des fleuves jusqu'à Odessa, venu jusqu'ici, la rejoindre.

— Arrête-toi.

Helena se dressait dans la voiture, elle ajoutait :

— Tu viendras vers cinq heures, attends-moi devant l'église.

Elle ne laissait pas à Marcel le temps d'arrêter la voiture. Déjà elle sautait sur la chaussée, elle avait besoin de la brise de mer, elle ouvrait la bouche comme si quelqu'un avait longtemps d'une main impérieuse tenu ses lèvres, l'empêchant de respirer, la laissant se débattre. Elle aspirait d'un seul coup cet air qui lui avait manqué. Elle marchait plus vite, se retournant pour voir si Marcel s'éloignait, apercevant la voiture qui s'engageait dans la rue Cassini. Mais au bout de quelques pas, Helena était contrainte d'arrêter, le cœur éclatait dans sa gorge, elle avait envie de vomir ce battement qui était là, de plus en plus rapide comme un cri qu'elle n'avait pas pu, pas voulu lancer, et qui restait en elle, douceâtre, écœurant.

C'était le cauchemar ancien qui ne cessait plus. Frédéric qui, ce jour de juin, alors qu'ils sortaient avec Merani du commissariat principal, disait montrant Carlo Revelli qui s'appuyait à son bras :

— Il va venir quelques jours, il faut le soigner.

Carlo dans la villa, comme un battement de la terre, quand le sol se soulève pareil à la gorge des crapauds, et tout à coup, une crevasse s'ouvre, enfin, et jaillit la vapeur brûlante, restée longtemps sous cette croûte. Elle monte droite, fusante.

Helena, tout le temps que Carlo Revelli avait séjourné dans la chambre du deuxième étage, à l'angle de la villa, ne l'avait pas vu. Elle sortait avec Peggy Wood, mais le battement résonnait en elle, saccades profondes, qui faisaient trembler la nuit. Elle rentrait tard, elle ne dormait pas, ce caillot dans la gorge, cette chaleur glaçante sur elle, l'épaisseur insupportable du drap qui collait, peau inconnue, irritante, râpeuse comme la langue des chats, et c'était un souvenir, chat roux de Semitchasky, qui venait dans sa chambre de petite fille, sautait sur le dossier du fauteuil et la léchait, langue râpeuse qui la faisait rire. Elle n'avait revu Carlo que le jour de son départ, peut-être une ou deux semaines plus tard.

— Prenez cette canne, disait Frédéric, mais prenez, insista-t-il.

Carlo appuyé à la balustrade sur la terrasse, regardant Helena qui lisait sans réussir à retenir les mots qui se dissolvaient, insaisissables.

— Je la rapporterai, disait Carlo, avec le reste.

Frédéric l'avait accompagné. Helena les voyait s'éloigner dans l'allée centrale, et elle recommençait à vivre ce cauchemar, elle attendait le dénouement, cette flaque noire dans laquelle elle allait plonger les mains pour se souiller le visage.

Un an, deux ans, trois peut-être, des étés qui passaient, mais le sol continuait à battre, à trembler.

Au début d'un été, Marcel avait entrouvert la porte-fenêtre de la bibliothèque, Helena dans la pénombre lisait, s'y prenant à plusieurs fois pour accrocher les mots les uns aux autres, comprendre les phrases qui s'émiettaient. Elle avait levé les yeux et derrière Marcel, elle avait vu Carlo, sa silhouette que le soleil découpait, et elle imaginait qu'ainsi devant Anna Karénine, avait surgi l'ombre de la machine.

Elle avait renvoyé Marcel, dit, mais qui parlait, que Frédéric était absent, parti avec Peggy Wood, une excursion à Monaco, elle tendait les mains pour qu'on les noue, et l'envie de vomir, ce battement qui grandissait.

Carlo posait sur le bureau la canne et une enveloppe jaune. Il disait :

— Je dois ça à votre frère.

Puis il avait fouillé dans sa veste, sorti une boîte de cigares :

— Ça aussi, vous lui direz, j'ai trouvé les mêmes.

Il serrait les objets les uns contre les autres, la canne, l'enveloppe, les cigares, elle replaçait le livre dans la bibliothèque :

— Je ne sais pas, dit-elle.

Et elle avait étouffé, la main se posant sur ses lèvres, le bras lui entourant la taille, la pliant, la serrant contre des jambes, une odeur de sueur, le battement, la terre qui s'ouvrait, cette chaleur gluante dont elle sortait pour respirer, ouvrant la bouche mais aucun son ne naissait, étouffé en elle, dans sa gorge par ce caillot de sang.

Elle était couchée sur la bergère. Le cou lui faisait mal, comme si on l'avait serré. Elle eut froid sur le ventre, les cuisses, mais elle n'osait pas bouger les bras, le droit qu'elle avait replié sur son visage, dont elle couvrait ses yeux, le gauche dont elle protégeait ses seins. Il y eut un bruit, près d'elle, un verre qui tintait. Une main soulevait sa nuque, elle sentait contre ses lèvres, ses dents le bord du verre, et l'alcool la brûla, glissant dans sa bouche, la forçant à se redresser.

— Buvez, dit Carlo.

Elle bougea, osant déplier ses bras, poser ses mains sur son ventre nu, toucher avec ses doigts, entre ses cuisses, cette plaie gluante, humide, qui lui donnait envie de vomir. Il y eut d'autres doigts qui s'emparaient d'elle, une paume qui écrasait, brûlait, qui la forçait à ouvrir la bouche, à haleter. Et elle respirait mieux, comme si s'accordaient enfin les rythmes contraires des battements qui se heurtaient en elle. Elle sentit sa robe à nouveau, sur ses jambes. Elle ne bougeait pas, n'ouvrant pas les yeux, la voix de Carlo contre son oreille, et elle avait envie de rire, Carlo qui disait : « Viens me voir, viens ou je reviens si tu veux, viens... »

Helena, cette voix en elle, ces secousses qu'elle provoquait quand elle surgissait de sa mémoire, rythmée, brûlante.

— Qu'est-ce que tu as ? demandait Frédéric qui la surprenait alors qu'elle était revenue s'allonger dans la bergère et qu'il rentrait avec Peggy.

— C'était extraordinaire, disait Peggy, cette route en corniche, on a l'impression d'être un oiseau, on voit la rade, la baie, le cap, et cette mer.

Elle soupirait, enlevait sa capeline qu'elle lançait sur Helena.

— Helena, ma petite Helena, vous n'avez pas bougé, vous êtes folle, il fallait venir.

— Ah, je comprends, disait Frédéric.

Il ouvrait l'enveloppe, comptait l'argent.

— Tu l'as vu ? demandait-il à sa sœur.

Elle disait oui d'un geste de la tête.

— C'est notre bandit, expliquait Frédéric à Peggy, comme dans Dumas, Edmond Dantès qui revient, riche et paie ses dettes, et je suis le bien-faiteur, mais oui Peggy, le bienfaiteur. Les romans, nous autres, Helena et moi, nous les vivons chaque jour.

Frédéric jouait avec sa canne, comme s'il s'était agi d'un fleuret.

— Il te fait toujours peur, dit-il en touchant Helena.

Elle se leva d'un bond, secouée par un sanglot silencieux, traversant en courant la bibliothèque, les mains sur sa poitrine, son chignon se défaisant d'un seul coup, laissant échapper les longues mèches qui lui descendaient dans le dos, claquant la porte, cependant que Peggy s'approchait de Frédéric, lui prenait les poignets :

— Laisse-la, disait-elle, laisse-la.

Il était revenu, l'aboiement d'un chien dans le parc, Helena s'éveillait, ne voulant pas ouvrir les yeux, mordant le drap, il lui semblait entendre le souffle d'une respiration, un pas sur le balcon, elle allait crier, il fallait qu'elle crie, mais déjà la main fermait sa bouche, un doigt qu'il glissait entre ses lèvres, pour la forcer à desserrer les dents, à lâcher le drap, et elle ne savait plus, elle refusait de limiter le cauchemar, le vrai, le faux, s'obstinant à rester aveugle, ses mains pourtant apprenant à connaître la cambrure de ce corps d'homme musclé, le creux que traçait la colonne vertébrale, et l'odeur, si forte, comme celle d'une terre trempée. Helena n'ouvrait pas les yeux, mais tout son corps était regard, ses cuisses que Carlo écartait du genou, et Helena voyait ce genou, elle voyait les jambes brunes, nerveuses, elle voyait ces bras qui glissaient sous son dos, ses reins apprenaient à connaître la poitrine contractée de Carlo qui se gonflait et se détendait brutalement dans un cri étouffé.

— Je te veux ailleurs, disait Carlo, viens, viens me voir.

Il lui mordait l'oreille, il avait son coude sur son sexe et de ses doigts il caressait la pointe de ses seins.

— Je veux que tu viennes, répétait-il, il n'y aura que toi et moi.

Il était le seul à parler, elle était incapable de prononcer un mot, et quand elle était entrée, au début d'un après-midi, dans une pension près du port, elle avait, aussitôt que la porte de la chambre, derrière elle, s'était refermée, compris qu'elle ne pourrait pas lui parler, le voir. Elle n'avait eu que la force de demander à la femme :

— La pension Oberti ?

La femme la dévisageait, inexpressive, détaillant la robe et disant :

— C'est pour Carlo Revelli ?

Helena la suivait, la femme poussait une porte, chambre vide, Helena voulait s'enfuir, mais la femme tirait déjà la porte disant :

— Il vient.

Helena s'adossait au mur, fermait les yeux et Carlo entrait, son souffle, cette odeur, il la prenait par les épaules, les mains glissaient sur elle, il posait sa tête sur son ventre, il serrait ses jambes entre ses bras, et elle mettait ses doigts dans ses cheveux, mais elle ne lui parlait pas, elle refusait de le voir. C'était la dernière fois, imaginait-elle. Elle se laissait déshabiller, porter sur le lit, puis plus tard, alors qu'il était allongé près d'elle, qu'il laissait la main sur son ventre, il fallait bien qu'elle dise :

— Allez-vous-en, allez-vous-en !

La main se crispait sur elle. Il fallait qu'elle s'en délivre.

— Allez-vous-en, ou je ne reviens plus.

Il hésitait. Il la mordait. Il murmurait dans son oreille en italien des mots qu'elle ne comprenait pas. Mais il partait. Alors elle ouvrait les yeux, cherchait ses vêtements, plongeait ses mains dans l'eau glacée, et elle sortait dans le couloir, apercevant une grande salle, la femme assise devant la table, indifférente. Elle courait jusqu'à l'église du port, elle s'étouffait, elle montait dans la voiture, se mettant dans un coin comme si elle craignait maintenant d'être reconnue.

— Rentre vite, disait-elle à Marcel.

Quand ils avaient franchi le pont Barla, qu'elle apercevait enfin les platanes du boulevard, les jardins qui entouraient les villas et les grands hôtels, alors elle se calmait, lasse, répétant pour elle-même : « ... c'est un roman, je suis folle... » fière de le vivre pourtant, et malheureuse et honteuse.

Un été, elle avait accompagné Frédéric et Peggy en Suisse, après leur voyage de noces, en Italie comme il se doit. À Saint-Moritz ils étaient descendus au Grand Hôtel du Lac, au milieu des sapins. Le matin, Peggy et Frédéric venaient la chercher, ils jouaient au tennis avec Gustav Hollenstein, un jeune Viennois, très brun, correspondant à Paris du journal autrichien *Neue Freie Presse*. Il entourait Helena de prévenances, une cour distante et affectée. Peggy le soir, prenant Helena par le bras, l'interrogeait.

— Raconte-moi, que t'a-t-il dit ?

Elles faisaient toutes les deux de longues promenades qui calmaient Helena, les eaux du lac modelant, courbant les reflets des lumières des hôtels. Parfois Frédéric et Gustav les précédaient et elles se taisaient, écoutant les éclats de voix, Gustav disant que depuis l'affaire Dreyfus, il savait que « le ver était dans le fruit de notre culture. Et je plaçais la France au-dessus de tout, n'est-ce pas, je les croyais différents de vos Russes, de vos

Polonais, mais non, Frédéric, comme tout le monde ».

Frédéric répondait, parlant lentement ; le cigare, point rouge près des lèvres.

— Russes, Polonais, Français, des catégories fictives, superficielles, disait-il, lisez Marx, quant à la France finalement, Dreyfus, il y a eu la révision du procès.

Gustav Hollenstein prenait Frédéric par l'épaule.

— Cher Karenberg, croyez-moi, nous sommes en pleine barbarie, la révision, Zola, tout cela ne change rien, chacun pour soi, et leurs démocraties valent nos empires. Vous êtes toujours russe, Karenberg ?

— Si peu, répondait Karenberg, je ne tiens pas à retourner là-bas.

— Vous êtes un cosmopolite.

— Je suis, il me semble, socialiste d'abord, s'il y a une chance, elle est là.

— Cher Karenberg... il y a eu déjà, commençait Hollenstein, le judaïsme, le christianisme...

Karenberg l'interrompait :

— Écoutez, j'ai rencontré Jaurès à Nice, en avril, un drôle de bonhomme, un utopiste sans illusion, et le sens de la gaieté.

— Vous êtes un croyant Karenberg, vous avez trouvé.

— Mais non, mais non, je l'ai vu après une réunion qui a été sinistre, des gosses, des gosses de pauvres, Hollenstein, qui le sifflaient sous la conduite de leurs prêtres, lui, le fils de bourgeois qui se bat pour eux, déchirant, et il a accepté cela avec humour.

— Banal, ridicule, Karenberg.

Helena ralentissait son pas, elle laissait le silence gagner l'espace qui la séparait de Frédéric et de

Gustav, elle avait envie de chuchoter à Peggy : « Je vais te raconter », mais Peggy parlait :

— Cet Hollenstein, disait-elle, il est beau. Tu sais Vienne est une ville extraordinaire, la dernière ville gaie, plus gaie que Paris.

— Je pars demain, répondait tout à coup Helena, je rentre à Nice.

— À Nice, mais tu es folle, il n'y a personne, en juillet, tu vas mourir, Frédéric ne...

— Je rentre.

Ce calme, cette paix, une forme de mort. Gustav Hollenstein n'avait aucune odeur, à peine si elle le voyait, et l'autre, si loin, si présent que son nom seul faisait renaître le battement.

— Pourquoi ? demandait Peggy en baissant la voix.

Helena voulait parler, mais déjà elle étouffait, elle ne pouvait dire ni ce genou lui écartant les cuisses, ni ce creux qu'elle suivait avec ses doits, le long du dos de Carlo.

— Rien, je t'assure, rien, répondait-elle.

Mais elle y mettait trop de hâte pour que Peggy la crût.

18

Carlo portait lui-même la table au milieu de la carrière. Une petite table de bois, couverte de poussière, de plâtre séché, puis il prenait dans la baraque qui lui servait à remiser les outils et à entreposer les explosifs une chaise et la sacoche de cuir, comme celle qu'ont les gendarmes et qu'il avait achetée le long du Paillon, à l'un de ces marchands forains qui, au début de l'automne et au printemps, installent leurs étalages sur les quais. Carlo s'asseyait, prenait son carnet, taillait le crayon avec le couteau de charpentier qu'il n'abandonnait jamais, un couteau à lame courte, quatre doigts à peine, mais l'acier avait une largeur de deux doigts et la pointe effilée recourbée pouvait servir de crochet. Il ouvrait sa sacoche, comptait l'argent, regardait la carrière, la vingtaine d'hommes qui y travaillaient et il donnait un coup de sifflet. Ils venaient s'aligner les uns derrière les autres, silencieux et couverts de poussière, ils tendaient leurs mains ou bien faisaient glisser les pièces sur la table, dans leur paume ouverte contre le rebord. Certains s'attardaient, comptant, recomptant, levant les yeux vers Carlo, commençant une phrase.

— Je te vole pas, apprends à compter, disait Carlo, pousse-toi tu pourras toujours revenir.

Ils se mettaient à l'écart, ils comptaient encore, ils haussaient les épaules et s'éloignaient. Ceux-là qui bougonnaient, Carlo eût voulu les prendre par la chemise, les secouer comme de jeunes arbres, leur dire : « Qui t'empêche d'être à ma place ? Si t'es pas content, change, regarde ces mains, j'ai pas toujours compté assis derrière une table, j'ai attendu l'argent comme toi, je me suis tu, alors tais-toi ou change. »

Ces ouvriers, les plus hostiles, ceux qui l'ignoraient quand il passait près d'eux, qui refusaient jusqu'à la complicité d'un regard, Carlo les harcelait. « Tu dors, hurlait-il. Je vais te montrer. » Il leur arrachait la masse ou le pic, il frappait de toute sa force, il jetait l'outil : « Voilà, voilà ce que j'appelle travailler. » Les autres se taisaient, ramassaient l'outil et Carlo devinait, quand il s'éloignait, que peut-être ils crachaient dans sa direction.

Qu'ils crachent, qu'ils gueulent.

Forzanengo, avec qui il travaillait, lui avait dit :

« Moins ils t'aimeront, et mieux ça ira pour toi, seulement, c'est pas facile de supporter ça, il faut en avoir là » et Forzanengo faisait un geste obscène. « Y en a qui veulent qu'on les aime en plus, continuait-il, crois-moi, c'est pas possible, c'est eux ou toi, tu choisis. »

Carlo avait choisi. Quand en 96 les plâtriers de l'hôtel Regina s'étaient mis en grève, qu'ils restaient sur les échafaudages, assis, les jambes pendant dans le vide, Forzanengo l'avait fait appeler.

— Tu veux que je t'achète du sable, Revelli ?

Forzanengo, son chapeau de feutre enfoncé horizontalement, couvrant presque les sourcils répétait :

— Tu veux ? Mais qu'est-ce que tu me donnes, du sable, moi de l'argent et tu crois que ça suffit, ici, y faut toujours quelque chose en plus. Tu vois...

Il se levait, envoyait sur la table une enveloppe.

— Ça c'est l'adjudication pour les travaux d'élargissements de la promenade, tu peux faire fortune, tu travailleras avec moi, tu pourras vendre ton sable pendant quatre ans, et je te signe un contrat, seulement moi, moi...

Il se frappait la poitrine, il faisait une moue de mépris, comme s'il allait cracher.

— Moi, je suis fils de terrassier, et ces messieurs à la mairie, ils ont les mains blanches, ils se sont jamais cassé un ongle, tu comprends, seulement je les paie, je leur donne comme à des mendiants et eux ils me donnent les travaux. Moi avec toi c'est pareil, tu connais les chantiers, trouve-moi des plâtriers, finis-moi le travail à l'hôtel Regina et on marche tous les deux...

Carlo avait trouvé des plâtriers. Il était monté sur les échafaudages de l'hôtel Regina, les grévistes l'insultant, Sauvan l'attendant, le soir, s'avançant vers lui, marchant à ses côtés sur le boulevard de

Cimiez, et ils n'échangeaient pas un mot. Ils arrivaient au-dessus du tunnel, là où la trouée de la voie ferrée, comme une vallée, conduit à l'horizon et à la mer. C'était l'époque du solstice, des lentes hémorragies qui rougissent le ciel. Sauvan prenait le bras de Carlo, le forçait à s'arrêter.

— Tu sais ce que tu fais ? Tu sais ?

— Écoute-moi Sauvan.

Carlo recommençait à marcher.

— Le vol, disait-il, partout, tu comprends. Il y a les volés et les voleurs, les petits voleurs et les gros. Je veux pas être un volé, Sauvan, toujours. Ça suffit pour les Revelli, ça suffit Sauvan, plutôt je crève.

— Tu as volé.

— Dénonce-moi, vas-y.

Sauvan haussait les épaules.

— Il le sait, il s'en fout.

— Je lui rendrai tout.

— Ne rends rien et laisse les gars se battre, vole mais ne soit pas contre eux.

Sauvan élevait la voix, prenant les deux bras de Revelli, les secouant.

— Tu peux faire ta pelote sans leur taper dessus, tu comprends ?

— Il faut, répétait Carlo, je peux pas faire autrement.

Sauvan, tout à coup, s'était calmé.

— Tu as peut-être raison, salut Revelli.

Carlo avait laissé Sauvan s'éloigner puis sans trop savoir pourquoi, il avait remonté le boulevard. Devant le chantier de l'hôtel Regina, deux agents stationnaient, interrompant leur conversation quand Carlo passait, le suivant des yeux, mais il continuait, se dirigeant vers les arènes, le monastère et bientôt longeant la grille de la villa Karenberg. Ils devaient dîner sur la terrasse. À travers le mur des cyprès, Carlo voyait trembler la lumière des lampes, il entendait des bruits de voix.

Elle devait être là, les mains posées sur la nappe blanche et brodée. Carlo s'arrêtait, s'éloignait, ce qu'il imaginait d'elle, c'étaient les seins, à peine marqués. Plus tard il retrouvait l'Anglaise du bordel, assise sur le lit, et lui jetait l'argent, sans la baiser. Il ressortait, ignorant les questions de Madame George, passant devant le poste de police, où quelques soldats en faction, leurs longues baïonnettes accrochées au ceinturon, surveillaient les permissionnaires venus des casernes. L'Anglaise, une autre Maria, les danseuses du café de Turin, ces femmes se ressemblaient toutes, des sacs de sable qu'on prenait contre soi, qu'on pétrissait à pleines mains. Du sable mouillé, de la boue. L'autre, c'était de la pierre, blanche et lisse comme du marbre.

Les plâtriers de l'hôtel Regina cessèrent leur grève, sans avoir rien obtenu. Carlo put engager une vingtaine d'ouvriers pour sa carrière, il acheta deux charrettes.

— Je te fais confiance, disait Forzanengo, je te paie d'avance.

Nice se transformait. On construisait le pont Barla qui reliait la rive gauche du Paillon à la rive droite et ouvrait la rue de la République sur les nouveaux quartiers, doublait le Pont Vieux. Il fallait du sable. En 99, le pont terminé, Carlo était déjà un entrepreneur connu. Il obtint sa naturalisation, Forzanengo, par le maire, avait donné, comme il disait, « un coup de pouce ».

— Ils savent, ils savent tout, disait-il, l'histoire de l'hôtel Regina, c'est bon pour toi.

Le jour de l'inauguration du pont, Carlo avait rencontré Vincente. Rien à lui dire. Les rivières s'étaient séparées, chacune creusait son lit. Vincente avait encore grossi, le visage pourtant était toujours celui du gosse de Mondovi, la même douceur, comme la mère.

Et Carlo avait envie de donner un coup pour le voir se crisper, se durcir, pour sentir sur l'autre les mêmes rides, les plis qu'il sentait sur son propre visage.

— Tu vieillis pas, avait-il dit à Vincente.

— Regarde, si je vieillis pas.

Et il avait montré Dante qui levait la tête, qui ressemblait à Lisa et Carlo cherchait une autre ressemblance, ce menton c'était leur père à eux, à Vincente, à Luigi, et à lui Carlo.

— Il y a Louise aussi, disait Vincente et Lisa en attend un troisième.

Vincente faisait un signe.

— Qu'est-ce que tu veux, c'est comme ça, ajoutait-il.

Carlo avait pris une pièce, l'avait mise dans la main de Dante, parce qu'il ne voulait plus écouter son frère. La fanfare jouait, la reine Victoria devait arriver. Carlo souleva Dante, lui montra la Reine, puis il les laissa, remontant à la carrière engueulant le gardien qui dormait dans la baraque, se mettant seul ce dimanche à la masse, torse nu, frappant à coups redoublés cette pierre grise veinée de jaune.

Comme Forzanengo l'avait promis, Carlo participa à l'élargissement de la promenade des Anglais, entre le Paillon et le pont Magnan. Il gagna gros, toujours sur les chantiers, ne laissant à personne d'autre le soin de surveiller. Il était là avant que les ouvriers arrivent, et il restait quand la nuit était déjà tombée, que seule brûlait accrochée à un échafaudage une lampe à pétrole.

Il sut jouer quand il fallait. On lui proposa de racheter, pour construire une tuilerie, une partie de son terrain. Des hommes d'affaires de Paris, venus en voiture depuis Nice, montant lentement à la carrière où Carlo les attendait. Ils portaient des gants, des guêtres, la canne et des serviettes de cuir sous le bras. Carlo sortit la petite table, il prit un banc, la chaise. Ils s'assirent avec précaution, époussetant le banc avec leurs gants, cependant que de la carrière montaient des volutes de poussière épaisse. Ils commencèrent à parler, répétant plusieurs fois, comme si Carlo n'avait pas compris le français. Il avait envie de retourner à la baraque, d'ouvrir l'armoire de fer, de poser sur la table le livre dans lequel il avait appris à lire, de leur dire « je vais vous réciter ». Il se contentait d'allumer un toscan, de plisser les yeux, comme pour ne pas les voir.

— Vous comprenez, disait l'un, c'est une affaire excellente que nous vous proposons, votre terrain nous intéresse, il y a la rivière, bientôt nous aurons la route et vous le savez, cela dit...

Carlo interrompit sans même ouvrir les yeux.

— Vous avez d'autres terrains, dit-il, je sais, vous pouvez ne pas acheter mais moi, je ne veux pas d'argent, je connais le travail, l'argent je connais pas, j'aime pas.

Il finissait son petit cigare, il l'écrasait sur la table.

— Je vous vends pas, je vous échange, je vous donne mon terrain, vous me donnez une part.

— Vous voulez entrer dans notre société, dit l'un d'eux, une association en somme.

— Vous parlez comme des hommes qui connaissent, moi mon père était bûcheron, disait Carlo, j'aime pas l'argent, alors je vous échange le terrain et vous me donnez une partie de votre tuilerie, appelez ça une association si vous voulez.

Les autres se regardèrent.

— Il faut étudier votre proposition, dit celui qui avait parlé le premier.

Carlo se leva, prit un autre cigare qu'il eut du mal à allumer, le vent commençait à souffler comme à chaque fin de matinée, rabattant la poussière, les bruits sourds venus de la carrière, les portant vers la vallée.

— Pour moi, c'est comme ça, dit-il en aspirant longuement. Pas autrement.

Il les regarda descendre le sentier l'un derrière l'autre, maladroits. Il se souvint de ces joueurs qu'il apercevait derrière les vitres et les rideaux du Casino de la Jetée, ils lançaient leurs plaques sur le tapis, un croupier poussait vers eux les gains, ils avançaient le bras, ils remplissaient leur vie. Carlo venait de choisir un numéro : il lui fallait attendre que la boule s'arrête. Elle tourna pendant une dizaine de jours qu'il passa à travailler plus que d'habitude, prenant la masse lui-même tous les matins, choisissant les emplacements pour la dynamite, renvoyant un charretier qui était revenu ivre de la ville, montant à sa place sur le siège, criant aux ouvriers qui chargeaient la charrette de sable :

— Tu vois, que je te montre.

Il sautait à terre, il arrachait la pelle ou le sac des mains d'un ouvrier, il donnait un coup de reins et il enlevait la charge qu'il envoyait loin dans la charrette. Le soir, comme depuis des années, il descendait à la Trinité-Victor, dînait à l'auberge, une soupe, un ragoût de pommes de terre avec un morceau de lard, un verre de vin. Il s'installait seul, à une table, mâchant lentement le pain, le trempant dans la soupe. La patronne se penchait vers lui :

— Ça va, monsieur Revelli ?

Il donnait sa pièce.

— À demain, disait-il.

Il remontait le sentier, l'été dans l'âcre chant des cigales, l'hiver sous des pluies brèves, dures, qui faisaient rouler la terre mêlée à l'eau, transformant le chemin en torrent. Il allumait un feu dans la baraque, il sortait encore pour vérifier si les ouvriers avaient rangé les outils et il s'enroulait dans sa couverture sur ce lit de camp fait de planches rugueuses.

Enfin, il y eut la lettre de Paris. Avant même de l'ouvrir, il sut qu'il avait gagné. Deux jours plus tard, c'était le notaire. Il obtenait une part sur les bénéfices de la tuilerie, et en avance, une somme d'argent. Carlo, pour la première fois de sa vie, entrait dans une banque, place Garibaldi. Au moment où il allait déposer tout l'argent, il reprit la plupart des billets. L'employé, un monsieur, col blanc cassé, veste noire, le regarda.

— Ça, c'est pour moi, dit Carlo, je me paye.

Il sortit de la banque. La place, la fontaine, là où il avait attendu et où discutaient encore des groupes d'ouvriers, ce café de Turin où il était entré le premier soir, laissant Vincente s'éloigner. Des années. Il marcha lentement, but un verre d'alcool au comptoir du café de Turin, puis il se décida, sortant, se mettant courir, hélant une voiture. Le cocher hésitait à le conduire jusqu'à la Trinité. Il montra ses billets :

— File, dit-il, et vite.

Au bas du sentier il demanda que la voiture attende. Au fur et à mesure qu'il montait vers la carrière, il entendait mieux les coups de masse sur la pierre, et c'était comme s'il recevait à chacun d'eux une impulsion nouvelle, l'aidant à marcher plus vite. Dans la baraque, il trouva la canne que lui avait prêtée Karenberg, au moment où il avait quitté leur villa. Il la prit, engueulant deux ouvriers qui, ne l'ayant pas vu, s'attardaient près du tonneau rempli d'eau. En ville, il acheta au tabac du pont Barla une boîte de cigares et enfin, le boulevard lui paraissait si long, il se fit arrêter devant l'entrée de la villa Karenberg, forçant le gardien à ouvrir le portail, renvoyant seulement alors la voiture.

— Monsieur le baron est absent jusqu'à ce soir, disait le gardien.

La boule avait longtemps tourné mais elle venait de s'immobiliser sur le chiffre qu'il avait choisi.

— Je dois voir quelqu'un, dit-il, sa sœur.

Le gardien le détaillait, hésitant. Carlo s'avança vers lui.

— Qu'est-ce que vous attendez, dit Carlo, vous verrez bien si on veut me recevoir, moi je vous dis de vous dépêcher.

Il reconnut l'allée centrale, le bassin, la terrasse et cette porte-fenêtre. Il serrait la canne. Le gardien tapa discrètement aux volets entrouverts, il dit quelques mots, puis il s'effaça laissant Carlo Revelli et Helena face à face.

Quand elle vint pour la première fois chez Madame Oberti, Carlo se dit qu'il la tenait à deux mains et que personne ne pourrait la lui prendre. Pourtant il avait peur. Elle était comme ces trous qu'on creuse dans les carrières et qui se remplissent d'eau, on la vide, elle revient, on recommence, l'eau est là à nouveau et parfois cela dure toujours, il faut s'arrêter, l'eau venue d'on ne sait où reparaît empêchant le travail. Helena qu'il portait jusqu'au lit, qu'il caressait, et il n'avait pas cru qu'il existât une peau si blanche, si lisse, qui cambrait et dont il sentait les doigts sur son dos, se crispant sur ses reins, Helena disait « Allez-vous-en, allez-vous en ». Et il craignait qu'elle ne revienne plus, il s'éloignait, il se cachait dans la cuisine se dissimulant derrière les volets pour la regarder courir dans la rue, se dirigeant vers l'église du Port. Il revenait dans la grande salle, s'asseyait en face de Madame Oberti qui poussait vers lui un verre, le remplissait de vin.

— Tu perds la tête, Revelli, disait-elle.

Elle avait devant elle un jeu de cartes, les soulevant l'une après l'autre.

— Celle-là...

Elle s'interrompait pour chercher une carte.

— Quoi celle-là ? demandait-il.

— Tu sais bien, tu la tiendras pas.

— Vous êtes vieille, disait Carlo, vous comprenez plus rien.

Il se levait comme s'il avait peur que Madame Oberti ne lise son avenir ou ne lui jette un sort.

— Tu es pas jeune non plus, répondait-elle.

Il s'éloignait, il hésitait sur le pas de la porte.

— C'est comme si avec toi elle buvait ou comme si elle jouait à la roulette, continuait Madame Oberti, ça la chauffe, ça lui fait peur, un jour elle s'arrêtera de jouer ou de boire, et toi tu resteras comme un pieu, tout seul.

— Putana, disait Revelli à voix basse.

Pour qui ?

Il allait voir Forzanengo. Âprement, il discutait du prix du sable et apprenait à se lever, à claquer la porte pour que Forzanengo lui crie :

— Ça va tête de mule, viens ici.

Ils se serraient la main pour un nouveau contrat. La tuilerie commençait à peine à produire et déjà il fallait l'agrandir. Au nord, au-delà de la place Béatrix, en direction de la colline de Gairaut, les terrains maraîchers commençaient à être lotis. Les tramways électriques favorisaient l'extension de la ville, de nouveaux immigrants arrivaient, peuplant le Vallon Obscur, celui de la Madeleine ou de la Mantega, toutes ces percées sombres que les torrents avaient creusées dans les alluvions caillouteuses de la région niçoise. Du côté de l'est, les maisons basses qui ressemblaient aux fermes du Piémont avec leurs cours intérieures, leurs porches, les balcons, étaient remplacées, entourées par des immeubles de quatre ou cinq étages de ciment gris où s'installaient les derniers arrivés, ceux qui venaient par la route de Turin, par le chemin de fer, Italiens de provinces plus lointaines que le Piémont, la Romagne ou les Abruzzes. Ils étaient montés du sud vers le nord de la péninsule, les yeux creusés par la sous-alimentation, mais la Lombardie était pleine déjà, les carabiniers et l'armée dans les rues de Milan en 1898 avaient tiré sur la foule qui brandissait sa faim comme un étendard rouge et noir. On avait fait donner le canon et les cuirassiers, la crinière de leur casque soulevée par le vent de la charge, avaient sabré la racaille grise qui glissait sur les pavés en s'enfuyant. Il leur fallait partir. Les ponts des voiliers à Gênes ou à Naples se couvraient d'une foule humble et nostalgique, d'où parfois s'élevait un chant. Les femmes étaient tassées sous leur châle noir, les hommes accrochés aux cordages saluaient cette terre italienne douce et cruelle, les maisons ocre et les champs plantés d'oliviers. Des millions partaient pour l'Amérique.

Ceux qui arrivaient à Nice, qui découvraient cette ville, ce pays, si proches des leurs, baissaient la tête sous les injures pour rester là, acceptaient souvent de travailler pour quelques sous, et Carlo Revelli ou Forzanengo les embauchait. Il suffisait de leur donner une pioche, une truelle, pour qu'ils remercient déjà. Le travail, c'était un cadeau ; ils étaient dociles, durs au labeur. Ils craignaient l'expulsion et ne protestaient jamais.

Carlo, quand il les voyait courbés dans les tranchées, ou bien les bras dressés, envoyant à toute volée le plâtre d'un geste de semeur, avait envie de se joindre à eux, et parfois, quand il fallait pousser une charrette trop lourde, soulever un madrier, tirer sur la corde d'un palan, il jetait sa veste sur le sol, il crachait dans ses mains et tous ensemble, la voix rythmant l'effort : « ... Oh Hissa, Oh oh... » pour quelques minutes, ils devenaient égaux. Mais putana, la vie, il fallait bien la prendre comme elle était. Les forts, les faibles, ceux qui savaient mordre et ceux qui toute leur vie, tendaient la main au patron, chaque soir, ou chaque semaine pour toucher leur paie. Carlo abattait son poing sur la table :

— Pourquoi moi ? Pas eux ? disait-il, qui les en empêche ?

Sauvan en face de lui, assis comme autrefois de l'autre côté de la table, chez Madame Oberti. Carlo s'apprêtait à partir et Sauvan était entré, hésitant l'un et l'autre sur ce qu'il fallait faire, Madame Oberti survenant, les prenant par le bras, les entraînant. Maintenant, elle était dans la cuisine, faisant revenir des oignons et l'odeur d'huile emplissait peu à peu la pièce.

— Tu vois Sauvan, Bresci, lui, je le comprends.

Un jour de ce mois de juillet 1900, Bresci, un immigrant, avait fait le voyage dans l'autre sens, quitté l'Amérique, retrouvé la terre douce et cruelle, et tué ce roi d'Italie, Umberto Primo, qui avait fait charger la foule de Milan.

— Lui, Caserio, les autres qui ont fait valser le tsar, ceux-là, oui je les comprends, seulement ceux-là, moi je ne veux pas en être, je tire mon chapeau, mais on les laisse pendre parce que les autres ce sont des moutons.

— Qu'est-ce qu'on mange ? demanda Sauvan à Madame Oberti.

Carlo se servit à boire.

— Je t'ai dit, continuait Carlo, tu te souviens, on montait vers l'Observatoire, les collines un jour, elles seront toutes bâties, la ville c'est comme une inondation, ça gagne, ça va tout remplir, viens avec moi Sauvan, on achète des terrains. Tu sais, ils m'ont acheté la moitié de ma carrière, c'est comme un jeu, mais tu risques moins, parce que tu as ça.

Carlo sortit un portefeuille noir large, qu'il posa sur la table.

— Tu bois maintenant ? demanda Sauvan.

— C'est toi qui me fais boire, parce que tu ne dis rien.

Madame Oberti, la poêle à la main, approchait :

— Mangez tant que c'est chaud, disait-elle.

Elle poussait dans leur assiette les oignons frits, des morceaux de viande bouillie qu'elle avait plongés dans l'huile brûlante. Ils mangèrent en silence, Madame Oberti debout, appuyée à la table.

— Tu dis rien, répéta Carlo.

Sauvan posa sa fourchette, regarda longuement Revelli :

— Il faudrait que tu puisses comprendre, dit-il, et tu ne peux pas, c'est comme une langue étrangère, tu aurais peut-être pu l'apprendre, tu n'as pas voulu ou tu n'as pas pu, ça, c'est la question, mais, elle n'est pas importante. Tu parles bien la langue qui est la tienne, tu la parleras de mieux en mieux. Achète tes terrains Revelli, mais achète-les seul.

Carlo n'eut plus faim. Il se força à manger les derniers morceaux.

— C'était bon, dit Sauvan, en se levant.

Il tapota l'épaule de Carlo :

— Tu as l'air bien, Revelli, ça ne me dérange pas que ça marche pour toi, toi ou un autre, autant que ce soit toi.

Carlo était parti peu après Sauvan. Les rues étaient pleines de cris, de voix. L'été, dans les quartiers populaires, les femmes plaçaient les chaises de paille sur le trottoir, les gosses couraient, se poursuivant dans l'ombre, s'enfonçant dans les couloirs, dévalant les escaliers, et les mères parfois se levaient d'un bond, hurlaient un prénom, lançaient une taloche, puis retournaient s'asseoir dans le cercle des voisines ; les hommes à l'écart, debout contre le mur, silencieux, somnolant déjà, attendant qu'il fasse un peu plus frais dans les appartements avant de se coucher, ou bien partant à deux ou trois jusqu'au bistrot voisin. La lampe à pétrole posée sur le rebord d'une fenêtre attirait les papillons de nuit et tournaient, rasant les façades, des hirondelles. Au loin, le roulement d'un tramway, et quand il s'éteignait, le coassement des grenouilles, car la campagne était encore proche, les jardins nombreux comme des étangs sombres entre les façades.

Carlo rôda autour du bordel, mais depuis qu'il connaissait Helena, il n'avait plus envie de baiser d'autres femmes, et pourtant il traînait, de la place Pellegrini à la place Garibaldi, hésitant à prendre la voiture à l'entrepôt, pour remonter là-haut dans sa baraque. Le soir devenait un moment difficile. Il s'en voulait. Il crachait par terre. Il marmonnait : « Puttana. » Mais l'image revenait, ce père couché sur le lit, tendu comme du cuir qui a séché, mort. Quarante. Il calculait, vingt ans encore puisque le père était mort à soixante. Quarante, vingt. La moitié de ce qu'il avait vécu. Puttana. Il avait du mal à dormir, même quand la fatigue se jetait sur lui et le tenait, épaules et jambes raides. Il avait envie de poser sa main sur un ventre de femme. C'est chaud, ça bat. Il pensait à Vincente, à tous ces gosses que son frère avait faits. Il se levait, fumait un toscan, parce que c'est âcre. Il rallumait la lampe, il ouvrait son carnet, il comptait. Forzanengo lui avait dit qu'un soir, comme ça, à l'entrepôt, il avait eu un coup, comme si on écrasait ses orteils :

— Le bout des pieds, Revelli, sur les ongles, comme quand tu reçois un madrier, ou un bloc, bien tranchant et c'est remonté, je le suivais dans les jambes, vers le cœur, et je suis tombé. Heureusement, il y avait Marius, il a entendu, il m'a donné de l'air, j'étais violet. Si j'avais été seul, hein Revelli, je serais pas là !

Carlo, depuis qu'il connaissait Helena, ça le prenait le soir, cette peur d'être seul, de crever sans personne. Alors il sortait dans la carrière, il déplaçait des outils, il calculait, il s'attardait à l'auberge de la Trinité-Victor, ou bien, comme ce soir, parce que le vin qu'il avait bu chez Madame Oberti l'énervait, il traînait dans la ville. Il faisait des projets. Il allait acheter une maison, sur une colline, il voulait une tour, comme un clocher, des arbres, et pour ça, il fallait encore remuer la pioche, ça commençait à peine, il allait jeter de nouvelles plaques sur le tapis, et la boule se mettrait à tourner.

S'il pouvait lui expliquer à Helena, mais elle fermait les yeux, elle ne l'écoutait pas, elle disait seulement : « Allez-vous-en, allez-vous-en. » La prochaine fois, il la coucherait sur le lit, il lui tiendrait les poignets, les bras écartés, il la baiserait jusqu'à ce qu'elle ouvre les yeux, il fallait qu'elle le regarde, qu'elle l'écoute, si elle s'imaginait...

Elle ne vint pas à leur rendez-vous du jeudi. Carlo marchait dans la chambre aux volets clos, il ouvrait la porte, il s'avançait dans le couloir. À la fin de la journée, alors qu'il était assis sur le lit, Madame Oberti entra :

— Tu manges, Revelli ? demanda-t-elle.

Il la suivit dans la grande salle, s'assit à table, elle remplit son assiette, il mangea.

— Elle a peut-être pas pu, disait Madame Oberti en le servant à nouveau.

— Elle croit gagner, dit-il.

— Fais pas de bêtises, Revelli !

Il mâchait la tête baissée.

— C'est moi qui vais gagner, dit-il. Parce que j'ai besoin de personne, je suis en dehors.

Il se souvint de cette revue anarchiste *L'en-dehors* que Lambert lui vendait au Cercle libertaire, rue Séguranne.

— Je veux gagner, dit-il, il y aura une maison Revelli, et je l'appellerai « L'en-dehors ».

Madame Oberti essuyait la table, elle souffrait, comme si de se pencher ainsi pour faire glisser les miettes la fatiguait. Elle s'assit, se laissant tomber lourdement.

— Je suis fatiguée, Revelli, dit-elle. Je suis vieille. Je t'aime bien. Je vous ai vus ici, toi, Sauvan, tu te rappelles Grinda et son asti ? Tu n'es pas en dehors, personne n'est en dehors. Appelle ta maison comme tu veux, mais on est tous pareils, et tu as besoin d'une femme, pas de celle-là, elle montra la porte comme si Helena allait l'ouvrir, une autre, comme la petite Lisa, tu les as vus ? Ils sont venus me montrer le dernier, Antoine, il est beau.

— Je ne suis pas comme eux, dit Carlo en se levant.

19

Helena rentra de Saint-Moritz. Elle était seule dans la ville, livrée à ces journées blanches, sans un souffle, aux soirées qui ne commençaient à fraîchir que longtemps après le coucher du soleil. Durant son absence, Carlo était venu chaque soir, longeant la grille de la villa Karenberg, secouant ce portail qu'une chaîne bloquait, criant, mais sa voix retombait sans écho, se brisant contre la façade aveugle, les volets clos, paupières fermées sur le vide.

Il repartait, il traversait la ville, prenait la voiture à l'entrepôt de Forzanengo, fouettait le cheval qui se cabrait. Il s'arrêtait à la tuilerie, appelait le gardien, faisant un tour dans les hangars, devant les fours rouges puis il montait à la carrière, s'allongeait, ne trouvant le sommeil que peu avant l'aube, réveillé dès que le jour s'esquissait. Il s'aspergeait le torse d'eau glacée, plongeant son visage dans le tonneau, effaçant sa fatigue, se mettant au travail et les ouvriers le trouvaient debout, appuyé au manche de la pioche, les regardant arriver, leur reprochant d'une moue méprisante de ne pas être là, avec lui.

Puis, un soir, il y eut une lumière sur la terrasse de la villa Karenberg et la chaîne du portail avait été enlevée. Helena l'attendait, serrant nerveusement les bras du fauteuil, incapable de se lever. Il apparaissait au milieu de l'allée, il montait l'escalier, il était devant elle, elle baissait les yeux, elle disait « allez-vous-en », mais elle se laissait soulever, poupée qui se désarticule ; du pied, il ouvrait la porte-fenêtre de la bibliothèque, il couchait Helena sur la bergère, il lui tenait les poignets. Ce fut ainsi durant près de deux mois.

Au milieu d'une nuit, alors qu'ils étaient allongés côte à côte, qu'elle s'assoupissait détendue, que la brise se levait au point qu'Helena avait presque froid et c'était une sensation délicieuse, ce frisson, à peine ressenti, comme une ride sur la mer, et elle tendait la main, cherchant le drap. Elle avait envie de s'approcher de Carlo pour trouver sa chaleur, mettre son ventre et ses jambes contre son flanc, au milieu de cette nuit, et dans quelques jours, Frédéric et Peggy allaient revenir, Carlo près d'elle se mit à parler.

L'avait-elle jamais écouté ?

— Je suis devenu riche, dit-il, avec ces mains, tu les vois ?

Il les posa sur elle, sur le sexe, sur les seins, et elle s'écarta d'un mouvement brusque, instinctif.

— Qu'est-ce que tu as ? Tu as peur de ces mains ?

Il s'assit sur le bord du lit.

— Je veux une maison, dit-il, je vais l'acheter, je veux une tour, je veux qu'on voie toute la ville, tu veux ?

Il se tourna vers elle, le profil découpé, l'épaule anguleuse, une masse sombre qui se penchait, qui pesait. Elle le repoussa de ses paumes ouvertes, appuyées contre sa poitrine.

— Je serai plus que vous, dit-il.

Il la prit par les épaules.

— Viens avec moi, qu'est-ce que tu fais, avec eux ? Ils n'ont rien.

Elle sentit qu'il pesait avec son sexe sur l'une de ses cuisses.

— On dirait tous des femmes.

Elle se dégagea.

— Non, dit-elle, non.

Elle se leva, prit un peignoir. Elle avait froid, envie de vomir. Carlo était resté sur le lit.

— Je suis une putain pour toi alors, dit-il, qui vient quand tu en as envie.

Elle secoua la tête.

— Non, répéta-t-elle, non.

— Qu'est-ce que tu veux d'autre ? Tu veux ça ?

Elle imagina son geste.

— Allez-vous-en.

— Tu vas venir.

Il l'allongea sur le lit, elle s'appuya à la porte, elle vit la flamme, l'odeur du cigare lui donna un haut-le-cœur.

— Allez-vous-en, répéta-t-elle, je ne veux plus.

— Moi je veux. J'aurai une maison comme celle-là, dis ce que tu veux, je l'aurai, tu seras dedans.

Elle ouvrit la porte, se mit à courir dans le long couloir, le bruit de ses pieds nus sur les dalles de marbre l'effrayant, elle courait plus vite, elle descendait dans les escaliers, sa main glissant sur le mur, parce que l'ombre s'y collait, la nuit tombant claire par la verrière, sur la rampe. Elle vit la silhouette de Carlo qui se penchait.

— Allez-vous-en, cria-t-elle.

Et son cri était si aigu qu'elle en eut peur. Elle entra dans la bibliothèque, ferma la porte à clé, tira les volets et les vitres, les bloquant. Il vint, elle l'entendit qui descendait l'escalier, qui frappait.

— Ouvre-moi.

— Allez-vous-en.

Il donna un coup qui fit résonner la porte.

— Ouvre-moi puttana, ouvre-moi.

Il hurlait, sa voix résonnant dans la cage d'escalier.

— Ouvre-moi, cria-t-il encore.

Elle entendit ses pas. Il devait s'habiller maintenant. Elle l'imagina, ses souliers racornis, de la terre prise entre les plis du cuir, sa chemise froissée ; il ressemblait à l'un de ces paysans de Semitchasky qui, le dimanche, attendait debout dans l'entrée, un panier rempli d'œufs à la main et la baronne Karenberg passait. Ils s'inclinaient, osant à peine lever les yeux sur Helena qui suivait sa mère.

Il frappa à nouveau la porte.

— Ouvrez-moi, dit-il.

Elle s'approcha, répéta d'une voix calme :

— Allez-vous-en.

Il donna un tel coup contre la porte en hurlant « non », qu'elle eut un mouvement de recul, comme elle en avait eu, les premières fois, dans la cour de Semitchasky quand son père l'avait conduite dans les écuries, qu'elle avait vu cette masse vivante, musclée, qui tournait ses yeux énormes vers elle. « Il est à toi, avait dit son père, touche-le. » Elle avait tendu la main, mais le cheval avait rué et elle avait poussé un cri, sautant en arrière, déclenchant le rire de son père qui la forçait à toucher l'animal, et peu à peu, elle avait appris à les connaître, piquant ses éperons dans leurs flancs et ils sautaient la haie, s'immobilisaient au commandement.

— Allez-vous-en ou j'appelle la police.

Elle avait parlé d'une voix calme qui la surprit.

— J'appelle la police, répéta-t-elle.

Parce qu'elle voulait s'entendre, s'assurer qu'elle n'avait plus peur, que brusquement, elle savait comment il fallait lui parler et elle avait envie de rire comme le jour où, droite sur sa selle, elle avait compris qu'elle savait monter, qu'elle pourrait quitter la cour, s'avancer entre les arbres du parc.

La porte trembla à sa base, secouée par le coup de pied qu'il venait de lui donner.

— Puttana.

Elle s'éloigna, s'assit dans le fauteuil. Il allait partir. Elle ferma les yeux. Elle avait toujours su qu'une nuit, elle le renverrait, que le cauchemar cesserait mais elle aimait entrer dans les pièces vides, obscures de Semitchasky. Elle tremblait en ouvrant la porte, la nuit qui déferlait glaciale des salons inhabités la repoussait et pourtant elle fendait le flot, elle fermait la porte derrière elle, terrorisée, aspirée par le vide et la peur, restant un moment immobile, avançant à tâtons, heurtant un meuble, un fauteuil recouvert de sa housse, monstre couché qui se frottait contre elle, la faisant crier. Des bourrasques de vent s'engouffraient dans la cheminée, tourbillonnant, un air froid glissait au ras des parquets, s'emparait des chevilles, mais Helena traversait la pièce, atteignait l'autre porte, déçue que sa peur déjà s'effrite, espérant parfois qu'une main allait la saisir, l'empêcher de sortir, la retenir. Mais elle pouvait toujours retrouver l'escalier, la lumière, les salons où brûlaient les feux de bois.

Elle venait de traverser le long espace sombre

d'une contrée étrangère. Elle avait eu peur, des mains s'étaient posées sur elle, un genou avait écarté ses cuisses. Mains, genou, sexe, odeur, à quelle espèce appartenait ce montre qui donnait visage et dos d'homme ? Elle l'avait caressé pour le reconnaître, pour se connaître, elle avait fermé les yeux, elle ne l'avait pas écouté pour que le mystère soit plus grand, la peur-plaisir plus complète. Mais chaque nuit passée, toutes ces nuits si proches l'une de l'autre durant ces deux derniers mois, avaient conduit Helena devant l'autre porte, elle avait achevé sa traversée, déjà un rai de lumière peu à peu éclairait ses pas.

Et voici qu'il disait comme un domestique ou un paysan : « Je veux une maison, je serai plus que vous. »

Helena refermait derrière la porte. Elle avait vu à travers les volets Carlo partir, marcher dans l'allée centrale entre les bustes des Césars qu'éclairait la roseur de l'aube.

20

Tempête. Ritzen fut collé contre la porte de la préfecture par l'haleine tiède, humide de ce vent du sud qui balayait la baie, soulevait de hautes vagues couleur de terre. Elles bondissaient un instant suspendues au-dessus de la Promenade, heurtaient les façades des immeubles, l'écume bouillonnante descendant en nappes blanches chargées de graviers jusqu'à la rue Saint-François-de-Paule et au cours Saleya. Ritzen entendait l'éclatement des paquets de mer depuis la place du Palais-de-Justice, un crépitement après un choc sourd. Il faisait lourd, malgré la force du vent. Dans la rue Saint-François-de-Paule où il s'engagea, des badauds, agglutinés dans les porches, s'avançaient vers la Promenade, mais tout à coup au bout de la rue, se dressait l'ombre liquide, immobile, semblait-il, qui déferlait bientôt, falaise effondrée, envoyant ses éclats. En s'enfuyant vers les porches, les curieux criaient.

Avant que Ritzen ait pu atteindre la maison Merani, l'orage éclata, gouttes lourdes que le vent semblait d'abord projeter mais qui, vite, parurent l'engloutir. Quand Ritzen entra chez Merani, il n'y avait plus que le crépitement des gouttes sur la chaussée que couvraient les coups de la mer, comme un rabot qui va et vient.

— Votre femme, dit Merani en l'accueillant, car vous êtes marié...

Ritzen s'excusa, les enfants, l'installation, Marguerite était lasse. Merani prit Ritzen par le bras.

— Vous avez fait votre chemin en combien ? Vous êtes parti, voyons...

Merani n'attendit pas sa réponse, l'entraîna dans son bureau.

— Je suis heureux de vous revoir. Vous connaissez la ville aussi bien que moi. Ici personne n'a un point de vue national, général. Un marécage local, voilà ce qu'est cette ville, il croient tous, Rancaurel le premier n'est-ce pas, parce qu'il est réélu chaque fois...

Merani se rejeta en arrière, ouvrit les bras.

— Moi aussi mon cher Ritzen, je suis chaque fois réélu, ça ne m'empêche pas de savoir que nous ne sommes pas sur une île, que les choses changent, que nous battons à l'unisson de ce qui se passe à Paris ou dans le Pas-de-Calais. Dites-moi Ritzen, vous avez été de tous les coups durs, vous étiez admirablement placé, Sarraut me disait...

Avant de partir pour Nice, Ritzen avait vu Sarraut au ministère de l'Intérieur.

— Vous vous obstinez, avait dit Sarraut.

Il était debout, le coude gauche appuyé à la grande cheminée Second Empire, la main droite enfoncée dans la poche de son veston, ce regard que dissimulait le lorgnon, Ritzen répéta : douze ans qu'il avait quitté Nice, sa femme qui, etc. La pendule en forme d'Arc de triomphe se mit à sonner onze heures et Ritzen s'interrompit. Sarraut s'était assis à son bureau.

— Vous brisez votre carrière Ritzen, disait Sarraut. Vous n'avez pas quarante ans, vous me demandez de vous mettre dans une sorte de retraite, parce que Nice, entre nous et vous le savez, c'est loin. Le président du Conseil tient à vous, vous avez travaillé avec lui, vous savez comment il réagit.

Clemenceau était arrivé au ministère de l'Intérieur en 1906. Ritzen était à Paris depuis une dizaine d'années déjà et il avait été poussé en avant par les changements que la venue d'un nouveau ministre provoque toujours. Les circonstances aussi. Quatre jours avant la prise de fonction de Clemenceau, mille cent mineurs avaient crevé comme des rats, dans leur galerie des mines de Courrières, les femmes autour des puits, le silence et les cailloux qui volaient, grêle du désespoir contre les bâtiments de la Compagnie. Ritzen avait été envoyé sur place pour sentir le climat et à son retour, le nouveau ministre l'avait convoqué. Tête ronde, chauve et blanche que barraient des sourcils restés noirs. Ritzen avait prévu la succession des grèves, comme un coup de grisou qui en déchaîne d'autres. « Tout le bassin du Pas-de-Calais va être touché », avait-il dit. Quand Clemenceau était parti pour Lens, Ritzen l'avait accompagné, tendant au ministre les dossiers. « Un beau cadeau qu'ils m'ont fait », répétait Clemenceau rageur, donnant de grands coups de crayon rouge sur les pages.

Puis il y avait eu le 1er Mai, les nuits au ministère, les arrestations préventives, Clemenceau qui recevait les délégués de la CGT : « Vous êtes derrière une barricade, leur disait-il. Moi, je suis devant. Mon rôle est de contrarier vos efforts. Le mieux pour chacun de nous est d'en prendre son parti. »

La délégation sortie, il avait appelé Ritzen et ensemble, ils avaient dressé la liste des syndicalistes et des monarchistes qu'ils allaient coffrer. « Personne n'y comprendra rien, disait Clemenceau. J'attaque sur les deux ailes et je tiens au centre, Napoléon, Ritzen, Napoléon. »

Le 1er Mai 1906, un drôle de temps. La pluie puis des éclaircies d'un bleu intense. Ritzen avait été sur la place de la République pour le rapport du ministre, les dragons en ligne, faisant caracoler leurs chevaux, tournant sans trêve comme au manège, pour dégager la chaussée, les manifestants se rassemblant dans les rues voisines. Les gardiens qui chargeaient, qui se mettaient à quatre pour soulever un manifestant arrêté dont la casquette tombait sur la chaussée. Un gamin en blouse blanche se précipitait pour la ramasser et des agents commençaient à le frapper, Ritzen s'interposant, laissant filer l'apprenti qui se retournait et criait : « Mort aux flics. »

— Il aime la fidélité, avait continué Sarraut. Il ne vous pardonnera pas de le lâcher. Et vous choisissez une ville de carnaval. Vous jouez à la roulette, Ritzen ?

Sarraut n'avait pas souri, à peine un mouvement de la moustache. Il s'était levé :

— Finissons-en. J'ai ici votre arrêté de nomination. Ce poste, si vous le voulez, vous l'aurez.

Vous avez rendu des services. Il n'est pas question de vous le refuser. Mais je vous donne quarante-huit heures de réflexion. Sinon vous prendrez votre retraite à Nice, la vraie.

Ils avaient quitté Paris. Ritzen était nommé commissaire principal pour la ville de Nice à compter du 1er décembre 1906. Mais les chefs de service du ministère lui avaient fait comprendre qu'il valait mieux qu'il abandonne son bureau, dès le 20 octobre, et Ritzen avait rejoint son nouveau poste, réapprenant la ville, découvrant les nouveaux quartiers, consultant les dossiers.

Marguerite et les enfants prenaient le tramway électrique pour Antibes, retrouvant la pharmacie Sartoux, place Nationale et dans cette période intermédiaire, presque des vacances. Ritzen les accompagnait parfois, s'installant dans la boutique de son beau-père, prenant conscience qu'il aimait cette région à la population mêlée, ces Anglais ou ces Russes qui entraient dans la pharmacie vêtus de façon extravagante, ces Italiens pauvres poussant vers le comptoir des enfants à la tête rasée et demandant une pommade contre les poux ; ces pêcheurs qui traversaient la place, se dirigeant vers le port, portant à quatre ou cinq les filets dont les mailles lourdes faisaient entre leurs épaules des arcs qui ressemblaient à celui de la baie.

Ils s'installèrent rue de la Préfecture, dans un appartement au plafond peint en bleu ciel, les gosses couraient dans les grandes pièces, les tommettes rouges tremblant quand ils sautaient. Marguerite, qui avait retrouvé l'accent perdu dans la capitale, tentait de les calmer, mais Pierre s'échappait, hurlant qu'il voulait voir la mer, Jules ouvrait la porte, dévalait l'escalier.

Ritzen ne regrettait pas Paris. Quand dans son bureau il se faisait apporter les dossiers, qu'il suivait une biographie telle que les rapports des indicateurs permettaient de la reconstituer, il avait le plaisir des retrouvailles et des surprises.

Il prenait son temps. Il savait que ce poste de commissaire principal, il l'occuperait de longues années à moins d'un événement imprévisible. Il taillait calmement un crayon, un journal vieux de quelques années ouvert sur son bureau pour compléter son information. Il lui fallait établir le lien entre cette ville de 1895 qu'il avait quittée et cette cité qui comptait vingt mille habitants de plus, qui s'étendait, qu'on électrifiait, où sous des apparences de futilités, il retrouvait les problèmes de l'époque.

Ritzen restait persuadé, comme il l'avait entendu dire par Clemenceau, qu'il n'y a de police que sociale et politique. « La pègre, c'est une démangeaison, une urticaire, un peu de poudre et ça passe, disait Clemenceau. L'extrémisme social et politique, croyez-moi, Ritzen, je sais de quoi je parle, j'en étais, c'est une maladie. Traitez la maladie avant l'urticaire, Ritzen, toujours. »

Ritzen commençait donc par les agitateurs. Il consulta le dossier Sauvan. On avait arrêté le charpentier en 1903, le 29 septembre. On le soupçonnait d'être le rédacteur de l'appel à la grève générale lancé par un comité de « solidarité sociale » qui soutenait la grève des charretiers balayeurs. Condamné pour insultes et résistance aux agents de la force publique, il était encore signalé en 1904, quand les employés des tramways avaient renversé leurs voitures pour s'opposer à la charge des gendarmes à cheval. Ritzen lisait rapidement, il prévoyait le destin de Sauvan, commentait d'un « bien sûr » une information.

Sauvan, membre dès la création de la Section

Française de l'Internationale Ouvrière, arrêté une nouvelle fois en janvier 1906, place Masséna, pour manifestation lors de la revue militaire donnée en l'honneur des grands-ducs de Russie. Fait partie du Comité de soutien aux révolutionnaire russes de 1905, animé par le baron Karenberg, également membre de la SFIO.

Le dossier Karenberg indiquait que le baron vivait de ses rentes, passait son temps à la lecture et à l'agitation politique. « C'est une erreur, notait l'indicateur en conclusion, d'avoir accordé la nationalité française à cet aristocrate, adversaire acharné de l'alliance franco-russe et dont la sœur a épousé un journaliste autrichien. »

Souvent il rencontrait un nouveau visage, Borello, un élève de l'École normale d'instituteurs, qui était surpris alors qu'il collait des affichettes écrites de sa main : « Le prêtre, le juge, le soldat, sont les souteneurs d'une association dont les bénéfices vont aux fainéants et les pertes aux producteurs. Vive l'anarchie. » Piget un directeur d'école socialiste.

Les anciens, Ritzen les retrouvait au hasard de l'ordre alphabétique ou bien leur nom lui revenait et il sautait les lettres pour extraire le dossier.

« Revelli Carlo, anarchiste », disait la première page. Il parcourait les feuillets, « a cessé toute activité politique. Marié à Anna, née Forzanengo. Interdit toute activité syndicale sur ses chantiers et ceux de son beau-père. »

— C'est un exemple parfait de réussite, disait Merani à Ritzen qui l'interrogeait sur Carlo Revelli, l'un des gros entrepreneurs de la ville, la preuve que dès lors qu'on veut travailler, tout est possible, tout. Parce qu'il avait réussi avant d'épouser la fille de Forzanengo.

Merani faisait un signe au domestique, faisait servir à boire. Ritzen l'écoutait distraitement. Il mesurait les changements, les grands bougeoirs, le lustre électrique de la salle à manger et dans un angle, sur une console, la machine parlante, avec son cornet acoustique que Merani avait fait jouer avant qu'ils passent à table.

Mais c'était Merani lui-même qui étonnait Ritzen. Plus mince, plus vif, la mort de sa femme, son mariage avec Elisabeth d'Aspremont, la fille de la comtesse qui venait d'hériter des terrains de sa mère, tout cela l'avait rajeuni. Sa fierté quand il avait conduit Ritzen jusqu'au salon. « J'ai un fils, vous savez mais oui, depuis l'année dernière, Charles. Elisabeth et moi nous l'avons appelé Charles, Charles Merani, ça claque n'est-ce pas ? »

— Ma chère, reprenait-il, s'adressant à sa femme, vous êtes trop jeune, vous ne les avez pas connus, mais ces immigrants des années 80 étaient des travailleurs. En vingt-cinq ans, tout a changé, n'est-ce pas ? La vie change, ces automobiles...

Il montra le lustre.

— Savez-vous, et c'est intéressant pour le cheminement des générations, savez-vous Ritzen, qui a réalisé mon installation électrique ? Le fils de mon ancien cocher, mais oui, j'ai eu cette surprise, retrouver ce gamin que j'ai vu naître, apprenti électricien, c'est le neveu de votre Revelli, l'entrepreneur.

Elisabeth se leva, proposa de passer au salon. C'était une femme d'une trentaine d'années, forte, dépassant Merani de toute la tête. Elle servit des liqueurs.

— Je l'ai vu grandir, continuait Merani, je me souviens, au moment de l'exposition universelle, je lui donnais les photos de la salle des machines ou du Palais de l'électricité.

— Vous avez fait naître une vocation, dit Elisabeth, ironiquement.

Elle avait les traits nettement dessinés, durs

comme l'avaient été ceux de sa mère, mais ses yeux étaient doux, bienveillants.

— Mais non, mais non, dit Merani, c'est l'école laïque ma chère, la République.

Elisabeth d'Aspremont fit une grimace.

— J'ai chez moi une opposition politique, dit Merani en riant comme elle se retirait.

Il alluma un cigare, étendit les jambes, resta un moment silencieux.

— Clemenceau m'a proposé un ministère, dit-il, mais j'ai refusé, vous savez qu'il n'est pas aimé à la Chambre, on l'attend à la moindre faute et on l'exécutera, croyez-moi, et définitivement. Je ne veux pas me suicider.

— Il a la peau dure, dit Ritzen.

— Il y a à la Chambre plusieurs centaines de guêpes, on ne résiste pas. Je ne suis pas pressé pour un ministère.

Merani observa Ritzen, en plissant les paupières.

— Votre départ, mon cher, c'est habile, vous préservez l'avenir.

Ritzen secoua la tête, mais il savait l'inutilité des dénégations. Dans ce monde politique qu'il commençait à bien connaître, les naïvetés devenaient des manœuvres diaboliques. Il préféra interroger Merani sur la situation à Nice.

— Je vous disais, répondait Merani, Nice est un marécage. Ils ne voient que la mairie, les clientèles, c'est local, toujours local. Il y a eu quelques protestations quand on a fait l'inventaire du Petit Séminaire, mais finalement les catholiques d'ici acceptent très bien la séparation d'avec l'État. L'État ? Qu'est-ce que c'est ? Il y a le maire, c'est tout. Et puis nous sommes la ville de Garibaldi, anticlérical, s'il en fut. Quant au reste, quelques grèves, toujours les ouvriers des tramways, c'est là qu'est le ferment. Demandez à vos indicateurs...

Merani se servit un verre d'alcool qu'il chauffa en le faisant tourner dans sa paume.

— Vous connaissiez le dernier Revelli, Luigi ?

Ritzen avait consulté son dossier, mais il attendit, feignant l'incertitude.

— Je crois, dit-il.

Merani se pencha à nouveau vers Ritzen, chuchota.

— Ma belle-mère, enfin ce n'était pas encore ma belle-mère sinon, croyez-moi, en avait fait l'un de ses protégés, il chantait, une voix d'ange, nous l'avons retrouvé sur le testament, malin ce petit monsieur, il est propriétaire du Castèu.

— Je sais, dit Ritzen, j'ai vu ça.

Revelli, dit Gobi. Soupçonné de. Gérant d'un hôtel place Pellegrini. Agent électoral du député Merani. Trois enquêtes ouvertes et refermées sans conclusion.

— Ah, vous savez, dit Merani.

Il s'étira, raccompagna Ritzen. Ils commentèrent quelques instants la violence de la tempête. Des galets et du sable avaient recouvert, par places, la chaussée de la rue Saint-François-de-Paule, mais le vent était tombé.

— Les policiers savent tout, dit Merani après un silence.

— Ils oublient, répondit Ritzen, ils oublient.

21

Vincente reculait sa chaise, bourrait sa pipe, l'allumait, puis paraissait s'assoupir, attentif en fait, mais il sentait bien qu'il fallait qu'il soit ainsi, présent et lointain pour que Dante commence à parler, s'adressant seulement à sa mère, à ses sœurs ou à son frère, sans même le regarder lui, qui les yeux mi-clos se taisait. Et pourtant, Vincente était sûr que Dante ne parlait que pour lui, mais s'il avait posé une question, s'il avait rapproché sa chaise de la table, Dante se serait tu, baissant la tête, les sourcils rapprochés, le front plissé.

Jamais Dante n'avait été familier avec son père, mais depuis qu'il travaillait, apprenti à la Grande Maison de l'Électricité, ils ne se parlaient qu'à peine et ils ne s'embrassaient plus. Il n'y avait eu aucun éclat, aucune décision de l'un ou de l'autre, leurs rapports s'étaient transformés sans qu'ils sachent comment et pourquoi.

Lisa, le soir, chuchotait pour que Antoine et Violette qui dormaient dans leur chambre n'entendent pas, elle disait à Vincente : « Il ne veut rien pour lui, il me donne tout, mais je lui mets de côté pour quand il partira soldat, je prends si j'ai besoin, je veux pas de crédit chez Millo, mais je remets. » Elle avait gardé l'habitude, avant de s'endormir, de venir contre Vincente, il lui ouvrait son bras pour qu'elle y pose la tête et il lui semblait qu'ils étaient toujours les mêmes jeunes gens, guettant les bruits. Maintenant c'était la toux de Violette. Lisa disait : « attends », elle se levait. Vincente distinguait sa silhouette, ses formes devenues lourdes qu'enveloppait la longue et large chemise de nuit, elle se penchait sur le lit de Violette, placé contre le mur de la chambre, à l'opposé de leur lit, elle revenait, poussait un soupir de fatigue et d'inquiétude en se couchant, se rapprochait à nouveau de Vincente, murmurait comme pour elle-même : « Elle s'est encore découverte. » Parfois c'était Antoine, qu'un cauchemar réveillait, qui se dressait sur son lit, qui criait : « Maman. » Vincente se tournait sur le côté, le sommeil entourant son corps d'une chaleur cotonneuse, mais Lisa se levait encore et souvent elle revenait avec Antoine dans ses bras, le couchant entre eux, Antoine riant, soulevant de coups de pied les couvertures, Lisa le sermonnant, répétant : « que tu es nerveux ». Vincente sans bouger disait : « Qu'est-ce que tu fais là, tu veux... » Antoine s'immobilisait, sans doute se blottissait-il contre sa mère dont Vincente entendait les murmures, les « chut » qu'elle soufflait à son fils.

Le matin, les tramways, dans la rue de la République, les tombereaux de la balayure, leurs roues sautant sur les pavés, les voix des charretiers, réveillaient Vincente un peu avant cinq heures. Il se levait, s'habillait dans la lumière à peine perceptible de la courte mèche qui brûlait dans le verre rempli d'eau recouverte d'huile. Antoine et Violette ne pouvaient s'endormir qu'avec ce point lumineux que Lisa plaçait chaque soir entre leurs lits. Vincente l'éteignait, puis, dans la cuisine, il tisonnait le feu de la cuisinière, descendait chercher de l'eau dans la cour, se lavait pendant que chauffait une casserole de soupe, qu'il mangeait debout. Il partait vers cinq heures et demie. Dante était déjà levé, entrant dans la cuisine, les cheveux ébouriffés, se frottant les yeux avec le dos de la main. Ils se saluaient d'un son plutôt que d'un mot, « oh » grave de Vincente, réponse plus aiguë de Dante. Ils évitaient même de se frôler. Quand Dante s'approchait de la cuisinière, Vincente, la casserole à la main, s'écartait, s'appuyant à la fenêtre, ne regardant son fils qu'à la dérobée. Quand il le questionnait :

— Où tu vas ?

— On installe à Gairaut.

Dante baissait la tête comme s'il avait une faute à dissimuler. Et Vincente n'insistait pas, il attendait le soir.

Lui n'avait rien à raconter. Il allait à pied jusqu'à Riquier, à l'est de la ville, aux écuries de la brasserie. Il rencontrait d'autres charretiers qui l'interpellaient, l'invitaient à entrer dans l'un des bistrots de la rue. Le long du comptoir, dans la fumée, une vingtaine d'hommes silencieux demandaient d'un simple geste de la tête ou du pouce qu'on leur verse un verre de vin, ils approchaient les lèvres, sans soulever le verre, aspirant pour ne pas perdre cette goutte, courbure convexe et rouge, tremblante, plus haute que les bords du verre. Vincente buvait un seul verre, payant sa part, refusant les tournées, sortant seul si les autres recommençaient.

Il arrivait l'un des premiers aux écuries, prenant les deux chevaux par la bride, les attelant de part et d'autre d'un bras mobile de la charrette qui commandait l'orientation des deux petites roues avant, cependant que les roues arrière, plus hautes, étaient fixes. Puis il sautait sur le siège. Les chevaux, une capuche blanche percée de deux trous d'où les oreilles pointaient couvrant le sommet de leur tête, s'ébranlaient.

Vers six heures et demie, Vincente entrait à la Brasserie. Il faisait reculer la charrette, qu'il plaçait le dos au quai des entrepôts et il aidait au chargement ; parfois dix gros tonneaux, placés verticalement et qu'on recouvrait encore de petits fûts. Aux environs de sept heures, c'était le départ des charrettes, des voitures de livraison, dans le claquement des fouets, les jurons des charretiers, le crissement des roues sur le gravier et le bruit des bouteilles se heurtant l'une contre l'autre dans les caisses.

Vincente, le plus souvent, partait pour la journée, livrant la bière dans les villages des environs, Saint-André, La Trinité-Victor, Saint-Laurent, Saint-Paul, Tourettes. Même si les chemins de fer de Provence desservaient les petites villes, il fallait parfois exécuter une commande urgente et Vincente montait jusqu'à Vence. Il aimait ces longues randonnées, les chevaux prenant une bonne cadence, et il pouvait laisser les rênes flotter, s'adosser à son siège, regarder la campagne ouverte devant lui, les villages qu'il apercevait collés aux parois des baous, falaises bleu sombre ou clair suivant l'heure et le temps, tombant sur l'ondulation verte et douce des collines qui prolongeaient la mer. Il remontait le Var, vers Saint-Martin, repérant sur les pitons au-dessus de la vallée les villages perchés, Gattières, Carros, les façades des maisons continuant le rocher, leurs fenêtres étroites comme des meurtrières.

Quand il connaissait la veille le trajet qu'il avait à effectuer le lendemain, que c'était pour Antoine les vacances scolaires, il prévenait Lisa. Elle préparait son fils, il descendait, attendant Vincente sur le trottoir de la rue de la République, ou bien si son père prenait la route de Turin, les bords du Paillon vers l'est, Antoine remontait en courant la rue jusqu'à la place Risso qui faisait face, sur la rive gauche du Paillon, à la place d'Armes. Il avait un panier pour le repas, du pain, de la mortadelle, souvent des pommes de terre, des oignons, des tomates ou des aubergines farcies avec de la chair à saucisse. Lisa les préparait dans l'après-midi, hachant le cœur des légumes avec la viande, Louise l'aidant à remplir les légumes, à les recouvrir de chapelure, puis elles apportaient les plats au boulanger qui les plaçait dans son four après ou avant la cuisson du pain.

Antoine repérait son père de loin, et Vincente commençait à sourire, voyant son fils déséquilibré par le panier qu'il portait à la saignée du coude, Antoine qui sautait, criant, agitant le bras gauche. Avant même que Vincente ait tendu les rênes, serré le frein, Antoine avait posé son panier sur le siège, il s'aggrippait à la charrette, grimpait près de son père, commençait à questionner. Il était vif, nerveux, plus grand que ne l'avait été Dante au même âge, Vincente avec lui devenait bavard, il découvrait ce plaisir inattendu, celui de parler, d'enchanter. Il reprenait à haute voix des rêves qu'il s'était faits jadis, attendant le docteur Merani. Il montrait un village, il disait :

— Tu veux que je te raconte l'histoire de ces villages ?

L'enthousiasme d'Antoine était communicatif. Il répétait plusieurs fois :

— Oui, oui, l'histoire !

Et Vincente commençait. Lisa avait acheté à un colporteur une Histoire du peuple français, vendue par fascicules et qu'elle avait placée dans leur chambre sur une étagère faite d'une planche peinte en bleu. Souvent le soir, Vincente en lisait quelques paragraphes, et il inventait pour Antoine, à partir de la grande histoire de France, une histoire locale qu'il ne connaissait pas, les Arabes vaincus par Charles Martel remontaient le Var, attaquaient les villages, Vercingétorix se battait dans les arènes de Cimiez avant d'être conduit à Rome, parfois la fable rejoignait la vérité. Napoléon était passé par Nice, marchant vers l'Italie. Il avait débarqué à Golfe-Juan.

Antoine, le visage levé vers son père, écoutait, et il semblait à Vincente qu'il voyait dans le regard de son fils s'animer les mots qu'il inventait. Il avait envie de dire plus encore, pour que le ravissement de l'enfant ne cesse pas, il tendait le doigt, il montrait les arbres, il racontait la vie du père, les bûcherons piémontais qui partaient pour les hautes coupes ; chaque mot qu'il disait était pour lui découverte de sa propre mémoire. D'expliquer à son fils rendait le passé plus clair. Après qu'il eut dit la misère et l'absence de travail, il comprenait mieux les colères de son père, sa fatigue, son silence. En parlant des autres à Antoine, ces paysans apeurés qui se réfugiaient dans leur village pour échapper aux seigneurs du château dont on apercevait la tour en ruine entre Saint-Laurent-du-Var et Saint-Jeannet, Vincente avait le sentiment qu'il parlait de lui.

La curiosité de son fils s'avivait d'être satisfaite. Il voulait que Vincente évoque Mondovi, la route, et Vincente commençait, Carlo, Luigi lui devenaient plus proches.

— Encore, encore l'histoire papa.

Ils s'arrêtaient au bord de la route quand le soleil semblait marquer midi. Ils préféraient la campagne à une auberge. Le temps était beau, les murets de pierre blanche réfléchissaient la lumière, coupant la colline de traînées sinueuses alternant avec le jaune de la terre caillouteuse, le vert des oliviers ou des orangers. Ils chapardaient quelques fruits, puis ils arrivaient dans le village, les chevaux dérapant sur les pavés inégaux, Vincente tendu, jouant des rênes, du fouet ou du frein, Antoine devenu silencieux, mais dont Vincente sentait l'attention, l'inquiétude.

— Ça va, ça va bien fils, disait-il.

Il déchargeait les fûts, rangeait des caisses de bouteilles et les tonneaux vides qu'on lui rendait et ils repartaient par les routes qui descendaient vers la mer.

Souvent Antoine allait avec son père à la Brasserie, mais Vincente le faisait sauter loin du portail pour que les contremaîtres ne l'aperçoivent pas. Puis quand il repartait vers les écuries, Antoine grimpait à nouveau sur le siège faisant à son père un clin d'œil et une fois les chevaux dételés, il marchait près de lui dans la rue de la République, répétant de temps à autre, sa tête levée vers Vincente :

— On en a vu des choses papa, tu m'en as raconté.

Lisa avait dressé la table. Louise rentrait de l'atelier de couture des Galeries Lafayette où elle venait d'être embauchée. Elle se plaignait, on lui demandait de balayer, de faire les livraisons.

— Attends, disait Lisa, tu apprendras.

Lisa servant Violette qui n'avait que quatre ans, disait, sans regarder Vincente :

— Qu'est-ce qu'il fait ?

Enfin Dante arrivait. Il paraissait dans son bleu de travail plus vieux que ses quinze ans. Les cheveux bouclés retombaient sur le front. Il ressemblait à ses oncles, à Carlo par la musculature, l'énergie, à Luigi par la taille, à sa mère aussi par cette façon qu'il avait de plisser le front, de faire surgir déjà des rides ; il avait les yeux ronds, surpris de Vincente. Antoine se précipitait vers lui, ouvrait la boîte à outils qu'il ramenait souvent du chantier.

— Montre-moi, disait-il.

Lisa versait la soupe, obligeait tout le monde à manger, c'est elle qui parlait alors, le plus souvent debout, allant de la cuisinière à la table, menaçant Antoine d'une gifle, obligeant Louise à l'aider, à se lever pour prendre la cocotte de fonte où mijotaient des lentilles. Elle ne s'adressait à personne en particulier, elle parlait de Millo l'épicier, du crédit que la voisine avait demandé et qu'il lui refusait.

— Il sait que l'homme boit, disait-elle.

Et on devinait sa fierté. Chez les Revelli, on ne buvait pas.

— Je lui ai prêté cinq francs, moi, elle me rendra et on peut pas la laisser comme ça, elle n'a pas deux hommes qui travaillent à la maison, et j'ai une fille aussi qui travaille.

Elle effleurait de la main la nuque de Louise.

— Une grande fille, ajoutait-elle.

— Je travaillerai moi aussi, disait Antoine.

Louise riait, Violette renversait son assiette ou tapait avec sa cuiller sur la table, Lisa criait, rétablissait le silence. Elle partageait ce qui restait des lentilles entre Vincente, Dante, Antoine, servis dans l'ordre. Puis elle terminait son assiette, disait agressive :

— C'est tout ce qu'il y a, plus rien.

Louise se levait, commençait à desservir, Vincente sortait sa pipe, reculait sa chaise. Alors Dante disait :

— Je vais te montrer maman.

Louise s'arrêtait, Antoine se mettait à genoux sur sa chaise, poitrine appuyée sur la table, Lisa s'essuyant les mains s'approchait, Violette seule jouait, indifférente, un bouchon accroché à un morceau de ficelle, qu'elle balançait de droite à gauche. Dante sortait de la boîte à outils un fer à cheval, il disait :

— Donne-moi des ciseaux.

Puis il attirait avec le fer à cheval les ciseaux et ceux-ci à leur tour retenaient des aiguilles. Il plongeait l'aimant dans une boîte à clous, le ressortant garni de pointes collées à ses branches, il déplaçait en promenant l'aimant sur une feuille de papier de la limaille de fer. Antoine voulait essayer. Vincente, les yeux mi-clos, se taisait, et Dante sans le regarder commençait à parler.

— Je t'explique maman.

Lisa retournait à la bassine et Dante racontait l'histoire des grains électriques, plus et moins, qui s'attiraient.

— Aimant, tu comprends, c'est comme s'ils s'aimaient, continuait-il. Tout sera électrique, tout, on est électrique. L'ingénieur a dit qu'on est comme des accumulateurs.

Ces mots nouveaux, ils les répétaient. Il disait :
« le pôle positif », « le pôle négatif ». Il disait : je
« branche », « court-circuit ». Le soir, il restait dans
la cuisine, assis près de la lampe à pétrole, Louise,
Antoine et Violette s'étaient couchés. Vincente se
levait, Lisa donnait un coup de chiffon sur la table.
Elle demandait :

— Tu lis ?

Dante faisait oui sans lever la tête. Sa mère s'approchait et de loin, Vincente distinguait ce livre à
couverture cartonnée, marquée d'un éclair jaune.

— C'est l'ingénieur qui me l'a prêté, disait
Dante.

Un samedi, Dante revint du chantier lourdement
chargé. Il traversa la cuisine pour gagner sa
chambre qu'il partageait avec Louise, sans s'arrêter, sans embrasser sa mère comme il en avait
l'habitude. Lisa ne l'interrogea pas et quand le lendemain, il refusa de monter avec eux à Notre-
Dame-de-Laghet pour le pèlerinage, elle n'insista
pas.

Avant de partir, elle lui montrait dans l'assiette
les pâtes qu'il fallait réchauffer au bain-marie, il
répétait : « mais oui maman, mais oui » et elle eut
peur, imaginant qu'il allait faire entrer une femme
dans la maison.

— Dante, tu me jures, personne ne vient, disait-
elle sur le pas de la porte.

Vincente et Antoine étaient déjà dans la rue,
Louise tenait Violette par la main, appelait sa
mère. Dante rougit.

— Je te jure, dit-il.

Lisa fut inquiète toute la journée. Elle eut du
mal à faire les six kilomètres qui séparaient l'arrêt
du tramway de la Trinité-Victor à Notre-Dame-de-
Laghet. Elle s'arrêta plusieurs fois, s'appuyant au
talus, regardant passer les processions, les prêtres
en surplis, les enfants de chœur, les femmes en

noir qui récitaient les prières à mi-voix. Elle se mit à prier aussi, pour Dante, rien que pour lui, pour que Dieu le protège toujours. Elle se tut pendant le repas, giflant Louise qui avait quitté le pré où ils mangeaient et revenait un bouquet de fleurs à la main, le regrettant. Elle courut tout le long du chemin pour redescendre, se retournant, en voulant à Vincente qui avait pris Violette sur ses épaules, qui s'arrêtait pour montrer à Antoine, en bas, la vallée sèche, le Paillon.

— On rentre, cria-t-elle, tiens l'argent.

Elle entraîna Louise, donna l'argent à Vincente. Elles prirent toutes deux le tramway, restant sur la plate-forme voyant Vincente et les deux enfants leur faire de grands signes, Antoine sautant joyeusement.

La porte de l'appartement était entrouverte. Une femme devait être là. Lisa eut peur d'entrer. Elle cria : « Dante ». Il sortit de la cuisine, le plat de pâtes à la main. Elle s'avança, toucha instinctivement l'assiette.

— Mais elles sont froides, dit-elle. Tu manges maintenant ?

Dante lui prit la main, l'entraîna dans l'entrée. Il montra un bouton blanc dépassant d'une demi-sphère de cuivre et elle pensa à la pointe d'un sein.

— Appuie, appuie maman.

Elle appuya. Une sonnerie grêle retentit dans l'appartement.

— Appuie encore, dit Dante.

Dans l'escalier, elle entendit Antoine qui criait, elle l'appela d'une voix aiguë. Il monta en courant, Vincente derrière lui, portant Violette. Lisa prit la main de sa fille, la posa sur le bouton.

— Ecoute, dit-elle, en regardant Vincente, écoute, c'est l'électricité, c'est ton frère, ton frère.

Les doigts de Vincente appuyèrent avec ceux de Violette sur le bouton blanc.

22

Elle avait voulu attendre, être sûre. Elle savait que la peur tout à coup peut revenir, comme ces longues vagues qui déferlent, inattendues, isolées, et balaient le rivage. Après, après seulement, c'est le vrai calme.

Helena craignait de retrouver Nice trop tôt.

Quand Gustav se penchait vers elle, s'inquiétait :

— Qu'allez-vous faire ? Voulez-vous que je dise à ma mère de venir ici cet après-midi ?

Elle refusait, elle souriait.

— Préférez-vous que nous partions une semaine à Nice ? ajoutait-il.

— Mais pourquoi ?

Il la quittait pour le journal. Le plus souvent, il restait avec elle, s'asseyant au piano :

— Je ne vous dérange pas, Helena ?

Elle fermait les yeux, la musique l'irritait, elle voyait une jeune femme, une folle indécente qui dansait, ouvrait son corsage, montrait ses seins. Helena prenait sa tête entre ses mains :

— J'ai un peu la migraine, disait-elle.

Gustav fermait délicatement le piano, il venait vers elle, l'embrassait, comprenait qu'il fallait qu'il la laisse. Il sortait sur la pointe des pieds, elle s'allongeait, commençait à respirer difficilement, elle caressait son cou, sa poitrine, elle avait chaud avec le désir de se cabrer, de tendre ses muscles pour qu'ils se brisent dans un cri. Elle s'endormait.

Gustav, plus tard, la nuit tombée, frappait à sa porte, entrait avec un plateau, du thé, quelques fruits, des pâtisseries dont l'odeur envahissait la chambre. Il s'asseyait sur le bord du lit, versait le thé :

— Vous n'aimez pas Vienne ? demandait-il.

Elle était plus calme, les reflets du feu qu'il

allumait dans la cheminée glissaient sur le parquet jusqu'au lit. Gustav lui prenait la main, d'une simple pression elle acceptait qu'il vînt près d'elle, eau d'un étang que parcouraient quelques rides.

Le temps passa. La mère de Gustav mourut et lui légua les immeubles qu'elle possédait au centre de Vienne, d'autres à Graz, à Berlin, à Brno. Gustav ne s'était jamais soucié de sa fortune, il écrivait, articles, pièces légères, chroniques envoyées de Paris. Il s'intéressait à Wagner, « le grand orage germanique », expliquait-il à Helena :

— Vos musiciens russes, ce mouvement qu'ils donnent, disait-il, ce n'est pas la terre, c'est le vent au-dessus de la terre, dans les arbres, le bruit de l'eau, vous êtes un peuple de la forêt, des fleurs, écoutez Wagner, ce sont des rochers qui roulent, le Germanique, c'est l'homme du sol.

Ils allaient s'asseoir dans le jardin de Sacher, sur le Prater, sous l'un de ces petits kiosques décorés de tentures. Les garçons obséquieux s'inclinaient cérémonieusement, posaient les théières d'argent sur les nappes damassées. Autour des tables rondes, dans le jardin, des officiers, casquette haute, redingote cintrée, le col noir, droit, montant jusqu'au menton, regardaient Helena qui détournait les yeux. En se levant, leurs sabres heurtaient les chaises de fer, ils passaient raides près du kiosque, les muscles de leur dos et de leurs jambes parfois faisant jouer l'étoffe rêche de leur uniforme.

— Vous ne dites rien.

Gustav interrogeait, elle souriait, l'encourageait à parler. Depuis la mort de sa mère, il éprouvait le besoin de se confier, de partager ses étonnements :

— Je ne savais pas que je possédais tout cela, expliquait-il.

Il montrait une serviette noire qu'un notaire

venait de lui apporter, mais devant l'indifférence d'Helena, il se troublait, s'excusait :

— Peu vous importe, je sais, pour vous je ne suis qu'un marchand viennois.

Il repoussait la serviette, il entraînait Helena au café Griensteidl où les garçons étaient interpellés dans toutes les langues de l'Europe. Gustav présentait sa femme à la Vienne des poètes, des peintres. Un musicien s'asseyait près d'elle, disait en secouant ses cheveux que Vienne mourait, que c'était la fin des empires :

— Vous les Russes, vous allez mourir aussi, mais, n'est-ce pas, vivons ?

Gustav s'emportait :

— Ce cynisme viennois, ce sont de brillants charlatans, disait-il à Helena alors qu'ils prenaient un fiacre.

— Mais vous êtes viennois, disait Helena.

— Viennois, bien sûr, mais ils aiment cette mort qui vient et je n'arrive pas à y prendre du plaisir, je ne me sens plus vraiment viennois.

— Croyez-vous que je sois encore russe, Gustav ?

Ils s'asseyaient l'un contre l'autre sur la banquette du fiacre. Gustav prenait la main d'Helena :

— Je me demande, commençait-il, depuis la mort de ma mère il me semble qu'un enfant m'aiderait à savoir ce que je suis.

Un mois de juin, Frédéric et Peggy vinrent à Vienne avec leur fils. Frédéric l'appelait Jean, Peggy John ; c'était une petite boule blonde et rose qui se tenait déjà assis bien droit, à table, qui suivait sa nurse, une Italienne maigre, noire, d'un pas décidé, saluant d'un mouvement de tête.

— Frédéric, disait Peggy, lui parle allemand et russe, je lui parle anglais, la nurse italien, Marcel et sa femme ne savent que le français, apprendra-t-il une seule de ces langues ?

— Nous les avons toutes apprises, disait Frédéric.

Il se tournait vers sa sœur, mêlait le russe, l'anglais et l'allemand.

— N'est-ce pas petite sœur ? commentait-il.

Quand Frédéric et Peggy partirent pour Londres, à la fin du mois de juin, Helena eut le sentiment qu'elle errait, les yeux bandés, tournant sur elle-même, hésitante et perdue, au milieu des grands salons vides de Gustav Hollenstein.

Plusieurs vagues vinrent du large, l'ensevelirent, le souvenir de son père, les courses qu'elle faisait avec lui autour de Semitchasky, ce cheval qu'il lui avait offert, il lui tendait la bride :

— Il est à toi, Helena !

Et sur les pavés de la cour, le cheval s'était mis à uriner, le père riant, Helena n'osant bouger, éclaboussée pourtant, elle en était sûre, cette envie de vomir qui la prenait, son père appelant un domestique qui courait, emmenait le cheval. La flaque jaunâtre que la terre n'absorbait pas et qu'elle voyait glissant vers elle.

C'est Helena maintenant qui disait à Gustav :

— Sortons, je vous en prie !

Lustres de cristal, salons qui sentaient le cigare et le chocolat, robes claires, manchons et cols de fourrure, Gustav qui joue au piano, un officier qui murmure sans que ses lèvres remuent et Helena refuse d'entendre, de voir cette vague qui soulève l'horizon.

Elle demanda à faire du cheval :

— À Vienne, une femme, disait Gustav, vous ?

Elle renonça comme il acceptait enfin.

— Qu'avez-vous ? interrogeait-il.

Elle s'enfermait dans sa chambre, lisait, refusait de voyager, décidait de ne plus sortir. À nouveau, autour d'elle, tout devenait marbre, blancheur glacée des objets et des visages, et peu à peu, elle-même, sa peau, ses cuisses allaient se durcir, et rien ne pourrait la briser, l'ouvrir.

Gustav s'inquiétait, elle avalait difficilement, se contentant de thé, de biscuits grignotés, quelques miettes qu'elle réduisait lentement en poudre. Elle eut la sensation que son ventre devenait un bloc étranger à elle, elle le portait, lourd, gênant.

Elle était close comme un sac dont l'enveloppe s'épaissit, se racornit, tout entière enfermée dans un soulier de cuir, plis profonds qui coinçaient sa peau et où s'étaient accrochées la poussière, la terre d'un chantier.

— Partons, répétait Gustav, décidez-vous, je sens que vous avez besoin de la mer, le soleil changera tout.

Elle ne pouvait pas desserrer les lèvres, humiliée d'avoir à reconnaître qu'elle se souvenait, qu'il était plus fort qu'elle, qu'elle avait envie de se coucher sur l'encolure, de laisser flotter les rênes, d'être emportée. Des années pourtant déjà, mais le sillon avait été creusé, profond, il restait la seule entaille vivante, humide, et tout autour c'était le cuir sec et le marbre.

Gustav devait s'absenter, le banquier de Berlin multipliait les dépêches, il fallait au plus vite régler la succession, décisions à prendre, immeubles à vendre. Gustav posait près d'elle les lettres où elle distinguait des colonnes de chiffres, il disait, les montrant :

— Venez avec moi à Berlin, de là nous irons à Pétersbourg, si vous voulez, ou bien nous prendrons le train pour Paris.

Elle ne répondait pas, et à deux ou trois reprises, il s'emporta :

— Mais cessez donc de sourire, parlez, dites que vous ne m'aimez pas, d'ailleurs...

Il était au bord de la violence, peut-être de

l'injure et elle souhaitait qu'il s'élance, qu'il lui jette au visage de la boue, qu'il dise enfin...

— D'ailleurs... répétait-elle après lui.

Elle le provoquait, elle espérait qu'il la secoue, qu'il donne un coup de pied, qu'il crie, mais dès la première nuit, il s'était tu, étouffant les questions, incertain.

— Je suis nerveux, disait-il, excusez-moi !

— Vous devriez partir à Berlin, vous ne pouvez pas laisser vos affaires en suspens, Gustav !

Il partit par l'express du matin et dès que la machine se fut ébranlée, Helena vit que le marbre autour d'elle fondait, elle transpirait, elle ne sentait plus ce poids dans le ventre, elle traversait le hall de la Nordbahnhof, elle courait presque appelant une voiture, se faisant conduire à la Sudbahnhof, retenait une place pour Venise, de là pour Gênes et puis pour Nice. L'employé notait les horaires, commentait en hochant la tête :

— C'est un long voyage, madame !

Elle écrivit à Gustav quelques mots :

« J'ai besoin de solitude. Ne m'en veuillez pas, je vous télégraphierai. »

Elle partait le soir même, s'enfermant dans le wagon-lit, la nuit parcourue de chevaux qui traçaient dans la neige un sillon jaune, phosphorescent, réveillée plusieurs fois en sueur quand ils dressaient sur elle leurs jambes de devant, prêts à la piétiner. Elle refusa de sortir des gares, somnolant dans les salles d'attente, dormant encore, découvrant enfin Gênes, l'étendue, la mer striée de vaguelettes blanches. Il faisait chaud, les gares se succédaient, proches l'une de l'autre, elle reconnaissait la senteur des lauriers. Des paysannes tendaient des bouquets d'œillets. Elle en acheta de rouges violents dont l'odeur était forte, et Helena y enfouissait son visage, elle avait envie de mordre ces pétales, de s'emplir la bouche de cette odeur. Il y eut un dernier tunnel, le train y haletait, et comme elle n'avait pas monté la vitre, la fumée envahissait son compartiment, lui donnant envie de vomir, et elle se laissa aller, étourdie, la joue posée contre la dentelle blanche qui recouvrait la banquette.

Helena avait pris une seule valise que le porteur posait sur le quai, devant la gare, un cocher s'approchait, saluant, saisissant la valise sans même qu'elle l'y invite. Elle se laissait guider, elle était là, les années passées à Vienne se dissipaient comme un brouillard. Elle aimait sortant de Semitchasky voir au milieu de la matinée le château, les étangs, la forêt, se dégager lentement des volutes grises. Voici que la lumière faisait naître les palmiers, les coupoles du Casino de la Jetée.

Elle prit une chambre à l'hôtel Royal, au dernier étage, éblouie quand elle ouvrait les volets, se reculant saisie par le vertige, la fatigue du voyage peut-être, l'incertitude où elle était maintenant, presque cinq années depuis son départ, qu'avait-elle vécu ? Elle n'osa pas sortir. Assise face à la mer, elle attendait que cette première journée s'achève, que la nuit la masque. Mais le jour s'étirait et elle s'endormit, réveillée par l'humidité. Elle demanda un fiacre.

Vers l'est, la promenade contournait le rocher de Roba Capeù, on arrivait ainsi sur le port, découvrant, surplombant les bassins, adossée semblait-il à la montagne, la colonnade au centre de laquelle s'élevait l'église du Port.

— Attendez-moi.

Elle donna une pièce au cocher qui hésitait et retrouvant sa hâte, son inquiétude, sachant enfin qu'elle vivait puisqu'elle était déchirée, qu'elle haletait, elle marcha vers la pension Oberti. La porte était entrouverte. Le couloir s'ouvrait droit, à gauche la chambre, au fond la grande salle, la table derrière laquelle était assise la femme qui l'accueillait. Des bruits de voix, une odeur de légumes, Helena s'avança. Des hommes dînaient, la tête enfoncée dans leurs épaules, les coudes posés sur la table, elle vit les mains de l'un d'eux, comme si tout le reste de la scène avait été dans l'obscurité, des mains qui prenaient une boule de pain, qui semblaient vouloir y enfoncer les doigts, brisaient le pain en deux. Quelqu'un l'aperçut et ils se retournèrent tous. Le silence, et, venant de la cuisine, le bruit d'une cuillère qu'on frappe sur une casserole.

— Rina ! appela quelqu'un.

Une femme s'avança qui ressemblait à celle des années passées. Helena recula dans le couloir, regagnant l'ombre, ses mains gantées devant elle, comme pour se défendre. La femme l'interrogea, répéta une question qu'Helena n'entendait pas, sans doute Helena dit-elle le nom de Revelli :

— L'entrepreneur ? parce qu'il y a son frère. Carlo ? Il ne vient plus depuis que ma mère est morte, il a une maison à Gairaut.

Elle reniflait, se passant les doigts sous le nez.

— Son frère, Vincente, il est à la Brasserie.

Parfois, avec une branche trouvée au bord d'un étang de Semitchasky, Helena soulevait la vase et l'eau se troublait, la terre fine, sable noir, se répandait comme un brouillard qui s'étend. Qu'était-elle venue faire ici ?

Cette odeur de légumes et de sueur l'incommodait. Elle sortit à reculons sans remercier, courut jusqu'à la voiture, se fit reconduire à l'hôtel puis au moment où elle passait devant le Casino de la Jetée, Helena se ravisa. Elle paya, entra dans les salles de jeux, sphère de lumière après la nuit, le son lointain d'un orchestre, le choc de la boule hésitante comme les battements d'un cœur malade qui s'obstine, et la voix du croupier :

— Mesdames, messieurs, faites vos jeux.

Helena eut une bouffée de chaleur, son visage devait être devenu rouge, elle fouilla dans son sac, chercha un miroir, trouva l'argent qui se froissait sous ses doigts. Elle le serra, les ongles entrant dans ses paumes.

Elle joua. Cambrée, les yeux lui faisant mal, boules aux bords brûlants. Elle but. Quelqu'un qui répétait son nom, oublié aussitôt, l'invitait à l'accompagner, mais elle rentra à pied, l'écume déjà blanche dans l'aube, et elle suivait sa montée, son reflux, appuyée à la rambarde de la promenade des Anglais, se mettant à rire, la fatigue, l'alcool qu'on lui avait offert, les gains, Vienne si lointaine. Elle titubait en entrant à l'hôtel, le chasseur prenait son bras pour la guider vers l'ascenseur, il ouvrait la porte de fer forgé ; un garçon montait avec elle, elle s'appuyait contre lui, touchant son épaule de son sein. Il était petit, la regardant avec un sourire crispé. Elle sentit sa main contre sa cuisse, sa paume ouverte qu'il laissait, hésitant à aller plus avant. L'ascenseur s'immobilisa avec une secousse, elle fut projetée contre lui, et il fit un mouvement pour être plus près, alors elle le serra contre elle avec violence, il se tenait raide, ses mains peu à peu pourtant la parcourant, elle se mit à respirer difficilement.

Il ouvrait la porte de l'ascenseur, tenait Helena, regardant dans le couloir qu'éclairaient des veilleuses.

— Votre chambre ? interrogea-t-il.

Ces deux mots qu'il répétait à voix basse en se rapprochant d'elle. Elle le gifla, le bousculant, pour qu'il s'écarte, s'enfuyant cependant qu'il crachait, murmurant « salope », rabattant avec force la porte de l'ascenseur.

Elle ouvrit les volets. L'arc de la baie devant elle qui naissait, rougeoyant alors qu'apparaissait le soleil. Helena respira longuement, prit un bain, dicta par téléphone un message pour Gustav Hollenstein à Vienne :

« Venez me rejoindre à Nice, disait-elle, j'ai besoin de vous. Helena. »

23

Qu'est-ce qui change ? Le matin, mal réveillé encore, quand les mains ont du mal à saisir les objets, une cuillère tombe, Carlo s'interrogeait. Il était debout dans la cuisine de sa maison de Gairaut, la soupe chauffait, il la versait dans une assiette et parfois, il en renversait un peu, jurant, et c'était moins une question qui lui venait, qu'une constatation mal formulée aussi, prise dans les rets du sommeil, lourde de mots de patois, ceux des maçons quand un contremaître gueulait, que Forzanengo donnait un coup de pied dans un seau mal rempli, et que les maçons ramassaient alors que le patron s'éloignait. Carlo mangeait lentement, brisait du pain et avec la mie essuyait l'assiette, puis il recueillait les miettes sur la table, il les aspirait portant la paume à sa bouche, le même geste qu'il avait vu faire à son père, à Mondovi.

— Es toujou parié, disait-il à mi-voix.

C'est toujours pareil. Qu'est-ce qui change ?

Puis il allumait un cigare et d'avoir mangé, les premières bouffées aussi le réveillaient complètement. Il restait un moment à savourer, assis au bout de la longue table de bois clair qu'un menuisier de Gairaut avait taillée aux mesures. Haute sur pied pour qu'il puisse passer ses jambes sous le plateau.

— Vous êtes plus grand que les autres, monsieur Revelli, disait le menuisier, il vous faut une
table rien que pour vous.

Cette table, cette maison. Devant lui, en
contrebas, la ville, les points qui semblaient cli-
gnoter, constellations entrecroisées des rues.

La chapelle de Gairaut sonnait la demie de cinq
heures. L'été, Carlo pouvait descendre au jardin.
Il prenait le « magao » une bêche à cinq dents, il
retournait la terre, pesant sur la bêche, faisant
éclater les mottes. Mais l'hiver, ce mois de
décembre surtout, quand le soleil n'apparaissait
qu'après sept heures, Carlo restait dans la cuisine.

Anna, dans les premiers jours qui avaient suivi
leur mariage, le rejoignait. Elle disait :

— Je t'ai cherché.

Et elle faisait le geste du bras qui s'étend sur le
lit vide. Ce bras dans la cuisine, elle le tendait vers
Carlo pour qu'il s'en saisisse, mais elle n'osait pas
prendre son mari par la main, lui dire : « Viens. »
Elle répétait :

— Qu'est-ce que tu fais ?

Elle s'approchait, quelques pas. Carlo montrait
l'assiette :

— Tu vois bien, répondait-il.

Anna le regardait, le visage baissé, comme une
petite fille prise en faute. Il disait encore les chantiers, celui du grand hôtel sur la Promenade, le plus
gros chantier qu'ils avaient jamais eu.

— Si on les surveille pas...

— Vous êtes pareils, disait Anna en s'en allant.

Elle se retournait sur le pas de la porte :

— À quoi ça sert alors de plus être ouvrier, ma
mère...

Carlo s'était remis à manger, Anna s'interrompait, fermait doucement pour ne pas réveiller
les enfants.

À quoi ça sert ? L'hiver surtout, quand il lui

fallait bien rester dans la cuisine, attendre, l'odeur de terre humide imprégnant la pièce et Carlo se levait, ouvrait une fenêtre, la pluie continuait, cette question revenait. Il avait envie de cracher, de retourner dans la chambre d'Anna, de dire : « Tu l'as lavée, la merde des autres ? »

Et quand Forzanengo venait, qu'il voyait sa main rugueuse de maçon, il n'avait pas honte d'être de la même race, de ceux qui, comme il l'avait crié une fois à Anna, « ont fait ça » et il montrait la table, la maison, les lumières au loin « avec ça » et il levait ses mains devant son visage. Elle se taisait, elle haussait les épaules.

— On m'a rien donné, continuait-il, je l'ai pris.

Elle avait tout à coup redressé son visage, elle qui osait rarement regarder Carlo droit dans les yeux, elle s'était approchée, méprisante semblait-il :

— Alors, si tout ça c'est à toi, à quoi ça te sert, d'être debout plus tôt qu'un maçon, qu'est-ce qui change pour toi ?

— Je vais te la faire laver la merde au Paillon !

Elle avait crié, pleurant, s'arrêtant :

— Mais c'est pour toi, imbécile, pour toi !

Il sentait bien qu'elle disait vrai, mais quoi ? Il était l'un de ces ouvriers qui, toute leur vie, ont porté des parpaings sur les épaules, à la base du cou, ils ont comme une bosse, ils marchent la tête penchée. Quand Carlo passait place Garibaldi, qu'il les voyait, ces vieux, tournant autour de la place, avec le soleil, il les reconnaissait.

Lui, il ne pouvait plus dormir le matin. Le matin, on se lève, on tend ses mains au brasero à l'entrée du chantier, on piétine, on compte les ouvriers, on sent l'air pour deviner s'il va pleuvoir. Carlo parfois, au milieu de la matinée, quand le travail roulait, qu'il pouvait allumer un cigare, faire quelques pas de l'autre côté des palissades, pour mieux voir comment tenaient les échafaudages, croisait des messieurs, le journal à la main, des couples qui jetaient du pain aux mouettes, qui riaient, comment ils faisaient ceux-là ? Un contre-maître, penché, se tenant à une poutre, l'appelait :

— Monsieur Revelli !

Il rentrait en courant dans le chantier, il bousculait un manœuvre :

— Pousse-toi, bougonnait-il.

Parfois, il prenait un seau pour faire quelque chose en montant :

— Donne-moi ça !

En passant près d'un maçon, il tendait le seau :

— Tiens, prends ça.

— Oh, patron !

« Tu es comme moi, disait Forzanengo, tu as le travail dans le sang ! »

Il était assis dans le jardin de la maison. Il venait le dimanche vers midi, après avoir fait un tour sur ses chantiers et Carlo avait vu les siens.

— Tu as besoin de quoi cette semaine ?

Carlo comptait les hommes, les charrettes, le sable, les madriers. L'entreprise Forzanengo-Revelli était devenue une des plus importantes de la ville. Le maire lui avait confié l'asphaltage de la rue Saint-François-de-Paule. C'était en 1906, avant de le généraliser à toute la ville, il fallait faire un essai.

— C'est un risque, avait dit le maire, vous allez acheter les machines, moi je ne peux rien vous promettre.

Il était venu à la maison de Gairaut, un dimanche. Honorine, une veuve que Revelli logeait, qui faisait la cuisine, servait le civet et les pâtes assaisonnées avec la sauce du lapin. Elle versait dans les assiettes elle-même, tenant contre elle le plat :

— Mangez, monsieur le maire, disait-elle, elles sont légères, j'ai tiré la pâte, elle était transparente.

La table était au soleil. Forzanengo avait gardé son chapeau qui dissimulait ses yeux. Il remplissait le verre du maire d'un vin rosé, puis il replaçait la bouteille dans un seau rempli d'eau où fondait une demi-barre de glace vive.

— Le risque, on le prend, mon beau-fils et moi, si quand il y aura les autres rues, on peut utiliser nos machines, vous comprenez, monsieur le maire, on veut pas seulement les risques...

— Il est bon votre vin.

— Saint-Jeannet, c'est du bon, pas celui de cette année.

À la fin du repas, Honorine avait servi la grappa, cet alcool qui sent les plantes, que Forzanengo buvait en rejetant la tête en arrière, en fermant les yeux, en faisant claquer la langue. Rancaurel, trapu, le visage rond, une moustache fournie, dégustait lentement par petites gorgées, gardant l'alcool au bord des lèvres.

Puis Honorine avait apporté les boules. Forzanengo heurtait ses boules l'une contre l'autre avant de pointer, les yeux à peine entrouverts. Il tirait avec assurance, surprenant de souplesse parce qu'on l'imaginait maladroit, sa corpulence semblant le gêner quand il était assis. Mais il prenait son élan, faisant deux ou trois grands pas, le bras levé, suivant la boule après qu'il l'eut lancée et ses mouvements étaient élégants et précis. Pourtant ce dimanche-là, il manqua presque tous ses tirs, faisant jaillir le gravier, déplaçant ses propres boules, jurant. Rancaurel marquait.

— Qu'est-ce qui vous prend ? disait-il.

Carlo, seul, faisait face, pieds joints, plombant ses boules qui s'immobilisaient près du « boucin », tombant à la verticale. Puis comme il ramassait ses boules, Forzanengo lui avait fait un clin d'œil. Et Rancaurel avait gagné.

Ils le raccompagnaient par l'allée de cyprès qui descendait vers la route de Gairaut, la maison de Revelli étant adossée à la colline.

— Vous avez une vue admirable, disait le maire.

— C'est un homme de la montagne Revelli.

Forzanengo prenait Carlo par l'épaule :

— Il lui faut de l'air, continuait-il.

Il lâchait Carlo, prenait le bras du maire :

— On sait les faire travailler nos maçons, monsieur le maire, vous voyez cette construction !

La maison de Revelli ressemblait à une église de campagne avec son bâtiment principal rectangulaire et cette tour en bout, comme un clocher.

— On a tout refait mais, monsieur le maire — Forzanengo se penchait — vous savez, on a toujours entre deux chantiers des maçons qu'on paie et y se tournent les pouces, si vous avez un travail, je ne sais pas, ça peut se présenter, on est là, ça nous rend service parce que des ouvriers qui font rien, c'est pas bon, alors ne vous gênez pas.

L'automobile du maire était garée devant l'entrée. Il expliquait, soulevait le capot, montrait les phares, la manivelle qu'il tournait pour démarrer le moteur, capot ouvert.

— Et pour ces rues, disait Forzanengo, on achète les machines et vous donnez l'asphaltage général ?

— Je ne peux rien vous promettre.

— Monsieur le Maire, vous faites ce que vous voulez, allons !

— On essaiera.

— Vous réussirez, pour la rue Saint-François, on commence la semaine prochaine. On est prêt.

Le maire saluait, Forzanengo et Carlo remontaient vers la maison.

— Fumier, disait Carlo.

Forzanengo s'arrêtait. Il forçait Carlo à s'arrêter aussi quelques pas plus haut :

— Revelli, tu es un...

Il s'interrompait.

— Quelquefois, je me demande si tu as compris. Il faut pas seulement les mains...

Il montrait ses mains, et Carlo se souvenait des doigts larges posés sur la table du chantier du Paillon.

— Y aura toujours plus gros que toi, Revelli, et tu seras obligé de baisser la tête et même ton froc, seulement tu seras plus le dernier, le pauvre con, qu'ils enculent tous, mais essaye pas de jouer au plus gros, à celui qu'en fait qu'à sa tête.

Ils se remettaient à marcher, ils s'installaient devant la maison où, à l'abri du vent, les chaises appuyées contre la façade de pierres couvertes d'un enduit rose, il faisait bon. Forzanengo poussait à nouveau son chapeau sur ses yeux, ses doigts posés sur les genoux.

— Tu voulais gagner ?

Il secouait la tête.

— Contre Rancaurel, même aux boules, on gagne pas. On le baise, mais on le laisse gagner.

L'entreprise Forzanengo-Revelli avait asphalté la rue Saint-François-de-Paule. Puis les réservoirs gluants, noirs de goudron, tirés par deux chevaux, s'étaient arrêtés avenue de la Gare. Les ouvriers, les seaux chargés de pâte fumante, l'étalaient sur le sol, l'aplanissant avec une longue planche.

Ce mois-là, Anna et les enfants étaient montés à la propriété de Forzanengo, près de Saint-Paul. Carlo les rejoignait une fois par semaine, arrivant tard le samedi soir, Anna et son père l'attendaient. Forzanengo parlant le premier. Le médecin lui avait demandé de se reposer trois semaines, et il tapait du poing sur la table :

— Allez, Revelli, dis-moi, où est-ce qu'ils en sont avec les fondations, ils ont trouvé de l'eau ou pas ?

Carlo expliquait. La mer n'était pas loin, il fallait creuser profond, l'hôtel aurait cinq étages.

— C'est une masse, l'architecte...

— C'est des cons, des messieurs, tu comprends Revelli, ils ont jamais rien touché avec leurs mains. Et ton goudron ?

L'avenue de la Gare était déserte en août. La mairie y interdisait la circulation pour faciliter le travail.

— Ça durcit mal, il fait trop chaud, disait Carlo. Même après trois jours, on s'enfonce !

— Ça durcira, disait Forzanengo calmé. Lundi, je descends avec toi.

Anna commençait à protester et Forzanengo criait :

— Je descends, si je crève, ton mari sera le patron.

Il claquait la porte, mais ils entendaient son pas dans la chambre, au-dessus de la cuisine, la chaise qu'il déplaçait. Anna servait Carlo sur la table en pierre placée sous la tonnelle. De la soupe froide, un morceau de poche de veau.

— Et les enfants ?

Anna, assise en face de Carlo, commençait à parler, elle racontait bien, d'une voix lente, Alexandre qui toute la journée était resté dehors, jouant avec le chien, Mafalda qui n'avait pas bougé, assise là, avec une poupée.

Pour eux, peut-être ça changerait vraiment. Ils liraient le journal le matin, sur la Promenade, ils jetteraient du pain aux mouettes. Carlo s'essuyait la bouche du revers de la main.

— Tu veux les voir ? demandait-elle.

Il avait besoin de les voir.

Quand Anna lui avait annoncé qu'elle était enceinte, à peine s'il avait hoché la tête. Puisqu'on se marie, il faut que la femme accouche. Et qu'on la trompe. Il la trompait. Une amie de Rina Oberti, une ouvrière de la manufacture des Tabacs, qu'il voyait une demi-heure, une ou deux fois par semaine et à laquelle il donnait quelques francs.

C'était Forzanengo qui avait choisi les prénoms : Alexandre, un empereur, Mafalda, une princesse du Piémont. Pendant un ou deux ans, Carlo les avait à peine vus, puis ils avaient commencé à courir vers lui, maladroits, et il avait peur qu'ils tombent sur le gravier. Il se précipitait, les saisissant sous les aisselles, les soulevant au-dessus de la tête, et ils riaient, donnant des coups de pied, criant : « Papa », Carlo les déposait sur le sol, ils s'accrochaient à ses jambes « encore, encore ! ». Il les repoussait et puis, comme ils s'éloignaient, reniflant, il les rappelait comme à regret : « viens », les soulevant à nouveau.

Il avait besoin de les voir. Lui, il était un mortier qui durcit. Le matin, il lui semblait qu'il avait du mal à déplier ses doigts, prêt à saisir le manche d'une masse, d'un magao. Il était ce pain rassis qu'on brise difficilement, qui s'effrite par plaques. Eux, Carlo désirait les mordre et parfois, prenant Alexandre ou Mafalda, il avançait sa bouche vers leurs doigts, leurs bras. Ils poussaient un cri, puis ils mettaient le poing sur ses lèvres :

— Mords, papa, mords !

Ils étaient fragiles, souples, il se sentait, à leur contact, moins rigide, comme du pain qu'on trempe. Anna disait :

— Ne les réveille pas !

Les nuits d'été étaient si claires que Carlo les voyait nettement. Mafalda, brune, les cheveux formant déjà de longues boucles qui lui encadraient le visage. Elle dormait, couchée sur le dos, les poings fermés, les bras écartés, sa chemise de nuit relevée jusqu'aux genoux, le pied de la jambe droite appuyé au mollet gauche. Carlo n'osait pas la regarder longtemps. Il s'approchait du lit d'Alexandre cependant qu'Anna couvrait Mafalda. Alexandre était replié sur lui-même, les genoux proches des coudes, les pouces dans la bouche. Carlo lentement les éloignait des lèvres, étendait les bras de son fils. Anna venait, le bordait.

Elle montait dans sa chambre ne se retournant pas. Carlo sortait dans le jardin, prenait un cigare. La toux de Forzanengo par la fenêtre ouverte. Des quintes répétées comme le grincement d'une scie dans un arbre. L'écorce est dure et puis la lame entre, le bois est rongé, humide, pourri.

— Je suis pourri dedans, avait dit Forzanengo. Tu en as plus pour longtemps à attendre, Revelli.

Il disait cela sans rancune mais son visage se crispait.

— Je serai là jusqu'au bout, tu sais. Tu dois encore apprendre.

Longtemps Carlo avait souffert de l'autorité de Forzanengo.

— Je te prends, disait-il après les repas à Revelli.

Il repoussait son chapeau sur le sommet du crâne, il enlevait sa veste, il lançait ses boules annonçant ses coups.

— Pica-resta !

Il frappait de plein fouet la boule de Carlo, la sienne s'immobilisant à l'emplacement même de la boule qu'elle avait chassée.

— C'est pas encore aujourd'hui, disait-il après avoir gagné.

Il remettait sa veste.

— Tu es trop jeune, tu es pas de taille, Revelli !

Lui envoyer une de ces boules qu'il laissait à

Carlo le soin de ramasser, la lui lancer en plein visage. L'écarter d'un coup de coude. Carlo s'était dominé.

Maintenant il acceptait. Le vieux arrivait au bout. Ses colères finissaient dans la toux. Il avait du mal à monter l'escalier, mais si sa fille lui tendait le bras, il se tournait vers elle, la main levée, comme s'il allait la frapper.

Le lundi, alors que Carlo s'apprêtait à partir, il sortit, Anna derrière lui qui secouait la tête :

— Attends-moi, cria-t-il.

Carlo l'aida à s'installer sur le siège...

— Il est tôt, vous...

— Tais-toi.

Il fit arrêter la voiture après le pont du Var : la baie, le cap Ferrat dont le phare clignotait, derniers feux avant l'aube.

— Je veux voir les chantiers.

Le plus important était celui du Roumain, pour qui il construisait l'hôtel, promenade des Anglais. Forzanengo descendit. Les ouvriers étayaient les fondations, l'eau suintant dans le gravier. Le mouton, une grosse masse de fer, tombant en cadence sur les pieux pour les enfoncer profond, la terre et l'eau jaillissant à chaque coup, deux ouvriers arc-boutés sur le pieu, le tenant droit, bras tendus.

— Ça va, dit Forzanengo, ça va.

Il transpirait et pourtant la brise de mer était fraîche. Il se fit conduire rue Cassini, arrêtant la voiture devant un immeuble ancien de trois étages, la façade écaillée, les volets délavés.

— Tu vois, Revelli, ça, c'est le premier. Il tient. Plus que moi. Tu le montreras à Alexandre.

Dans son bureau de l'entrepôt, il fit asseoir Carlo en face de lui, comme autrefois. Il respirait difficilement. Les mains à plat sur la table, les doigts écartés.

— Il faut que je t'explique, parce que tu ne sais rien.

Il aspirait l'air la bouche ouverte.

— Ce pays, Revelli, achète, construis, garde pour toi, ne vends pas, ça sera pour eux.

Il donna un coup de poing.

— Elle t'a fait de beaux enfants ma fille, hein Revelli, tu croyais pas, tu l'as prise, tu t'es dit, c'est le vieux Forzanengo que je veux, même avec ça tu as de la chance parce qu'ils sont beaux, ils sont beaux, hein Revelli ?

— Ils sont beaux, dit Carlo.

— Oui, ce sont de beaux enfants, Revelli.

24

Le samedi, les hommes, vers cinq heures, se retrouvaient chez Coco, le coiffeur, au coin de la rue Barla et de la rue de la République. À la belle saison, ils attendaient dehors, adossés à la devanture, roulant une cigarette, la fumant lentement, obligés parce qu'ils mettaient peu de tabac de la rallumer plusieurs fois avec leur briquet de cuivre, plat, à longue mèche dont ils tournaient souvent sans succès la molette, se donnant alors du feu les uns les autres, parfois se passant la blague et le papier pour que le voisin en confectionne une, saupoudrant le papier, tenu entre le pouce et l'index, puis les deux mains roulant, d'un mouvement lent, la cigarette, collant enfin le bord, d'un coup de langue, comme s'ils jouaient de l'harmonica. Coco sortait sur le pas de la porte :

— À qui est-ce ?

Il répétait qu'il ne fallait pas s'appuyer à la vitrine.

— Vous voulez me la casser vraiment.

Il avait la serviette sur l'avant-bras comme un garçon de café et le rasoir ouvert à la main.

L'hiver, on attendait à l'intérieur, debout contre le mur, parce que les deux ou trois chaises ne suffisaient pas. L'atmosphère était enfumée. On s'interpellait. Ceux qui étaient rasés ne sortaient pas, continuaient à bavarder. Ou bien, ils disaient « spera, attends », ils allaient jusqu'à la rue Cassini. Un preneur de pari clandestin connu de tous acceptait les mises pour la loterie italienne hebdomadaire « il lot ». Ils revenaient chez Coco, reprenaient la conversation, en niçois ou en piémontais.

Souvent, on commentait les événements, « Vaï che » et d'un geste de la main droite, la paume ouverte comme s'il s'agissait de la lame d'une faucille qui tranche, ils répétaient « va que cette fois-ci ». Les Japonais venaient de couler la flotte russe au large de Tsoushima et dans une baraque installée place Garibaldi, on avait projeté les premières images, tremblantes, floues de la bataille, dans le bruit de crécelle du cinématographe, le projectionniste tapant sur un tambour, à contre-temps, quand une fumée s'échappait de la gueule d'un canon.

On se passait un numéro de *L'Assiette au beurre* et Vincente lisait les légendes, traduisait en piémontais, pour ceux qui ne comprenaient que le dessin, ce tsar trempant ses mains dans un tonneau rempli de rouge.

— Es dappertut pariè ! disaient-ils en hochant la tête.

C'est partout pareil. En 98 Milan, en 5 les cosaques fusillant les ouvriers de Moscou, en 7, ils avaient envoyé la troupe contre les vignerons de l'Hérault, « Vaï che ». Quelqu'un d'autre avait le même geste, la même phrase « va que cette fois-ci ». Les soldats du 17e régiment avaient mis crosse en l'air et refusé d'affronter les paysans.

Mais le 30 juillet 1908, à Villeneuve-Saint-Georges, ils avaient à nouveau tiré. Habillés de velours à grosse côte, coiffés du large chapeau mou, la taille prise dans une ceinture de flanelle bleue ou rouge, des ouvriers du bâtiment, des terrassiers, des maçons, avaient pris les trains à Paris, à la gare d'Orléans ou de Lyon, ils avaient sauté dans les tramways à Bonolles, d'autres étaient venus à pied, par groupes de quatre ou cinq marchant au milieu de la route qui s'en allait droite entre les champs de blé, ils avançaient, suivis par des dragons, casque à crinière et justaucorps de cuivre brillant, le général Virvaire réunissait son état-major, au milieu des épis. Les grévistes du bâtiment se rassemblent sur le remblai du chemin de fer, les dragons montent à l'assaut, sabre au clair. Coups de feu, le chant de *l'Internationale* qui s'effiloche, cris, galops de chevaux.

— Ils ont tiré, disait Vincente.

— C'est notre Napoléon, dit quelqu'un.

Il tendit à Vincente, que Coco rasait, une petite affichette : « Clemenceau, le Napoléon des flics. » Vincente tentait de lire sans bouger la tête : « Réunion ce soir, rue Emmanuel-Philibert, prendront la parole : Sauvan, Union des syndicats, Karenberg, au nom du Parti socialiste SFIO, Lambert, Fédération anarchiste. Travailleurs niçois, vous assisterez tous à ce grand meeting. C'est à vous qu'il appartient de relever le défi sanglant lancé par le Napoléon des flics, Clemenceau. C'est pourquoi vous viendrez tous à la réunion affirmer votre solidarité avec vos morts, contre les assassins. Il sera perçu 0 franc 10 pour les frais. »

Coco essuyait le visage de Vincente avec une serviette imbibée d'eau tiède :

— Ça va, Revelli ? demandait-il. Et voilà, au suivant de ces messieurs.

Vincente payait, laissait l'affichette sur le fauteuil, Coco, la prenant, la tendant à qui voulait s'en saisir.

— Pas de politique ici, on rase tout le monde.

Vincente s'engagea dans la rue de la République. Samedi 5 août, chaleur étouffante, soleil qui semble fixe au mitan de la rue. Devant le porche du 42, les femmes assises à l'ombre, Millo, l'épicier, en tablier de toile bleue, qui les interpelle depuis l'autre côté de la rue. Antoine et Violette qui jouent dans la cour, Lisa dont Vincente entend déjà la voix, elle crie :

— Louise ! Louise !

Les marches d'ardoise qu'il monte sont usées en leur centre. Une odeur d'oignons revenus imprègne l'escalier. La voisine sort sur le palier :

— Je croyais que c'était lui, dit-elle. Vous l'avez vu ?

Gancia sortait de chez Coco, allait à la Feniera ou au café de Turin. Il rentrerait tard cette nuit, beuglant dans la cour, qu'il allait la tuer « crepar lou ventre », lui crever le ventre, Dieu sait pourquoi.

— Elle en a de la chance, votre femme, soupirait la voisine.

Vincente sonnait.

— Ça marche toujours, ajoutait-elle, avant de refermer sa porte.

Dante régulièrement renouvelait l'eau des accumulateurs de la sonnerie en attendant qu'on installe enfin l'électricité rue de la République. Les premiers poteaux étaient apparus sur les bords du Paillon, gagnant peu à peu, à partir de la rive droite, de l'avenue de la Gare, la rive gauche et les vieux quartiers. Dante travaillait le samedi et le dimanche. Dans tous les quartiers de l'ouest, le long de la promenade des Anglais, à Cimiez, à Gairaut, la fièvre de l'électricité avait pris. Chacun, dès que la compagnie installait les lignes le long des rues, voulait le courant. La Grande Maison de l'Électricité n'y suffisait pas. Le dimanche, Dante, avec un ouvrier, travaillait à son compte. Le soir, il emportait à la maison des bobines de fil, des rouleaux de toile isolante, des interrupteurs, des prises, petits objets de porcelaine et de cuivre avec lesquels jouait Violette. Il déposait des brassées de baguettes de bois à rainures, et avec un mètre pliant, il les mesurait, les sciait à la longueur, expliquait à Antoine, à sa mère, comment une baguette horizontale allait venir s'ajuster sur une autre verticale, et le fil à l'intérieur, coudé, passant dans les rainures.

— Il y a l'aller, et le retour, deux fils, disait-il.

Le samedi soir, il plaçait dans le couloir sa boîte à outils, les rouleaux de fil, les baguettes. Le dimanche matin, Clément, un Parisien, donnait un léger coup à la porte. Dante ouvrait, parlant bas, mais Lisa était déjà levée, elle arrivait, donnant une tasse de café chaud, disant :

— C'est dimanche, ne vous fatiguez pas.

Clément, un blond d'une trentaine d'années, qui avait quitté Paris après la grève des électriciens en janvier 1907, parce que les patrons s'étaient donné le mot et qu'il ne trouvait plus d'embauche, riait :

— Mais non, madame Revelli, on s'amuse.

Quand Dante quittait un instant le couloir, elle questionnait :

— Vous êtes content de lui ?

— Dante ? c'est un ouvrier déjà, il va plus vite que moi.

Dante survenait, repoussait sa mère en l'embrassant :

— Tais-toi, maman, tais-toi.

Ils partaient, leurs baguettes sous le bras, la boîte

à outils sur l'épaule droite comme une musette. Le soir Dante racontait :

— J'ai fait tout le premier étage dans la matinée, câblage, baguette, percer, les prises, tout. Clément a fait le bas. Quand on est parti, ça brillait partout. Le plâtre était mou, quand on faisait un trou, ça devenait gros comme un poing, on a dû refaire du plâtre, il fallait pas s'endormir.

Ces travaux du dimanche, c'était de l'argent en plus, des pourboires que les clients satisfaits donnaient généreusement. Un jour, en travaillant dans une villa de Gairaut, Clément avait appelé Dante par son nom.

— Revelli, tiens, avait dit la propriétaire, mon voisin s'appelle Revelli.

L'entrepreneur, l'oncle Carlo, le riche, celui dont les charrettes, lettres noires sur bois blanc, portaient le nom « Entreprise Revelli-Forzanengo ».

À midi, alors que Dante mangeait à la cuisine avec Clément, la propriétaire avait appelé Dante :

— Vous voyez, c'est la maison, là, avec le clocher, vous devriez y aller, ils sont là, j'ai vu les enfants.

Il était retourné dans la cuisine, manger l'omelette de poutine, ces minuscules alevins, hachures d'argent dans le jaune or de l'œuf.

— Tu pourrais travailler avec lui, disait Clément. Tu serais patron. C'est bien patron.

— J'aime bien être ouvrier. Tu fais, on voit. Ingénieur oui, patron ?

Le soir, en partant, alors qu'ils marchaient sur la route de Gairaut, ils avaient croisé deux enfants qui se poursuivaient, une femme en deuil, leur criant de faire attention, d'attendre et derrière elle, un cigare éteint entre les dents, en gilet de velours noir, Carlo Revelli qui ne regardait pas ces deux ouvriers en bleu de travail, leur boîte à outils sur l'épaule droite.

Vincente sonnait à nouveau. Louise courait dans le couloir, ouvrait :

— C'est toi ? interrogeait Lisa depuis la cuisine.

Elle était devant le fourneau, versant du charbon de bois, se retournant quand Vincente entrait, répétant :

— C'est toi ?

Quelque chose dans la voix de Lisa qu'il reconnaissait, le même ton qu'elle avait quand l'un des enfants était malade, qu'elle disait touchant les ganglions d'Antoine au-dessous de la gorge :

— Tu as mal ?

Celui qu'elle prenait quand Dante ou Louise ne rentraient pas à l'heure habituelle.

— Qu'est-ce qu'il y a ? demanda Vincente.

Lisa montra à Louise le sac de papier bistre qu'elle venait de vider, lui demanda d'aller chez le boulanger chercher un autre paquet de charbon de bois, Louise hésitait, disait :

— Demain, maman, demain matin.

Lisa se mit à crier :

— Tout de suite ! tu vas le chercher tout de suite !

Louise haussait les épaules, interrogeait son père du regard. Il attendait, sûr maintenant qu'une maladie couvait, qu'elle allait lui dire, s'y préparant déjà. Dès qu'elle entendit le bruit de la porte que Louise claquait, Lisa se retourna :

— Luigi, il veut te voir.

Elle avança vers la table. Vincente s'était assis à la place qu'il occupait au moment des repas, au bout, Antoine à sa droite, Violette à sa gauche.

— N'y va pas.

— Quand ?

— N'y va pas.

Mais, elle ajoutait, immobile, tête baissée :

— Il t'attend au café de Turin, un gosse est venu tout à l'heure.

Puis elle retournait au fourneau, soulevant le couvercle de la cocotte de fonte. Des années qu'ils ne voyaient plus Luigi. Un matin, Vincente avait dû livrer au Castèu des caissettes de bière qu'il déchargeait, qu'il posait sur le trottoir devant le café dont la porte était encore recouverte de panneaux de bois peint en vert. Il frappait, essayait d'ouvrir, une voisine, depuis sa fenêtre au premier étage, criant qu'il n'y avait jamais personne si tôt le matin « eux, c'est la nuit, disait-elle. Ils ont pas besoin de travailler dans la journée. Laissez-les là, y a quelqu'un qui vient vers midi ».

— Tu y vas ? demanda Lisa.

Un simple coup d'œil qu'elle lui lançait, qu'il fuyait, fermant la porte de la cuisine, mais Lisa l'ouvrait, le suivait dans le couloir, disait :

— Tu sais qu'avec lui...

Un soir, comme ils allaient se coucher, c'était il y a environ quatre ou cinq années, Luigi avait frappé à la porte, débordant d'affection, disant qu'il voulait voir les enfants, entrant dans la chambre, se penchant sur leur lit, donnant un coup de poing dans l'épaule de Dante qui était encore levé. « C'est Dante ? Il faut que tu viennes, moi je te trouve ce que tu veux, tu veux travailler à la ville ? Tu n'as qu'à dire, Merani, Rancaurel, je leur parlerai de toi, charpentier, chaudronnier de la ville, huissier à la mairie, quand tu auras fait ton service, tu l'auras ta place à la ville. Ils se fatiguent pas, ils gagnent, viens voir ton oncle. » Luigi ne possédait pas encore le Castèu. Il avait quitté le Casino de la Jetée au moment de partir à l'armée mais il avait été exempté et n'avait pas repris. « Je me débrouille », disait-il en clignant de l'œil. Les cheveux bouclés, le visage rond, il avait le corps nerveux. Il s'habillait comme un monsieur, des vêtements légèrement serrés à la taille. Il montrait à Vincente et à Dante un rasoir mécanique « tous les jours, disait-il, je me rase tous les jours, c'est un cadeau, une Américaine. Là-bas... ». Il passait ses doigts sur sa joue, « là-bas, ils se rasent même deux fois par jour ». Il ne gardait plus qu'une mince moustache comme un trait noir.

Il s'était assis sur le bord de la table.

— Je vais leur faire des cadeaux à tous, à Noël.

Lisa restait près de Vincente et il l'ignorait, ne parlant qu'à son frère, changeant tout à coup de voix.

— Regarde.

Il avait sorti de sa poche une montre de gousset, en or, avec une longue chaîne, il la remontait, écoutait le battement, le faisait entendre à Vincente, tendait la montre à Lisa mais elle se détournait, s'éloignant, sortant de la cuisine, fermant la porte derrière elle pour ne pas entendre, pour ne pas se laisser aller à la colère. C'était le frère de Vincente. Plus tard, quand Vincente s'était allongé près d'elle, sur le lit, elle avait attendu qu'il se mette à parler, expliquant que Luigi lui avait laissé cette montre en dépôt, il avait une dette à régler ce soir, le mont-de-piété était fermé, eux pouvaient la déposer s'ils avaient besoin. Vincente avait donné la moitié des économies, celles cachées au-dessus du fourneau dans une boîte à biscuits en métal. Il avait cherché le corps de Lisa, la touchant du bout des doigts, mais elle s'était tournée, se mettant sur le côté, à l'extrême bord du lit, cet argent qu'elle économisait, ces pièces qu'elle laissait tomber pour écouter leur bruit sur le métal, qui lui permettaient de payer aux enfants le cirque, quand les forains montaient leur tente place d'Armes, qu'à coups de masse, à sept ou huit hommes, frappant en cadence, ils enfonçaient les piquets. Et Lisa écoutait les battements de son cœur, choc de la masse sur le piquet.

— Qu'est-ce que tu as ? demandait Vincente. Il a laissé la montre, elle est en or.

— Il t'a volé, je sens qu'il t'a volé.

L'un et l'autre, à voix étouffée pour ne pas réveiller Antoine et Violette, ils s'étaient affrontés, insultés, Lisa tassée ne bougeant pas, Vincente se levant, disant qu'il porterait la montre dès le matin, qu'elle retrouverait cet argent qu'il gagnait, qu'il ne buvait pas, et il allait lui aussi se mettre à boire, comme tous, pourquoi lui, seulement lui, à ne rien se payer, Gancia rentrait ivre et sa femme...

— Tu ne trouveras plus personne, avait dit Lisa, en se levant à son tour.

L'un des enfants avait bougé et Lisa et Vincente s'étaient recouchés. Le matin, il était passé au mont-de-piété, faisant la queue devant les comptoirs grillagés, tendant la montre et l'employé la retournait, l'écoutait, accrochait une étiquette au remontoir, remplissait une fiche qu'il faisait glisser à Vincente, « signez ou faites une croix » et il montrait l'emplacement de son doigt. Il avait compté trois pièces, reprenant la fiche, glissant l'argent vers Vincente avec un reçu, regardant déjà la jeune femme qui poussait Vincente de l'épaule pour prendre sa place devant le comptoir. Vincente comptait les pièces.

— C'est du cuivre, c'est pas de l'or, si vous voulez la reprendre. Déjà il soulevait la montre.

Vincente n'avait plus vu Luigi depuis ce temps-là.

Il entrait au café de Turin. L'odeur de sciure humide et de tabac, la musique, les voix des garçons, peu de choses avaient changé. Il semblait à Vincente que Carlo allait s'asseoir à une table, au bord de la scène ; il s'immobilisa, ces souvenirs comme une crampe, il faudrait marcher et le muscle se tend. Ils étaient venus tous les trois, ils étaient frères, ils avaient dans la mémoire les mêmes voix, le père qui dit « mais qu'est-ce qu'ils veulent, qu'on crève », et la mère « allons, laisse, ils sont les plus forts ». Ils avaient vu derrière la maison de Mondovi le même jardin, ils avaient marché sur la même route ; à eux trois, ils maintenaient serrés comme les branches liés d'un fagot, ce passé, leur vie, l'enfance, la cuisine de la maison, et le père que les hommes portent et déposent sur le lit. Le fagot s'était défait. Plus personne jamais ne pourrait dire ce qu'ils étaient, eux cinq, autour de la table, quand la mère posait le plat de faïence, la polenta fumante, dure, la cuillère de bois y tenant droite. Plus personne ne pourrait rassembler les branches.

La voix de Luigi :

— Je t'attends sous les arcades, devant la poste.

Quand Vincente le rejoignit, Luigi était appuyé à une colonne, allumant une cigarette, en offrant une à Vincente qui refusait, qui le regardait. Il avait peu changé, peut-être maigri, une perle piquée dans sa cravate. Il regardait Vincente, le visage baissé, les yeux levés, si peu de chose change que c'était le même visage, le même regard qu'il y a des années chez les Merani, quand Luigi s'asseyait à la cuisine, mangeait avidement, et plus loin encore, c'était l'enfant à Mondovi, que la mère prenait contre elle, qui pleurait, qui tendait la main en direction de ses frères, pour les accuser, se plaindre.

— Il faut que tu m'aides, dit Luigi, je peux pas autrement.

Dante lui ressemblait-il ? Le front, les cheveux peut-être. Et il ressemblait aussi à Carlo, à Lisa. Elle s'inquiétait. Louise avait dû rentrer avec le sac de charbon, Antoine et Violette qu'elle avait appelés s'étaient assis et Lisa disait « ne mangez pas encore le pain, attendez ». Dante se lavait dans la cour, et Lisa passait sur le balcon, l'appelait pour qu'il monte. Un autre passé déjà rassemblé autour de Vincente, en chacun de ses enfants, une autre famille.

— Écoute-moi, dit Vincente, il y a Lisa, les enfants.

— C'est rien, dit Luigi, mais pour moi c'est beaucoup.

Vincente secouait la tête.

— Je veux même pas savoir.

Luigi écrasa la cigarette contre la colonne.

— Moi, je vais te dire.

Vincente s'éloignait, Luigi marchant près de lui, plus petit.

— Mais pourquoi tu es venu, alors, tu pouvais rester chez toi, qu'est-ce que tu es venu foutre alors ?

Cela s'était donc fait sans même qu'ils le sachent. Ils étaient allés chacun de leur côté, branches qui s'écartent. Ce passé commun, un autre le recouvrait et il fallait choisir. Luigi saisit le bras de Vincente. C'était entre Mondovi et Nice qu'il prenait ainsi son bras, quand Cario devant eux avançait sans se retourner sur la route, que Luigi s'accrochait à sa manche. Quand la voiture du docteur Merani s'était arrêtée. Ils l'avaient laissé monter seul, ils s'étaient séparés de lui.

— Tu veux pas m'aider.

Luigi forçait Vincente à s'immobiliscr.

— Je peux pas.

— Tu peux, dit Luigi, je te jure tu peux, c'est la seule fois et c'est rien.

Quand il pleurait, la mère le serrait contre elle et elle disait « qu'ils viennent maintenant ».

— Tu es mon frère, dit Luigi, si je peux pas à toi, alors !

— Qu'est-ce que tu veux, dit Vincente.

— Rien, dit Luigi, rien.

Sa voix bondissait, joyeuse tout à coup et cela faisait à Vincente du bien et du mal. À qui prenait-il s'il donnait à Luigi ?

— Écoute-moi, disait Luigi, je vais t'expliquer...

25

Les buffets dans le salon d'apparat de la préfecture avaient été dressés devant les fenêtres. Ritzen en entrant alors que la pièce était encore vide, ces parquets reflétant le soleil et le cristal des trois lustres éclairés malgré la forte lumière du jour, fut saisi par la beauté du décor, ces têtes de palmiers qu'on apercevait en arrière-plan, le rose et le vert des façades comme un rideau lointain d'une scène baroque, les œillets, les citrons, le jaune agressif, coup de pinceau sur la toile blanche. Le chef du protocole et le commissaire chargé des déplacements présidentiels traversaient le salon en courant, l'interpellant parce que Ritzen venait de donner l'ordre d'ouvrir les fenêtres, de laisser le reflet de la ville, la mer, entrer.

— Vous êtes fou, disait le commissaire.

Ritzen le prit par le bras, le conduisit en contournant les buffets jusqu'au bord de la fenêtre, lui montrant la place lointaine, les grilles devant lesquelles tous les cinq pas se tenait un cuirassier en grand uniforme sabre au clair. Dans les jardins de la préfecture, le dos aux grilles, d'autres soldats montaient la garde.

— Où voulez-vous que se mette votre lanceur de bombes ? Dans les palmiers ?

Le commissaire bougonna, laissa les fenêtres

ouvertes, répétant que c'était lui qui était responsable.

— Si quelque chose...

— Je réponds de la ville, dit Ritzen en l'interrompant.

Cosmopolite, bruyante, mais calme. Quelques extrémistes, des étrangers à la cité, Parisiens ou Russes naturalisés, des voyous prudents, des princes qui se minaient au jeu. Le casino, les bordels de la place Pellegrini, deux ou trois bars, le Castèu, la Crotta, la maison des syndicats rue Emmanuel-Philibert, ces lieux pour Ritzen étaient des points de fixation de l'infection. Des abcès qui tiraient à eux ce qui pourrit dans une ville, dans un corps social. Hier soir encore, parce que le président de la République arrivait, il avait fait inspecter les bordels et les cafés, comme un médecin qui tâte pour savoir s'il doit opérer. Crever l'abcès, envoyer à Cayenne.

Pour se rendre au Castèu, il avait traversé la vieille ville, s'attardant rue Droite, rue Sainte-Réparate, dans les odeurs de fruit sur, de cave humide. Au Castèu, Gobi Revelli, depuis l'affaire du bordel, venait manger dans la main. Ritzen n'avait même plus à le convoquer. Dès que Luigi recueillait un renseignement, il se présentait, après six heures, à l'hôtel de police, et il commençait à parler. Ritzen lui serrant la main amicalement, le faisant asseoir. « Vos socialistes, disait Luigi, Karenberg, je ne sais pas ce qu'ils ont en ce moment mais ils se remuent. » Parfois, il donnait un truand de passage, un Marseillais, un Parisien qui s'attardaient trop, qu'on avait sans doute avertis d'avoir à quitter la ville mais qui tentaient de s'y faire une place. « On a un drôle de visiteur, disait Revelli, il vient d'en haut, Paris, un malin. »

Tout est dans l'art du dressage, pensait Ritzen en écoutant Revelli.

— Tu sais, disait brusquement Ritzen, le témoignage de ton frère, bien sûr...

D'avance il arrêtait les protestations de Luigi Revelli.

— Bien sûr, c'est un honnête travailleur, famille, je sais tout ça, mais c'est ton frère, pour moi le témoignage ne vaut rien, il y a entente, mais je ne veux pas vous ennuyer, ni lui ni toi, s'il me dit que tu as passé la nuit chez lui, moi je le crois, je le crois, enfin...

Luigi Revelli passait chaque nuit à l'hôtel qu'il possédait place Pellegrini.

— Pas cette nuit-là, monsieur le commissaire, pas cette nuit-là, j'étais chez mon frère, toute la nuit, on a parlé, vous savez on se voit jamais, alors cette nuit-là il vous dira.

Un petit alibi, mais ajouté aux autres, aux déclarations de la vieille Madame George qui répétait provocante :

— Je vous jure, monsieur le commissaire, M. Gobi, je l'ai vu dans l'après-midi, il m'a dit, ce soir, je vais chez mon frère, je vous jure, sur la tête de ma mère !

Et trois ou quatre femmes étaient prêtes à jurer aussi. Plus le frère. À quoi bon ? Et d'ailleurs, ce n'était sûrement pas Revelli. L'inspecteur Carlier qui connaissait son monde répétait :

— Trop malin Revelli pour mettre la main à la pâte, mais il se couvre deux ou trois fois, c'est plus sûr, si quelqu'un a voulu lui faire porter le chapeau, il se met à l'abri.

Ritzen et Carlo étaient un matin sur le pas de la porte de l'une des chambres d'hôtel. Le lit, la forme, comme un renflement de matelas, une femme couchée sur le ventre, les draps ne couvrant que les mollets, les cheveux lui cachant le visage, les bras écartés, les mains retombant de chaque côté du lit et c'était cela, ses mains ouvertes, comme détachées du corps, qui faisait qu'on ne pouvait croire au sommeil. Lucienne, la bonne, l'avait découverte :

— Hé, l'Anglaise, hé ! l'avait-elle appelée.

Les mains restant immobiles. Madame George était montée, s'approchant du lit, et plus tard elle racontait à Ritzen :

— Vous comprenez les draps, on ne dort pas comme ça, avec les draps sur les mollets, hein, on se couvre ou on se découvre, et puis sur le ventre, j'ai pensé, ça y est, y a quelque chose !

Elle l'avait touchée :

— Là, les doigts, la main.

Madame George froissait son visage, faisait un bruit avec les lèvres :

— J'ai tout de suite compris, alors, je les ai appelés.

Ritzen était venu plus tard, parce que tenir solidement Revelli, c'était s'assurer de l'un des fils qui permettent de contrôler une ville. Alors qu'il descendait l'escalier de l'hôtel — peinture bleue des murs, tapis rouge usé jusqu'à la corde, rampe poisseuse — Ritzen écoutait Carlier distraitement :

— Le type qui a fait le coup, un type de sang-froid, il l'a ouverte et retournée sur le matelas, pour que ça ne coule pas, croyez-moi, avec Revelli vous perdez votre temps, ce n'est pas lui, on a voulu lui lancer ce crime dans les jambes, mais il a déjà pris ses précautions.

Ritzen n'avait pas perdu son temps. Il avait fait mine de croire à la culpabilité de Luigi, puis d'être sensible aux alibis :

— Ah, ton frère, tu as passé la nuit chez Vincente Revelli, ah bon, ça change tout !

Enfin, il s'était levé :

— Entre nous, Revelli, l'alibi, l'histoire de ton frère, ça ne vaut rien, les jurés n'hésiteraient pas, souteneur, patron de bistrot, gigolo, parce que avec la vieille d'Aspremont, tu vois le tableau ; alors ton alibi familial, on sait bien qu'entre frères chez les macaronis on se soutient. Si je voulais te coincer, il n'y a pas un avocat qui te sortirait de là !

Il avait posé sa main sur l'épaule de Revelli :

— Mais Luigi, je suis sûr que ce n'est pas toi, ton alibi, je l'accepte, on a voulu te jouer un tour de salaud, qui ? À toi de savoir, on peut conclure une alliance. Après tout, ce que tu fais, c'est légal.

Revelli, définitivement dressé, fidèle, obéissant.

Hier soir, Ritzen l'avait rencontré au Casteù, Revelli montrant la petite salle :

— J'ai refusé tous les militaires, y en a qui ont fait le mur c'est sûr, ils seront pas ici, croyez-moi.

Les troupes étaient arrivées dans l'après-midi, traversant la ville, de la gare aux casernes, les cuirassiers ouvrant le défilé, suivis par la musique du 7e génie et le drapeau des régiments de chasseurs et l'infanterie coloniale.

Le général Tourmelin commandant la région militaire avait confié à Ritzen :

— Le président verra que nous sommes prêts, ici c'est la frontière, vous comprenez, Ritzen ? Les Italiens, avec eux, sait-on jamais ? Après tout, ils sont toujours les alliés de Berlin et de Vienne, leurs démonstrations d'amitié, moi ? Picquart a raison d'envoyer ces troupes, puisque le duc de Gênes sera là avec Fallières, autant faire une démonstration de force, ce n'est jamais inutile.

Le président de la République, Armand Fallières, était arrivé le matin du 25 avril en gare de Nice, accompagné du général Picquart, ministre de la Guerre, du ministre de la Marine et de Clemenceau.

Vidal, le préfet, avait été inquiet toute la semaine, rencontrant Ritzen chaque jour :

— Vous êtes sûr que les syndicats ou les socia-

306

listes... ? Une manifestation contre Clemenceau, et vous et moi, Ritzen, nous trinquons.

Ritzen était tranquille. Quelques bavardages, quelques inscriptions sur les murs dénonçant : « l'assassin des travailleurs », « le Napoléon des flics » tout cela était facile à contenir. Il avait convoqué Sauvan. Le charpentier avait refusé de s'asseoir, Ritzen se contentant de l'avertir :

— Je vous fais coffrer si je le juge nécessaire, vous protesterez mais le Président sera parti.

Son intention était de menacer, mais Vidal insistait, et Ritzen, le 24 avril, alors que les troupes défilaient, les badauds applaudissant tout au long de l'avenue de la Gare, avait fait arrêter une dizaine de meneurs, Sauvan, Lambert, Borello, l'instituteur, Clément, un électricien qui, depuis un an, s'était mis en tête de constituer un syndicat dans les Alpes-Maritimes.

« Ce sont des mesures arbitraires », disait Karenberg à Ritzen. Il était accompagné de maître Bardon, un avocat au barreau dont l'appartenance au parti socialiste était connue.

— Asseyez-vous, disait Ritzen, je vous en prie. Et ne dramatisons pas.

Maître Bardon invoquait les droits de l'homme, le respect de la constitution, l'article 22, l'abus de pouvoir.

— Monsieur le baron et moi, mon cher maître, sommes de vieilles connaissances, je suis républicain, je respecte toutes les idées, mais pas les menaces contre l'ordre républicain. Si l'on se tient dans le cadre de la loi, comme vous Messieurs, je n'ai rien à dire, au contraire, rien ne dit que je ne vote pas pour M. Karenberg aux prochaines élections, pourquoi pas, d'ailleurs vous recevrez l'un et l'autre une invitation pour la réception du président de la République à la préfecture.

Les invités commençaient à entrer dans le salon d'apparat. On avait convié tous les maires du département. Ceux des hautes vallées alpestres, écharpe tricolore, costume de velours foncé, gardaient leur béret à la main, avançaient à pas lents, hésitant à s'approcher des buffets. Le maire d'Antibes, le notaire Guidicelli, reconnaissait Ritzen, lui parlait de son beau-père, « Sartoux devrait me succéder », disait-il, « et pourquoi pas ? ». Il se penchait vers Ritzen, « vous-même, plus tard, quand vous serez à la retraite ». Il entraînait Ritzen loin de l'entrée où s'agglutinaient les invités qui n'osaient pas, semblait-il, se détacher les uns des autres.

— Dans un département comme le nôtre, avec cette population étrangère, calme en général, mais n'est-ce pas, voyez ce qui se passe dans les Balkans, la guerre n'est pas impossible, et demain, demain ? Je crois que les citoyens ont besoin d'être guidés par des hommes comme vous qui sont attachés à l'ordre, pensez à votre beau-père, il serait facilement élu, je ne compte pas me représenter, et lui dans la place, pour vous...

— Mon cher maire, que complotez-vous ?

C'était Merani, joyeux, sa femme souriante, une robe blanche serrée à la taille, se tenait en retrait un peu méprisante.

— Merani, qu'en pensez-vous ? interrogeait Guidicelli. Je souhaitais que Ritzen devienne un jour l'un de nos maires, son beau-père est d'Antibes, il se présente, je fais campagne pour lui et le beau-père passe la main au beau-fils.

— Pourquoi pas en effet, dit Merani, mais quelle générosité ! Ritzen, un homme politique ne donne rien pour rien même quand il se retire, et Guidicelli est un homme politique jusqu'au bout des ongles.

— Moins que vous, docteur.

— Vraiment je ne sais pas.

Il y eut sur la place un roulement de tambour, des acclamations que couvrait l'éclatement vif des clairons. Tout le monde se précipita vers les fenêtres, les serveurs eux-mêmes se tournant. Le cortège présidentiel venait de pénétrer sur la place. Le landau, entouré de cuirassiers qui faisaient autour de lui deux traînées scintillantes et mouvantes comme les écailles de la mer, s'immobilisait. Le président Fallières soulevait son haut-de-forme, le tenait à bout de bras. Un homme trapu aux cheveux et à la barbe blanche qu'accueillaient Rancaurel et le préfet, le protocole ayant décidé que les présentations se feraient dans le salon d'apparat. La musique jouait maintenant *la Marseillaise*. Ritzen s'éloigna des fenêtres, parcourant à pas lents la salle où les invités se tenaient immobiles. Le chef du protocole demandait aux maires de se ranger sur l'un des côtés, les autorités militaires leur faisant face, les personnalités du département se trouvant au fond. Ritzen reconnut Carlo Revelli au moment même où Helena Hollenstein l'apercevait. Il était au dernier rang des invités mais il les dominait de la tête, paraissant plus grand peut-être aussi parce qu'il semblait absent, le visage levé comme s'il regardait les lustres. Ritzen eut un moment d'inquiétude. Il avait toujours imaginé le stratagème obstiné d'un anarchiste, dissimulant des années durant ses idées, pour s'approcher peu à peu dc sa victime, franchissant les mailles, entrant enfin dans la salle du trône, reçu par le roi et le tuant. Ritzen se fraya un passage, vit Helena, se souvint de cette femme assise dans son bureau, attendant qu'il libère Karenberg, c'était en 1894. Caserio venait de tuer le président Carnot. Son inquiétude se fit plus vive, comme si ces coïncidences annonçaient la répétition, l'événement. Il atteignit Revelli, se plaça près de lui au moment où Fallières précédé par deux officiers de cuirassiers, le sabre appuyé à l'épaule, entrait dans la salle. Rancaurel marchait près de lui. Le général Tourmelin se tenant en retrait entre eux. Ritzen regarda Carlo. Il n'avait pas bougé. La même moue, l'immobilité, les mains derrière le dos. Rancaurel et le préfet présentaient les maires du département au président Fallières. Ritzen toucha le bras de Revelli.

— Monsieur Revelli.

— Ah, dit Carlo.

Ritzen se détendit. Le visage de Carlo était celui d'un homme qui s'ennuie.

— L'anarchiste a fait du chemin, dit Ritzen.

Il regretta sa phrase provocante.

— Vous non, dit Revelli, vous êtes toujours flic. On s'emmerde pas à être flic toute sa vie ?

Ritzen eut l'impression que Revelli lui crachait en plein visage. Il eut envie de prendre Revelli par le bras, de le bousculer, d'appeler, Carlo avait détourné la tête, une femme à ses côtés lui disant quelques mots, cherchant à voir Ritzen. Il y eut des applaudissements. Le président Fallières au centre du salon, son haut-de-forme à la main, la poitrine et le ventre en avant, venait de dire quelques mots que Ritzen n'avait même pas entendus. Fallières, d'un geste, interrompit les applaudissements, reprenant « Nice, ville française, Nikaia des Grecs, Nicae des Romains, est peut-être le lieu où les civilisations de la Méditerranée se marient le mieux avec le présent. Latine et républicaine, je salue Nice, ville des fleurs, ville des arts, du sourire et du travail, Nice qui saurait, si besoin était, défendre comme jadis les cités grecques, ses libertés qui sont celles de la France ».

Ritzen reconnut Clemenceau derrière le Président. Le visage était inexpressif et pourtant

Ritzen devinait le regard sarcastique du ministre de l'Intérieur. Au milieu des applaudissements, Fallières se dirigeait vers un petit salon où il allait recevoir les délégations, cependant que les invités se pressaient déjà devant les buffets.

— Vous avez pu voir Clemenceau ? demanda Merani.

Ritzen sursauta. La phrase de Carlo Revelli n'était pas effacée. Il répondit d'un signe négatif.

— Ne le voyez pas, il est condamné !

Merani se retournait, s'inclinait devant Helena.

— Helena, Helena, il faut que le président de la République vienne à Nice pour que je vous rencontre.

Helena avait le visage couvert de sueur et elle s'appuyait au bras d'un homme très brun qu'on pouvait prendre pour un Italien du Sud, mais le visage était trop fin, sans les arêtes qui soulignent les traits des Siciliens.

— Mon mari, dit Helena, Gustav Hollenstein.

— Hollenstein, c'est vous ?

Merani s'exclamait :

— C'est vous qui faites construire cet immense palace sur la promenade des Anglais, vous êtes audacieux, nous avons déjà un Roumain, Negresco !

— Il y a de la place pour tous, je crois, dit Hollenstein.

— Vous êtes sujet austro-hongrois ? demanda Ritzen.

— Viennois, Viennois.

Ritzen était mal à l'aise, les phrases lui échappaient.

— C'est notre policier en chef, dit Merani, il sait tout sur tous, un homme dangereux et précieux, vous vous souvenez Helena, c'était... je préfère ne pas savoir...

— Quinze ans, dit Ritzen.

— Ah, vous vous souvenez, dit Merani, c'est vrai que la mémoire est une qualité policière.

Merani s'interrompit.

— Je cherche ma femme, dit-il. Vous avez vu Ritzen ? C'est trop drôle !

Il montrait Carlo Revelli qui s'était assis de l'autre côté du salon, sous l'une des grandes tapisseries des Gobelins représentant la cueillette des olives par des Niçoises en costume local.

— J'ai vu, dit Ritzen.

— Vous avez vu, Helena ?

Elle fit oui sans même tourner la tête, Ritzen remarquant sa rougeur, sa respiration difficile, Merani au contraire tout à son récit reprenait :

— Vous vous souvenez, c'était dans votre bureau Ritzen, vous aviez cucilli un certain nombre d'anarchistes et le baron Karenberg et Carlo Revelli. monsieur Hollenstein, je ne sais quelle est la situation en Autriche-Hongrie, mais en France, c'est un chassé-croisé, les aristocrates, les bourgeois — prenez Jaurès — deviennent socialistes, anarchistes et les ouvriers propriétaires, je vous parlerai un jour de Revelli...

— L'entrepreneur ? demanda Hollenstein.

— Tenez...

Merani montrait Revelli qui s'était levé, parlait à demi courbé à un homme petit, aux moustaches retroussées.

— Il parle avec Negresco, c'est un autre exemple, un Roumain, qui en 93 n'était qu'un commis de restaurant à Monte-Carlo, puis directeur du restaurant du Casino municipal et aujourd'hui à la tête de deux sociétés chacune au capital de 2 500 000 francs.

Elisabeth d'Aspremont venait de rejoindre son mari qui la présentait, continuait :

— Ma femme vous dirait que je m'étonne du jeu normal de la démocratie, le va-et-vient.

— Qui finance ? dit Hollenstein, c'est toujours la question, derrière Negresco il y a les automobiles Darracq, les soufrières de Marseille.

— Et derrière vous ? demanda Merani en riant.

— Il y a moi simplement.

Helena donnait des signes de fatigue. Ritzen qui l'observait remarqua qu'elle fermait les yeux dès qu'elle pensait qu'on ne la regardait pas. La sueur coulait de ses tempes et laissait de chaque côté des oreilles une fine traînée dans la poudre.

— Je voulais utiliser l'entreprise Revelli pour ma construction, continuait Hollenstein, je ne sais pas pourquoi Revelli a toujours refusé, je n'ai même pas pu discuter les conditions éventuelles.

— Son contrat avec Negresco le lui interdit sans doute, dit Merani.

— Peut-être, dit Hollenstein.

Le président Fallières sortait du salon en compagnie du préfet, du maire et de Clemenceau. Merani s'excusa. Hollenstein et Helena s'éloignèrent.

— Vous savez, dit Guidicelli, en retrouvant Ritzen, ma proposition est sérieuse. Merani vous mettra toujours en garde, il voudrait être le seul homme politique du département, qu'il soit ministre, puisqu'il ne pense qu'à ça !

De la place montaient à nouveau des acclamations, les notes vives des clairons qui ouvraient et fermaient le ban. Dans le salon, la brouhaha des voix s'amplifiait. Merani pérorait au milieu d'un groupe de maires et Elisabeth d'Aspremont regardait ironiquement son mari.

Ritzen vit Helena Hollenstein qui seule, Hollenstein la suivant, la tête baissée, traversait les jardins de la préfecture. Elle allait, d'une démarche rapide et nerveuse, cambrée.

Sur le perron, sa femme lui tenant le bras, Carlo Revelli, immobile, paraissait attendre qu'elle s'éloigne pour s'avancer à son tour.

26

Helena téléphonait vers cinq heures de l'après-midi à la station de taxis-autos qui se trouvait devant le Casino municipal, place Masséna. Trois ou quatre taxis, leurs chauffeurs assis à l'ombre des arcades, s'alignaient près des fiacres depuis qu'en juillet 1909 le syndicat des maîtres cochers de Nice avait accepté la création de ce service automobile. Bientôt, elle n'eut plus à téléphoner, l'un des chauffeurs lui proposa de venir régulièrement la chercher et elle accepta. Mais, dès que cinq heures approchaient elle était prise de remords, lançant son chapeau sur un fauteuil, appelant Italina, la nourrice italienne, demandant à voir Nathalie. La nourrice revenait, portant Nathalie, le visage rose comme le cœur vif d'un iris, la dentelle blanche couvrant les bras d'Italina. Helena se levait, prenait sa fille contre elle, la couvrait de caresses et de baisers. Nathalie criait.

— Qu'est-ce qu'elle a ? demandait Helena, que lui as-tu fait ?

Italina répétait calmement :

— Rien Madame, rien, elle pleure comme tous les enfants.

— Nourris-la, fais quelque chose.

Helena s'affolait et parce qu'elle ne pouvait plus entendre ces cris, elle se bouchait les oreilles. Italina reprenait Nathalie et Helena s'allongeait sur le lit. Elle dégrafait sa robe, pressait sa poitrine douloureuse comme si elle avait eu du lait, mais elle était sèche. Sèche, creuse. Ce vide peu à peu l'envahissait, une forme vivante et sans contours, placée au-dessous des seins qui se nourrissait d'elle, était le vide plein d'elle. Elle voulait crier et le mot qui lui venait était Nathalie, Nathalia, Natacha. Mot-vomissement qui lui rappelait les premières semaines de sa grossesse, ce dégoût d'elle-même, et elle voulait vomir.

La joie de Gustav quand elle lui avait annoncé qu'elle attendait un enfant lui avait été insupportable. Il semblait à Helena qu'il était entré en elle par traîtrise alors qu'elle dormait, se dépêchant de la souiller, sans même la réveiller. Comment était-ce possible alors qu'il l'effleurait à peine, qu'elle demeurait immobile, les mains serrant les draps et parfois elle le repoussait d'un mouvement de ses hanches, de ses cuisses, instinctif. Il murmurait :

— Vous ne voulez pas Helena ?

Elle se levait, passait sur le balcon.

Ils habitaient une villa de trois étages, à une centaine de mètres du Magnan, vers la fin de la promenade des Anglais. La nuit celle-ci était déserte. Le jeu des phares, aux extrémités de la baie des Anges, le cap Ferrat répondant au cap d'Antibes. Souvent aussi des pêcheurs qui utilisaient le lamparo, promenant à la surface de la mer une lumière qui oscillait au gré des mouvements de la barque.

— Expliquez-moi, disait Gustav.

Il était près d'elle, tentait de lui prendre la main. Dans la nuit pleine, parfois l'inattendu chant d'un coq, venu d'une colline, Fabron ou la Madeleine et que portait le vent, se mêlait au bruit régulier du ressac.

Helena avait froid. Elle laissait Gustav l'entourer de ses bras, elle respirait profondément.

— Rien, disait-elle en rentrant dans la chambre.

Il s'allongeait près d'elle, il avançait la main, le corps, elle serrait les draps, elle était une dune, celle qui borde les étangs de Semitchasky, l'été, où la végétation ne prend jamais racine, où l'eau disparaît. Il suffit d'une brise, de quelques heures de sommeil, pour qu'à nouveau la surface soit lisse.

Le matin, quand Helena se levait, Gustav avait regagné sa chambre. Il était sans doute sur le chantier de l'hôtel ou bien le long de cette côte d'Antibes à Monte-Carlo où il achetait des villas, des terrains, investissant l'argent des immeubles vendus à Berlin, à Vienne, à Brno puisque Helena ne voulait plus retourner là-bas.

Elle prenait son petit déjeuner dans le jardin, sous les citronniers, lisait. Peggy Karenberg passait parfois avec Jean, un garçon vigoureux qui courait dans le jardin, interpellant sa mère en anglais, répétant :

— Partons maman, partons.

Il s'appuyait au bras du fauteuil sur lequel Peggy était assise, ses cheveux blonds bouclés descendant bas sur la nuque. Il ressemblait au Frédéric de Semitchasky, mais le regard était plus vif, les gestes brusques, la voix autoritaire déjà et des rires dont Helena était sûre que Frédéric jamais ne les avait eus. Elle appelait Jean elle disait : « Raconte-moi, parle russe. » Il ne savait plus que quelques phrases mais la prononciation était naturelle. Helena prenait la tête de Jean contre elle : « mon petit russe », disait-elle. Elle l'embrassait avec fougue.

— Helena, disait Peggy au moment de partir, lui tenant les mains, qu'attendez-vous ? Vous avez besoin d'un enfant, besoin.

Helena secouait la tête, les regardait s'éloigner, s'habillait à la hâte, téléphonait au taxi, s'enveloppait le cou d'une longue écharpe. Elle regardait à peine la ville, la mer. Le chauffeur jurait quand un tramway grimpant lentement la côte du mont

Boron, occupant le centre de la chaussée, il lui fallait le suivre au pas, parfois jusqu'à ce que l'on vît le cap Ferrat.

Il doublait le tramway au moment où la route surplombait la rade de Villefranche, déjà dans la pénombre, le soleil n'éclairant que les sommets des falaises, le col. Puis Beaulieu, les plages couvertes d'algues noires et grises, la longue ligne droite qui longeait la voie de chemin de fer, le chauffeur prenant de la vitesse, l'écharpe d'Helena volant et elle imaginait cet accident, cette mort nouvelle, l'écharpe s'accrochant aux roues, l'étranglant.

— Je vous attends Madame ?

Ils étaient arrêtés devant le Casino de Monte-Carlo.

— Revenez à huit heures.

Paix de l'angoisse extérieure, lumineuse et bruyante. Pertes, gains. Elle jouait peu, méthodique, lançant ses plaques comme elle imaginait qu'on agit dans un métier. À la longue, elle perdait, mais elle contrôlait ses reculs qui ne se transformaient jamais en déroute.

Gustav l'attendait au salon, des journaux viennois posés en désordre sur le tapis. Il se levait quand elle entrait, lui baisant la main.

— Vous dînez, demandait-il.

Cette tendresse égale souvent désorientait Helena, elle s'inquiétait, mentait.

— Vous m'attendiez, nous avons eu...

Alors il savait qu'il pouvait se permettre de poser ses deux doigts sur ses lèvres.

— Venez dîner, disait-il.

Il la prenait par le bras pour passer dans la salle à manger.

— J'ai eu une idée, je la crois amusante, cet hôtel, je vais l'appeler l'hôtel Impérial. Je placerai les aigles des Habsbourg sur la façade, qu'en pensez-vous ? Ma vengeance de marchand, l'empire devenant attraction touristique.

Mais d'autres soirs, quand les pairs étaient obstinément sortis contre toute logique, comme un destin vindicatif, Helena accusait Gustav de lâcheté. Elle le regardait à peine, elle disait :

— J'ai perdu. Je pensais à vous en jouant. Chaque fois, je perds, vous êtes mon signe négatif. Je ne dîne pas.

Elle traversait le salon, mais il la suivait.

— Helena, quelle importance si vous perdez.

Elle l'arrêtait sur le seuil de sa chambre.

— Je joue parce que...

— Parce que vous ne vous aimez pas.

Il tenait la porte pour qu'elle ne puisse la fermer. Elle la poussait.

— Vous croyez ne pas m'aimer, Helena, continuait-il, mais c'est vous.

Elle n'avait d'autre issue que de crier : « Laissez-moi, laissez-moi. » Il revenait dans la nuit, s'approchant du lit où elle ne dormait pas, sachant qu'il allait s'asseoir d'abord, puis lui prendre la main, et elle la lui abandonnerait par lassitude et remords.

— Helena, murmurait-il, Helena, je vous veux du bien.

Elle l'acceptait.

Mais il l'avait trahie, salie, elle était pleine de lui, elle avait envie de vomir cette chose qui allait gonfler, qui la gonflait déjà, l'obligeant à changer de robe, à renoncer aux jupes serrées qui étaient à la mode. Cette fierté joyeuse qu'il manifestait comme s'il était sûr maintenant de l'avoir à sa main.

Vomir. Mais il se précipitait, lui apportant un verre de citronnade, une menthe, l'insupportable odeur. Il rentrait plus tôt et quand elle avait voulu sortir à cinq heures, le chauffeur attendant devant la villa, il s'était, pour la première fois depuis leur mariage, opposé à elle.

— Je vous interdis, Helena. Après vous ferez ce que vous voudrez, pas maintenant. S'il le faut je...

Elle avait fait un pas. Il était devant elle, fermant la porte avec son dos, s'y appuyant.

— Écoutez-moi, après, vous...

— Si je disais,

Elle allait inventer, l'atteindre, s'emparer pour elle seule de ce qu'il avait placé en elle, elle allait dire...

— Je sais, commençait-il.

Il souriait, ne bougeant pas.

— Je sais Helena, vous irez jusque-là, dire que cet enfant...

Lui aussi ne réussissait pas à terminer sa phrase, il avait un mouvement nerveux de l'épaule, comme un tic.

— Mais de toute façon, il est de vous, n'est-ce pas ?

Il la regardait, se maîtrisant peu à peu, il l'empêchait d'inventer. Il la devançait habilement :

— C'est ce qui compte pour moi, continuait-il.

Il ouvrait la porte :

— Je renvoie la voiture, tant que vous porterez cet enfant je vous interdis, après...

Elle s'était pliée, passive tout à coup. Des journées entières elle restait dans le jardin, regardant sur la piste cavalière de la promenade des Anglais les chevaux qui prenaient le trot après le pont Magnan, se dirigeant vers la Californie, l'hippodrome du Var. Elle attendait, elle se désintéressait.

— Enfin, disait Peggy, je vous trouve si calme Helena, votre visage est beau.

Helena fermait les yeux. Elle devait reconnaître qu'elle aimait cette langueur, l'espace qui s'ouvrait devant elle.

— Comment allez-vous ? demandait chaque soir Gustav.

Elle avait décidé de dîner seule dans sa chambre, de ne plus lui répondre, mais quand il entrait, discret et attentif, qu'il disposait lui-même un bouquet de roses ou d'œillets, elle ne pouvait lui en vouloir. Elle réussissait à se taire, elle détournait la tête mais elle écoutait.

Il commençait à connaître le pays. Les premières semaines il avait parcouru en tramway la côte, partant le matin vers Monte-Carlo, ou bien louant à la journée une voiture qui le conduisait jusqu'à Vence.

Frédéric Karenberg s'étonnait, le retrouvant le soir dans leur villa de Cimiez, Peggy prenant Helena par le bras, disant : « Venez, Helena, nous allons jusqu'aux arènes », Jean s'élançant devant elles en courant.

— Mais que recherchez-vous ? demandait Frédéric, vous êtes...

— J'aime voir, comprendre, interrompait Gustav.

— Vous allez écrire ?

Gustav se penchait en avant, ses cheveux noirs, gras, brillaient. Il écartait d'un mouvement de la main des insectes qui, avec obstination, tournaient autour de la lumière blanche de la lampe à pétrole.

— Karenberg, croyez-vous vraiment que cela aurait un sens ? Ma dernière image de l'Autriche, c'est un défilé de hussards, je crois, sur la grande place de Brno, tous ces hommes chamarrés et savez-vous quel est le premier spectacle que j'ai vu à Paris, une revue militaire, mon cher Karenberg vraiment, les mots, quelle légèreté, j'ai décidé de ne plus jamais m'intéresser à ce qui est écrit, la musique soit, l'architecture oui, mais les livres, à l'époque du chemin de fer, de ces aéroplanes, du cinématographe, non, vraiment.

Il voulait dire aussi, je suis déraciné. Cette ville étendue au soleil au bord de mer, elle est belle et vaine comme une dormeuse. Où sont les bruits de voix du café Grinstedl, Karl Musselberg qui se penche vers moi et dit : « Je vous lis ces poèmes, et je me tue ! » Il boira seulement de la bière. Comment croire au pouvoir des mots ? Je parle, j'écris, Helena m'échappe, son regard suit ces officiers qui passent, le sabre traînant dans le sable du jardin.

— Je ne crois plus, Karenberg, reprenait Gustav après un silence, je ne crois plus à ma vocation d'écrivain... bref, j'en termine avec mon adolescence. Connaissez-vous l'histoire de François Blanc ?

Il racontait l'aventure du créateur de Monte-Carlo.

— Nous avons, ici, la place pour plusieurs Monte-Carlo Karenberg, je vais m'occuper de cela, ce sera ma forme d'art, mon jeu.

— Elle joue, n'est-ce pas ? demandait Frédéric.

— Elle joue, répondait Gustav. Elle joue, mais avec modération. Elle perd, bien sûr, mais vous autres, Russes, vous êtes joueurs, vous-même Karenberg...

— Moi ?

Frédéric se levait, allumait un cigare. Il regardait Helena qui rentrait avec Peggy. Peggy parlait, riait. Helena distraite, indifférente, cette force, cette passion qu'elle ne réussissait pas à faire sortir d'elle.

— Vous, Karenberg, vous jouez avec les idées, vos théories, votre internationale socialiste, votre politique, un jeu qui vaut le sien, des abstractions. Je vais, moi...

Il s'interrompait. Helena arrivait sur la terrasse. Il se levait :

— Vous avez froid ? demandait-il.

— Tu te souviens, disait-elle à Frédéric, cette terrasse, les heures ici, le matin...

Elle s'asseyait, à l'écart, Peggy allait et venait, Gustav guettait le visage d'Helena, hésitait à poursuivre, commençait avant même d'évoquer ses projets par dire :

— Vous êtes des aristocrates russes, et je suis un marchand, je sais le sort que les tsars ont réservé aux marchands.

— Votre hôtel ? demandait Karenberg.

Helena entrait dans la bibliothèque, prenait un livre, revenait, le feuilletait.

— Je vais l'appeler l'hôtel Impérial, nous attirerons les Russes, les Allemands, les Autrichiens bien sûr, et donc, les Français, plus tard, nous aurons même les Anglais et les Américains.

— Je ne vous comprends pas, votre fortune, vous...

— Voulez-vous, vous aussi, que je vive de mes rentes, c'est une agonie, ce n'est pas une vie.

Gustav s'emportait, marchait sur la terrasse, ne regardait pas Helena.

— Il y a trois activités, il n'y en a que trois, le sabre, l'esprit, l'or. Je hais le sabre, je le hais, Karenberg, plus que vous. Je sais ce qu'est la guerre, je ne l'ai pas vécue, mais d'autres, que j'aimais, l'ont vécue. Avec le sabre, on éventre et cela s'est fait, et cela se fait. L'esprit ?

Il montrait la ville, au loin.

— Ici ? continuait-il. Il faut un terreau, ici l'on jouit, Karenberg, on joue, on gaspille. Que voulez-vous qu'il me reste ? L'or. Je vais faire de l'or. Vous pourrez dire en bon aristocrate russe que je suis un marchand juif. J'en suis assez fier.

— Marx était juif, mon cher Hollenstein. Dites que vous choisissez d'être comme tout le monde, avec plus d'intelligence sans aucun doute.

— Voyez-vous, Karenberg, vous devriez comprendre que je hais, que je hais cette société plus que vous ne le pourriez jamais, mais quoi ? Moi, tout seul ?

Il regardait Helena. Elle tournait des pages, la tête obstinément baissée. Il voulait...

— Je m'emporte, excusez-moi, disait-il seulement en changeant de ton.

— Vous êtes un passionné, mon cher Gustav.

Frédéric lui prenait l'épaule.

— Et votre concurrent, ce Negresco ? demandait-il.

— J'inaugurerais avant lui, s'il n'avait pas ce Revelli qui connaît son métier.

— Revelli, drôle de personnage, disait simplement Karenberg. Depuis que son beau-père est mort, c'est une puissance en ville.

— Je le rencontre partout, dit Hollenstein.

Au-delà du Var, Gustav Hollenstein avait découvert des terrains sableux, des pinèdes qui s'étendaient jusqu'en bordure de la mer. Il avait arrêté l'automobile sur l'un des sentiers qui, partant du cap d'Antibes, se dirigeait vers l'ouest, vers Cannes. Les îles de Lérins, au loin, des rochers affleurant au bord du rivage, une légèreté de l'air, et la plage sur laquelle il avait marché, du sable presque blanc. Il avait décidé d'acheter, vu Maître Guidicelli à Antibes, rencontré des paysans qui abandonnaient facilement des terrains improductifs parfois marécageux quand les traversaient une rivière, le Loup, la Brague. Seulement les zones les plus plates, celles du bord de mer, où Hollenstein imaginait construire un autre Monte-Carlo, étaient déjà vendues.

— Il y a peu de temps, disait Guidicelli. Revelli, l'entrepreneur. Il achète. N'importe où. Dès qu'il a de l'argent, il achète de la terre. C'est un Piémontais. Ils ne croient qu'à ce qu'ils peuvent toucher de leurs mains ou de leurs pieds. Ne leur parlez pas d'emprunt russe, ou d'action de chemin de fer, même s'ils sont millionnaires, le sol, la terre, c'est tout ce qu'ils connaissent. Et têtu, je ne vous en dis rien.

Hollenstein avait rencontré Carlo Revelli, chez le notaire. « Ce sera inutile, avait dit Guidicelli. Mais si vous y tenez ! »

Carlo les avait fait attendre, ne s'excusant pas, refusant le fauteuil que le notaire lui désignait.

— Ce n'est pas la coutume, disait Guidicelli, mais monsieur Hollenstein...

Hollenstein avait interrompu le notaire :

— Vos travaux pour Negresco, j'ai toujours regretté que nous n'ayons pu, vous et moi... Tout le monde me dit tant de bien de votre entreprise, et maintenant ces terrains que j'espérais pouvoir acheter, car je voudrais...

— J'ai acheté, ce n'est pas pour revendre, monsieur.

— Même à un très bon prix, disait Guidicelli, monsieur Hollenstein...

— Je ne vends pas ce que j'achète. Ce n'est pas une question de prix.

— C'est davantage du sable que de la terre.

— Mais je l'achète pour le sable, il en faut.

Revelli s'était animé, s'asseyant sur le bras d'un fauteuil, expliquant que la côte manquait de sablières, que le concassage coûtait cher, faire venir le sable du Nord, même par chemin de fer, cela augmentait les coûts. « C'est Forzanengo qui m'avait parlé de ces terrains, il avait pensé à ça. Sur toute la côte, avant l'Estérel, c'est la seule zone, je fais charger, c'est moins cher que les carrières. Je ne sais pas ce que vous voulez en faire, mais moi, ce sable, c'est du pain pour mon entreprise, je ne peux pas vous le vendre, même vous me donneriez

324

de l'or. Avec de l'or je peux pas faire du ciment ou du mortier. Le sable pour moi, c'est tout, c'est mon travail. »

— Intelligent ce Revelli, disait Karenberg. Autrefois un anarchiste, un petit voleur, tu te souviens Helena ?

Elle fermait le livre, hochait la tête.

— Il a toujours terrorisé ma petite sœur, je vous ai déjà raconté cela, je crois ?

— Mais oui, mais oui, disait Helena.

Elle entrait dans la bibliothèque.

— Nous partons, disait-elle.

— Vous ne dînez pas ? demandait Peggy.

— Nous partons.

Gustav Hollenstein la suivait, souriait, faisait un signe de la main, disait parfois :

— Toute l'autocratie russe dans une baronne balte, épouse d'un juif viennois, au revoir, Frédéric, faites rapidement la révolution, qu'on nous libère.

Peggy riait, embrassait Gustav, disait :

— Je vous adore, Gustav !

— Parce que vous êtes anglaise, le Parlement, la Chambre des communes.

— Vous vous imaginez qu'on s'intéresse à vos affaires de sable, de construction d'hôtel ? disait Helena dans la voiture. Vous êtes naïf, Gustav.

Et pourtant, depuis qu'elle était enceinte, elle l'écoutait. Il s'asseyait dans sa chambre, il parlait, sachant qu'elle ne répondrait pas, il expliquait qu'il allait vendre les derniers immeubles de Vienne, acheter ici, encore. Il parcourait le pays, se perdant parfois dans d'étroits chemins qui descendaient, raides, le long des collines caillouteuses, puis il était sûr que ce que François Blanc avait réussi à Monte-Carlo, il pouvait l'entreprendre ailleurs, dans la région.

— Ces princes, disait-il, vous Helena, vous êtes ici, les autres suivront. Cela se passe toujours ainsi. Les gros animaux mangent la viande, les petits rongent l'os, et ensuite, viennent les insectes. Pour l'instant, nous en sommes à la viande, je pense à l'os.

Il parlait une ou deux heures, puis il embrassait Helena, la main, le front, qu'elle ne dérobait pas.

— Vous vous sentez bien ? demandait-il avant de sortir.

Souvent, elle n'avait pas le courage de se taire.

— Bien, disait-elle seulement.

Mais cette somnolence, cette passivité l'abandonnèrent les derniers jours. Elle eut à nouveau envie de vomir, le bas-ventre brûlant, lui échappant, se contractant, et sa respiration suivait ce rythme musculaire, une douleur, une tension, un souffle. Elle transpirait, refusant d'appeler, mais le souffle se transformait en cri. Gustav entrait au milieu de la nuit, hurlait :

— Mais pourquoi ne m'appeliez-vous pas, vous voulez qu'il meure ?

Il sortait en courant. docteur, sage-femme, compresses froides sur le front et l'eau glissait dans le cou d'Helena. La clinique Saint-Antoine. Gustav qui tentait de lui prendre la main et Helena avait un sursaut pour se dégager. Cette boule vivante, ces piquants dressés, cette boule qui tournait en elle, c'était lui qui l'avait mise, sans qu'elle le désire. Comme un de ces marchands qui volent, vendent ce qu'on ne veut pas acheter.

Elle se mordait les lèvres, elle avait le goût salé du sang, la gorge pleine, s'imaginait-elle, d'un liquide jaune, les yeux, la bouche recouverts de boue, et elle ne pouvait plus respirer, elle ouvrait la bouche grande, et on allait écarter ses mâchoires, l'ouvrir, la peau allait se tendre, les joues se déchirer jusqu'aux oreilles, le sang jaillir, et elle ne pouvait pas vomir. Au-dessus d'elle, une voix, une main sur son front.

— Respirez lentement, Madame, respirez encore.

Une voix de femme.

— Ne vous inquiétez pas, tout se passe bien.

Vomir, vomir ce qu'il avait laissé. Mais il s'agrippait, accroché aux yeux, au ventre. Jusqu'aux cheveux qui semblaient s'enfoncer comme des aiguilles que l'on reprend par le dessous. Un cri, auquel elle mêlait le sien, une odeur, ce liquide tiède entre ses jambes. On posait sur elle quelque chose qui bougeait.

— Regardez, regardez-la !

Elle ouvrait les yeux. Elle se sentait sourire devant ce qu'elle avait imaginé noir, comme une araignée, ou un oursin, et qui avait la rougeur d'une peau frottée.

— Une fille, Madame, une fille !

Elle vit, derrière l'infirmière le visage d'Hollenstein, ferma les yeux.

Elle n'avait pas eu de lait. Elle avait dû rester trois semaines allongée, passant du jardin à la chambre, Italina, la sœur de la nurse qu'employait Peggy, était descendue du Piémont, un village de la montagne dont les femmes partaient pour Nice donner le lait. Italina s'asseyait en face d'Helena, se penchait sur le berceau, prenait Nathalie dans ses bras, murmurant en piémontais, le sein déjà sorti, brun, sa pointe encore plus foncée, et Helena voyait la bouche qui saisissait la chair. Dégoût. Elle fermait les yeux. Et elle aurait voulu que sa bouche se remplisse de ce lait dont une goutte perlait quand Nathalie avait fini de téter, qu'Italina rentrait avec sa paume son sein dans son corsage blanc, reposant Nathalie dans le berceau après l'avoir balancée, droite.

— Je vous la laisse, Madame.

Helena secouait la tête. Non. Qu'aurait-elle à lui donner ? Elle était creuse, sèche. Il avait jeté en elle cette vie, pour qu'elle soit dévorée et qu'elle sache après qu'il ne lui restait rien, rien à donner. Italina rentrait le berceau, mais ce creux alors plus profond encore. Helena la rappelait, lui demandait à nouveau de s'éloigner. Elle avait envie de s'enfuir, de prendre l'un de ces chevaux qui passaient sur la Promenade, d'aller tout droit, jusqu'à ce qu'une branche la heurte, en pleine poitrine, comme autrefois, dans les forêts de Semitchasky.

27

« J'ai cinquante ans depuis dix jours », écrivait Frédéric Karenberg dans son journal, le 17 janvier 1913.

Il hésitait à poursuivre comme s'il allait commettre une infidélité, parce que c'était le milieu de la nuit, que Peggy dormait et qu'il s'était levé pour être seul. Depuis leur mariage, il écrivait peu, des notations d'événements, quelques mots qu'il retrouvait tracés le lendemain de la naissance de Jean, il y a presque dix ans. « Mon fils ne connaîtra pas Semitchasky. Mon passé, la Russie, pèserat-il sur lui, ou bien dans ce nouveau pays, serat-il libre ? »

Emphase. Il eut la tentation de rayer la phrase mais il tourna les pages lentement et se remit à écrire. « Cinquante ans, je suis plus vieux que ne l'a jamais été mon père. J'ai doublé ce cap Horn, l'âge de sa mort. Et pourtant la dernière image que j'ai de lui dans cet hôtel de Vienne est celle d'un homme si vieux, dont je ressens qu'il sera toujours, même si j'atteins les extrêmes limites de la vie, plus âgé que moi. L'espace entre un père et un fils, peut-il jamais se réduire ? »

L'encre qui manque. Le bruit de l'eau malgré la fenêtre fermée. Frédéric se lève. Ce mois de janvier, comme un printemps inattendu. Les roses qui fleurissent. Un coup de vent le matin, un peu avant sept heures, pour nettoyer le ciel, laisser ces rouges dorés se diffuser à l'horizon. Un magma presque jaune gonfler lentement, crever sa bulbe, naissance ; l'univers-ventre, l'horizon, un sexe de femme regardé en face et le soleil monte entre les jambes écartées.

Envie d'écrire, retrouver, après des années, sa voix qui revient différente d'avoir heurté la page. Il prit de l'encre, feuilleta son cahier, relut cette dernière phrase écrite en novembre 1912, alors qu'il rentrait du Congrès de l'Internationale à Bâle, Jaurès lui ayant demandé d'être présent, comme expert auprès de la délégation française des questions russes, traducteur aussi.

L'hôtel de Bâle où ils se retrouvaient le matin, Jaurès, l'un des premiers levés comme Karenberg, et ils déjeunaient souvent seuls, l'un en face de l'autre, alors que les garçons achevaient de disposer les tables de la salle à manger, que la brume s'accrochait au Rhin. Jaurès quittait la table, passait sur la terrasse, un air humide entrant tout à coup. Il rentrait, se frottant les mains, le corps penché en avant comme si la tête massive l'entraînait, une tête de pope, de ceux dont la voix emplit la basilique.

— ... Le Rhin, Karenberg, écrire l'histoire des fleuves, le Rhin, la Volga, le Danube, le Dniepr, vous imaginez ?

Jaurès prenait la tasse de café brûlant entre les deux mains.

— L'histoire de l'Europe, depuis les origines,

c'est l'histoire des grands fleuves, préhistoire, commerce, invasions, frontières, ah, si nous pouvions enfin nous attacher à la compréhension et non plus à la rivalité, au conflit.

Un silence.

— Il faut que vous me parliez de la Russie, Karenberg, je crois que la partie c'est Pétersbourg qui va l'engager !

La guerre déjà dans les Balkans. Ces déclarations du Tsar, ces articles inspirés par la Cour, que Karenberg traduisait, qu'il passait à Jaurès, le soir après les séances du Congrès de l'Internationale, et que Jaurès commentait le matin.

— Ce qui m'inquiète, disait-il, ce sont ces liens entre Poincaré, qui sera élu président de la République dès la fin du mandat de Fallières, et le gouvernement russe. Je connais Poincaré, brillant, d'une intelligence méthodique, un obstiné, un ambitieux, un patriote bien sûr, mais son voyage en Russie, cette façon dont le Tsar a salué le « réveil militaire et national » de la France, Poincaré transformé en porte-drapeau, je n'aime pas qu'un homme devienne ainsi ce symbole, il y perd la mesure, et puis, Karenberg, il n'y a pas que l'ambition, le patriotisme étroit de ces raisonneurs, il y a la dimension humaine de la politique, croyez que ces ambassadeurs, le Tsar, dans ce climat que vous sentez mieux que moi, cette réception de Poincaré à Cronstadt, cet apparat, ils sont enfermés, la réalité humaine leur échappe.

Karenberg écoutait, parlait d'Isvolsky, l'ambassadeur de Russie à Paris, un ancien ministre des Affaires étrangères qu'il avait connu alors qu'il n'était qu'un étudiant.

— ... servile et arrogant, expliquait-il à Jaurès, pas un titre de noblesse, rien, alors le goût du pouvoir, être plus prince que les princes.

Jaurès se levait à nouveau, allait à la fenêtre, regardait le Rhin.

— Par moments, disait-il, je suis persuadé que l'Histoire avance par le mauvais côté, que nous n'arriverons pas à maîtriser ces intérêts, ces passions, en un mot, cet archaïsme, car, Karenberg, les Balkans, la Turquie, l'empire des Habsbourg, c'est une couronne d'archaïsmes autour d'une tête qui raisonne de façon barbare, la Russie, et c'est cela qui nous menace. Si nous et les Allemands nous laissons entraîner, alors les démons seront lâchés, et c'en sera fait d'une Europe, peut-être d'une civilisation. Je leur dirai...

Il avait parlé dans la cathédrale protestante de Bâle, devant les délégués du Congrès et Karenberg relisait la phrase recopiée dans son cahier, la dernière phrase qu'il avait écrite : « *Vivos voco, mortuos plango, fulgura frango*... J'appelle les vivants pour qu'ils se défendent contre le monstre qui paraît à l'horizon ; je pleure sur les morts innombrables couchés là-bas vers l'Orient et dont la puanteur arrive jusqu'à nous comme un remords ; je briserai les foudres de la guerre qui menace dans les nuées. »

À seulement deux mois de distance, le discours de Jaurès parut à Karenberg trop sonore, comme une cloche qui sonne juste, mais le tocsin résonne dans une nef vide, au-dessus d'un village dont les habitants sont sourds.

Il recommença à écrire.

« Est-ce parce que j'ai dépassé le milieu de ma vie, que chaque jour me semble plus court que ces cinq minutes que le précepteur m'accordait pour jouer après deux heures de travail dans le bureau de Semitchasky ? Est-ce la fatigue, l'essoufflement, mais je pressens une course déjà perdue entre ceux qui savent, qui voient, qui tentent de retenir l'avalanche et ceux qui précipitent les rochers, qui se laissent entraîner, sourds et aveugles ?

« Je voudrais que mon pessimisme ne soit que le fruit gris de l'âge, inquiétude de l'homme qui atteint le demi-siècle et dont l'enfant a à peine dix ans. Mais je ne peux m'empêcher de penser que l'âge, ici, n'est que lucidité plus vive, sensibilité plus grande.

« Mes origines, aussi, me prédisposent à une compréhension, peut-être plus intime de ce qu'est "l'autre côté de la barricade", comme disait Sauvan. Les Merani, bien que je sois le socialiste, l'adversaire, me reçoivent encore avec égard. Un baron Karenberg socialiste ce ne sera jamais pour eux la même chose qu'un charpentier syndicaliste. Elisabeth d'Aspremont m'accueille comme si j'étais de sa caste, quoi que je fasse, quoi que je dise. Une sorte d'artiste ou de baron vicieux, qu'on montre dans les salons en chuchotant. Je les écoute, je les vois, je sens leur force. Leur jeu, leur assurance ne me surprend pas. Ils sont les maîtres encore.

« Démocratie, tsarisme, où est la différence ? Peut-être toute forme de gouvernement ou d'organisation tend-elle à être une dictature ?

« Voir l'admirable livre de Roberto Michels sur les partis politiques. J'ai essayé d'en parler à Jaurès, de connaître son sentiment, puisque après tout, Michels parle de la social-démocratie, du poids des "fonctionnaires", et de la dictature qu'exercent les hommes qui dirigent, mais Jaurès a contesté les arguments de Michels, le mouvement socialiste échapperait à cette remise en cause de la démocratie.

« Je n'en suis pas si sûr. Toute organisation suscite une hiérarchie, toute hiérarchie suppose un pouvoir, tout pouvoir glisse à la dictature. Sauvan dirait que je suis resté anarchiste. Je cherche sim-

332

plement des moyens d'éviter ce glissement. Je demande qu'on y réfléchisse. Et quand j'échange quelques mots avec Merani, élu du peuple au suffrage universel, je constate une telle indifférence pour ses électeurs, que je me demande quel système il faudrait inventer dans une société socialiste.

« Je divague, je m'égare ? Je note simplement l'assurance et le pouvoir des classes dirigeantes.

« Il y a quelques jours à l'inauguration de l'hôtel Impérial, je voyais, côte à côte le général Tourmelin, le nouveau maire Girard, Merani, un ambassadeur austro-hongrois, des princes russes, un lord anglais, et dehors, la foule qui attendait pour applaudir. Elle applaudit les fanfares militaires. Aujourd'hui Poincaré a été élu président de la République. La raison est-elle toujours perdante ?

« Je sens notre faiblesse. Ou ma faiblesse. Il me semble que le mouvement socialiste est pareil à un homme raisonnable qui voudrait convaincre un furieux — et qui de plus a intérêt à demeurer furieux — de renoncer à la violence ! Que pourrait-il ?

« Que puis-je quand j'essaie de convaincre Helena de ne plus jouer. Peut-être mon pessimisme n'a-t-il pour cause ni l'âge ni le cours des événements, mais bien le visage d'Helena ?

« Mais n'est-ce pas la même chose ?

« Je lui parle, elle ne m'entend pas. La naissance de Natacha semble avoir ajouté une cause nouvelle à son angoisse. La façon dont elle la couvre de baisers, puis la rejette. Toujours cette manière excessive qui a été la sienne. Gustav a raison de dire qu'elle ne cherche qu'à se faire mal. Elle se fait la guerre. Et le trouble est si grand en elle — ce regard le jour de l'inauguration de l'hôtel, un animal traqué et prêt à mordre — qu'elle fait la guerre aux autres.

« Je m'aperçois depuis que je vis avec Peggy, depuis que Jean est né, que je vois mieux Helena, et même ma mère ou mon père. Peut-être moi aussi ? J'ai pris, par rapport à eux, à moi, du recul. Je crois que je les aime mieux. Mais voir ne suffit pas. Helena m'inquiète.

« En a-t-on jamais fini un jour avec l'inquiétude ? Est-elle le propre des exilés, des transfuges ? Je vis en France, je suis français, moi le fils d'une lignée qui a contribué à construire la Russie. Je suis socialiste, moi, baron, propriétaire de dizaines de milliers d'hectares dont je touche les revenus. Quand j'aurai achevé de vendre mes propriétés, je serai un bourgeois français cossu, et socialiste ! Voilà de quoi scandaliser Hollenstein ou Merani.

« Quand je regarde Jean, je me demande ce qu'il sera. Souvent je l'imagine à mon âge. Cinquante ans en 1954. L'au-delà de la moitié du siècle. Un au-delà que je n'atteindrai pas. Je sens que la mort a dépassé la ligne médiane de ma vie, de mon corps.

« Mon inquiétude ce n'est pas cela. Mais le temps va manquer pour comprendre. Ne pas savoir, ne pas assister à la naissance d'un autre monde, celui où vivra Jean. »

Karenberg écrivit la date « 17 janvier 1913 ». Puis il ajouta : « 50 ans + 10 jours. »

28

On dansait place Garibaldi. Des mâts blancs avaient été dressés tout autour de la place et on avait tendu entre eux des guirlandes bleues, blanches et rouges. Des lampions électriques se balançaient au-dessus de la piste de danse, au centre de la place, et quand Dante Revelli se haussait sur la pointe des pieds pour chercher Madeleine, il apercevait la rue de la République éclairée, elle aussi, de lanternes multicolores. Dante vit Millo qui entraînait Louise au milieu des danseurs, elle avait un œillet de papier planté dans les cheveux et les joues rouges, elle riait. Millo l'enlaçant, disparaissant avec elle parmi les couples qui valsaient. À l'écart de la piste, sur les trottoirs ou la chaussée, des danseurs isolés tournaient, cherchant les zones d'ombre et parfois, le tramway était obligé de s'arrêter, le wattman faisant carillonner la sonnette pour avertir les couples qui saluaient les voyageurs, recommençant leur danse alors que le tramway s'éloignait vers le Paillon ou la rue Cassini.

Dante décida de rentrer. Il n'en avait plus que pour quelques heures. Dix jours qu'il était là, à peine le temps lui semblait-il de débarquer de la baleinière, son sac de toile sur l'épaule gauche, le quartier-maître gabier, Guéguan, un Breton, lui donnant une bourrade : « Adieu Revelli, bon vent. » Ils avaient été du même « plat », à bord du *Léon-Gambetta,* se retrouvant autour de la table, tendant la gamelle, après le quart, décrochant ensemble le hamac cependant que le « sakho », le second maître fusilier, chargé de la discipline, hurlait : « Debout le quart. » Ils montaient sur le pont enfouir le hamac dans les caissons des bastingages. « Tu seras mieux que sur ce gros-cul » disait le gabier à Revelli, en maintenant la baleinière cependant que les permissionnaires sautaient sur le quai. Les cuirassés étaient des casernes flottantes, les shakos punissaient pour un regard, un hamac qu'on tardait à plier.

Un jour de charbon quand les matelots de pont et de la machine font la chaîne depuis le quai pour charger dans les barcasses les briquettes poussiéreuses, Dante, les mains brûlantes, le charbon rentrant dans les pores, s'était interrompu un instant, brisant le rythme de la chaîne, provoquant la colère d'un quartier-maître : « Je te colle sur le cahier, ton nom ? Revelli ? d'où sors-tu ? » Consigné à bord. Nettoyage des cuivres, des affûts.

Dante avait cependant réussi à organiser sa vie à bord du cuirassé. Comme matelot breveté électricien, il était responsable du treuil électrique qui hissait les chaînes d'ancrage. Le moteur était placé dans une cellule de tôle, au-dessus des chaufferies et une fois la porte refermée, Dante était seul. Il échappait un peu au bruit des bielles plongeant dans l'huile chaude, aux odeurs écœurantes de la machine et à la surveillance des seconds maîtres. Il n'était sur le qui-vive qu'à l'appareillage et à l'entrée en rade. Le reste du temps, il devenait un matelot de pont chargé de l'entretien des projecteurs.

Dans son réduit, pendant les longues périodes de séjour en rade, il pouvait lire, veiller à sa guise. Après l'extinction des feux, il recopiait sur son cahier les petites brochures techniques que lui avait données l'ingénieur de la Grande Maison de l'Electricité. Il apprenait à calculer la résistance nécessaire en fonction du voltage et de l'ampérage d'un courant. Les schémas peu à peu devenaient clairs. Et après quinze mois, il avait été reçu à l'examen de quartier-maître électricien. Sa nomination venait d'intervenir, on le débarquait avec une permission de dix jours, retour au dépôt des équipages de la flotte à Toulon, le 15 juillet 1914, avant midi et embarquement sur une autre unité. « Ce sera pas un gros-cul, répétait le gabier, sinon ils t'auraient gardé, ils vont te foutre sur un petit, tu seras mieux, c'est la famille. »

Du quai à la gare, on l'avait contrôlé trois fois, des patrouilles, guêtres blanches, jugulaires, un second maître soupçonneux qui regardait le béret pour voir s'il était réglementaire, pas trop large, pas trop plat comme aimaient à le porter les marins. Contrôle encore en gare de Nice par une patrouille de chasseurs. « Vous avez de la chance, les matafs, avait glissé un soldat, on est tous consignés, fini les perms, avec ce qui se passe là-bas. » Millo, qui était en garnison à Nice, réussissait à sortir, mais il confirmait la nouvelle : « Les officiers disent qu'on va y aller cette fois-ci, les perms à l'as. » La rue de la République, la sonnette qui ne fonctionnait plus. La mère qui pleurait, Antoine qui prenait le béret, Louise qui « fréquentait » Millo, Violette les cheveux noirs si longs, belle, et le père qui restait adossé à la porte de la cuisine cependant que Dante défaisait son paquetage, étalant sur la table ses tricots, sa tenue d'hiver, le calot supplémentaire, « donne-le-moi », disait Antoine.

Dante s'était tout de suite mis en civil, retrouvant Clément. Le soir il partait avec lui l'aider sur un chantier, « un chantier à moi », disait Clément, en clignant de l'œil, « le matériel me coûte pas cher, crois-moi ». En quittant les chantiers où il travaillait pour l'entreprise il glissait un morceau de baguette ou de tube dans ses pantalons, il s'enroulait du fil souple autour de la poitrine : « Je récupère un peu ! » disait-il à Dante.

— Ils t'en ont mis pour un an de plus ?

En juillet 1913, alors que Dante avait accompli

la moitié de son temps, on avait voté la loi portant le service militaire à trois ans.

— Ils la veulent, leur boucherie, disait Clément, mais t'en fais pas, ça durera pas.

En mai, expliquait-il, aux élections, les socialistes et les adversaires de la loi avaient marqué des points : « ... Même ici, Karenberg a gagné des voix, mais cette ville finalement, ils ont réélu Merani, il promet, il donne, il paie. »

Clément était au sommet de l'échelle, clouant une baguette derrière une moulure.

— Ça a cogné, pendant la campagne. T'as bien un oncle qui est bistrot, les gars lui ont fait la fête, je crois qu'il l'a mérité, mais un beau scandale. Socialistes, voyous, Merani a joué là-dessus à fond. Ils avaient saccagé le bistrot. Évidemment ils ont eu tort, mais ça fait plaisir.

Dante quittait Clément place Garibaldi. Quand il rentrait, sa mère était encore levée, l'attendant dans la cuisine. Elle lui gardait des beignets, enveloppés dans un torchon, le paquet placé dans une assiette près de la cuisinière.

— Pourquoi tu travailles, disait-elle, tu es en permission, on peut te donner quelque chose.

Dante mangeait, essuyant le sucre en poudre qui se collait à ses lèvres. Il secouait la tête.

— J'ai pas besoin, mais je veux garder la main. Bientôt j'ai fini.

— Ils parlent tous de la guerre.

— Ils parlent, disait Dante.

Parfois Vincente ouvrait la porte de la cuisine, faisait un pas.

— Vous êtes là, demandait-il.

Il hésitait, refermait la porte. Dante et sa mère se taisaient puis Lisa recommençait.

— Antoine... disait-elle.

À Dante elle racontait. Antoine venait juste de passer le certificat : « ... Il est pas comme toi, tu avais onze ans, lui il en a quatorze. Il se bat tout le temps, il traîne. Il dit qu'il veut voyager, marin comme toi, parle-lui. »

Il fallait qu'il parle aussi à Louise, qu'il lui explique que Millo, le fils de l'épicier, s'il voulait vraiment se marier, devait se déclarer. À Violette seule il n'avait rien à dire. « Elle rêve, expliquait Lisa, elle rêve tout le temps, elle est calme, elle lit tout ce qu'elle trouve, elle est comme toi, elle aime les livres. » Dans le réduit de tôle qui vibrait lorsque les bielles se mettaient en mouvement, Dante après avoir lu et relu pendant trois ou quatre heures le « Vade-mecum de l'ouvrier électricien » s'accordait une heure de plaisir. Un livre sans schéma aux pages jaunies mais où les mots étaient comme le sont les voiles quand le vent les gonfle. Un soir Dante n'avait même pas entendu un officier qui ouvrait la porte.

— Qu'est-ce que tu fous là ?

Il s'était mis au garde-à-vous, il n'était pas en faute, il était de quart.

— Tu lis ?

C'était un jeune enseigne rasé de près à la nouvelle mode américaine.

— Tu es socialiste ?

Il saisissait le livre.

— *Monte-Cristo.*

Il souriait ironiquement, rendait le livre.

— Le quart c'est pas pour la lecture.

Dante avait alors imaginé un système d'avertissement, des morceaux de métal vibraient quand on montait l'échelle d'acier qui conduisait à son réduit. Il n'avait plus été surpris, dissimulant le livre au premier bruit, prenant une burette d'huile ou un tournevis, se penchant sur le moteur. Mais il avait senti que pendant quelques semaines on le surveillait, puis on l'avait oublié et il avait continué à lire, recommençant les mêmes pages, découvrant chaque fois en lui, le nouvel itinéraire que prenaient les mots. À Nice, pendant sa permission, il s'était mis à acheter le journal pour la première fois, lisant les communiqués du gouvernement de Vienne, les réponses des Serbes, discutant un soir, avec Clément et un instituteur, Borello.

— On s'est attachés aux Russes, disait Borello et eux ils veulent leur revanche. Ils ont perdu contre le Japon, l'Autriche les a eus avec la Bosnie, maintenant ça recommence.

— Qu'est-ce qu'on a à voir avec tout ça, demandait Dante.

Il avait envie de partir et en même temps il s'attardait comme si Borello expliquait un schéma électrique.

— T'as rien à voir, toi, mais Poincaré oui.

— C'est pour ça qu'il a mis les trois ans, ajoutait Clément.

Dix jours de permission, à peine le temps de gagner vingt-cinq francs, de rencontrer Madeleine Vial, le 13 juillet au bal de la place Garibaldi.

— C'est mon frère, disait Louise en présentant Dante à Madeleine.

Elle prenait le bras de Millo.

— On vous laisse, disait-elle.

Dante avait raccompagné Madeleine par le bord de mer, « l'hiver ça va, expliquait Madeleine en montrant l'hôtel Impérial, je travaille là, mais l'été tout est fermé. Je pourrais partir en saison à Vichy, mais ma mère refuse, alors je suis entrée aux Galeries, à l'atelier de couture. Louise me disait toujours, "mon frère, tu verras", je vous vois ».

Madeleine riait. Elle habitait une rue étroite, au-delà du pont Magnan, entre le prolongement de la promenade des Anglais et la rue de France. Dante avait voulu s'engager dans la rue.

— Ma mère, avait dit Madeleine à voix basse. Vous revenez quand ?

Il n'avait pu répondre, une femme d'une fenêtre au premier étage appelait, criait : « Qu'est-ce que tu attends ? »

Il était rentré lentement rue de la République. Un jour encore. Mais s'il avait pu, il serait parti ce soir. Ces dix jours de permission, c'était trop long, trop court. Il était mal à l'aise dans son costume civil, comme s'il avait grossi. Il les écoutait parler, Clément, Borello, sa mère, Millo, il lisait les journaux, ils avaient tous peur, peur de quelque chose, de la guerre, Madeleine de sa mère. Le père n'avait dit que quelques phrases mais il avait peur que chez Rubens peu à peu on remplace les char-retiers par des chauffeurs, et il était trop tard pour qu'il apprenne à conduire. « Ils prendront des jeunes », avait-il conclu.

La peur que ça éclate quelque part. La guerre même, comme un court-circuit, quand il y a une installation neuve. On met le courant, rien ne se passe. Ça ne s'allume pas. Dante préférait l'étin-celle, les plombs qui fondent, le claquement du dis-joncteur. Au moins on sait, on répare.

Tôt le matin du 14 juillet il avait commencé son paquetage, pliant les vareuses, bourrant le sac, sa mère ajoutant encore des paquets, un morceau de fromage, deux saucissons. De la fenêtre, il avait assisté au défilé des chasseurs qui, par la rue de la République, rejoignaient, fanfare en tête, la place Masséna. L'après-midi le bal recommençait. Il y resta jusqu'à la nuit, rencontrant Clément qui lui présentait Sauvan.

— Je connais bien les Revelli, disait Sauvan. Qu'est-ce qu'en pensent les marins ? En Russie en 5 c'est de la marine que c'est parti. L'infanterie, c'est les paysans.

Dante était distrait, il cherchait Madeleine.

— Et toi, qu'est-ce que tu penses ? demandait Sauvan.

— Je voudrais que ça soit fini, pour travailler, le reste...

Il vit Madeleine, s'éloigna en les saluant distraitement.

— Il faut que je rentre, disait Madeleine, je vous ai attendu, je vous ai pas vu.

— Venez, on danse.

Il la prit par la taille. Une valse. Il commençait à tourner, la serrant contre lui et elle se laissait aller, quand éclatèrent les premières fusées du feu d'artifice.

Troisième partie

L'AVENUE DE LA VICTOIRE

29

Qui les avait prévenues ? Elles venaient des quartiers de l'est de la ville, Saint-Roch, la place Garibaldi, le port, la rue de la République. Elles se tenaient serrées, groupe sombre contre les briques rouges de la gare, les enfants s'accrochaient à leurs jupes, silencieux, se penchant parfois, une main ne lâchant pas le tissu, l'autre tendue vers les voies, le corps oblique par rapport à ces femmes droites comme des troncs nus après l'incendie.

Qui les avait prévenues ? Un cheminot peut-être, qui avant de rentrer chez lui, frappait à la porte de la voisine de palier, disait en refusant de passer le seuil : « Y a un train qui arrive demain matin, c'est tout ce qu'on sait. Ils viennent de là-bas. » La femme, et c'était Lisa Revelli ou Louise, ou l'épicière, la mère de Millo, ou Thérèse Gancia, ou bien la sœur de Coco, le coiffeur de la rue Barla, ou la femme de Clément l'électricien, la

Parisienne, Madame Françoise, celle qui ne comprenait pas le niçois, qui avait l'accent des prétentieuses, qui « faisait du genre », l'une d'elles dénouait son tablier, se signait, traversait la rue, ou bien, dans la vieille ville, ouvrait la fenêtre, criait : « Madame Tacco » et Madame Tacco écartait les draps suspendus devant sa cuisine, « demain matin, y a un train ».

Ou bien qui sait ? personne ne les avait prévenues et elles étaient là chaque matin à attendre ce train de blessés qui un jour arriverait du front.

Mais peut-être, savaient-elles que c'était ce matin-là qu'il allait s'immobiliser sous la verrière de la gare, parce que la douleur l'avait devancé, roulant depuis le Nord, l'Est, Charleroi, Péronne, Vitry-le-François, la Marne. Les femmes savent.

Des gendarmes entraient sur le quai, refoulaient hors de la gare ces groupes sombres, elles reculaient pas à pas, regardant toujours la voie, apercevant tout à coup les brancardiers, les charretons sur lesquels ils avaient posé des couvertures. Les gendarmes devaient maintenant les bousculer : « Allons, allons, disaient-ils, on vous préviendra, dehors, ne restez pas là ! »

Elles s'agglutinaient près des voitures, des fiacres, des charrettes, quelques automobiles, des fourgons de l'armée. Une femme grande, cambrée, tête nue, portant un brassard à croix rouge, était debout dans une voiture, une autre plus jeune qui lui ressemblait par la même manière de regarder, le menton légèrement relevé, pliait une couverture, donnait un ordre à quelques hommes déjà âgés qui soulevaient des brancards, couraient vers le quai. Quelqu'un dit parmi les femmes que la plus jeune était Elisabeth d'Aspremont, la comtesse, la femme du député Merani, l'autre la propriétaire de l'hôtel Impérial, une Russe.

Deux automobiles qui s'arrêtaient, un général, le

préfet, le maire Girard et le député Merani. Le général et le préfet entraient dans la gare, Girard et Merani s'avançaient vers le groupe des femmes, ils prenaient les mains, disaient quelques mots, sacrifice, patrie, héroïque, la France Immortelle, chers et vaillants enfants de Nice, Champ d'honneur. Merani parlait en niçois, il demandait un nom : « Madame Tacco ? » il notait sur un calepin. Girard disait : « Ils reviendront bientôt, vous verrez. »

Un mois à peine qu'ils étaient partis, et déjà cette boue noirâtre comme un caillot de sang recouvrant peu à peu la ville. « Vous avez des nouvelles ? » demandait Louise Revelli. Madame Millo se mouchait dans son tablier, elle pesait les poivrons ou le sel, elle faisait non de la tête. Madame Gancia, ouvrait son cabas : « Le mien, il a écrit une fois, et rien depuis. » « Je vous mets des pommes ? » demandait l'épicière. « Le frère de Coco, continuait Madame Gancia, il a été tué le 11 août. Enfin, ils disent ça, quand vraiment, on sait jamais. » « Lui aussi il était au 64e. »

Avec les réservistes du 24e bataillon de chasseurs alpins, celui dont on voyait les soldats, venant de leur cantonnement sur le port de Villefranche, défiler rue de la République, l'arme à la bretelle, partant en manœuvre, l'état-major avait constitué le 64e bataillon. Quarante-huit heures au Grand Hôtel de Saint-Jean-Cap-Ferrat, puis le départ vers le front, la remontée de l'avenue de la Gare à Nice, les femmes courant le long de la chaussée, les soldats criant parfois : « Viva Nizza », les tramways, les véhicules arrêtés, et debout sur les chaises des cafés, des messieurs qui agitaient leur canotier. « Vive la France. »

Sauvan et Karenberg marchant eux aussi vers la gare, au même pas que les soldats, tous deux regardant avidement cette foule qui applaudissait, ces hommes où parfois Sauvan reconnaissait un camarade et il lançait alors un nom : « Borello », agitant la main, l'instituteur devenu sergent, marchant en tête de rang, semblant ne pas entendre, et peut-être n'entendait-il pas, la fanfare qui jouait *Le chant du départ,* les cris.

— Ils vont à l'abattoir, répétait Sauvan, à l'abattoir.

— Ils n'ont rien dit, rien, et c'était Jaurès qu'on avait tué, alors, ils se laisseront tous assassiner, des moutons, Sauvan, je me demande s'il ne faut pas les conduire comme un troupeau, ils marcheront toujours.

Sauvan secouait son bras pour se dégager de l'étreinte de Karenberg.

— Toi, c'est toi, tu viens maintenant leur faire la leçon ? disait-il.

Karenberg tentait de le saisir à nouveau, mais Sauvan s'écartait d'un mouvement brusque :

— Vous en avez fait des moutons, vous les avez abrutis et tu dis...

Sauvan s'engageait dans une rue transversale où les voitures, faute de pouvoir franchir l'avenue de la Gare, s'étaient immobilisées, les charretiers, les cochers, les automobilistes ayant abandonné leur véhicule pour rejoindre l'avenue, se mêlant à cette foule entassée sur les trottoirs.

Sauvan s'éloignait, Karenberg essayant de le rejoindre.

— Je le savais, disait Karenberg parvenant à sa hauteur, depuis Bâle, des mots, voilà ce que c'était notre Internationale.

— Qu'est-ce que tu voulais faire ?

— Je m'en vais, disait Karenberg, qu'elle crève cette Europe !

Gustav Hollenstein venait de partir pour la Suisse avec Nathalie ayant enfin obtenu un visa de sortie. Helena restait.

346

— Je veux voir, disait Sauvan. Il faut qu'on comprenne.

Ils remontaient vers la gare. Des enfants couraient pour rejoindre la fanfare qui prenait position devant l'entrée principale, jouant sans discontinuer, cependant que les soldats, leurs chaussures cloutées dérapant sur les dalles de pierre avançaient vers les wagons, une femme quittant la foule, s'accrochant au bras d'un soldat qui ne la regardait pas, incapable de la prendre contre lui, avec le sac, la musette, le fusil. Des réservistes venus des localités de la montagne attendaient à l'écart. La plupart portaient sur l'épaule un sac à deux poches, l'une dans le dos, l'autre devant. Appuyés à une canne, plus vieux que les soldats qui embarquaient, ils paraissaient déjà fatigués par une longue campagne, plus résistants pourtant que ces hommes poupins dont les femmes ne voulaient pas se séparer.

Peut-être était-ce les mêmes femmes qui attendaient ce matin de septembre 1914 le premier train de blessés, qui reconnaissaient Monseigneur Charon, prélat du diocèse de Nice. Il descendait de sa voiture, et Merani allait vers lui, s'inclinait prenant sa main, Monseigneur Charon se dirigeant, avec lui, vers la gare, disant à Merani :

— Ce que vous avez écrit, monsieur le député, je le ressens, c'est un fléau terrible cette guerre, mais pour la France et vous le dites bien, ce peut être le moment de la réconciliation entre toutes les familles de notre patrie.

— Vous connaissez mes sentiments, Monseigneur, j'ai été partisan, je ne renie pas mes idées, mais le moment est à l'Union sacrée. Je l'écrirai encore, je le dirai partout, ici et à la Chambre.

Le train, des infirmiers, une blouse blanche déboutonnée, recouvrant mal leur uniforme, penchés aux portières des wagons de marchandises, les portes coulissantes béantes laissant voir au fur et à mesure que la locomotive avançait vers le bout du quai la paille, les hommes couchés, les uns près des autres, certains se soulevant sur le coude, la plupart immobiles, comme raidis, dans des uniformes que la boue et le sang séché avaient durcis. La secousse du freinage, quelques cris ou bien le grincement des essieux. Les infirmiers qui sautent à terre, un major, courbé, en blouse blanche, ces décorations, tache brune sur la poitrine, qui salue, la main loin du képi, les autorités, puis gesticule, donne des ordres, sort. Les femmes le voient, elles s'élancent vers la chaîne que forment les gendarmes. Elles aperçoivent les brancards, la paille qui tombe sur le quai, les charretons qu'on charge. Ils passent entre elles, poussés par des infirmiers, des adolescents bénévoles, elles sentent cette odeur douceâtre de la purulence, elles fixent ces visages que les os semblent crever tant la peau est tendue, les yeux qui se ferment parce que le soleil brûle, elles imaginent le cri du capitaine : « À la fourchette », les soldats enfonçant la baïonnette dans le canon, montant courbés vers ces éclatements blancs rapprochés, sautant, et les bras qui s'écartent, un bidon de vin qu'une balle perce et un casque qu'une autre troue. Elles imaginent la route qu'il faut franchir sous la mitrailleuse, et la boue où se perd le sang.

L'une d'elles dit :

— Ce n'est pas possible, ce n'est pas possible.

Elle marche près d'un brancard, elle voit les quelques mots accrochés à la capote, le diagnostic fait au poste de secours, à quelques centaines de mètres du front, elle crie :

— Laissez-moi !

Elle sait qu'il est quelque part, couché comme cet homme qu'on installe dans une voiture, qu'Helena Hollenstein retient, parce que le brancard bascule, que le blessé inerte a failli tomber.

— Laissez-moi, crie la femme.

Le gendarme hausse les épaules. Elle pose sa main sous le brancard. La toile est humide.

— Vous le connaissez ? dit Helena.

— Non, dit Louise Revelli, non.

Elle parle comme si elle s'obstinait à ne pas le reconnaître, cet homme qu'elle soutient, cet inconnu qui ne geint pas, qui laisse échapper une odeur de pourri, un liquide trop blanc pour être du sang, ce pourrait être Millo, c'est Millo puisqu'il est parti, qu'il n'écrit pas, qu'il a dormi, lui a-t-il dit au bord d'une route — et la censure avait rayé le nom de la ville — en plaçant sous sa tête un pavé. Et il disait : « Tu te souviens du bal, place Garibaldi, et de la promenade, le 31 juillet. Je m'en souviens et ça me donne du courage ! »

— Non, répète Louise, non.

— Merci, dit Helena.

Louise s'écarte, quitte la gare, descend l'avenue qu'empruntent les voitures chargées de blessés. Elle garde les mains contre son ventre, elle se masse en marchant. Une femme se retourne, dit à l'homme qui l'accompagne : « Tu as vu celle-là ? » « Y en a qui se croient tout permis parce qu'il y a la guerre », répond l'homme.

30

Parfois, alors qu'elle pétrissait la pâte, Lisa s'arrêtait, appuyant les deux paumes à la planche, laissant la feuille qu'elle étirait sécher, l'oubliant, restant ainsi debout, voûtée, face au mur de la cuisine, les yeux ouverts mais ne distinguant plus les objets, le pot de grès rempli de farine, la bouteille d'huile, l'assiette couverte d'oignons qu'elle venait de couper et de faire revenir. Des images fixes devant elle, la cuisine des Merani et ces verres qu'elle devait laver, Dante couché par terre, à plat ventre, qu'elle prenait contre elle, elle allait lui donner le sein, elle sentait sa bouche.

Violette poussait la porte : « Ma, Ma... »

Lisa fermait les yeux, les rouvrait : « Qu'est-ce que tu veux ? » demandait-elle, machinalement, recommençant à amincir la pâte, l'ameublissant avec quelques gouttes d'huile.

— Millo, disait Violette baissant la voix, on dit qu'il a été tué, ils ont fermé le magasin !

Dante, Dante.

Lisa bousculait sa fille, descendait l'escalier en courant, Violette derrière elle criait : « Ma, Ma... » Un tramway empêchait Lisa de voir, alors qu'elle débouchait du porche dans la rue de la République, l'épicerie Millo. Le tramway avançait, Lisa était immobile au bord du trottoir attendant qu'il passe, si lasse tout à coup, qu'elle avait envie de s'asseoir là, dans la rue, entourant ses jambes de ses bras, la tête posée sur les genoux, comme elle faisait quand elle était petite fille, seule dans sa chambre et qu'elle avait peur, qu'elle se blottissait ainsi sur elle-même, comme si les bras qu'elle serrait autour d'elle n'avaient pas été les siens. Le tramway était passé. Devant le magasin, posés à même le trottoir, les cageots remplis de légumes, comme si la boutique était ouverte, mais le rideau de fer était baissé. Dante, Dante.

Lisa traversa la rue lentement, les bras croisés sur sa poitrine. Seigneur, faites que je meure avant mes enfants, Seigneur, je vous en supplie, faites-moi mourir avant eux. Sainte Vierge, Vierge

Marie, mère de Dieu. Elle murmurait, elle touchait le crucifix qu'elle portait contre sa peau, entre ses seins. Dante, quand il tétait, qu'il était plein, le lait, raie blanche entre ses lèvres, saisissait le crucifix avec ses doigts, tirait sur la chaînette. Et Louise, plus tard.

Sainte Vierge, quand Louise saura, Sainte Vierge.

Lisa entrait dans la cour, se dirigeait vers la porte de derrière, celle qui donnait dans la cuisine des Millo, dans l'arrière-boutique. Une voix aiguë qui se brisait, recommençait, la voix des enfants avant qu'ils sachent dire un mot, quand les pleurs viennent du ventre et de la gorge, la voix aiguë qui ne s'interrompait que pour reprendre souffle. Lisa voyait le visage de Dante plissé, quand il était dans le berceau, près de leur lit, qu'elle l'imaginait malade.

Et la voix s'élevait.

La porte était ouverte. Millo, les mains enfoncées dans la poche du tablier bleu, si replié sur lui-même qu'on aurait dit qu'il voulait se recroqueviller, s'enrouler jusqu'à ne plus être qu'une boule qui se rétrécit, se consume. Madame Millo, affalée sur une chaise, le bras gauche tombant sur le sol, entraînant la tête, la bouche ouverte, la langue qu'on voyait, comme celle d'un bébé. Lisa s'avança, elle enleva son tablier, mouilla un coin en le trempant dans un seau d'eau posé sur l'évier.

La voix monocorde de l'épicière.

Lisa prit la tête de Madame Millo contre sa poitrine, elle la serra contre ses seins, la voix qui se fragmentait en des hoquets, elle mouilla les tempes, le front. Madame Millo l'entoura de ses bras, pleurant, maintenant secouée de sanglots, comme des vomissements, répétant, complainte modulée selon le rythme même des pleurs : « Ils me l'ont tué mon petit, ils me l'ont tué mon petit, mon petit, mon petit, ils me l'ont tué » et la phrase devenait un balbutiement, un cri, un chant.

Lui, le chasseur Millo du 64e bataillon quelque part, sur la route de Meaux, au-delà du village de Vareddes, sur le plateau, dans un grand espace vide, le visage boursouflé, noir, la jugulaire du casque entaillant la peau, comme une rainure encore plus noire, il est depuis plus de huit jours, cette aspérité prise entre deux sillons, que le soleil peu à peu décompose, et sur lui, ces mouchoirs blancs bordés de raies bleues, ce bouquet de lavande serré dans un ruban de velours rouge, sans doute des pillards qui ont éventré le sac, cherchant l'argent, la montre, laissant ces morceaux de tissus, ce bouquet que la puanteur du champ de bataille, ces morts côte à côte, étouffe.

Louise hoquetait, le front sur la table de la cuisine des Revelli, Violette lui caressant les cheveux, gestes lents des enfants avec les petits chats. Antoine assis entre le mur et le buffet, se balançait sur sa chaise, feuilletant un illustré, disant :

— Dante, sur son bateau...

Lisa se retournait, hurlait :

— Tais-toi !

Elle se signait, criait à Antoine qui s'était levé d'un bond, renversant sa chaise :

— Ramasse-la et reste ici !

Antoine, avec violence, redressait la chaise.

— Dès que je peux, je m'engage, disait-il.

Lisa bondissait, le giflait à toute volée, atteignant Antoine avec le poignet, puis elle restait le bras levé, cependant qu'Antoine ouvrait la porte, heurtait son père qui entrait puis éclatait en sanglots ; Vincente, demandant d'une voix inquiète, n'osant même pas aller jusqu'au bout de la question, « Qu'est-ce qu'il... » imaginant la mer, les débris de bois qui se mêlaient à l'écume des vagues.

Lisa revenait vers la cuisinière, semblant ne pas voir Louise devenue silencieuse, la tête cachée dans ses bras.

— Le fils Millo, dit Lisa, ils ont reçu l'avis.

Vincente accrocha sa casquette au dossier de la chaise, enleva sa veste. Il s'assit en face de Louise. Il avait envie de poser sa tête sur la table, comme sa fille, de s'endormir là, sans même manger pour ne pas avoir à faire encore des gestes, lever le bras, avaler même.

— Rien de Dante ? demandait-il.

Lisa versait la soupe. Il brisait le pain, appuyant sur les morceaux pour qu'ils s'imbibent de bouillon.

— Elle devrait manger, dit-il sans oser regarder Louise.

Lisa s'assit près de sa fille, la caressant elle aussi, disant à Violette, « mange, toi, mange ! ».

Vincente repoussa son assiette, puis l'habitude, l'impossibilité où il était de ne pas finir un plat, furent les plus fortes et il recommença à manger. Mais c'était comme un travail, et chaque jour, il trouvait qu'il lui était plus difficile de travailler. Les jeunes, à la brasserie Rubens, avaient tous été mobilisés. L'armée avait réquisitionné les chevaux, les voitures. Il fallait livrer les caisses, les tonneaux en les chargeant sur des charretons, qu'ensuite Vincente traînait, s'attelant, découvrant que chaque jour le charreton était plus lourd à ébranler, les roues collées au sol. Vincente apprenait à ruser, à moins charger le charreton, disposant les tonneaux de façon à laisser des vides entre eux. Il soufflait quelques minutes, tous les deux ou trois tonneaux, s'efforçant de ne pas entendre le contremaître qui criait depuis le quai des entrepôts : « Revelli, quoi, tu t'endors ! » Il aurait voulu pouvoir répondre « tu vas voir ça, si je dors », prendre les tonneaux par les bords, les soulever à bout de bras, mais il n'osait plus. Il était comme ceux qui ne fument jamais leur cigarette jusqu'au bout, qui l'éteignent pour garder le mégot, le reprendre plus tard. Car les journées sont longues. C'était cela devenir vieux ; la fatigue, c'était ça. Et aussi le souci pour Dante, cette guerre qui nous les prenait.

— Il faut qu'elle mange, dit-il encore.

Lisa eut un geste d'impatience. Vincente se servit un verre de vin. Depuis le début de la guerre, Lisa parlait à peine, nerveuse, il devinait le matin quand il se réveillait, qu'elle était là, près de lui, les yeux ouverts et peut-être ne les avait-elle pas fermés de la nuit. Souvent même, elle était déjà levée et quand il entrait dans la cuisine, il la voyait assise, un bol de café sur les genoux, elle sursautait en l'entendant.

— Qu'est-ce que tu fais, demandait-il, tu as froid ?

Il s'approchait, il touchait ses épaules. Elle frissonnait, elle disait :

— Non, non, ça va !

Elle sortait la première, allant jusqu'à la place Garibaldi où le vendeur de journaux s'installait vers six heures, au moment où passaient les premiers tramways. En rentrant, avant même d'enlever son châle, elle posait le journal sur la table, le dépliait lentement, lisait, ses lèvres remuant, épelant les lettres. Si Vincente s'approchait de la table, elle s'en éloignait.

— J'arrive pas à lire quand tu es là, disait-elle.

Il retournait à la cuisinière, la regardant, la ride qui partageait son front, profonde, il écoutait ce murmure, ces phrases que peu à peu elle comprenait et relisait à haute voix « le Gouvernement ne quitte Paris qu'après avoir assuré la défense... ».

Elle interrogeait Vincente, répétait « le Gouvernement ne quitte Paris »...

— Ça veut dire qu'ils s'en vont ou qu'ils restent ?

Rares étaient les nouvelles de la guerre en Méditerranée. Elle repliait le journal.

— Je vais le lire à Madame Gancia. Pour Dante, ils ne disent jamais rien.

Quand elle revenait de chez Madame Gancia, Lisa commençait à attendre le facteur. Souvent, elle rentrait du marché en courant, craignant qu'il ne soit déjà passé, interrogeant une voisine qui lavait son linge dans la cour, laissant la porte ouverte pour entendre les pas dans l'escalier, descendant vers midi sous le porche pour le guetter. C'était un remplaçant, maladroit, timide, qui ne connaissait pas les familles du quartier. Il s'excusait, « ils sont tous au front », disait-il. Lisa, impatiente, saisissait le paquet de lettres, qu'il n'osait refuser.

— Faites voir, disait-elle autoritaire. Je vais vous dire.

Mais elle ne reconnaissait pas l'écriture de Dante, elle n'avait plus envie de remonter chez elle, toutes ces choses à faire jusqu'au lendemain matin.

— Je n'ai pas le droit de vous laisser voir, répétait le facteur.

Lisa se tournait vers Madame Gancia.

— Dites, est-ce qu'ils ont le droit de nous les prendre ? Vous croyez qu'ils ont le droit ? Vous n'avez rien, vous non plus.

Dante pourtant avait écrit. Deux lettres postées au cinquième dépôt des équipages de la flotte à

Toulon alors qu'il attendait son embarquement, lisant dans un coin de la chambrée, cependant que d'autres matelots jouaient aux dés sur les couvertures grisâtres, qu'un second maître entrait lançant des noms et au début d'août, ç'avait été « Quartier-maître électricien Revelli Dante... »

Son sac sur l'épaule gauche, Dante avait franchi la passerelle du *Cavalier,* le destroyer sur lequel il venait d'être affecté. Un factionnaire, baïonnette au canon, lui indiquant d'un mouvement du menton le poste du « Bidel » — le capitaine d'armes — un premier maître breton, Guichen, qui feuilletait l'ordre d'embarquement, le livret militaire.

— Encore un Niçois, grandes gueules les Niçois, fais attention.

Il rendait à Dante son livret militaire.

— Ici, c'est tout bien ou tout mal, travaille comme un Breton et tout ira bien.

Un second maître, Giocondi, un Corse, conduisait Revelli jusqu'à la batterie, lui montrait son hamac, sa caisse, s'asseyait pendant que Dante vidait son sac.

— Le Pacha, De Jarrivon, il n'est pas méchant, tu viens d'un gros-cul ? C'est calme ici, meilleur que sur les cuirassés.

Sur le pont, des hommes faisaient la chaîne jusqu'à la cambuse pour embarquer les boules de pain, les sacs de pommes de terre. Des « bouchons gras », ces matelots de la machine qui ne connaissaient de la mer que le roulis, étaient groupés à l'arrière, hissant à l'aide d'un palan la partie supérieure d'une bielle, la graisse noire qui entourait l'acier coulant sur eux, maculant le pont.

— Traîne pas, dit Giocondi, ils vont t'embaucher.

Dante repéra les moteurs du monte-charge à torpilles, les dynamos d'éclairage dont il avait la responsabilité. Il faisait équipe avec Raffin, un quartier-maître mécanicien mobilisé depuis trois semaines et qui entraînait Dante vers les soutes, lui tendait une cigarette quand ils s'étaient planqués près des ventilateurs.

— Ils viendront pas nous chercher ici.

Raffin était mécanicien de locomotive.

— C'est pas un mauvais rafiot, mais comme partout, te fais pas remarquer.

Dante, le dos appuyé à un tube tiède, regardait la salle des machines, retrouvait cette odeur d'huile pourrie, de fumée où travaillaient les soutiers, les mécaniciens, les graisseurs.

— Ils seront faits comme des rats, dit-il à mi-voix.

— T'es comme moi, toi, dit Raffin. Tu préfères crever à l'air.

Dans la nuit, alors que les bouchons gras avaient à peine terminé de monter la bielle, De Jarrivon reçut l'ordre de faire allumer les feux. Dante, assis près d'une baleinière, dissimulé par l'une des quatre cheminées, apercevait les clignotements brefs des projecteurs qui, depuis la rade où se trouvait le navire amiral, transmettaient les consignes. À l'aube, on fit pousser les feux, et la nuit suivante, *Le Cavalier* appareillait, avançant lentement dans la grande passe de Saint-Mandrier, laissant sur sa gauche le mont Faron, falaise sombre, creusant un sillage phosphorescent dans la mer plate. Le matin, quand Dante fit un tour sur le pont, la côte formait un ourlet noir et à l'horizon, l'escadre n'était signalée que par les fumées couchées des destroyers entourant le cuirassé *Bouvet*. À deux ou trois reprises, il y eut un branle-bas de combat, Dante et Raffin se retrouvant à l'avant, l'écoutille fermée, dans la lumière jaune fournie par les dynamos, les tôles de la coque vibrant sous la poussée des chaudières ; le halètement des bielles étouffant le ronronnement des ventilateurs. Dès qu'ils purent, ils ouvrirent l'écoutille, s'installant à tour de rôle sur le pont, suivant les évolutions lointaines des bâtiments de l'escadre.

Deux jours passèrent. Puis l'ordre à tous ceux qui n'étaient pas de bordée de monter sur le pont. *Le Cavalier* avait réduit sa vitesse, les matelots, certains grimpés sur le bastingage, scrutaient la mer irisée, couverte d'une pellicule grasse. Un cargo venant d'Algérie avait été torpillé, on tentait de repérer des survivants, mais entre les débris de caisses, il n'y avait qu'une baleinière renversée, à demi immergée, dont *Le Cavalier* s'éloignait lentement, changeant brusquement de cap, filant vers la côte algérienne. Des croiseurs allemands avaient bombardé Bizerte et Bougie, ils tentaient de couper la route des convois qui transportaient d'Afrique du Nord en France les troupes du XIXe corps.

La chasse fut vaine, *Le Cavalier* zigzaguant bientôt en chien de garde autour d'un transport de troupes qui se dirigeait vers Marseille. Les zouaves, les tirailleurs étaient entassés sur le pont. Quand le destroyer passait à quelques encablures du navire, ils criaient, ils brandissaient leurs chéchias rouges et leurs turbans blancs. Mais *Le Cavalier,* pour déjouer un éventuel sous-marin aux aguets, faisait un écart brusque, cap pour cap, et en quelques minutes, la masse des soldats devenait une accumulation de points rouges et blancs sur le bleu de la mer.

Après dix jours de chasse et de convoyage, *Le Cavalier* entra dans la rade de Bizerte, s'amarrant à l'un des fûts d'acier qui était ancré au centre de la rade, ne coupant pas les feux. Seule, une corvée allant à terre avec le courrier, les marins souquant ferme sur les avirons, la chaloupe se perdant dans la zone rouge aux reflets verts qui signalait l'écaille extrême du soleil couchant.

Les tôles du pont étaient brûlantes, mais Raffin et Dante, comme de nombreux marins, s'y étaient allongés, fuyant la chaleur moite de la batterie. Guichen était avec la corvée et le Pacha, depuis sa passerelle, ne pouvait voir les corps qui se collaient aux baleinières, aux cheminées, et aux superstructures. Le second, un officier de la marine marchande, Chaulanges, était passé, tête baissée, refusant de voir.

— Tu sais que les boches sont presque arrivés à Paris, disait Raffin en tendant à Revelli la cigarette dans la main repliée. Mermct, le radio, a vu le message, le Gouvernement a foutu le camp, quand ç'a été fini, ils sont revenus, ah, ils sont courageux.

— Ça va durer, tu crois ?

Dante donna à Raffin la cigarette.

— T'es pressé ? dit Raffin.

Ils fumèrent en silence.

— Tu crois qu'y mettront les lettres ? demanda Dante.

— Tu comprends, continuait Raffin, il gardait la cigarette allumée dans sa main, c'est comme une locomotive, pour la faire partir, t'as un mal fou, mais après, quand elle est lancée, t'as bien plus de mal à l'arrêter, merde.

Raffin secoua sa main. Il venait de se brûler les doigts avec son mégot.

— À qui t'écris ? dit-il.

— Ma mère, dit Dante. La famille.

Lisa reçut la lettre de Bizerte le samedi 12 décembre 1914. Toute la matinée, elle avait eu froid, économisant le charbon, parce qu'elle était seule à la maison. Pour se réchauffer, elle avait lavé les draps dans la cour, mais l'eau était glacée et semblait entrer en elle, se glisser sous les ongles, refroidir les os, paralyser les épaules et le cou. Lisa tremblait en étendant les draps et elle oublia le facteur. Brusquement, elle le vit devant elle qui souriait, tenant une lettre devant son visage.

— monsieur et Madame Revelli ? répétait-il.

Elle laissa tomber le drap, saisit la lettre, puis monta lentement, la glace qu'elle avait en elle fondant, à chaque marche. Elle croisa Madame Gancia.

— Vous en avez une, demandait la voisine.

Lisa tenait la lettre contre son tablier.

— Il a écrit, répondit-elle.

La censure avait barbouillé de-ci de-là le texte. Il semblait même qu'une page manquât. Mais Lisa reconnaissait les grands jambages des lettres, cette écriture ronde et ample et il lui semblait seulement à voir, sans lire, entendre Dante raconter. Que disait-il ? Elle ne pouvait répondre à Vincente qui l'interrogeait, dépliant la lettre. Si peu de mots, un seul mot, vivant, répété sous des formes diverses ; qu'il faisait chaud, qu'il découvrait un autre pays, qu'il n'avait pas le mal de mer et qu'ils lui écrivent parce qu'il voulait savoir de Louise, des amis, « Je t'embrasse, petite Maman. Embrasse Papa. »

Vincente soulevait Violette à bout de bras.

— Comme quand tu étais petite, disait-il.

Antoine criait qu'il pouvait, lui aussi, la soulever, mais Violette refusait, poussant son frère. Louise, seule, assise, les avant-bras appuyés à la table, se taisait.

— Ce soir, dit Vincente, on fera cuire des marrons.

Il marchait dans la cuisine, se frottant les mains.

— Des marrons, les enfants, répétait-il.

Il déposait un vieux journal sur la table, y versait les marrons, commençait à les entailler par le milieu. Louise se leva.

— Ce soir, dit-elle, je vais chez les Millo.

Elle regarda son père, puis au moment où il semblait qu'elle allait lui parler, elle se tourna vers Lisa :

— Maman, dit-elle, je vais rester avec eux.

Elle se rassit.

— Ils ont besoin de quelqu'un au magasin.

Elle parlait calmement, faisant tourner une fourchette entre ses doigts.

— Puisque, dit-elle...

Elle s'interrompit.

— Et puis, c'est chez eux, maintenant que je dois... j'ai tout arrangé.

Lisa paraissait ne pas entendre.

— Tu peux pas toute ta vie, commença Vincente.

— Laisse-la, dit Lisa, laisse-la faire.

Le lendemain après-midi, dimanche 13 décembre, Louise dit à sa mère qu'elle était enceinte de Millo, ce que Lisa savait depuis près de deux mois, devinant sous le tablier dont Louise ne nouait plus la ceinture la taille qui s'épaississait, retrouvant comme estompée chez sa fille cette langueur qui l'avait saisie, alors qu'elle attendait la naissance de Dante.

Elles descendaient toutes les deux la rue Cassini vers le port. Lisa était passée prendre sa fille à l'épicerie, trouvant Madame Millo couchée, les yeux fermés, forme rabougrie qui donna froid à Lisa. Elle l'embrassa.

— Nous allons prier, dit-elle.

Elle réussit à convaincre Louise qui lavait les tommettes de la cuisine, de l'accompagner à Notre-Dame-du-Port. C'était le jour des prières nationales. Quand Lisa et Louise arrivèrent sur la place, la foule l'occupait déjà, les femmes en fichu noir, reprenant en chœur les chants liturgiques, priant alors que l'on entendait, venant de la nef, la voix de Monseigneur Charon monté en chaire, et dont un mot, lancé plus haut, imposait le silence. Puis la voix se perdait, et le murmure des femmes qui priaient couvrait à nouveau la foule. La statue de la Vierge apparut sur le perron, portée par des marins et des soldats. Lisa et Louise se signèrent, cependant que la procession s'organisait autour de la place, des prêtres, des boy-scouts encadrant le cortège, entonnant un cantique, dont la foule reprenait le refrain.

« Vierge de notre espérance, étends sur nous tes bras. »

« Sauve, sauve la France, ne l'abandonne pas. »

Des femmes près de Lisa s'agenouillèrent, certaines pleuraient, d'autres, quand elles virent la statue de la Vierge, se précipitèrent pour la toucher, l'une criant « Couma es bella », comme elle est belle. Lisa fut tentée de s'agenouiller aussi, mais Louise, d'une pression du bras, la retint, l'entraîna, répétant :

— Viens maman, viens.

Elles remontèrent toutes deux la rue Cassini vers la place Garibaldi, bras dessus, bras dessous, Lisa sentait la colère de sa fille la gagner aussi, sans qu'elle réussisse pourtant à en deviner les causes. Comme elles arrivaient sur la place, Louise, brutalement, retira son bras.

— Ils auraient dû prier avant, empêcher, maintenant, qu'est-ce qu'ils veulent, qu'on en tue encore ? Ils ne me le tueront pas, commença Louise, je préfère le tuer moi !

Le repas de noces de Lisa dans la cour de la pension Oberti, cette phrase qu'elle avait dite à Carlo « Je le tuerai avec ces mains » et qu'elle entendait maintenant, que Louise retrouvait, seule, si longtemps après. Lisa eut envie de se signer, mais elle n'osa pas. Elle était fière et elle avait peur de Louise.

— Ne dis pas ça, murmura-t-elle simplement.

— Et pourquoi ? Ils prient parce qu'ils sont morts. C'est avant. Je le voulais vivant, maman, vivant.

Louise éclata en sanglots.

Lisa la prit dans ses bras, la berça tout en marchant.

— Ma fille, disait-elle, ma fille chérie, tu verras avec lui.

Lisa entendait une autre voix en elle, aiguë, tenace, comme un insecte qui tente de percer, creuse inlassablement. Louise n'était pas mariée, quel serait le nom de cet enfant qui allait naître ? Elle avait honte. Et elle était heureuse, qu'avant de mourir, Millo, avec Louise... avant de mourir. Elle serra sa fille contre elle.

— Il sera beau cet enfant, dit-elle. Tu peux être fière.

Le lendemain matin, Lisa alla acheter le journal comme elle en avait pris l'habitude. Il y avait peu de nouvelles du front. Rien sur la guerre en mer. Elle essaya de comprendre un article imprimé en caractères gras. Elle lut plusieurs fois les premières phrases : « La guerre meurtrière et détestable a ses bienfaits. Elle rapproche les hommes d'un même pays, fait tomber les haines de classes et les rancunes de partis. L'homme devient ainsi meilleur. La guerre a réalisé ce miracle... »

Lisa s'arrêta. Elle se frotta les mains à son tablier, laissa le journal sur la table sans le replier. Parfois, dans la matinée, allant de la cuisinière au buffet, elle relisait les dernières phrases : « L'homme devient meilleur... La guerre a réalisé ce miracle... »

À midi, Antoine rentra, s'étonnant que la table ne fût pas mise.

— Jette-le, dit Lisa en montrant le journal. Jette-le au feu.

Antoine regarda sa mère.

— Jette-le, cria-t-elle.

Elle avait crié avec tant de passion qu'Antoine fit une boule du journal, le poussant avec le pique-feu dans le foyer. Lisa essuya longuement la table, puis disposa les assiettes et servit son fils et Violette.

31

Sabre au clair, le cheval faisant des écarts, le commandant Ritzen précédait le bataillon de quelques mètres. Pas de musique, mais le martèlement des pas. Le cheval se mit de biais et Ritzen put voir, jusqu'au bout de la Promenade, vers le château, les chéchias rouges des Sénégalais. Il partait enfin. Dès la déclaration de guerre, il avait demandé à être mobilisé, mais le préfet s'y était opposé.

— Plus tard Ritzen, pour l'instant, je télégraphie au ministre que je vous garde, vous êtes le seul à connaître la ville, je veux savoir comment elle réagit.

Ritzen n'était pas inquiet. Les rapports des indicateurs étaient convergents. L'assassinat de Jaurès avait provoqué la stupeur. Des groupes s'étaient formés devant *L'Éclaireur* et *le Petit Niçois*, commentant la nouvelle, mais sans manifester. Le bureau du syndicat s'était réuni à la Bourse du travail. Sauvan pleurait en lisant le texte de la résolution « ... le crime monstrueux... ». Ils avaient attendu les décisions de Paris, mais en quelques heures, le climat avait changé dans la capitale. La CGT acceptait la guerre. Jouhaux, l'un de ses dirigeants, condamnait l'assassinat de Jaurès et invitait à « l'Union des patriotes pour défendre la République et les droits de l'homme ». *La Bataille Syndicaliste* dont Ritzen recevait du ministère des extraits, avant même qu'elle parvînt à Nice, donnait déjà le ton : « Que le nom du vieil empereur François-Joseph soit maudit. » Dans une conférence à la Préfecture avec les parlementaires, Ritzen avait affirmé sans inquiétude : « Il n'y aura pas une seule défection, croyez-moi. »

— Vous êtes sûr ? demandait Merani. Les socialistes...

— Il n'y a plus de socialistes, monsieur le Député, il n'y a que des Français.

— Karenberg...

— Je parle des Français. Celui-là, s'il bouge...

À la section socialiste, Karenberg avait été isolé. Borello, l'instituteur, s'était enflammé, accusant Karenberg d'aristocratie, d'esprit étranger : « Tu ne comprends rien à notre patriotisme, il faut débarrasser l'Europe de l'Empire allemand, et donner aux Germains notre goût de la liberté. » « Avec l'aide du Tsar, ce grand républicain ? », avait demandé Karenberg. Les socialistes l'avaient expulsé de la section. Sauvan avait eu un peu plus d'écho à la Bourse du travail, mais quand une cinquantaine de jeunes gens avaient manifesté devant les locaux, aux cris de « Vive la guerre », que Sauvan était descendu dans la rue, hurlant : « Vive la Paix, Vive Jaurès », ses camarades l'avaient laissé malmener, n'intervenant qu'au moment où il allait être assommé.

— Le patriotisme l'emporte partout, commentait Ritzen.

Les événements lui donnaient raison. Pas un de ces suspects d'antimilitarisme dont le carnet militaire était marqué d'une lettre B n'avait été arrêté.

Malvy, le ministre de l'Intérieur, avait fait confiance au sentiment national.

« J'ai eu un cas, un seul », expliquait Ritzen quelques jours plus tard à Merani qui l'avait invité à une « soirée patriotique ».

— Un Parisien, du syndicat des électriciens, continuait Ritzen, finalement nous lui avons tiré l'oreille et il est parti, comme tout le monde. Je suis sûr qu'il fait son devoir.

Merani s'excusa auprès de Ritzen. Le général Tourmelin venait d'entrer avec quelques officiers de son état-major. Elisabeth d'Aspremont, en longue jupe bleu marine, une croix rouge brodée au-dessus de la poitrine, l'accueillait, le général s'inclinant devant elle.

— Votre initiative, Madame... commençait-il.

Merani avait incité sa femme à constituer un Comité d'aide aux blessés et à leur famille. Elle rassemblait les fonds, les bonnes volontés, et ce soir, le Comité recevait les personnalités niçoises.

— C'est un grand honneur, mon général, disait Merani.

Il présentait Tourmelin au directeur de *L'Éclaireur,* un homme rond, d'une soixantaine d'années.

— Je suis très heureux de vous connaître, disait le général. Votre article, l'autre jour, après la cérémonie à l'église du Port, exprime parfaitement mon sentiment. *La Marseillaise* peut enfin se mêler aux chants liturgiques. Savez-vous que je sens pour la première fois depuis l'affaire Dreyfus, j'étais jeune capitaine, que l'armée est unie au gouvernement sans réserve, je vous le dis, mon cher, cette guerre a pour la France des conséquences que j'ose appeler heureuses et inespérées. Mais oui.

— C'est une guerre sainte, dit le maire Girard en s'approchant. Mon fils m'écrit que les soldats sont admirables, mais je crois que les populations ne le sont pas moins, toutes ces mères, ces épouses, l'autre jour à la gare, quand les blessés sont arrivés, quelle dignité.

— Nice est grecque, mon cher Girard, dit Merani.

— Toute la France, dit le général.

Merani retrouva Ritzen peu après. Le commissaire était à l'écart, loin du buffet, paraissant regarder une femme qu'entourait un groupe de jeunes officiers de chasseurs.

— Toujours aussi belle, n'est-ce pas ? Bien sûr vous savez que son mari est passé en Suisse, avec sa fille. Helena est admirable, il y a près de cent blessés à l'hôtel Impérial.

— Admirable ? disait Ritzen, vous croyez ?

— Mais si, mais si, elle s'occupe de tout, est-ce que vous avez vu ces blessés ? Il faut du cran, ils arrivent dans un tel état. Mais elle est russe, ce sont des gens extraordinaires.

Ritzen faisait une moue.

— Le frère, naturellement, continuait Merani. Vous m'avez dit vous-même qu'il n'a aucune influence. Sa femme, Peggy Wood, doit venir ce soir, elle est de notre Comité, quant à lui, sérieusement, Ritzen, vous auriez mille fois plus de raisons d'être socialiste que lui, et moi aussi, sa fortune...

Depuis le début de la guerre, Karenberg s'était retiré de toute activité politique locale. De temps à autre, il voyait Sauvan, mais que pouvaient-ils encore se dire ? Ils marchaient côte à côte au bord de la mer, le dimanche matin, Sauvan parfois expliquant qu'il fallait baisser la tête, laisser passer la vague, garder sa respiration et puis, le moment venu...

Le moment venu, viendrait-il ? Les indicateurs

de Ritzen, dans leurs rapports, notaient cet isolement de Karenberg et pourtant Ritzen s'obstinait. Les consignes du ministère étaient d'ailleurs précises : il fallait surveiller les étrangers, les naturalisés, l'Italie demeurait hors du conflit et l'on savait à Paris qu'une lutte d'influence se déroulait entre neutralistes et partisans de la guerre aux côtés des alliés. Le poste frontalier signala le passage d'un Morgari, fiché comme socialiste. Son passeport était en règle. Quelques jours plus tard, Ritzen découvrit que Morgari séjournait chez Karenberg. Paris averti renvoya le dossier Morgari. Ce socialiste turinois était un des adversaires déterminés de l'entrée en guerre. Au ministère de l'Intérieur on demandait avec insistance de surveiller Karenberg car on soupçonnait Morgari de préparer une conférence internationale des socialistes hostiles à la guerre.

Quand Karenberg était parti pour Paris, au début du mois de décembre 1914, un inspecteur l'avait suivi. Ritzen avait reçu le rapport de filature. Karenberg déjeunant dans une cantine russe du boulevard Montparnasse où se trouvaient des émigrés, socialistes plus ou moins extrémistes qui combattaient tous le tsarisme. Il avait participé à plusieurs réunions dans une librairie russe de la rue des Carmes, près de la place Maubert où se rencontraient Martov, Antonov-Ovseenko, Trotski. Ritzen avait été convoqué à Paris dès le retour de Karenberg à Nice. Le directeur de cabinet du ministre, Maréchal, avait attiré l'attention sur la surveillance particulière qu'il fallait exercer sur la colonie russe. Il montrait un numéro de journal.

— D'abord, ils l'appelaient *Golos, la Voix,* nous l'avons interdit, alors ils ont changé de titre, *Nache Slovo, Notre Parole,* ils reçoivent des correspondances du monde entier, voici les traductions.

Maréchal tendait à Ritzen un paquet de feuillets dactylographiés.

— Nous avons essayé de faire fermer leur imprimerie, rue des Feuillantines, mais, n'est-ce pas, nous avons eu tout de suite les socialistes sur le dos et l'Union sacrée...

Ritzen parcourait rapidement les feuillets.

— Votre Karenberg, demandait Maréchal, il est naturalisé français ? Quel est le con qui a accepté ça, au moins si nous voulons expulser les autres, nous le pouvons.

— Trotski, dit Ritzen en rendant les feuillets, c'est celui de la révolution de 1905 ?

— Enfin, continua Maréchal sans répondre, vous avez les éléments, nous craignons une tentative pour relancer l'Internationale, briser l'Union sacrée, bref, ne lâchez pas Karenberg.

Ritzen à son retour avait donné des ordres. Quand Karenberg avait tenté de partir pour l'Italie, la préfecture avait refusé de lui accorder un visa. Il avait fait quelques semaines plus tard une démarche pour obtenir le droit de séjourner en Suisse. Ritzen avait consulté Paris. Opposition du ministère, envoi d'une longue note confidentielle à Ritzen. « Depuis le mois de janvier 1915, on signale de différentes sources, que le Parti socialiste suisse et notamment Robert Grimm, rédacteur de la *Berner Tagwacht*, essaie de renouer les liens qui unissaient dans le cadre de l'Internationale, les différents partis socialistes. En janvier 1915, il a fait un voyage à Paris — voir note confidentielle du 27 janvier 1915. Il a rencontré différentes personnalités du Parti socialiste. Il a de même pris contact avec le groupe d'émigrés russes de *Nache Slovo* (Martov, Trotski). Rentré en Suisse le 2 février, il a rendu compte à la direction du Parti socialiste suisse, puis a eu une réunion avec les émigrés russes (Lénine, arrivé depuis peu, est le représentant de la fraction extrémiste, dite des bolcheviks). À la mi-février, il s'est rendu en Italie. À Turin, il a eu de longs entretiens avec les socialistes italiens et notamment Morgari — note confidentielle du 12 février, sur les rapports de Morgari et d'un Russe naturalisé Français, Frédéric Karenberg, résidant à Nice. Il ressort de ces différentes informations, que la réunion d'une conférence internationale des socialistes hostiles à la guerre est probable. Il est de la plus haute importance que dans chaque département, les individus suspectés d'être opposés à la politique de défense de la patrie soient soumis à une surveillance renforcée. »

Un matin, Ritzen décida de se rendre compte par lui-même. Il se fit conduire à la villa Karenberg, et accompagné d'un inspecteur, demanda à voir Karenberg.

Frédéric Karenberg les reçut dans sa bibliothèque, les portes-fenêtres ouvertes sur la terrasse, un garçon d'une douzaine d'années s'éloignant comme ils entraient, Karenberg le rappelant :

— Jean, je continue ce soir, je ne suis pas battu !

Il montra à Ritzen un échiquier.

— Mon fils me tient tête !

La même morgue qu'il y a vingt ans. Cette assurance des riches, faite de dédain, de nonchalance.

— Que puis-je pour vous, messieurs ?

L'ironie aussi. Ritzen s'assit sans qu'on l'y invite.

— Vous n'ignorez sans doute pas que nous sommes en guerre, monsieur Karenberg.

Karenberg avait pris place derrière son bureau, ne regardant pas le commissaire, repoussant des papiers, fermant des livres qu'il posait en pile sur le bord de la table.

— Vous êtes de nationalité française, notre hospitalité...

Karenberg leva la tête.

— Si vous alliez directement au but ?

— Vous avez reçu un Italien, Morgari, il y a quelques mois, vous fréquentez les émigrés russes, vous avez essayé de passer en Italie, puis en Suisse.

— Tout à fait officiellement.

— Écoutez, ne jouons pas au plus fin, des Français meurent chaque jour par milliers.

— Je sais, dit Karenberg, des Français, des Russes, des Allemands...

— Je pense aux Français, monsieur, aux Français d'abord parce que je suis français et je vous dis simplement ceci : soyez prudent dans vos relations. Nous sommes en guerre. La justice militaire est sévère. Votre fortune...

— Je pense aux hommes qui meurent, monsieur, dit Karenberg l'interrompant.

Ritzen montrait la bibliothèque, reprenait comme s'il n'avait pas entendu.

— Votre fortune ne servira à rien, soyez prudent.

Il se retourna, une femme se tenait dans l'embrasure de la porte-fenêtre. Une silhouette vigoureuse.

— Qu'est-ce qu'il y a Frédéric ?

Karenberg se leva, s'approcha d'elle.

— Deux policiers, dit-il.

Le mépris aussi.

— Madame, dit Ritzen en prenant congé, conseillez à votre mari la prudence. On fusille les espions en temps de guerre.

Il avait été excessif, et, dans le grand salon des Merani, écoutant le député lui vanter les mérites de la sœur de Karenberg, il s'était souvenu du malaise qu'il avait éprouvé durant plusieurs jours, chaque matin, quand arrivaient les listes des tués, dont la préfecture, il ne comprenait pas à quelles fins, lui faisait remettre un double. « Je pense aux hommes qui meurent. » Il ne pouvait douter de la sincérité de Karenberg. Le fils du maire d'Antibes, Guidicelli, vingt-sept ans, sous-lieutenant au 8e tirailleurs indigènes, tué le 9 décembre 1914. Tant d'autres, dont les noms se succédaient, date de naissance, grade, date et lieu de décès. Une phrase lue dans le rapport d'un indicateur sur les propos tenus par « le socialiste Sauvan » lui revenait aussi : « Leur société, avait dit Sauvan, au cours d'une réunion de bureau des syndicats, c'est un abattoir. »

— Ces blessés, disait Merani, Helena je vous assure, admirable.

Le neveu de Ritzen, Julien Sardou, ces jambes cisaillées. Il se tenait dans la pharmacie à Antibes, une couverture jetée sur les moignons.

— Je ne sais pas, commençait Ritzen.

Il hésitait mais c'était le devoir, le métier. Le travail sale, ingrat du chirurgien.

— Soyez prudent, monsieur le Député.

— Avec qui, Ritzen ? avec qui ?

— Par les blessés, on connaît le front, n'est-ce pas ? Le mari d'Helena est autrichien, il est en Suisse. Par Karenberg, on touche les milieux internationaux qui n'ont pas renoncé à saboter notre effort de guerre, tout est possible.

Merani s'exclamait.

— Mon cher Ritzen, vous passez d'un extrême à l'autre. Vous m'assurez que le patriotisme l'emporte et maintenant, vous découvrez une conspiration, des espions. Je me porte garant d'Helena Hollenstein et même de Karenberg. Tenez, voici sa femme.

Peggy se dirigeait vers Helena. Elle portait une robe blanche stricte, une ceinture de velours noir serrant sa taille. Ritzen fut sûr qu'elle le reconnaissait. Elle le fixa avec ce qui lui sembla être une moue de mépris.

Quand Merani voulut le conduire près d'elle, il

refusa, quittant peu après la réception, repassant par son bureau à l'hôtel de police. Les nouvelles s'y amoncelaient. Rapports d'inspecteurs, notes d'indicateurs, premières épreuves des journaux du lendemain. *L'Eclaireur de Nice* avait barré sa première page d'un titre « Vive l'Italie » ; Ritzen lut rapidement l'article. L'ambassadeur autrichien à Rome avait réclamé ses passeports. La déclaration de guerre à l'Autriche était imminente : « Voici après neuf mois de guerre l'Italie qui rejoint sa sœur latine dans le combat, pour la défense de la civilisation. »

Ritzen s'attarda, classa ses dossiers. L'Italie alliée, c'était la possibilité de dégarnir le front des Alpes. Nice n'était plus qu'une ville parmi les autres, une cité de l'arrière, où l'on préparerait les troupes coloniales à la bataille, où l'on accueillerait les blessés. Ritzen rentra lentement chez lui. C'était le milieu de la nuit.

Marguerite dormait, mais elle se réveilla dès qu'il s'assit sur le lit.

— Les enfants ? demanda-t-il.

— Bien, dit-elle, bien.

Il s'allongea, les mains sous la nuque.

— J'ai renouvelé ma demande d'engagement, dit-il. Je n'accepterai plus de retard.

Il devina qu'elle se recroquevillait.

— Si... je n'oserai plus, continuait-il, après, tu comprends ? Il y a des moments où il faut savoir.

— Il n'y a que toi qui peux savoir, dit-elle.

Le lendemain, Ritzen rencontrait le préfet Vidal. Les cheveux entièrement blancs, cet homme encore jeune avait été formé à l'école de Clemenceau. Nommé dans les Alpes-Maritimes depuis 1914, il avait trouvé en Ritzen un collaborateur actif qui avait aussi connu Clemenceau dans les moments difficiles de la lutte contre les syndicats.

— Vous êtes satisfait, j'espère, disait Vidal.

Notre colonie italienne s'enthousiasme pour la déclaration de guerre. Cérémonies, manifestations, je ne sais plus où donner de la tête.

— Il y a effectivement très peu d'opposants, monsieur le préfet. L'enthousiasme ? peut-être faudrait-il parler d'acceptation plutôt, au moins chez les ouvriers.

— L'essentiel, c'est qu'ils marchent, dit Vidal. Vous avez déjà vu des hommes partir de gaieté de cœur se faire tuer ? On ne fait ça qu'à vingt ans et encore, le premier jour. Il n'y a que monsieur Barrès et *l'Illustration* pour prétendre que les soldats sont contents de mourir. D'ailleurs personne ne leur demande cela. Pourvu qu'ils tiennent — il s'interrompit. Je n'ai pas de nouvelles de mon fils.

— monsieur le préfct, commença Ritzen.

Vidal refusa la demande d'engagement. Mais Ritzen ne céda pas, déclara qu'il était prêt, s'il le fallait, à s'engager dans la Légion étrangère.

— Bien, dit Vidal, comme vous voulez.

Deux semaines plus tard, le 10 juin 1915, Ritzen fut nommé commandant du cadre de réserve au 12e régiment de tirailleurs sénégalais, qui se constituait à Nice. Les Africains avant d'être dirigés vers le front étaient regroupés dans les casernes du Midi où la température était clémente. Puis après une période d'exercices, ils partaient, au pas cadencé, sans musique, longeant la mer, traversant la place Masséna, s'engageant dans l'avenue de la Gare encore déserte à cette heure matinale. Les trains, composés de wagons à bestiaux et de voitures de première classe pour les officiers, étaient arrivés deux ou trois jours avant avec des blessés. On avait changé la paille. Mais parfois, oublié d'effacer une inscription à la craie, peu lisible sur la paroi d'un wagon. Un nom, une date, un lieu, un

« bonne chance les gars » ou bien « saloperie » ou bien « chair à canon ».

Les tirailleurs s'entassaient devant les wagons. Ritzen donnait des ordres aux capitaines et aux lieutenants.

— Faites monter les hommes !

Puis, quand le quai fut dégagé, il passa le long du train attendant l'arrivée du général. Les tirailleurs s'étaient déjà allongés sur la paille.

— Comment ça va Ritzen, demanda le général Tourmelin qui venait d'arriver.

Il tenait à assister à chaque départ vers le front.

— Ils sont tranquilles, mon général, dit Ritzen.

Le général se mit à rire.

— Mon cher Ritzen, mon cher commandant, si les soldats n'étaient pas tranquilles ! Vous n'avez plus affaire à des civils.

Peu après, le train s'ébranla, suivant la courbe de la baie des Anges. Ritzen penché à la fenêtre du wagon de tête pouvait apercevoir, le train formant un arc de cercle, les tirailleurs qui, les portes de leur wagon ouvertes, regardaient comme lui la ville et la mer.

32

Ce n'est qu'au début du mois de septembre 1914, que Carlo Revelli réussit à dormir plus de deux ou trois heures par nuit. Durant tout le mois d'août, il s'était battu comme un bûcheron qui tente d'arrêter la progression de l'incendie. Ici l'on déboise, là on creuse une tranchée, plus loin des branches à la main, on frappe, on étouffe les petits foyers.

Et le soir, on a le sentiment qu'on n'a rien fait, que le feu va continuer sa marche. On ne dort pas.

— Couche-toi, disait Anna. Qu'est-ce que tu veux faire, la guerre, elle est pareille pour tout le monde.

Les meilleurs ouvriers, les plus jeunes étaient mobilisés. Il fallait leur verser une semaine de travail. L'armée réquisitionnait les chevaux. Les trains étaient employés aux transports de troupes. Plus personne n'honorait ses contrats, chacun jetait le mot « la guerre mon cher Revelli, la guerre ». Deux grands hôtels en construction à Cannes : travaux interrompus. Asphaltage des rues dans les quartiers nord : remis à plus tard. Elargissement de la route en corniche entre Nice et Menton : suspendu. Arrivée d'un chargement de madriers en provenance d'Odessa ; de dix wagons de sable de la région parisienne : même pas la peine d'espérer.

— Vous pensez qu'ils ont autre chose à faire qu'à vous expédier du bois, il y a la guerre, monsieur Revelli.

Le directeur du bureau des Chargeurs Réunis raccompagnait Revelli jusqu'au seuil :

— Mais vous avez lu les journaux, les Cosaques sont à une journée de Berlin, ça va être fini rapidement.

S'en sortir. Serrer les dents et ne pas crever. Carlo faisait face. Ce qu'il devait, on l'obligeait à le payer et comment faire rentrer l'argent, puisqu'il n'y avait plus rien à faire. Il ne dormait plus. Son capital, il l'avait investi en achat de terrains, au-delà d'Antibes, dans l'arrière-pays. Et qui voudrait acheter en ce moment, à un bon prix, quelques hectares de plages, de pins ? Une ou deux nuits, il eut la tentation de partir. Rentrer en Italie, prendre un bateau à Gênes pour l'Argentine ou l'Amérique. Plus tard, faire venir les enfants et Anna. Laisser la terre ici. La terre ne pourrit pas.

Après, quand ils auraient fini de s'égorger, on pourrait revenir. Des pensées de la nuit dont le matin montrait le ridicule.

Carlo Revelli faisait quelques pas dans le jardin. L'odeur de lavande, la ville en bas, pacifique. Alexandre qui courait vers lui avant de partir à l'école et Mafalda qui depuis la route criait et appelait son frère. Ici. Pas ailleurs. Je gagne ou je crève.

Dans la journée, il visitait les chantiers abandonnés, il rassemblait les ouvriers italiens qu'il payait sans avoir de travail à leur donner. Avec le contremaître et le comptable, il parcourait les entrepôts, ces hangars où Forzanengo depuis des dizaines d'années entassait son matériel. Du bois, des bâches, des outils. Ce fut la première affaire de Revelli pendant la guerre. Un 7 septembre. Une vente au prix fort aux services de l'armée, de tout ce vieux matériel.

— Nous avons un besoin urgent de bois, de cuir, de toutes sortes de matériaux, vous comprenez, monsieur.

Le colonel Mathieu de l'intendance militaire assistait au chargement dans la cour des entrepôts.

— Vous aiderez la défense nationale, nous n'avons pas seulement besoin d'hommes, il faut de quoi les défendre.

Carlo Revelli dormit bien. Le lendemain, il partit pour l'Italie. Il acheta tout ce qu'il put, à n'importe quel prix : du bois, des peaux, des bœufs et des chevaux. Il organisa un convoi, payant les employés des chemins de fer, distribuant des pourboires. À la frontière, les douaniers hésitaient à le laisser passer. Il fit appeler le colonel Mathieu qui donna ordre de faciliter le transbordement. Les ouvriers de Revelli devinrent des dockers, transportant à dos d'hommes ou sur des char-

retons, les bois, les peaux liées, jusqu'aux entrepôts.

À la fin septembre, Carlo avait fondé une nouvelle société, la T.E.R., « Transports et Entrepôts
Revelli ». Il stockait. La guerre ça bouffe, ça brûle.
Plus elle dure et plus elle a faim. Le colonel revint.
Il payait comptant avec de beaux billets neufs que
la Banque de France imprimait par centaines de
milliers.

— Bravo, monsieur Revelli, passons un contrat
voulez-vous ?

Carlo se mit à drainer tout l'arrière-pays. Par
Mathieu, il obtint des dérogations : on lui allouait
des chevaux, des camions. En quelques semaines,
la T.E.R. fut la plus grande entreprise de
transports du Sud-Est. Il achetait le fourrage dans
les Hautes-Alpes, il le descendait à Nice, où
l'armée en prenait livraison.

Il y eut une nouvelle étape. Carlo apprit qu'une
petite manufacture de vêtements était en vente du
côté des abattoirs. Le fils du patron venait d'être
tué. Le père se retirait. Carlo acheta l'affaire en
quelques heures. Le vendeur, un homme d'une
soixantaine d'années, avançait lentement dans
l'allée, sous la verrière, entre les machines à coudre
couvertes de leur housse.

— Qu'est-ce que j'en fous maintenant ? disait-il.

Il reniflait, toussait.

— On voulait qu'un fils, un seul n'est-ce pas,
parce que pour lui, c'était mieux, tout seul avec
l'usine. Pas de partage.

Il se tournait vers Carlo.

— Vous avez des enfants, monsieur Revelli ?
Deux ? C'est bien, c'est bien. Pourvu qu'une guerre
ne vous les prenne pas.

Le soir Carlo joua avec Alexandre et Mafalda.
Alexandre l'interrogeait.

— Pourquoi tu es pas soldat, papa ?

Trop vieux expliquait Carlo. Et s'il avait été plus jeune ? Il les avait vus défiler sur l'avenue de la Gare, marchant épaule contre épaule, d'un même pas. On disait que les Allemands, avec leurs mitrailleuses, couchaient d'une seule rafale dans les blés un rang entier de soldats. Il aurait fallu partir en Italie, en Suisse, en Amérique. Crever pour qui ? Pour le colonel Mathieu ? Pour la République ?

— Je suis trop vieux, répéta Carlo.

— Y en a qui s'engagent. Le directeur de l'école, il est parti.

— Je suis trop vieux, même pour m'engager.

Il les vit s'endormir. Comment faire comprendre à Alexandre, plus tard, qu'il fallait être sa propre armée. Que sa patrie s'appellerait Revelli. Et pas France ou Italie. Revelli.

Les femmes de soldats avaient besoin de travailler. Quand elles surent que la manufacture de vêtements allait rouvrir, elles vinrent silencieuses devant les grilles. Carlo et une dizaine d'ouvriers nettoyaient les machines. Puis Carlo s'avança vers les grilles.

— Il va y avoir du travail pour toutes, dit-il. On commence la semaine prochaine. Donnez vos noms.

Le comptable installa une table sous un platane, près de l'entrée. Elles se mirent en file, reçurent un papier d'embauche, cependant que Carlo à l'écart regardait ces femmes et qu'il avait envie de leur crier : « Ils vous les tuent et vous vous laissez faire » et en même temps : « Travaillez pour rien, qu'est-ce que vous pourriez faire d'autre ? »

Le colonel Mathieu fit au nom des autorités militaires un nouveau contrat. Dans les trains qui s'arrêtaient en gare de Saint-Roch et qui venaient du front, il y avait toujours, en queue, deux ou trois wagons, que les ouvriers de Revelli ouvraient.

L'odeur les faisait reculer. Puis ils montaient, prenaient dans les bras ces uniformes qu'on avait attachés ensemble avec une grosse corde et parfois, les manches de vestes pendaient, frottant le sol. Une plaque brune, croûte terreuse au centre d'une capote, une échancrure, brûlure en forme de fleur. Les femmes dans la cour de la manufacture Revelli, à genoux près des bassins, l'uniforme déplié sur le sol, brossaient ces plaques, cette croûte. Il fallait frotter longtemps parce que le sang s'inscruste. D'autres femmes, à la machine, refermaient les plaies, jetaient l'uniforme à leur pied. Une fille passait dans l'allée, prenant les vestes, les pantalons, et il suffisait de deux ou trois vestes pour qu'elle disparaisse derrière l'étoffe, qu'elle soit contrainte de marcher rejetée en arrière, déséquilibrée comme si elle allait tomber à la renverse, étouffée sous le poids. Chaque soir, on enfournait les capotes, les uniformes, dans une sorte d'étuve dont la vapeur emplissait une partie d'un hangar attenant à l'atelier. Le matin suivant, les charretiers de Revelli pouvaient livrer des uniformes propres, presque neufs, à la caserne des chasseurs. Seuls les soldats, quand ils passaient la vareuse ou la capote, découvraient une pièce rectangulaire, comme un stigmate sur leur poitrine ou dans leur dos.

— Monsieur Revelli, vous êtes extraordinaire, disait le colonel Mathieu. Vous êtes précis, et ceux qui gagnent la guerre sont les gens précis et ponctuels. Est-il possible, excusez-moi.

Il s'appuyait au dossier de son fauteuil, l'inclinant vers l'arrière.

— Excusez-moi, répétait-il, mais je ne réussis pas à croire que vous soyez d'origine italienne, ce sont des fantaisistes, j'ai bien connu leurs officiers.

— Je suis français, répondait Revelli.

— Bien sûr, mon cher, bien sûr. Voulez-vous que je vous présente au général ?

Revelli ne put refuser. Il y eut d'abord une entrevue de quelques minutes.

— C'est vous monsieur Revelli ? commençait le général Tourmelin. Le colonel Mathieu me dit que vous êtes l'homme des miracles, comment faites-vous ? Quelle est votre stratégie ?

Mais il n'écoutait pas la réponse : « Merci pour nos soldats, monsieur », continuait-il. Revelli fut aussi convié à un déjeuner offert par le général, aux personnalités civiles de la ville. Cinquante couverts dans l'une des grandes salles de la caserne. Le député Merani, le maire Girard, Helena Hollenstein et Elisabeth d'Aspremont du Comité d'aide et de secours aux blessés. Helena assise loin de Carlo, mais ils se regardaient longuement, cependant que le général Tourmelin prononçait son discours : « Je rappellerai une parole de votre maire, cette guerre, me disait-il, est une guerre sainte. Depuis, il a été frappé dans ce qu'il avait de plus cher. Il a donné son fils à la France. Mais tous les martyrs, tous nos héros sont des saints, car la France du droit et de la justice combat contre la barbarie et je voudrais, au nom des soldats, vous remercier d'apporter votre aide, vous qui êtes ici, à tous les combattants. Votre comité... »

C'est Helena qui, à la fin du déjeuner, alors que les invités se répartissaient en groupes, vint vers Carlo.

— Décidément, dit-elle, nous nous retrouvons.

Il semblait à Carlo qu'elle était transformée, plus grande même, la poitrine élargie, les gestes plus calmes.

— Longtemps, j'ai eu très peur de vous, continuait Helena.

Il se taisait.

— J'ai une fille, dit-elle. Elle est en Suisse avec son père. Et vous ? On ne parle que de vous dans cette ville, l'entreprise, la société de transports, votre usine.

Elle allumait une cigarette.

— Je campe au milieu de mes blessés, à l'hôtel Impérial, venez nous visiter.

Son visage se crispa.

— Vous verrez la guerre. Il faut l'avoir vue.

Un officier s'approcha : « Ma chère Helena, si je vous raccompagnais... »

Helena sourit à nouveau.

— Vous n'êtes plus pour moi un sauvage, dit-elle en saluant Carlo, vous vous êtes civilisé ou bien, je ne sais pas...

Carlo partit seul, renvoyant la voiture, traversant la ville à pied pour se rendre à l'atelier. Il était à leur table. Il les avait imaginés si puissants. Il les regardait de si loin. Maintenant, il était assis parmi eux, les touchant du coude : « Vous vous êtes civilisé », disait Helena. Ils étaient comme ces bulles de savon que faisait Alexandre, on les touche, elles ne sont plus qu'une goutte sur le bout du doigt. Des arbres creux. Une belle écorce.

Place Garibaldi, il entra au café de Turin. La même sciure sur le sol, les mêmes odeurs. Quelques soldats. En remontant la rue de la République, les pouces enfoncés dans les poches de son gilet, il chercha à se souvenir de l'adresse de son frère Vincente. Peut-être le 42. Il s'arrêta devant le porche. Des enfants jouaient dans la cour. Une petite fille d'une dizaine d'années sautait à la corde. Carlo fut sûr qu'il s'agissait de la dernière fille de son frère, mais comment s'appelait-elle ? Il hésita un moment. Elle ressemblait à Mafalda avec ces cheveux bruns bouclés.

Leur dire quoi à Vincente, à Lisa ? Dante devait être soldat. Rien à leur dire.

Carlo arriva tard à l'atelier. Dans la cour, il y avait un tas d'uniformes qu'un ouvrier arrosait avec une lance à incendie. Les femmes se tenaient à l'écart, certaines appuyées aux platanes se redressèrent quand elles aperçurent Carlo Revelli.

— Ils sont neufs, expliquait l'ouvrier, y a rien, pas une tache, pas un trou, seulement vous sentez.

Une odeur écœurante de noisette.

— On peut pas les frotter, il faut mettre de l'eau, c'est le gaz, ils sont restés dans le tissu, ça brûle encore. Vous imaginez, patron, ceux qui ont ça dedans.

Il semblait, quand le jet les frappait de plein fouet, qu'une légère vapeur se dégageait des capotes, des vestes dont les manches s'entrecroisaient.

— Une saloperie, dit l'ouvrier. Ça doit ronger.

— Qu'est-ce qu'elles foutent celles-là, dit Carlo, tourné vers les ouvrières, qu'est-ce que vous foutez ?

Elles se serrèrent les unes contre les autres, se dirigèrent vers le hangar, revinrent les bras chargés d'uniformes, qu'elles tentaient de porter en les tenant loin de leurs corps. Puis elles les jetaient sur le sol, où ils formaient un autre tas.

Carlo déroula lui-même une deuxième lance à incendie, noyant sous le jet ces uniformes dont les bras se soulevaient quand l'eau les prenait par en dessous, éclaboussant parfois Carlo, qui répétait entre ses dents « saloperie, saloperie ».

33

Nathalie courait devant eux dans les allées, au bord du lac. Un écureuil parfois s'immobilisait sur les pelouses, puis Nathalie tentant d'aller vers lui, les mains ouvertes, les bras tendus, l'écureuil hésitait et faisait tout à coup une volte-face, grimpant à un arbre.

Nathalie se tournait vers son père et vers Karenberg, son visage exprimant la déception, une douloureuse surprise, et Karenberg se mettait à rire.

— Natacha, viens Natacha, disait-il.

Elle les attendait, boudeuse.

— Elle est d'une trop grande sensibilité, murmurait Gustav, si sa mère était avec nous...

— Croyez-vous ? demandait Karenberg.

Il soulevait Nathalie, lui montrait l'écureuil sur l'une des branches de l'arbre.

— Regarde, il est heureux comme toi, pourquoi se laisserait-il prendre ? Cours, il y en a beaucoup d'autres, cours.

Mais elle prenait la main de Frédéric, tentait de les retenir au pied de l'arbre, ne s'éloignait qu'à regret.

— Et Jean, Peggy ? interrogeait Gustav.

— Jean regrette de ne pas avoir l'âge de partir au front, il me bat aux échecs, Peggy ne quitte plus Helena, elles amusent, elles soignent leurs blessés.

Ils continuèrent à marcher un long moment en silence, Karenberg allumant un cigare, s'arrêtant. Les cygnes, points blancs et noirs sur la crête des vagues, premier plan mobile sur fond roux. Les arbres de la berge opposée semblaient perdre leurs feuilles.

— C'est la vigne, dit Gustav, mais l'automne est précoce.

Les crêtes du Jura étaient enveloppées d'un tulle bleuté que le soleil effilochait. Ils s'assirent, Nathalie jetant aux cygnes des miettes de brioche.

— Chaque matin, nous venons, dit Hollenstein, c'est si calme, si loin de ces meurtres.

Karenberg regardait le ciel, la tête rejetée en

arrière, oubliant un instant où il se trouvait, retrouvant cette sensation comme un vertige, quand il se couchait dans la forêt autour de Semitchasky s'efforçant de ne voir que le ciel, comme si rien n'eût existé que lui, ce sol où il était étendu et cette dimension bleue sans épaisseur ni pesanteur.

— Les blessés, dit-il quand, clignant des yeux, il retrouva le lac, les toits de Genève ; Hollenstein — les blessés, il y en a partout, jusque dans les couloirs de l'hôtel. Pour comprendre la guerre, il faut voir les blessés, c'est ce qui m'a décidé.

— Ils vous ont laissé passer ?

— C'est une histoire de fou, dit Karenberg.

Quand il avait voulu se rendre en Suisse, pour assister à la conférence socialiste, les services de la préfecture lui avaient refusé son passeport. Mais il avait conservé son passeport russe et il avait décidé de tenter sa chance. Les aigles du Tsar, le grand allié, le titre de baron, de capitaine du Régiment de la Garde.

— Il n'y a eu aucune difficulté, continua Karenberg, le commissaire de la gare était au garde-à-vous. Les Suisses ont été plus soupçonneux.

— Vous partez demain ?

— Ce soir, dit Karenberg, je dois passer par Paris.

— Des chances ?

Nathalie debout sur le muret se tournait vers eux, leur montrait les cygnes qui dressaient leur cou, elle ressemblait à Helena avec les yeux plus sombres, un teint mat d'Orientale.

Karenberg fit un geste d'incertitude. Il était arrivé à Berne sans illusion, retrouvant les Russes rencontrés rue des Carmes, Trotski surtout qui lui faisait la leçon : « Puisque c'est vous qui traduisez pour les Français, soyez précis, mais adaptez à leur sensibilité, ils sont si patriotards, même les meilleurs, ceux qui sont ici, enfin voyez Karenberg, si nous avions l'unanimité des délégations sur une résolution, ce serait une étape décisive. »

Grimm, le socialiste suisse, avait retenu quatre voitures et Karenberg s'était retrouvé entre Morgari et Trotski, face aux Français Merrheim et Bourderon. Morgari plaisantant, disant que tous les internationalistes du monde tenaient dans ces quatre voitures, Trotski se mettant à rire, puis gravement, soulevant ses lunettes, se massant les yeux, disant comme pour lui-même : « Le fil de l'histoire casse souvent. Il faut faire un nouveau nœud. Et nous le ferons ici. »

— Je me demande, disait Hollenstein en se levant, si le socialisme ce n'est pas d'abord la nécessité de l'illusion. Vous êtes une poignée sans pouvoir, vous vous réunissez, et c'est l'Histoire que vous avez la prétention de conduire, d'en renouer les brins. Mais l'Histoire, elle se fait à coups de baïonnette, vous le voyez bien.

Il se levait, soulevait Nathalie.

— Karenberg, pourquoi avez-vous besoin de croire que l'homme est bon, raisonnable, expliquez-moi ?

Grimm avait fait arrêter les voitures devant l'auberge du village de Zimmerwald. Depuis Berne, ils avaient roulé durant une dizaine de kilomètres, s'élevant peu à peu, découvrant la plaine où s'accroche le brouillard. L'air vif, l'odeur des arbres fruitiers et la lumière claire qui semblait rejaillir sur les glaciers de l'Eiger et de la Jungfrau, à l'est du village. Lénine qui se présentait aux différents délégués, allant de l'un à l'autre, une serviette de cuir noir usé sous le bras, son visage toujours mobile, plissant les yeux, le front, puis durant les réunions, son débit rapide, saccadé, la violence de ses attaques que Karenberg traduisait difficilement. Son rire, plus tard, dans le jardin quand Karenberg s'excusait de ne pouvoir le suivre dans la traduction.

— D'autres ne me suivent pas, qui me comprennent parfaitement, disait Lénine.

Les résolutions, les votes à main levée. Cette longue promenade, un matin, avec Merrheim, le délégué de Paris qui répétait comme pour lui-même : « Nous ne pouvons pas vouloir la défaite de la France, la paix oui, la défaite non. »

— Je n'ai pas besoin de croire, disait Karenberg. Il jetait son cigare dans le lac.

— Mais n'est-ce pas extraordinaire, continuait-il, des Allemands et des Français en pleine tuerie, appellent à la paix, ils prennent des risques considérables. Comment pouvez-vous ne pas être d'accord, vous qui êtes ici en Suisse. Vous avez choisi la paix, pourquoi la refusez-vous aux autres ?

— La refuser ? dit Hollenstein. Mais je ne refuse rien, mon cher Karenberg. Je crois à la possibilité d'échapper individuellement à la tuerie, pas collectivement. Où croyez-vous que je serais, si je n'étais pas ici ? Je suis plus jeune que vous, je serais un officier autrichien mort. Ou bien donnant l'ordre de tuer.

Nathalie se mit à crier, elle avait retrouvé l'écureuil, à la même place, au milieu de la pelouse. Elle s'agenouillait, tendait la main et l'animal s'approchait, en petits bonds ironiques. Hollenstein et Karenberg s'étaient immobilisés.

— Et Helena, demanda Hollenstein. Peggy la voit souvent, me disiez-vous.

— Très bien, très bien, commença Karenberg.

Helena s'était transformée. Ces hommes blessés, mutilés qui dépendaient d'elle semblaient la rassurer. Elle était plus calme, parlant rarement de Gustav et de Nathalie, disant quand on l'interrogeait qu'il valait mieux, pour la durée de la guerre, que sa fille soit en Suisse. « Gustav, où pouvait-il être mieux qu'avec elle, il est autrichien, moi, l'hôtel, je ne peux pas abandonner cette ville maintenant. »

Peggy parlait peu d'Helena, et si Karenberg la questionnait à propos des jeunes officiers que l'on voyait souvent avec Helena : « Pourquoi pas ? répondait nerveusement Peggy. À qui doit-elle rendre des comptes ? À Gustav ? Pourquoi est-il parti sans elle ? »

— Je me demande parfois, disait Gustav à mi-voix. Mais que nous apporterait un divorce en ce moment ?

Gustav s'écarta de Karenberg, regarda le lac. L'un des navires qui desservait, à partir de Genève, les villages du bord du lac, manœuvrait pour accoster, ses roues à aubes tournant lentement dans un bruit d'aspiration et de cascade.

— Elle me trompe, n'est-ce pas ?

Karenberg haussa les épaules. Il pensa à Peggy qui rentrait tard de l'hôtel Impérial, on — qui ? — la raccompagnait. Il lisait dans la bibliothèque, Peggy s'asseyait en face de lui, dénouait sa cape bleue, soupirait. « C'est affreux » disait-elle. Parfois elle pleurait. « Maintenant, il y a les gaz, ils ne peuvent plus respirer. »

— Vous ne répondez pas ? interrogeait Gustav.

— Il est des questions qu'on ne pose pas, dit Karenberg.

Sur la pointe des pieds il s'approcha de Nathalie. L'écureuil se tenait en face d'elle, à demi dressé. Elle eut un geste, l'animal bondit, saut en biais, qui l'éloigna de quelques mètres. Karenberg la prit dans ses bras avant qu'elle pût exprimer sa déception, il la fit sauter.

— Tu es un petit écureuil, Natacha, un petit écureuil au poil noir.

Gustav les rejoignit.

— Vous avez une fille merveilleuse, dit Karenberg.

Il serra Nathalie contre lui, faisant mine de la dévorer, elle, se pelotonnant, jouant l'effroi.

34

Il sembla tout à coup à Dante que *Le Cavalier* entrait dans une poche de silence.

Le vent avait cessé, les coups frontaux de la mer contre la coque ne résonnaient plus dans la batterie et la machine ne s'emballait plus comme elle le faisait depuis près de quatre jours, quand l'hélice, *Le Cavalier* soulevé sur la crête d'une lame, tournait à vide dans le creux avant que le navire s'abatte avec la lame et le cœur manquait comme si on était précipité dans le vide.

La tempête les avait pris dans le golfe de Tarente. Patrouille de routine, signaux échangés avec Brindisi, remontée vers le nord, vers Cattaro, Pola où se terrait derrière un barrage de filets d'acier l'escadre autrichienne. *Le Cavalier* s'approchait de la côte jusqu'à ce qu'au-dessus des sommets bleutés apparaissent au moment même où les gerbes encadraient le navire les volutes blanches signalant l'emplacement des batteries ennemies. « Qu'est-ce qu'il cherche Jarrivon ? » murmurait Raffin, cependant que *Le Cavalier* s'éloignait, les îles de Brioni distinctes de la côte, il y a un instant, se confondant à nouveau avec elle. « Il veut quoi, un galon de plus ? merde, qu'est-ce qu'ils croient, qu'on va les faire sortir les ostrogoths ? »

Puis *Le Cavalier* descendait vers le sud, allant d'une rive à l'autre de l'Adriatique, entrant parfois dans une rade inconnue de l'équipage, chacun tendu, aux postes de combat. La côte était si proche qu'on apercevait des barques de pêcheurs tirées sur la plage, un village, les murs des maisons basses, blancs sous le toit noir. « Ils vont nous allumer » continuait Raffin. Sur le pont, les guetteurs tentaient de repérer à l'œil nu les mines ou le sillage d'une torpille.

Les sous-marins allemands se tenaient à l'affût dans les anfractuosités de la côte, dans ces chenaux entre les longues îles plates et les falaises de la Dalmatie ou du Montenegro. La mission du *Cavalier* était de les débusquer, mais il arrivait trop tard, son étrave creusant lentement une mer calme couverte d'épaves, d'espars, d'avirons, de corps figés, serrés dans leurs ceintures de liège et que les gabiers tentaient de saisir, les tirant sur les baleinières, mais il fallait les abandonner, le sous-marin pouvant guetter, Dante imaginant ceux du *Léon-Gambetta,* ce cuirassé sur lequel il avait servi quinze mois et dont il ne restait que ces quelques planches, ces grosses bouées de repérage que les officiers ont larguées au moment du naufrage pour signaler l'emplacement. Il pensait à Nérac, à Pailler, comment s'appelait ce grand quartier-maître qui se cognait toujours la tête contre les tuyauteries ? « Guégan, c'est vrai, Guégan » qui, avec la baleinière l'avait conduit à quai, alors qu'il quittait le *Léon-Gambetta.*

À Brindisi plus tard, *Le Cavalier* embarqua vingt-sept survivants du cuirassé. Guégan parmi eux, embrassant Revelli, descendant avec lui dans le poste des dynamos, racontant la panique dans la batterie, la gîte, les blancs, les gamelles, les fusils

390

qui volent à hauteur de tête et de jambes, qui cisaillent, la course entre les hamacs suspendus : « C'était minuit, tu comprends, les 400 bâbordais dormaient, on les entendait hurler, "lumière, les échelles". Ils voyaient rien. » Ils se piétinent, ils sont nus, ils tendent leurs bras et la gîte augmente, tout se décroche, tout glisse, « ils criaient, tu comprends Revelli, on les entendait de la passerelle ». Les fumées toxiques de la machine qui envahissent la batterie, les vapeurs qui fusent, les tuyauteries qui éclatent, ceux qui sont sur la coque et qui se brisent les reins contre les sabords, la quille, les baleinières qu'on n'arrive pas à détacher et qui oscillent envoyant une vingtaine d'hommes assommés à la mer. « Le Blouch, dit Guégan, il s'est cramponné à l'hélice centrale, je l'ai vu comme je te vois, la lune, c'était le plein jour, on a même vu l'autre qui rôdait. » Le périscope du sous-marin qui trace son fin sillage entre les corps.

— Qu'est-ce que vous foutez là, vous ? dit Guichen.

Le premier maître a passé sa tête par l'écoutille, il aperçoit Guégan. Il répète :

— Tu es sourd, ceux du *Léon-Gambetta,* au poste arrière.

Guégan se lève lentement :

— Je vous emmerde, dit-il, je vous emmerde.

Il a parlé d'une voix naturelle, sans violence. Puis plié en deux, il prend la coursive vers le poste arrière. Guichen regarde Revelli :

— Toi, le Niçois, veille au grain, je te raterai pas.

Guégan pourtant est revenu, se glissant dans la batterie entre le hamac de Raffin et de Revelli. Il fume, accroupi, le dos appuyé au caisson.

— Ils veulent pas qu'on parle, dit-il.

Il se tait longuement. Revelli descend de son hamac, s'assied près de lui. Raffin se penche.

— Le canot 2, dit Guégan, c'était le seul, et encore, il était crevé à bâbord en trois endroits, on a bourré avec des tricots, puis on s'est aperçu que le nable était ouvert, j'ai taillé une cheville dans le mât de pavillon et on a bouché le nable.

Guégan place le mégot dans la poche de sa vareuse.

— On voyait tout, la lune, ils avaient largué les bouées au phosphore, ça brillait, tu reconnaissais les gars.

Il se tait. Revelli lui donne une autre cigarette.

— Dans l'eau y a plus de galon, dit-il en aspirant la fumée. Y en a cinq ou six qui se sont approchés du canot, ils étaient moins fiers, « mes enfants » y en avait un qui disait « mes enfants sauvez-moi ». Un autre c'était « mes garçons ». On les a pas laissés approcher, ils ont compris. Ils ont fermé leurs gueules.

Coups d'aviron. Coup de poing sur les doigts.

— Tu comprends, le canot, il était pour 58 et on était 108, et y avait quatre cents types à la mer, alors pourquoi eux ? Pour une fois, c'était nous qu'on décidait.

— Merde, dit Revelli.

Il allume une cigarette, il se tasse.

— La guerre, c'est toi ou c'est eux qui la décident ? continue Guégan. C'est leur métier, moi c'est pas mon métier, je suis charpentier, j'ai jamais décidé la guerre, si y a quelqu'un qui doit crever...

— C'est des hommes, dit Revelli.

— Et toi t'es pas un homme ? dit Raffin. Alors pourquoi ils te prennent ta peau ?

Quand les survivants du *Léon-Gambetta* débarquèrent du *Cavalier,* Guégan les dépassant de la tête, saluant Revelli et Raffin, des fusiliers marins les encadrèrent et ils s'éloignèrent vers le Dépôt des Équipages, marchant en désordre, malgré les hurlements d'un second maître. Dans la journée, alors qu'il nettoyait les balais de la dynamo, Revelli fut convoqué à la passerelle.

— Viens comme ça, dit Guichen.

Le commandant De Jarrivon était assis sur le bat-flanc qui lui permettait, à la mer, d'être en quelques secondes près de l'homme de barre et de l'officier de quart. Il portait un collier de barbe et des moustaches déjà blancs sur un visage joufflu, gonflé peut-être par le manque de sommeil. Il se lissait le menton machinalement, regardant Dante.

— Tu étais embarqué sur le *Léon-Gambetta ?*

Revelli se tenait au garde-à-vous, les mains couvertes de la fine poussière de charbon mêlée à l'huile qui couvrait la dynamo. Le matelot de service au carré des officiers entra sur la passerelle portant la vareuse repassée du commandant. De Jarrivon se leva, le matelot d'ordonnance l'aidant à passer la veste.

— Tu as parlé avec les rescapés ? Qui connaissais-tu ?

— Personne mon commandant, dit Revelli.

Il avait parlé sans même réfléchir.

— Et ce quartier-maître, c'était bien un quartier-maître, n'est-ce pas Guichen ?

— Le quartier-maître Guégan, mon Commandant, répondit le premier maître. Il m'a insulté, mon Commandant.

De Jarrivon laissait le matelot tirer sur sa vareuse et aplanir les plis du dos.

— Alors Revelli, tu le connaissais, oui ou non. D'ailleurs ce n'est pas l'important.

De Jarrivon ne regardait pas Revelli, il boutonnait sa vareuse, disait au matelot :

— Mes gants, Le Gouin.

L'ordonnance tendait à De Jarrivon les gants, puis la casquette.

— Réfléchis Revelli, à ce qu'il a pu te raconter, c'est cela qui m'intéresse. Il y aura une enquête.

Il t'a parlé des conditions du sauvetage ? Il était sur le canot.

— Je ne sais pas, mon Commandant, dit Revelli.

— Bien, dit De Jarrivon.

Il orienta un miroir rectangulaire monté sur pivot contre l'une des parois de la passerelle.

— Premier maître..., commença De Jarrivon.

Guichen rectifia sa position.

— Pourquoi cet homme se présente-t-il sur la passerelle dans cette tenue ?

De Jarrivon désignait Revelli d'un mouvement du menton.

— Vous laissez la négligence s'installer, Guichen. Ce bateau est sale, gardez les hommes que vous voudrez. Voyez avec mon second.

Le Cavalier resta près de dix jours à Toulon, entrant en bassin de carénage, les hommes de corvée, dont Revelli, descendant des échafaudages le long de la coque, ponçant les tôles, arrachant les algues qui semblaient incrustées dans le métal, puis recouvrant d'une peinture épaisse, grumeleuse qui collait aux doigts — et le soir il fallait se frotter les mains avec du sable et du mazout pour tenter de les nettoyer — les larges plaques rivetées. Dix jours plus longs que dix mois de mer car il n'y avait que la passerelle à franchir, le quai de l'Arsenal à traverser pour atteindre les rues, la gare, et quelques heures encore avant d'entrer sous le porche de la rue de la République, reconnaître le bruit des casseroles sur le fourneau de la cuisine.

— Je pose une permission, dit Revelli à Raffin.

Raffin sur le pont alors que dans le bassin, les soudeurs, les lueurs bleues de leurs lampes perçant la pénombre, travaillaient encore sur la coque noire d'un sous-marin.

— Laisse, ne lui donne pas ce plaisir, il te la refusera !

— J'y ai droit, dit Revelli.

— Si tu y as droit, dit Raffin ironiquement, ça change tout.

Guichen ne leva même pas la tête quand Revelli se présenta dans le poste des maîtres.

— Je suis à bord moi aussi. Tu y restes.

— Vous avez tous les soirs, commença Dante.

— Non mais !

Le premier maître bondit, s'approchant de Dante.

— Qu'est-ce qui te prend, Revelli ? Qu'est-ce que tu cherches ?

Dante recula d'un pas. Le premier maître était plus petit que lui, un mégot de cigarette était collé à sa lèvre inférieure. Il le cracha, s'essuya la bouche du revers de la main.

— Pas de grande gueule ici, Niçois, je te l'ai dit !

— Je veux voir le second, dit Dante.

Parlait-il ? La voix était si sourde que chaque syllabe semblait s'accrocher à la gorge, aux lèvres.

— Fous le camp, dit Guichen, tu le verras, t'inquiète pas, tu le verras !

En fin de journée, le lieutenant Chaulanges convoqua Revelli au carré des officiers. Il était seul, la casquette posée sur la table étroite, écrivant, l'enveloppe ouverte près de lui.

— Qu'est ce qu'il y a, Revelli ? On insulte les premiers maîtres. On réclame, et quoi encore ?

Il posa le porte-plume, ferma l'encrier.

— Avec le rapport de Guichen, tu en prends pour...

Il fit un geste d'incertitude.

— C'est la guerre, mets-toi ça dans la tête. On ne te ratera pas. Tu étais ouvrier électricien dans le civil ?

Il se leva, ouvrit une caisse de métal, marquée à son nom.

— Tu n'es pas marié ? Moi je suis marié, j'ai deux enfants, et tu vois, je suis...

Il tendit à Revelli deux livres à la couverture de cuir.

— Tu lis ? Tu as une tête à lire. Ne perds pas ton temps à ruminer. Utilise-le. Tu restes à bord et je déchire le rapport.

Au moment où Dante passait la porte du carré, Chaulanges lui cria :

— Lis, matelot.

Ces quelques mots échangés avec le second, ces livres prêtés calmèrent Dante. Il s'installa dans la batterie et tant qu'il y eut assez de clarté il lut rapidement les premières pages de *l'Histoire de France* de Michelet, oubliant ce qui l'entourait, le choc du marteau des chaudronniers qui remettaient en place un réservoir d'eau dans la machine.

— T'y vois plus rien, disait Raffin enfoncé dans son hamac qu'il avait élargi contrairement au règlement en plaçant des morceaux de bois aux deux extrémités.

Dante ne répondit pas. Il devinait, les mots, les foules, ces croquants, ces va-nu-pieds des forêts limousines, des landes de Bretagne qui se groupaient comme des troupeaux de bêtes affamées et qui, loqueteux et avides, partaient à la conquête des châteaux. Quand les mots s'effacèrent, il resta longtemps le livre ouvert comme si de le tenir encore faisait surgir devant lui ces hommes armés de faux, de bâtons que bientôt l'on traquait dans les sous-bois et dont les soldats mettaient les enfants à la broche.

Quand *Le Cavalier* reprit la mer, Dante Revelli savait comment occuper les moments de veille, dans le ronronnement des dynamos. Il avait monté une lampe qui lui permettait de s'éclairer, de lire et de relire. Quand il entendait un pas, il tirait sur le fil, ne conservait que la lumière jaune réglementaire. Lecture, rupture de la routine du quart. Rêverie, le temps des mots qui détruit le temps stagnant de la guerre. Autres guerres pour effacer la guerre. Ces visages des soldats serbes, une couverture trouée enveloppant leurs épaules, survivants d'une longue retraite dans les montagnes d'Albanie, les loups, la neige, les Allemands. Dante les regarde alors qu'ils embarquent à la file sur les transports de troupes qui doivent les conduire à Salonique. Ils se couchent sur le pont, les uns contre les autres. Les marins les enjambent, les piétinent, à peine s'ils bougent. D'autres corps, d'autres guerres, Anglais contre Jeanne La Lorraine ou morts, taches noires sur la neige au pied des remparts, est-ce le duc de Bourgogne, Charles le Téméraire le corps déchiré par les loups ?

— Écoute-moi, dit Dante, toutes ces guerres, il faudrait...

Ils sont assis avec Raffin sur le pont, à l'arrière, le dos contre le youyou. Devant eux Tarente et ses terrasses blanches, les volets bleu ciel et les deux clochers qui dominent les ruelles pavées, filets presque rouges entre les blocs blancs.

— Tu lis, tu lis, dit Raffin, qu'est-ce qu'il a fait ton Danton, il a coupé le cou à ceux d'en haut, voilà ce qu'il faudrait, après on voit.

Toute la journée ils ont été de charbon, briquette après briquette, Guichen debout, appuyé au bastingage, sa présence seule comme un poids sur les épaules.

— Tu raccourcirais pas Guichen ?

Dante cracha.

— En deux, dit-il.

Ils appareillèrent dans la nuit. Dès le milieu du golfe de Tarente, un vent de sud-est soulevait une houle courte, sèche, la crête des vagues couverte d'une écume qui balayait l'avant, venant recouvrir les chaînes de l'ancre, heurter le cabestan. Dante dans le poste contre les tôles de la proue avait le sentiment que les rivets sous le choc des lames allaient sauter. Il se cala, l'huile des moteurs de dynamo versant à plusieurs reprises recouvrant le plancher en caillebotis. Puis, sans doute avait-on changé de cap, le navire se mit à rouler, prenant les vagues et le vent par bâbord. La nuit. Le jour. Impossible de dormir, d'arrimer les caissons qui se décrochaient, les gamelles. Plus de quart, de bordées. Les « bouchons gras » étaient doublés sur les postes, les bielles s'emballant. Pour tout repas, la cuisine fit distribuer des galettes qu'un paquet de mer avait trempées. À trois reprises l'une des dynamos tomba en panne, le second maître Gio-condi montant de la machine, hurlant : « Qu'est-ce que tu fous ? » Dante, allongé les pieds appuyés à la coque, replaçait les connections grasses, lançait le moteur à la main. Raffin, couvert d'huile, vint s'installer près de Revelli.

— Ce pacha de merde, dit-il, qu'est-ce qui presse ? Ça l'amuse.

On espéra faire relâche à Malte mais le radio, Mermet, annonça qu'on filait droit au nord, vers Toulon. « Et le golfe de Gênes, tu parles, y a déjà trois SOS. »

— Pacha de merde.

Après quatre jours, à chaque instant la tempête paraissant croître en intensité, il sembla tout à coup à Dante que *Le Cavalier* entrait dans une poche de silence.

Les machines avaient repris leur rythme régulier, ralentissaient, stoppaient. Dante ouvrit l'écoutille, monta sur le pont. *Le Cavalier* courait sur son erre, la mer couverte par l'ombre des montagnes était à peine soulevée par une houle longue qui mourait dans cette rade. Dante regarda autour de lui. Il lui semblait reconnaître le dessin de la côte, ce bloc trapézoïdal que surmontaient à chaque angle des tourelles, c'était le fort du mont Alban, le père les y avait conduits. De là on apercevait la rade de Villefranche à l'est et à l'ouest la baie des Anges, Nice. Dante sans réfléchir courut sur le pont, vers la passerelle, il se heurta à Chaulanges qui en descendait.

— Où est-ce qu'on est, où ?

— Villefranche, dit Chaulanges, on reste en rade jusqu'à demain matin.

— Mon lieutenant, je descends à terre, dit Dante, je descends.

Déjà, il courait vers l'écoutille, appelait Raffin. Chaulanges se précipita, saisit le bras de Revelli.

— Tu es fou.

Raffin apparaissait sur le pont.

— On prend le youyou, dit Dante, il m'amène à terre, il revient. Je rentre par mes propres moyens. Si je suis pas là, portez-moi déserteur.

— Tu es fou, dit Chaulanges, tu es fou.

Mais il baissait la voix, s'écartait de Revelli.

— Le commandant vient de se coucher, disait-il.

Il s'éloignait vers la passerelle, laissant Dante et Raffin courir le long des superstructures vers le youyou à l'arrière, le mettant à flot, souquant chacun sur un aviron.

— Fais pas le con, disait Raffin, je sais pas si je pourrai être là.

— Je me débrouille, matelot, disait Dante, en sautant à terre sur le quai de la darse.

Il se mit à courir, remontant vers Villefranche. Il était en espadrilles, le vent qui était tombé avait balayé le ciel. Il connaissait les raccourcis, la route qui monte vers le col et de là descend vers Nice, aboutit à la rue Barla, il riait à gorge déployée en courant, la joie de l'effort, de sentir que les muscles tournent, bruit régulier des pas sur la route, puis plus vite dans la descente, vers les lumières de la place en bas, l'odeur des pins, des lauriers, une charrette qui passe ; plus il descendait plus l'air devenait tiède, entrant sous le tricot, séchant la sueur. La rue Barla, longue ligne droite, il accéléra, une silhouette qui se retournait. Il avait son calot à la main, il vit la boutique du coiffeur, l'épicerie Millo, le porche, les escaliers, il donna un coup de poing dans la porte, voulut recommencer mais la porte s'ouvrit, sa mère était là, les cheveux défaits, les tresses dénouées tombant de part et d'autre sur la chemise de nuit blanche, elle était contre lui, sa chair si douce, oreiller de plumes où l'on plonge son visage, « maman, maman », elle pleurait, il riait, Lisa cria :

— Vincente, Vincente.

Il était déjà près d'eux, le pantalon mal boutonné, la grosse chemise de toile, échancrée, qu'il tentait d'enfiler, il prenait Dante contre lui, et Dante sentait la barbe de son enfance contre laquelle il aimait se frotter, Vincente lui prenant la nuque, appuyant son visage contre le sien.

— Qu'est-ce que tu as fait, dit-il tout à coup.

Antoine venait d'apporter une lampe à acétylène à la lumière violente et ils regardaient tous Dante, Violette apparaissant la dernière, courant vers son frère, Lisa disant :

— Je le sentais que tu devais venir, depuis quatre nuits je ne dormais pas, j'étais sûre.

Elle le prenait contre elle, comme si elle le dissimulait aux autres.

— Il faut que je reparte.

Il expliqua, Vincente le poussa dans la cuisine.

— Mange, dit-il, Lisa prépare-lui quelque chose. Je vais atteler.

Il prit sa veste, cria :

— Antoine, viens avec moi, on ira plus vite.

Dante les entendit qui couraient dans l'escalier puis leurs pas dans la rue de la République. Alors il s'assit, sentit la fatigue, l'envie de dormir. Sa mère avait jeté un sac de charbon sur les braises, le feu reprenait.

— Je te fais chauffer de l'eau, dit-elle.

— Il faut que je reparte.

Elle prépara la bassine, versa l'eau chaude. Il enleva son tricot noir d'huile, de graisse, de charbon. Elle se mit à le frictionner, le couvrant de savon et il se laissait faire les mains plongées dans l'eau tiède, la tête baissée, les cheveux sur les yeux. Puis elle dit à Violette d'avertir Louise, de prendre du vin. Elle prépara un panier :

— J'avais fait des courgettes, dit-elle, je te les mets.

Lisa se tourne, Louise sur le seuil, un manteau sur sa chemise de nuit, Violette qui porte un filet rempli de bouteilles. Dante prend sa sœur qui sanglote contre lui. Il lui caresse les cheveux. « Je repars », dit-il.

Lisa a servi la soupe que Dante se met à manger, il veut parler, mais chaque fois qu'il commence il s'interrompt, il ne dit pas ce qu'il voudrait exprimer.

— C'est bon, dit-il simplement plusieurs fois. C'est bon.

— Elle est trop salée, dit Lisa.

Il fit non de la tête.

— C'est bon.

Antoine qui rentre.

— Ça y est, dit-il.

Dante les embrasse, sa mère, Violette, Louise. La mère encore. Antoine prend le panier, ils descendent en courant. Vincente tend la main à Dante et ils s'assoient tous les trois serrés sur le siège, le cheval partant au trot.

— J'ai pris le meilleur, dit Vincente.

— Les sous-marins, vous en avez coulé ? demande Antoine.

Dante lui donne un coup de poing dans l'épaule.

— Qu'est-ce que tu fais ?

— Électricien, comme toi.

— Apprends, dit Dante, il faut que tu saches t'en sortir seul, sans même les ingénieurs, apprends tout, tout ce que tu peux, apprends.

Déjà la corniche au-dessus de la rade, la silhouette du *Cavalier* que l'aube permet de distinguer.

— Ils commencent à pousser les feux, dit Dante.

Vincente donne un coup de fouet et la charrette saute sur la route en pente. La darse. Dante bondit, cours vers les barques de pêcheurs. La plupart n'ont pas d'avirons, les autres sont enchaînées deux à deux.

— Dante.

Vincente crie. Il est là avec un pêcheur, près des maisons du quai. Il montre le bateau, lc pêcheur se met à courir.

La barbe rêche du père, ses deux mains dont Dante sent la crispation sur ses épaules. Dante donne une bourrade à Antoine. Il saute dans la barque. Chacun un aviron. Le pêcheur est un homme vieux, avec une vareuse bleue délavée. Il cligne de l'œil à Dante, Raffin est à la poupe. Il fait signe d'accoster à tribord. La coque du *Cavalier* est basse sur l'eau, la hauteur d'un homme. Une main. Dante se hisse sur le pont. Le pêcheur lui tend le panier. Il lève les bras en signe d'amitié, puis d'un seul coup de ses avirons, il s'écarte du *Cavalier,* laissant glisser la barque sur la houle, longtemps, avant de plonger à nouveau les avirons dans la mer.

35

Les doigts. À l'hôpital quand on avait pour la première fois noué sur le moignon, presque au ras de l'épaule, ce manchon de cuir terminé par un crochet d'acier, un pique-feu, Luigi avait eu mal au bout des doigts, comme s'ils avaient envie de secouer ce qui lui restait du bras droit pour déplier ce muscle imaginaire, ces doigts parcourus de picotements.

— Bouge pas comme ça, tu verras, on s'habitue, disait l'infirmier.

Il se penchait vers Luigi Revelli pour serrer les lacets sous l'aisselle, ajoutait :

— Tu t'en es pas mal tiré.

Il montrait les voisins de salle.

Un bourreau aveugle, fou, avait dû passer au milieu de ces hommes et avait abattu sa hache sur les cuisses, les fronts, les nez et les mâchoires, il avait crevé les yeux et parfois seulement laissé un tronc.

— On s'habitue, et toi...

L'infirmier clignait de l'œil, Luigi s'asseyait sur le bord du lit. Les plaies aux jambes se cicatrisaient rapidement, il commençait à marcher. Il saisissait le montant de fer avec le crochet, s'aidait de la main gauche : « Il t'en reste une », disait le caporal dans le poste de secours. Les brancardiers avaient calé Luigi entre deux rondins : « T'en fais pas, disait le caporal, t'es vivant. » On avait couché près de Luigi un lieutenant. Sol boueux du poste, un trou à peine plus large que ceux creusés par les 77. « T'en fais pas », répète le caporal. Luigi peu à peu devine dans l'obscurité le corps du lieutenant, une plaie ouverte du larynx jusqu'au ventre, le roucoulement de l'air et du sang. On le bourre de coton comme une poupée qu'on remplit. Le matin les grosses mouches bleues sont venues fouir les chairs. On jette le lieutenant dans un fossé avec les autres, le brancardier, celui de la nuit, ce caporal, est reparti vers la ferme de Thiaumont, et à une dizaine de mètres du poste de secours, un éclat l'a zébré de plein fouet. Il n'est plus qu'un tas d'étoupe et de charpie rouge qui se mêle à la terre.

Quand Luigi était rentré au Casteù, sans prévenir Rose, il avait posé sur le comptoir le crochet. Acier contre acier. Rose lavait des verres. Il avait fait teinter l'acier, elle avait levé la tête, puis elle l'avait entouré de ses bras, racontant, trop bavarde : « Je me disais c'est pas possible, j'ai tout fait pour savoir où tu étais, ils ne répondaient rien, le bistrot marche bien, tu sais, les soldats, tout le monde a de l'argent, j'ai tous les comptes. »

Elle lui servait à boire. Il prenait le verre avec la main gauche. « Merde. » Luigi jurait entre ses dents. Le bras gauche, c'est comme un aveugle, il cherche la bouche.

— Tu t'habitueras, disait Rose.

Des clients l'appelaient. Elle essuyait leur table, posait le tapis vert, donnait les cartes, se baissait, la jupe collant aux fesses. Merani entrait, il voyait Luigi, lui prenait l'épaule :

— Je ne savais pas, disait-il. Tu as la croix, j'espère, tu l'as ?

Il regardait Rose.

— Tu l'auras, Luigi, tu me donneras les renseignements, ma tournée, vin pour tout le monde !

Il faisait le tour de la salle, serrait des mains.

— Il vient une ou deux fois par semaine, chuchotait Rose, il s'installe, il reçoit les gens du quartier.

Le crochet près du verre, sur le comptoir, à la place d'une main.

— D'une certaine façon, commençait Merani,

en revenant près de Luigi, tu as de la chance, il y a des blessures...

Il s'interrompait, prenait le bras de Rose, elle observait Luigi à la dérobée.

— Il est rentré votre homme, disait Merani, vous voyez. Rien ne la rassurait ta femme, maintenant...

Merani se dirigeait vers la porte, Luigi le raccompagnait.

— Si tu as besoin de moi, et pour la croix de guerre, tu verras.

Luigi s'asseyait derrière le comptoir. Ce roucoulement du vin, l'air, le liquide rouge dans le goulot de la bouteille. Il boit. Le bras gauche trouve la bouche.

— Je ferme, dit Rose, on va monter.

Dans la chambre, il se cale entre les oreillers, elle est à genoux sur le lit.

— Je te l'enlève ? demanda-t-elle.

Elle commence à défaire les lacets, il reste une branche trop taillée, rouge, qu'elle masse, qu'elle lèche.

— Merani, dit Luigi, il te baise depuis quand ? Avant ?

Réformé, Luigi Revelli avait été mobilisé à la fin de l'année 1914 quand, après les hécatombes des premiers mois de guerre, les conseils de révision avaient reçu l'ordre de trouver des hommes. Luigi était versé dans l'artillerie. Il avait vu le maire qui répétait sur le seuil de son bureau, refusant même de laisser entrer Luigi : « Mais, il n'en est pas question, faites votre devoir, mon fils, mon propre fils, d'ailleurs... »

Il poussait Luigi dans l'antichambre.

— Vous le devez à votre patrie d'adoption, d'ailleurs je ne peux rien.

Passer en Italie, Luigi y avait pensé. Mais le Casteù et la maison de la place Pellegrini rapportaient gros. Il fallait essayer de rester sur place. En se frottant l'aine et les aisselles avec des plantes Luigi avait fait gonfler des ganglions, évité le départ vers le front avec le régiment d'artillerie. Puis il avait vu Merani qui s'indignait :

— Tu n'as pas honte ?

Luigi était debout dans le bureau du député, les bras croisés, la tête baissée, levant de temps à autre les yeux, apercevant Merani qui allait d'un bout de la pièce à l'autre, répétait :

— Tu n'as pas honte ?

Merani s'interrompait. Un silence. Ces filles, une ou deux fois par mois que Luigi accompagnait dans une villa de Cimiez. Le portail était ouvert, elles montaient l'escalier derrière lui, elles attendaient dans le hall d'entrée aux murs couverts de marbre : « Tu es sûr de leur discrétion ? demandait Merani. Tu es sûr ? » Luigi entendait des bruits de voix qui provenaient du salon : « Bon, disait Merani, reviens les chercher vers cinq heures. » À l'aube, Luigi retrouvait les filles somnolant sur la banquette du hall, décoiffées, sentant l'alcool et la fumée. Il les tirait par le bras. L'une parfois se mettait à vomir ou bien disait : « Salauds, ce qu'ils sont salauds. » Luigi la bousculant : « Si tu veux vivre tranquille... »

Le silence. Le grincement de la plume sur le papier.

— Tiens, dit Merani, présente-toi au bureau de la Place. J'ai fait ce que j'ai pu.

On l'avait affecté à une section de l'intendance qui gardait des entrepôts dans la banlieue de Marseille. Un capitaine au visage couperosé qui avait fait toute sa carrière en Indochine, une dizaine de territoriaux d'une cinquantaine d'années soucieux, pensant à leur femme, à leurs enfants et qui tentaient d'augmenter leur solde ; des Annamites, qui s'accroupissaient sur le sol à trois ou quatre, lançant des dés, des bâtonnets, tentant d'échapper aux corvées en se dissimulant jusque dans la charpente métallique de l'entrepôt. Après quelques semaines, Luigi était devenu l'homme indispensable. Il apportait du vin au capitaine Desanti, « du rosé, vous verrez, on le met en bouteilles pour moi, on m'en livre toujours trop ». Il payait les territoriaux qui prenaient la garde à sa place, donnait des paquets de cigarettes aux Annamites qui les mettaient en jeu, puis, déchirant le papier, recueillant le tabac, le mélangeant, l'écrasant dans une coupelle, ils fumaient lentement, par longues aspirations. Pour les faire mettre en rang Luigi devait leur envoyer des coups de pied dans les côtes : « Debout les nhaquê. » Ils chargeaient les sacs de blé dur ou de semoule, les légumes secs ou le riz sur leurs épaules osseuses, tout leur corps tremblait, mais ils avançaient jusqu'aux camions ou aux charrettes.

À Nice, Luigi avait confié le Castèu à Rose avec qui il vivait depuis deux ans déjà parce que c'était plus simple pour les comptes, et qu'après tout il fallait bien, un jour, il l'avait épousée au début de 1915.

— Jolie Rose, disait Merani.

Il était venu au Castèu, un dimanche matin, réunissant là les vieux électeurs du quartier, serrant la main aux mères, aux épouses qui pleuraient, murmuraient : « Quand est-ce qu'elle finira ? Mestre Merani », maître Merani : « He madama, es pa ieu, répondait Merani, la guerre, c'est pas moi qui décide. » Le soir Luigi partait pour Marseille, avec dans la mémoire, le regard de Merani sur la poitrine de Rose.

En arrivant à l'entrepôt, Luigi frappait à la porte vitrée du bureau du capitaine, il posait sur un coin

quatre bouteilles, Desanti se frottait les main :
« Ah, Revelli, ah, comment ça s'est passé ta permission. » Il tendait un bordereau de livraisons
« du sucre, du riz, je te laisse compter les sacs, ce
soir je rentre ». Tous les vingt sacs Luigi faisait
signe à un Annamite et lui indiquait un angle de
l'entrepôt. Puis il étendait lui-même les bâches, les
arrimant. Quand les camions de l'armée venaient
charger, il appelait Desanti qui signait le bon de
décharge, engueulait le chef du convoi « bien sûr
qu'il y a le compte, pour qui tu nous prends ? ».
Pour Luigi il restait à trouver le moyen de vendre
discrètement les sacs.

Lors d'un de ses voyages à Nice, il s'était rendu
chez Carlo, à la villa de Gairaut, sans prévenir.
Luigi savait comme toute la ville que l'entreprise
de son frère, l'ETR, fournissait l'armée. Si Carlo
acceptait...

Carlo bêchait dans le jardin, torse nu. Sous la
tonnelle, Anna tricotait, Mafalda lisait et
Alexandre, debout sur la balançoire accrochée à la
branche d'un figuier, criait à son père de le
regarder, Carlo, après tant d'années, avait peu
changé et à le voir, appuyé à la bêche, les muscles
du torse et des épaules gonflés par l'effort, la sueur
perlant sur la peau, Luigi eut envie de partir,
comme autrefois, à Mondovi, quand il entrait dans
la cuisine pour demander à sa mère une faveur et
qu'il apercevait, torse nu au-dessus du seau d'eau,
Carlo de retour de la carrière, qui se lavait.

Anna se levait, invitait Rose à s'asseoir, Mafalda
courait chercher une chaise, Alexandre sautait de
sa balançoire. Carlo n'avait pas bougé.

— On savait que vous habitiez par là, dit Luigi,
tout le monde te connaît ici, on nous a vite renseignés, c'est beau.

Il fit quelques pas dans le jardin.

— Tu es mieux que Merani, tu vois toute la ville, c'est tes enfants ?

Luigi eut un geste vers Mafalda comme pour lui caresser les cheveux.

— Qu'est-ce que tu veux ? dit Carlo.

La voix non plus n'avait pas changé. Celle qui décide. Les autres n'ont qu'à obéir. Luigi arrêta son geste vers Mafalda.

— C'est beau, dit-il tourné vers Rose.

Rose assise avait posé ses mains sur ses genoux.

— Tes enfants, ils ne seront pas comme nous, quand on est...

— Qu'est-ce que tu veux ? répéta Carlo.

— Si tu...

Luigi s'arrêta. Le salaud ne voudrait pas. Il en avait jusqu'à la gorge mais il ne donnait rien. À Mondovi, à table, si la mère ne l'avait pas défendu, qu'est-ce qui serait resté à Luigi ? Voir manger Carlo toujours, parce qu'on le servait le premier, puis Vincente, « Ils travaillent, tu comprends, Luigi » disait la mère.

— J'avais à te vendre, reprit Luigi, si tu...

— Je fais pas d'affaires avec la famille, dit Carlo.

Il jeta sa bêche sur le sol, ouvrit le robinet et commença à se laver le torse et les avant-bras.

— Si tu as besoin de quelque chose... continua-t-il.

— Je t'ai jamais rien demandé, dit Luigi.

Carlo leva la tête.

— Je sais. T'as même un bistrot à toi ? Et autre chose, non ?

— Je l'ai.

Carlo recommençait à se laver. Anna vint vers eux.

— Je vous offre, commença-t-elle, du vin, du café, vous voulez manger ?

— Rien, dit Luigi, rien, on passait.

— Je boirais bien un verre de vin, dit Carlo en enfilant son tricot. Et vous ?

Il souriait à Rose qui le regardait, entrouvrant peu à peu la bouche, commençant à sourire.

— On n'a pas le temps, dit Luigi.

— Si t'es venu jusqu'ici...

Luigi fit un geste de la tête en direction de Rose. Elle se leva continuant à regarder Carlo.

— On s'en va. On t'a vu. T'as pas changé Carlo.

— Toi non plus.

Quand Anna revint avec un plateau et des verres, Luigi et Rose étaient déjà sur la route, marchant sans se retourner.

Quelques jours plus tard, Luigi avait trouvé le moyen de vendre. Choua fournissait le chauffeur et le camion. Ils en parlaient dans l'arrière-salle du Casteù, Rose s'attardant parfois près d'eux, Luigi s'arrêtant de parler. Elle surprenait son regard, disant :

— Ça va, je m'en vais.

Mais elle revenait, portant un plateau de verres. Plus tard un pressentiment, alors qu'ils se couchaient, qu'elle était déjà allongée sur le lit.

— T'aimerais qu'on m'envoie là-haut, hein, méfie-toi, je reviendrai, je suis malin.

Luigi aurait pu se dispenser de jouer, de risquer. Le Casteù et la maison de la place Pellegrini rapportaient gros. Mais il n'avait jamais pu refuser de prendre quand il n'y avait qu'à tendre la main. Alors le camion était venu, cinq ou six fois en deux mois, s'arrêter la nuit, derrière l'entrepôt, les Annamites, leurs pieds nus claquant sur le ciment, transportaient les sacs de sucre et de riz. Souvent un sac manquait, mais c'était la règle du jeu. Et parfois l'on perd.

Desanti avait surgi dans le hangar, le revolver à la main, le secouant, hurlant, le visage rouge qu'éclairait une lampe-tempête, « salaud, enfant de putain ». Les Annamites laissaient tomber les sacs, s'enfuyaient. Luigi levait instinctivement le coude devant son visage, comme autrefois à Mondovi, il recevait un coup de crosse sur l'avant-bras, Desanti frappant à coups redoublés, « salaud, je vais te faire fusiller, douze balles dans la peau, fils de putain, le falot, tu vas l'avoir le falot ». Luigi était tombé par terre, cette peur, ces larmes, ces mots qu'il chialait « merde, merde, merde ». Le capitaine lui donnait des coups de pieds, « lève-toi ou je te tue ». Il l'avait poussé dans le bureau, le forçant à se mettre à genoux, les mains en l'air, prenant une bouteille, se mettant à boire « alors tu volais, macaroni, fils de putain, tu volais les Français, salaud ». Il brandissait son revolver, puis vers le matin, il s'était endormi, Luigi hésitant à se lever, s'interrogeant, s'enfuyant enfin, prenant un train pour Nice, arrivant au Casteù, Rose absente, une fille qu'il ne connaissait pas servant à sa place « Madame Rose, je sais pas, je viens tous les après-midi ».

Les gendarmes s'étaient présentés avant qu'elle rentre, passant les menottes à Luigi, le confiant aux autorités militaires de Marseille. Et là en quelques jours, on l'avait condamné, amnistié, désigné pour un régiment disciplinaire et encadré par les gendarmes avec une cinquantaine d'autres soldats, des zouaves, des chasseurs, des artilleurs, des cavaliers, on l'avait fait monter dans un wagon de marchandises. À Creil, « en bas », criaient les gendarmes sur le quai, sous une pluie d'aiguilles fines et glacées, le quai luisant, un écriteau indiquant « WC pour MM. les Officiers — cabinets pour les sous-officiers — Latrines pour la troupe », le voisin de Luigi lui envoyant un coup de coude « non, tu la vois leur égalité et c'est pour ça qui faut crever » ; on leur avait distribué des capotes, un casque, un fusil mais pas de cartouches. Après, on roule encore, trains, camions, un officier bondit sur la plate-forme, l'étui contenant le revolver dégrafé, la main sur le ceinturon : « Vous les fortes têtes, vous pouvez vous racheter, on efface tout si vous faites votre devoir, sinon, si c'est pas ceux d'en face, c'est moi. » On les avait dispersés dans des sections qui tenaient une dizaine de mètres de tranchées, des trous d'obus, ce qui restait d'un fort. Soif, boue, la torsion de l'air qui arrache un soldat de la tranchée, le broie. Luigi s'enfonce, il mange de la boue, quelqu'un le secoue, le pousse sur le parapet, il résiste et l'autre cède, glisse le long des jambes de Luigi, s'étale dans la tranchée, dos fendu par un éclat. Le barrage d'artillerie, nuit, jour. Les brancardiers ont ramassé Luigi dans un trou d'obus. Sans doute avait-il été soulevé, projeté. Jambes criblées d'éclats, côtes défoncées, la main droite et l'avant-bras arrachés.

Les doigts qu'on cherche. Et pendant qu'on les cherche, on pense. L'hôpital donne sur un parc planté de peupliers et de frênes.

— Vous n'écrivez pas ? demande une bonne dame qui vient tricoter près des blessés. Voulez-vous que je le fasse ?

Luigi secouait la tête. Il souriait.

— Vous au moins, vous avez un bon moral.

Il montrait sa main gauche, il disait comme le caporal du poste de secours :

— Il m'en reste une.

Il faudrait beaucoup de temps pour qu'il réussisse à leur faire payer ces cinq doigts qu'ils lui avaient pris.

— Merani, répète Luigi alors que Rose continue de caresser son moignon, qu'elle n'a pas répondu, il te baise depuis quand ?

Elle s'écarte, elle rit, elle passe ses deux mains dans les cheveux, les dénoue.

412

— Quand ? mais tu...

Luigi rejette les deux oreillers, s'allonge. Il faut dormir sur le côté gauche.

— C'est pour ça que tu m'as fait envoyer là-haut ?

Elle crie, elle jure sur la tête de sa mère, de son frère.

— Il savait lui ? demande Luigi.

— Tu es fou, tu es fou, je vais lui dire.

— Tu vas te taire, dit Luigi, je suis revenu, alors tu te tais.

Il sourit.

— Je te crois, dit-il.

Par Merani, il va obtenir la croix de guerre. Ils sont les plus forts. Ils sont comme Carlo. Mais ils ont les flics, les gendarmes avec eux. Rose se couche, elle lui prend la taille à deux mains, puis lui embrasse la poitrine.

— Tu me crois, dit-elle, tu me crois hein ?

— Pourquoi je te croirais pas ?

Elle a deux seins. Il touche l'un avec l'avant-bras, l'autre avec les doigts. Ça manque, une main.

36

Ritzen écoutait distraitement Merani. De temps à autre il se massait la cuisse, la plaie en se cicatrisant tendait la peau, provoquait des démangeaisons.

— C'est long, disait Merani, et nous avons cru à une guerre courte.

Il arpentait son bureau, soulevait les rideaux, laissait entrer la lumière claire de mai. Ritzen regardait les arbres du jardin, ces pelouses vertes parce que, avait dit Marguerite, l'hiver avait été pluvieux sur la côte. « Les hivernants ont été déçus, ils disent que la guerre a changé le climat. » Elle parlait lentement, sans humour, et lui s'appuyait sur elle, découvrant qu'à Antibes, à Cannes où ils allaient deux ou trois fois par semaine, l'atmosphère était celle d'une fête quotidienne, de-ci de-là parmi les jolies femmes, aux jupes courtes à volants, la tache bleue d'un uniforme et parfois l'impudence d'un pansement blanc.

— Vous tenez, bien sûr, continuait Merani, mais croyez-moi, le front est aussi à l'arrière, il passe par ici, mon cher Ritzen, par ici, et je me bats comme vous, sur un autre terrain.

Retrouver les soldats. Le régiment d'infanterie coloniale avait été presque entièrement massacré. L'artillerie prenant de plein fouet les tranchées, cinquante hommes parfois couchés d'un seul coup, d'autres enterrés vivants et ces trois fantassins qu'on avait crus perdus, qui avaient durant cinq jours frappé contre la paroi de leur abri enfoui, sortant enfin, couverts de sang, d'urine. Les montées sur le parapet alors que les fusées vertes signalaient le début de l'attaque, ces dix mètres qu'on ne parvenait pas à couvrir, les hommes tombaient, ne conquérant que la longueur de leurs corps, bras étendus devant eux comme pour s'emparer de davantage de terrain et ils restaient là. La nuit, alors que les mitrailleuses continuaient de balayer au ras du sol le champ de bataille, que les balles en s'enfonçant dans les corps morts faisaient un bruit mat, la nuit, entre deux rafales, les guetteurs que Ritzen rejoignait disaient « vous entendez, mon Commandant », des cris aigus, comme des pincements, « ils les bouffent, toutes les nuits. » Les rats, ripaille sous les capotes qui tremblaient, et l'un deux, vu parce qu'ils avaient lancé en face une fusée éclairante, alors qu'il sortait de la bouche d'un mort.

Une nuit de train. Ritzen était à Paris. Bertaud, blessé légèrement comme lui, et ils s'appuyaient l'un sur l'autre, disait alors qu'ils gagnaient leur hôtel sur les boulevards, près de la place de l'Opéra, qu'ils passaient devant le café de la Paix, uniformes repassés des officiers d'état-major, jeunes colonels la badine et les gants posés à côté d'un verre d'alcool, femmes qui croisaient leurs jambes, le buste orgueilleux.

— N'est-ce pas commandant, disait le capitaine Bertaud, ce qu'il y a de consolant, c'est qu'on est parfaitement sûr, si on sèche dans les fils de fer...

— Quoi Bertaud, quoi si on sèche ?

Ritzen avait été agressif, abandonnant le bras de Bertaud qui le soutenait, contraint de s'appuyer à l'une des tables du café de la Paix.

— Rien commandant, une réflexion optimiste, si on crève, ce ne sera pas pour le monde une perte bien sensible. Vous ne croyez pas commandant ?

Quelques jours à Paris, ces femmes qui bousculent Ritzen, qui parlent haut, un sac en bandoulière orné d'une cocarde tricolore, la jupe ballonnée, la cheville haut guêtrée et ces chapeaux en forme de casque, l'une d'elles qui regarde Ritzen longuement, elle a une badine à la main, silhouette provocante qui irrite Ritzen, et il n'a pas encore retrouvé son calme quand Clemenceau le reçoit dans son salon, le prenant par l'épaule.

— Racontez-moi Ritzen, ces tranchées, je sais déjà, mais vous, l'état d'esprit du soldat, j'aimerais votre avis, un policier officier, vous êtes un spécialiste.

Clemenceau voûté dans sa veste d'intérieur à gros parements qui lui donne l'apparence d'un vieux dompteur, obstiné, intraitable.

— Un jour...

Il s'interrompt.

— Je sens cela Ritzen, ils feront appel à moi, Poincaré...

Il sourit.

— Vous devriez aller aux Noctambules, vous savez ce qu'on chante.

Clemenceau se mit à fredonner :

> *Quand Poincaré traverse l'avenue*
> *Pour célébrer leur bonheur*
> *Tous les électeurs*
> *Se mettent à crier bien haut*
> *Vive Clemenceau.*

Il ferma les yeux.

— Vive Clemenceau, Ritzen, quand les chansonniers commencent, c'est un signe, le recours, je suis le recours, ils savent, et les généraux le savent, que je peux briser tous les complots, conduire la guerre jusqu'au bout, je l'ai dit au Sénat. Bien, Ritzen. Bien.

Il se frotta les mains.

— Vous avez senti l'atmosphère à Paris.

— Paris me donne envie de vomir, monsieur le Président.

— La fête, Ritzen, ils se vautrent là-dedans, ils veulent la paix et ils jouissent de la guerre, mais racontez-moi ?

— La fatigue, commence Ritzen, la lassitude, parfois la révolte, pas encore exprimée, mais on la devine, tout dépend de l'encadrement. Des offensives pour si peu de résultats, monsieur le Président, il y a parfois des conventions tacites avec l'ennemi de tranchées à tranchées, on ne se tire plus dessus, on laisse les corvées passer.

Clemenceau se lève, s'emporte.

— Voilà ce qu'ils obtiennent avec leur laisser-aller, le pacifisme jusqu'au front, la gangrène, s'ils m'appellent, croyez-moi Ritzen, d'abord vous viendrez près de moi. S'ils m'appellent nous balaierons cela, croyez-moi, ce qui manque c'est un souffle, une détermination. Ils se sont usés, Ritzen.

Clemenceau se frottait les mains, il raccompagnait Ritzen jusqu'à l'antichambre.

— Je ne vais pas au Sénat aujourd'hui, être absent, un bon moyen d'être présent. Poincaré, vous l'avez vu, avec sa tenue de chauffeur de taxi ? Ridicule.

Il prenait le bras de Ritzen.

— Patience, Ritzen, on les aura.

Il clignait de l'œil, les sourcils blancs recouvrant ainsi toute la paupière. Peut-être était-ce le lent travail de la cicatrisation de la blessure, la fatigue des mois de front, mais Ritzen retrouvant le boulevard, des jeunes gens qui d'une marche ondulante, hanche contre hanche, traversaient la chaussée, elle, la tête sur l'épaule du jeune homme, lui, tenant la fille par la taille, Ritzen s'immobilisant pour les suivre du regard, sentant la lassitude l'envahir. Ce vieillard satisfait et résolu, ces jeunes gens, la classe 17 qu'il avait vue monter au front, à peine plus vieux que ses fils et si la guerre durait, Pierre bientôt... Il avait croisé la colonne de gamins dans une forêt dont tous les arbres étaient émondés par les éclats d'obus. Ils marchaient vers les premières lignes, déjà épuisés, la peur creusant leurs tempes, léchant leurs lèvres, flanqués par des sous-officiers. Certains faisaient encore les farauds, d'autres trébuchaient à chaque motte de terre.

Plus tard Bertaud avait dit à Ritzen que ces jeunes classes avaient eu 80 à 100 pour cent de pertes « chair trop tendre, mon Commandant, du beurre, ça fond ».

Après ces quelques jours passés à Paris Rizen avait pris le train pour Antibes. Premières classes, wagons-lits, les employés de la Compagnie s'excusant de ne pas lui trouver une place. « Vous n'avez pas réservé, mon Commandant ? Il n'y a aucune chance, en cette saison, tout est retenu un mois à l'avance. »

Il s'appuyait sur sa canne, un couple interrompait l'employé, tendant les tickets jaunes de la réservation. Coup de casquette de l'employé : « Bien sûr Madame. » Ritzen restait seul sur le quai, décidait de monter, s'installait dans un compartiment, l'employé renonçant à l'en déloger : « Vous verrez le contrôleur, moi... » « Fous-moi le camp » hurlait Ritzen. Sa main s'était machinalement portée à l'étui du revolver, ce geste qu'il avait eu, en arrière des lignes, quand on l'avait nommé au 17e régiment d'infanterie, la douzième compagnie refusant d'avancer, Bertaud, c'était leur premier contact, l'ayant rassemblée au carré et Ritzen faisant un pas vers les soldats :

— Capitaine, je vous donne ce troupeau, vous en referez une compagnie digne des chefs qui sont tombés. Je vous rappelle votre droit et votre devoir : vous les ferez obéir. Par tous les moyens.

Une voix sur les rangs : « Salaud. » Ritzen avait donné un coup de revers de la main. L'homme roule sur le sol. Son voisin empoigne son fusil, menace : « Vous avez dix secondes pour tirer, après je vous tue » dit Ritzen. Le soldat baisse son fusil, Ritzen la main sur l'étui du revolver ne sort pas son arme. Il crie : « Présentez armes ! » Le soldat tombé se relève, se met au garde-à-vous, pleure. Le soir, la compagnie montait au front.

Antibes, Cannes, Nice, les lauriers, les pousses vertes des platanes qu'on a taillés cet hiver. Pierre qui disait : « Je veux m'engager, Papa ! » Que répondre ? Ces hommes qui discouraient sur la Croisette en costume de flanelle blanche et les femmes quelques pas derrière eux, leurs bracelets

sur les longs gants de peau qui montaient jusqu'au coude.

Un rêve, un cauchemar. D'où viennent donc
ceux qui meurent ? Qui se bat ? On avait ouvert
un court de tennis, non loin du fort carré d'Antibes. Ritzen le matin longeait les quais du port, la
plage, il réapprenait à marcher sans sa canne, et il
s'asseyait face au court de tennis. Deux jeunes
couples se font face, la détente des muscles, ces
balles qui claquent sur les raquettes, les cris de joie
et la sonnerie d'un clairon là-bas, dans la cour du
fort. Marguerite s'étonnait :

— On dirait que tu as hâte de partir, disait-elle.

Simple la guerre. Heureux le soldat. Une ligne
qu'il faut tenir et au-delà de laquelle on meurt. Des
hommes qui doivent ensemble écarter les barbelés,
courir et se terrer.

Ritzen s'était rendu à la préfecture, à l'hôtel de
police. Des hommes aussi se terraient. Comme la
vermine dans les plis des tricots qu'au repos on
enlevait enfin, et l'on se grattait torse nu au soleil.
La joie de se gratter. D'écraser la vermine. Ritzen
en sortant de chez le préfet avait croisé Merani :
« Mais vous êtes là ! Je veux absolument vous voir,
disait le député, déjeunons chez moi, en tête à tête,
Elisabeth, je ne la vois plus, elle est à l'hôpital, au
Negresco, à l'hôtel Impérial, je ne sais où, vos
blessés font des ravages dans le cœur des femmes,
compensation, compensation. »

Durant le déjeuner, Merani n'avait pas cessé de
parler, multipliant les questions, mais reprenant
avant même que Ritzen ait pu répondre.

— Vous avez rencontré Clemenceau, n'est-ce
pas ? Je suis bien renseigné, je l'ai vu aussi.

Il servait à boire.

— C'est un vin...

Il claquait la langue.

— Vous n'en buvez pas comme cela sur le front,

croyez-moi, donc Clemenceau, cette fois-ci, si Poincaré fait appel à lui, je marche avec, et d'ailleurs comment le Président ne pourrait-il pas l'appeler ? Les socialistes nous ont lâchés. Ils sont repris par leur démon : Révolution. Conférence internationale, Karenberg était à la première, le préfet m'a montré le rapport, mais vous étiez encore là, je crois, je ne sais plus, c'est en tout cas une course de vitesse.

Il entraînait Ritzen dans le bureau.

— C'est long, vous comprenez, nous sommes partis pour une guerre courte, vous tenez bien sûr, mais mon cher Ritzen, je me bats pour vous, sur un autre terrain, le front est aussi à l'arrière, il passe par ici.

Ritzen se massait la jambe, la peau de l'aine aux genoux, picotement, démangeaison, douleur dans l'os et pourtant l'éclat avait déchiré la cuisse superficiellement.

— Et la chute du Tsar, vous avez vu ? Quelle secousse ici, tous les Karenberg et autres triomphent, n'est-ce pas, les premières grèves Ritzen, dans les manufactures qui travaillent pour l'armée, même les femmes, nous n'avions pas vu ça depuis 14.

Ritzen se levait.

— Oui disait-il, c'est long.

Merani se penchait vers Ritzen.

— Clemenceau me dit qu'il vous appellera auprès de lui. Si...

— Si je suis toujours vivant, disait Ritzen en l'interrompant.

Merani décontenancé grimaçait.

— Allons, allons, Ritzen, pas vous, commençat-il.

— On meurt sur le front, monsieur le Député.

Merani, l'expression figée ne sut que répéter :

— Allons, allons, Ritzen.

Puis comme Ritzen ouvrait la porte il prit sa main :

— Vous savez bien que rien ne vous oblige, dit-il à mi-voix.

— Rien, dit Ritzen en retirant sa main et en saluant militairement.

Il partit deux jours plus tard, rejoignant son nouveau régiment au cantonnement le 27 juin. Bertaud avait installé le poste dans l'école du village abandonné, l'un des seuls bâtiments à conserver une portion de sa toiture. Un sous-lieutenant faisait chauffer du café sur un réchaud à alcool. Le colonel Riland venait de partir et Bertaud tendait une note de service en provenance du Quartier Général :

> *QG 22 juin*
> *Armée télégraphie le 22 juin sous le n° 7518/11*
> *1° Un individu a transmis à toutes les escouades d'un régiment d'infanterie, sous adresse impersonnelle : « aux poilus de cette escouade » une carte postale sous enveloppe portant au recto : « Camarades, souvenez-vous de Craonne », et au verso un texte engageant à déposer les armes fin juillet, et signé « les camarades du 108 — 116 — 74 — 6 — 293 — 36 — 62 — 52 » avec prière de transmettre à d'autres régiments.*
> *2° Faites saisir dans bureaux payeurs toutes correspondances de cette nature, et envoyez-les au 2e bureau de l'armée.*
> *3° Faites vérifier si un certain nombre de ces lettres n'ont pas déjà été distribuées ou saisies dans les unités sous vos ordres.*
> *Notifié pour exécution*
> *Le général* PAQUETTE *commandant le 18e C.A.*

— Qu'est-ce que c'est que cette histoire ? demanda Ritzen.

Il posa la note de service. Le sous-lieutenant lui tendait un quart de café. Quand il fut sorti Bertaud commença à parler.

— C'est un instituteur, dit-il, en désignant la silhouette du sous-lieutenant qui traversait la rue, on ne sait jamais.

Depuis le départ en convalescence de Ritzen, des soldats avaient refusé de monter en ligne. « Permissions, croix de guerre » criaient-ils dans les cantonnements. Ils s'étaient emparés de voitures, avaient roulé vers l'arrière, debout sur les marche-pieds, criant : « Vive la sociale, à bas l'armée, n'allez pas vous faire tuer. »

— Riland, continuait Bertaud, a essayé de ramener le calme, puis il a réuni le conseil de guerre, huit poilus condamnés à mort, impossible d'exécuter la sentence, le régiment était prêt à se rebeller. On les a changés d'unité.

Bertaud reversait du café.

— Encore du café, mon Commandant ?

— Depuis ? demanda Ritzen.

— Plus calme. Un lieutenant du 118ᵉ me disait qu'ils ont fusillé trois mutins et le caporal clairon qui avait sonné le rassemblement, comme ça ; il y en a un qui s'est enfui au moment où on l'attachait au poteau, on a mis deux jours à le retrouver, je crois qu'on l'a abattu sur place.

Ritzen lui tendit son quart.

— Je mets un peu de gnôle, mon Commandant ?

Ritzen laissa Bertaud lui verser une rasade d'alcool couleur rubis et qui sentait la pomme sure.

Un fossé, un taillis, éviter les routes, gagner la forêt, courir vers Paris, là-bas les copains, écrire à Françoise, un peu de fric, puis descendre, le Jura, on disait que la Suisse par les sentiers c'était facile, écrire à Françoise après, de la Suisse, elle arriverait de Nice, avec du fric, elle aurait vendu les meubles, elle pourrait en tirer combien ?

Clément sauta un trou d'obus, au fond, un corps replié, ou bien simplement un tronc d'arbre sur lequel était accrochée une capote.

La forêt, là-bas, en marchant la nuit, toujours vers l'ouest.

Il enleva sa vareuse tout en courant, avançant plié en deux parce qu'il était sur le plateau crevé de trous d'obus et qu'ils devaient le voir, et ils allaient pas le lâcher, les gendarmes s'y mettraient, il aurait dû...

Merde, c'est toujours après qu'on se dit qu'on aurait dû se planquer avant, passer en Italie, foutre le camp vers le Piémont, mais il s'était laissé prendre comme un con.

Tous des cons !

Il s'arrêta, se glissa dans un trou d'obus, riant silencieusement, un hoquet secouant sa poitrine sans qu'il puisse le contenir. Les autres, déjà, sûrement, des sacs qu'on recouvre de terre et les copains qui baissent la tête, qui chient dans leur froc.

Pourquoi ils se dégonflent toujours ? Pourquoi toujours les mêmes ? Hoquets comme des sanglots.

Dégonflés.

S'il pouvait leur crier, les prendre un à un, les regarder, leur dire « alors toi aussi, tu chies dans ton froc, toi aussi tu préfères remonter au casse-pipe, mais qu'est-ce que t'as là ».

Clément se remit en marche dans la nuit. Calmement. Une nuit de juin avec vers l'horizon les boursouflures orangées des préparations d'artillerie.

Un jour de vie, merde, ça compte.

Avant, un jour, c'était l'installation d'une villa à Cimiez, ou à Gairaud, les baguettes, les interrupteurs, « ça marche », il appuyait, lumière, et le petit Revelli qui lui clignait de l'œil.

Un jour...

À quoi ça sert de savoir, puisqu'on crève, ils vous crèvent. Et c'est toujours les mêmes.

« Je vous emmerde, mon Colonel. »

Petite moustache blonde sur une peau rose. C'est toi qu'il faudrait prendre à la fourchette et tu giclerais comme une saucisse. Il hurle encore au souvenir des officiers du Conseil de Guerre : « Je vous emmerde. »

Clément se remit à courir. La forêt était proche. Il lui semblait entendre derrière le rebord du plateau des voix. Il sauta une dénivellation, se reçut mal.

La patrouille l'avait aperçu. Le sergent le montra au lieutenant :

— Il a l'air de se traîner, mon lieutenant, qu'est-ce qu'on fait ?

Le lieutenant prit son pistolet.

— Finissons-en !

Il tira le premier. Puis le sergent et les hommes. Un soldat alla chercher la plaque et les papiers. Mais on laissa le corps. Il y avait tant de morts déjà sur le plateau.

« Ne plus parler », écrivit Karenberg dans son journal.

Dans l'après-midi il avait rencontré Merani dans le hall de l'hôtel Impérial. Des mois qu'il ne voyait plus le député, il avait tenté de l'éviter, essayant de retourner dans un salon, mais Merani lui prenait le bras avec le geste protecteur et assuré de l'homme politique.

— Votre sœur, mon cher, fait ici un travail, une œuvre...

Les blessés rentraient. Un grand officier de chasseurs, tête nue, un cercle blanc couvrant ses yeux, la vareuse déboutonnée, passait près d'eux, s'appuyant au bras de Germaine Girard, l'épouse du maire en robe noire, une tache rouge sur le côté de sa poitrine. Merani la salua.

— Le deuil de son fils et sa décoration, chuchotait-il, nos femmes sont admirables, Karenberg, stoïques, il faut parfois plus de courage...

Helena avait interrompu Merani, présenté le major Delvail, un officier blond, légèrement voûté, qui portait une blouse blanche flottant sur son uniforme.

— Le major Delvail, disait Helena, excusez-moi docteur le major voulait...

Il serrait la main de Karenberg, la secouant et Karenberg, souriant, laissait son bras aller, parce que Delvail rougissait comme un jeune homme qu'on présente au père de sa fiancée. Il avait une trentaine d'années et selon Peggy était l'amant d'Helena, rêvant de l'épouser sitôt la guerre finie.

« Une passion, expliquait Peggy, je n'ai jamais vu Helena comme cela, elle est... Peux-tu comprendre ? Une femme, continuait Peggy, surtout

Helena, a besoin d'aimer. Gustav, elle l'a épousé si vite, trop vite. Avec Nathalie, elle n'a pas su, pourquoi ? Ce major, tu le rencontreras, c'est un peu comme son fils, il te ressemble aussi, elle a besoin de donner, de se dévouer, et Gustav... ».

Delvail se tenait devant Karenberg, regardant Helena, Merani, incertain sur ce qu'il fallait dire ou faire et Karenberg cessa de sourire. Trop jeune, trop frêle Delvail pour la force d'Helena.

Karenberg observa sa sœur, cependant que Merani interrogeait avec une bienveillance ironique le major. Helena avait coupé ses cheveux, ce qui la rajeunissait, mais à bien la regarder, Karenberg découvrait la boursouflure du visage. La peau quand elle ne levait pas la tête, formait des rides sous le cou. De temps à autre, Helena portait la main gauche à sa gorge, comme si elle eût voulu les masquer ou bien en caressant son cou, les faire disparaître. À moins, parce que le visage devenait rouge, que ce ne fût le retour de ces étouffements, la gorge prise, l'envie de vomir.

— Charmant ce petit major, dit Merani après qu'Helena et Delvail se furent éloignés.

Il se retourna et Karenberg suivant son regard, vit sa sœur très cambrée, entrer dans le salon, le major voûté, s'effaçant pour la laisser passer. Karenberg, un instant, oublia la présence de Merani, il imagina, Nathalie courant derrière sa mère. Pourquoi Helena avait-elle refusé de donner cette force qu'elle avait à sa fille ? Gustav aussi était responsable, ou la guerre ou...

— Vous ne m'écoutez pas ! dit Merani.

Karenberg s'excusa, Merani riait, ils étaient sur le perron de l'hôtel Impérial, face à la Baie.

— Je disais que la guerre, parfois... commença Merani.

Mais il s'interrompit, découvrant le visage tendu de Karenberg.

— Eh bien, la guerre...

— Mon cher...

Il tenta de saisir le bras de Karenberg mais celui-ci s'écarta et, loin l'un de l'autre, ils descendirent les escaliers de l'hôtel, traversant en silence la chaussée, commençant à marcher sur le trottoir de la Promenade, au bord de la mer, Merani reprenant :

— Mon cher, vous et moi, nous sommes en désaccord sur la guerre et sûrement à propos de bien d'autres choses, mais pourquoi s'emporter ? Regardez !

Ils avançaient vers les jardins et l'embouchure du Paillon, lc soleil couchant se décomposant en facettes roses sur les vitres des villas basses du quai des Ponchettes et des immeubles adossés à la colline du château.

— Ce pays, Karenberg, je vous assure chaque jour la lumière est différente, je ne pourrais pas vivre ailleurs.

— Et mourir ?

Merani s'immobilisa.

— Voilà bien le Russe, dit-il en riant, vous êtes comme les Italiens, le grand air de l'opéra n'est-ce pas ? Eh bien, oui la mort, si vous étiez médecin, vous sauriez que c'est le phénomène le plus banal, le plus...

— Combien de morts depuis août 1914, Merani, combien, dites-moi un nombre !

Merani se remit à marcher.

— Vous voyez, vous vous emportez, comme si j'étais...

— Je ne m'emporte pas, dit Karenberg, je vous accuse.

Merani s'exclama. Son visage le plus souvent souriant s'était figé. Les yeux, comment Karenberg n'avait-il pas vu ces yeux, petites boules grisâtres, sans expression.

— J'aurai dû m'en douter, vous êtes un fanatique, Karenberg.

Karenberg voulut s'éloigner mais Merani se plaça devant lui, agressif :

— M'accuser, mais de quel droit ? Un peu de modestie, mon cher, ce sol...

Merani tapa du pied à plusieurs reprises, nerveusement.

— Nous vous avons accepté ici, vous êtes français, vous avez des devoirs. La Russie vous est ouverte, j'imagine ? Vos amis...

— Vous faites la guerre avec des mots, dit Karenberg, c'est facile.

— Je ne vous permets pas !

Merani s'avança jusqu'à toucher Karenberg qui eut un geste pour montrer l'hôtel Impérial.

— Ils donnent autre chose ! dit-il.

Il se détourna et commença à marcher dans la direction opposée, à grands pas, les mains derrière le dos, recevant en plein visage l'éclat rouge du crépuscule dont on dit qu'il signifie la guerre et le sang.

Il retrouva l'hôtel Impérial à la nuit tombée. Les notes d'un piano, une voix de femme et à une fenêtre la silhouette d'un fumeur, peut-être cet officier au cercle blanc autour des yeux.

Il traversa, grimpa les marches, Helena était assise à la réception, la tête comme ployée. Elle devina sa présence, son visage levé se transformant, il dit seulement :

— Je repassais... je... ça va ?

— Bien sûr, dit-elle en venant vers lui, qu'est-ce qu'il y a ?

Il dit quelques mots, parla de Merani, la quitta vite. Comment lui dire cette phrase dont il ne réussissait pas à se défaire, chacun de ses pas la martelant : « Helena, j'ai peur que tu meures, Helena tu vas mourir. » Cette route qu'elle avait prise, refusant Nathalie, ces blessés autour d'elle, le choix de la mort au lieu de la vie, le jeu d'abord, puis cette passion pour le major. L'impossible, toujours. Il vient un moment où après avoir posé sur le tapis toutes les plaques puis les bijoux, c'est soi-même que l'on joue.

Karenberg avait marché jusqu'au port, il prit à gauche vers le château, l'avenue Emmanuel-Philibert, retrouva Sauvan à la Bourse du travail, s'assit en face de lui, feuilletant les brochures que Sauvan lui tendait.

— Ça repart, disait Sauvan, regarde ce que me passe Piget.

Le directeur de l'école de la rue Saint-François-de-Paule recevait d'un couple d'instituteurs, les Mayoux, des tracts *Pour la reprise des relations internationales.* Des syndicalistes de Bourges écrivaient à Sauvan que dans les usines d'armement, les ouvriers griffonnaient sur les murs : « À bas la guerre », se rassemblaient dans les cours et malgré les gendarmes, les exhortations des contremaîtres, criaient : « Vive l'internationale ouvrière, vive la révolution russe. »

— Ça repart, Karenberg, répétait Sauvan.

Il proposait de créer un Comité de soutien aux ouvriers et aux paysans de Russie.

— Tu pourrais le présider, disait-il.

Puis il s'interrompait, regardait longuement Karenberg.

— Qu'est-ce qui ne va pas ?

— D'accord, dit Karenberg en se levant, d'accord pour le comité.

Tous ceux qu'il avait rencontrés dans la librairie de la rue des Carmes, ceux de Zimmerwald, avaient rejoint le pays des forêts et des fleuves. Les paysans de Semitchasky, mobilisés, avaient jeté leur fusil dans les fossés, pris d'assaut les gares, et s'entassant dans les wagons, ils avaient roulé vers l'est, vers Semitchasky. Peut-être avaient-ils forcé les portes du château, brisé les vitres, et maintenant ils traînaient dans les salons leurs bonnets de fourrures enfoncés jusqu'aux oreilles, les longues capotes salies par le voyage battant leurs bottes de cuir.

— Tant mieux, dit Sauvan.

Il se leva, prit Karenberg par l'épaule, l'accompagna, descendant avec lui l'escalier.

— On a tous nos problèmes, murmura-t-il.

Ils restèrent un moment sur la chaussée, côte à côte, Sauvan allumant une cigarette, s'adossant à un platane. Le haut du mur de soutènement qui entourait la colline du château dressait devant eux une barre noire comme celle d'une falaise.

— Clément, dit Sauvan, tu l'as peut-être rencontré, un électricien, lundi sa femme a reçu l'avis.

Karenberg prit à son tour une cigarette. Il ne se souvenait pas de Clément. Mais cet officier de chasseurs, aveugle.

— J'ai vu Merani, dit-il, il m'a invité à rentrer en Russie, on m'expulsera peut-être.

— Ce doit être beau de gagner, dit Sauvan à mi-voix.

— Ce comité, demanda Karenberg, quand ?

— Quand tu veux.

Ils se saluèrent d'un geste de la main, Sauvan écrasant sa cigarette contre le platane, mettant le mégot au-dessus de l'oreille. Karenberg s'éloignait, retrouvant cette phrase « Helena, tu vas mourir ».

Quand il rentra Jean était déjà couché, Peggy lisait, montrant le jeu d'échecs, disant « il t'attendait », elle avait posé le livre ouvert sur le bras du fauteuil.

— Difficile à supporter, dit-elle en le montrant.

Il avait lu *Le Feu* en une nuit. Les mots de Barbusse, ces hommes qui attendent le signal de la mort et du meurtre entraient en lui comme un gaz dans la poitrine.

— La meilleure littérature possible en ce moment, dit Karenberg.

Il s'assit à son bureau.

— Mais encore de la littérature. En ce moment...

« Ne plus parler. » Karenberg trace ces mots dans son journal. Le referme. Ne plus écrire. Des actes ou des phrases — explosions qui poussent les hommes à agir comme on pousse une pierre, pour qu'elle roule sur la pente.

Peggy se lève, prend le livre.

— Je te laisse, dit-elle.

Il la retient par le poignet, la force à s'asseoir sur ses genoux, se calme parce qu'elle s'abandonne contre lui, ses cheveux couvrant la bouche de Karenberg, et il les embrasse.

— Si je partais les rejoindre, dit-il, Jean serait là-bas un exilé, je ne veux pas. L'exil, même en Russie...

Elle se pelotonne les mains jointes devant la bouche comme une petite fille. Il la berce, peut enfin dire ce qu'il porte en lui.

— Helena me fait peur, commence-t-il, ce refus de Nathalie, ces blessés autour d'elle, l'excès toujours, aujourd'hui je la regardais...

Peggy passe son bras autour du cou de Karenberg.

— Elle vit comme elle peut vivre, tu ne pourrais pas la changer, dit-elle.

Il hésite, murmure :

— Je la vois morte.

Elle met une main sur sa bouche, le contraint à ne pas répéter.

Elle dit :

— Viens, je suis sûre que Jean ne dort pas.

Peggy entraîne Karenberg.

— Il t'attend...

Elle lui tient la main et va devant lui, vers la chambre de leur fils.

39

Les mots s'entrecroisent, les phrases de Pierre et la péroraison de Clemenceau : « J'ai dit que j'avais ton consentement et comme tu es connu ici, écrivait Pierre Ritzen, cela n'a fait aucune difficulté, j'ai pu immédiatement signer mon engagement et après trois semaines d'instruction je suis sorti premier du peloton. Nous allons monter au front. »

La lettre de son fils est ouverte sur les genoux de Ritzen assis dans une tribune du Palais-Bourbon, il n'a pas besoin de la regarder mais il faut qu'elle soit là devant lui, si ancienne déjà, près de six semaines, et tant de fois le temps de mourir, de n'être plus que cette forme accroupie près du parapet, le dernier mort que Ritzen a vu avant de quitter le front pour Paris, ce sous-lieutenant dont Bertaud se méfiait et qui maintenant, la peau du visage noircie, sent mauvais. Dès que la brise souffle, elle porte vers la tranchée l'odeur de mort. « Qu'est-ce que l'on peut faire, mon Commandant ? Ils nous attendent, si on essaie de l'enlever, ils vont nous avoir, Lombard a déjà failli. »

Rien à faire qu'à laisser pourrir l'instituteur qu'une balle a figé, les bras tendu devant lui, les mains accrochées aux barbelés. Le guetteur qui s'installe le visage contre le parapet s'entoure la bouche et le nez d'un chiffon : « Il pue, mon Commandant. »

Pour finir, Ritzen a envoyé deux grenades. Des morceaux d'étoffe s'accrochant au parapet avec des lambeaux de chair.

Ce pourrait être Pierre, mon fils.

Clemenceau, voûté, la peau du visage jaunie, les sourcils masquant le regard, les mains accrochées au rebord de la tribune, parle : « Un jour, dit-il, de Paris au plus humble village... »

— Dix-huit ans, qu'avait-il besoin ?

Il écrivait : « Je veux être digne de toi. Maintenant que la session exceptionnelle du baccalauréat a eu lieu, je ne pourrai accepter de continuer des études alors que tant de mes aînés sont tombés au champ d'honneur ou risquent leur vie.

« Je sais qu'il faut tout donner à la patrie. Je suis ton fils. Je m'appelle Ritzen et je veux combattre pour que l'Alsace soit libre un jour. Toi tu peux me comprendre. Il faut expliquer cela à Maman qui évidemment pleure. »

Les députés applaudissent. Rafales.

« Des rafales d'acclamations, continue Clemenceau, accueilleront nos étendards vainqueurs, tordus dans le sang. »

L'ont-ils vu le sang ?

Caporal ou sergent celui qu'une balle avait atteint à la gorge ? On avait posé sa tête sur des paquets de pansements qui rougissaient et l'infirmier avait crié : « Merde, il va tout nous bouffer, foutez autre chose, vous voyez bien qu'il va crever. » On n'avait trouvé que du pain à mettre sous sa tête. Du pain bientôt comme trempé dans du vin rouge.

« Nos étendards tordus dans les larmes, reprend Clemenceau, déchirés des obus, magnifique apparition de nos grands morts. »

Les morts recroquevillés, tassés, comme une éponge serrée dans la main.

Ritzen se leva alors que Clemenceau continuait à parler : « Ce jour il est dans notre pouvoir de le faire... » disait-il.

— Qu'est-ce qu'il y a, demanda Yveton, le chef du cabinet du ministre de l'Intérieur, vous n'attendez pas ?

— Ma blessure, dit Ritzen, il faut que...

La cuisse lui faisait effectivement mal comme si la plaie se déchirait à nouveau. Il fit quelques pas en boitant dans les couloirs de la Chambre, la lettre de Pierre toujours ouverte dans sa main, les applaudissements déferlant, sans doute pour saluer la fin du discours.

Peu après des groupes se formèrent dans les couloirs. La séance ne reprenait qu'une heure plus tard pour le vote de confiance. Ritzen aperçut Merani, le visage empourpré, mais il l'évita, incapable ce soir de supporter les amertumes, les enthousiasmes du député de Nice qui allait expliquer encore qu'il fallait au pays la poigne d'un jacobin comme Clemenceau et qu'il s'étonnait que lui Merani n'ait pas été pressenti pour le ministère de la Marine, les intrigues, les...

Pierre avait peut-être rejoint les premières lignes par ces tranchées profondes où l'on se perd. La terre retournée est faite de casques et de crosses, d'os et d'acier. En passant, les jeunes soldats n'osaient pas comprendre qu'ils s'enfonçaient dans un pays carnivore. Ils avançaient en file, se serrant les uns contre les autres, colonne moutonnante.

Ritzen rentrant chez lui dans les deux pièces sombres que le ministère avait mises à sa disposition s'aperçut qu'il avait gardé la lettre de Pierre à la main, tout au long du boulevard Saint-Germain, balayé par une pluie intermittente.

Il la posa sur le bureau, écartant du bras les dossiers, les rapports confidentiels des préfets, des officiers de renseignement qui écrivaient : « Le moral de la troupe doit être incontestablement la préoccupation majeure du gouvernement. La lassitude... »

Ritzen défit ses jambières de cuir, prit une feuille de papier qu'il lissa du plat de la main : « Mon cher Pierre... »

Il fallait dire : « Ne meurs pas. »

Il fallait dire : « Cette terre est déjà trop grasse, que lui apporterait ta vie ? »

Ritzen raya une phrase. Comment écrire ne meurs pas ? Il prit une autre feuille.

« Mon cher Pierre.

« Je ne reçois ta lettre qu'aujourd'hui. Elle m'a suivi du bataillon jusqu'à Paris. Je viens d'assister à la séance d'investiture du président Clemenceau. Tu sais que de nombreux liens m'attachent à lui, et il y a dans ce vieillard de soixante-seize ans l'énergie d'un jeune homme. Il est indomptable et conduira le pays à la victoire, j'en suis sûr... »

Ne meurs pas.

Les phrases étaient des barreaux scellés que Ritzen ne réussissait pas à écarter. À peine s'il réussissait à passer une main, à écrire :

« Maman, tu le sais, a été très affectée par ton engagement. Je te demande de veiller sur toi, de penser à elle. La Patrie aura besoin demain de jeunes hommes comme toi. »

La patrie, cette jubilation de Clemenceau quand Ritzen l'avait revu : « Je vous l'avais dit, Ritzen, il fallait qu'ils plient et maintenant nous allons nettoyer tout ça, Malvy, Caillaux, Messieurs les anciens ministres, Messieurs les pacifistes, nous allons avoir leur peau, Ritzen, fini la fête. »

La fatigue broyait la nuque de Ritzen, faisait battre les tempes comme si le tambour roulait proche. Tant de bruit quand le couperet tombe sur le cou d'un assassin et voici que des milliers...

Il les avait vus ces nettoyeurs de tranchées affectés au bataillon avant l'attaque. On leur distribuait des couteaux de bouchers. Ils se tenaient à l'écart, buvant leur gnôle à même la gourde. Quand la vague d'assaut était passée au-dessus de la ligne ennemie, ils arrivaient, silencieux, faisant le guet à la sortie des abris, l'avant-bras dressé, prêt à frapper entre les omoplates, à pousser le corps de la main gauche pour que le soldat suivant...

Ritzen feuilleta quelques dossiers, s'attarda à celui qui concernait les Alpes-Maritimes, reconnaissant des noms, Sauvan, Karenberg, Piget, puis il s'endormit, le visage sur l'avant-bras, couvrant ainsi la lettre qu'il venait d'écrire à son fils.

Le concierge apportant les journaux le réveilla.

— Ça va changer, mon Commandant, Clemenceau, ceux qui voudront pas, douze balles dans la peau, il fallait ça, hein ?

La confiance avait été votée par 418 voix contre 65. Ritzen commença à se raser. La concierge, une femme lourde aux cheveux gris, marchant les jambes raides, vint lui préparer le café, marmonnant, l'interpellant :

— Tous ces jeunes quand même, disait-elle, je suis patriote, mais les vieux, c'est facile. C'est prêt, monsieur.

Elle versait le café, s'attardait.

— Elle finit pas, et ça...

On frappa. Un officier, une enveloppe bleue, l'écriture violette « Commandant Ritzen, ministère de la Guerre ».

S'il était mort ?

Ritzen posa le pli près de la tasse.

— Votre fils, demanda-t-il.

436

— Heureusement, nous on a que des filles, mais y a leurs maris, vous comprenez. Vous vous êtes coupé !

Il sentit le long de sa joue que la fine entaille qu'il s'était faite en se rasant s'était ouverte. Il prit une feuille de papier à cigarette, la colla sur la plaie, puis il renvoya la concierge.

S'il était mort ?

Il remit sa vareuse d'uniforme, la boutonna, serra son ceinturon, plaça ses jambières. Enfin il ouvrit le pli, ne lut qu'un mot : « évacué » puis la phrase « Caporal Pierre Ritzen, blessure sans gravité, évacué ».

« Bien, bien », dit Ritzen à haute voix.

Il aspira une grande bouffée d'air, déchira la lettre qu'il destinait à son fils.

Il prit une feuille de papier, essaya d'écrire mais sa vue se brouillait et sa main tremblait.

40

Les chiens jaunes, leurs côtes déchirant la peau chaque fois qu'ils aboyaient, se jetaient en avant, une dizaine, leurs aboiements cernant Dante Revelli dès qu'il apparaissait à l'entrée du village. Il prenait le gourdin à deux mains et avançait vers les chiens qui ne cédaient que pas à pas. Quand il était au milieu du village, les chiens tournaient autour de lui et bientôt il lui fallait marcher à reculons. Des Arabes enveloppés dans leurs burnous blancs ne levaient pas la tête. Entendaient-ils, voyaient-ils ? Ils étaient assis à même le sable, le dos appuyé à leur masure de torchis, et Dante, tout en observant les chiens, en zébrant l'air de son gourdin, les regardait, les interpellait parfois : « Hé, toi, hé ! » Les chiens couvraient sa voix, ne cessaient d'aboyer qu'au moment où il avait atteint la piste, à plus de trois cents mètres des dernières maisons du village. Il les voyait faire demi-tour, s'éloigner de leur démarche sautillante, le corps en biais, efflanqués sur leurs hautes pattes.

Dante mettait son gourdin sur l'épaule droite comme un fusil et tenant la musette de la main gauche, il marchait vers le poste.

Cinq à six cents mètres de piste, bande blanchâtre de pierres cassées qui entaillaient le cuir, réfléchissaient le soleil et Dante apercevait les deux baraques de brique, le hangar qui abritait les moteurs, les cinq figuiers, dont le tronc, comme écrasé par la chaleur, s'était alangui en lourdes branches à ras de terre. Terre dure comme une pierre grise et qui formait cette zone Sud du cap Bon au-delà de laquelle commençait, après des oliviers, la mer. Quand il se levait le matin, il ne voyait que cette étendue brillante qui entourait le poste, les figuiers comme les mâts tordus d'un navire échoué.

Giocondi, le second maître mécanicien du *Cavalier*, le rejoignait peu après, la pièce où il dormait étouffante dès que le soleil frappait la tôle ondulée qui formait le toit. On les avait débarqués du *Cavalier*, affectés à l'entretien de cette pompe isolée au milieu d'une zone sèche. Une chaudière avait explosé, crevant la coque du destroyer, blessant deux hommes grièvement et la réparation à l'arsenal de Bizerte pouvait durer trois ou quatre mois. Jarrivon avait dispersé une partie de l'équipage. Les fortes têtes en Tunisie, le reste à bord, quelques-uns en permission. Raffin avait eu de la chance, il avait quitté Bizerte avec un transport de troupes rejoignant Marseille : « 21 jours de perm, je passe par Nice, je te jure », avait-il dit à Revelli.

Deux mois déjà, à attendre que la nuit tombe comme une eau froide qui, tout à coup, fait frissonner. Giocondi dormait toute la journée, ne se réveillant qu'au moment où le soleil l'atteignait, cherchant un nouveau coin d'ombre, contre un mur, ou bien accrochant le hamac entre les branches d'un figuier. Il avait dit à Dante « je m'occupe de la machine, fais à bouffer ».

L'intendance leur donnait quelques francs par jour, une fortune pour les Arabes du village. Dante leur achetait du lait de chèvre, du fromage, de la viande de mouton, des oignons, des olives. Il s'installait torse nu devant le fourneau, découvrant dans sa mémoire des gestes qu'il n'avait jamais appris, façon de couper les oignons, de les jeter dans l'huile, de les retourner au moment où ils commencent à roussir. « On dirait que t'as fait ça toute ta vie ! » disait Giocondi. Il mangeait les avant-bras appuyés à la planche qui leur servait de table et qu'ils avaient placée sous le figuier. Dante apportait le ragoût de mouton à la sauce tomate. « On bouffe comme des rois », répétait Giocondi.

La mémoire des gestes et des odeurs, dans la cuisine des Merani, devant la cuisinière rue de la République, Dante regardant Lisa, elle pénétrait en lui, cette façon de remuer la sauce, ce mouvement de la main ; et il était avec sa mère quand il coupait du lard en petits cubes blancs et roses avant de les faire revenir avec des oignons. L'enfance à laquelle il n'avait jamais eu le temps de penser, voici qu'elle était là, entre ses mains, devant lui, et il s'arrêtait de hacher. Madame Merani entrait dans la cuisine un plat à la main criant : « Lisa, mais qu'est-ce que tu fais ? Tout est froid, le docteur... Si tu n'as plus ta tête à toi. » Elle heurtait Dante assis sur le carrelage. « Et toi, qu'est-ce que tu fais là, Lisa, je ne veux pas voir ton fils ici, qu'il aille jouer dans la cour. »

Dante enlevait la casserole de ragoût.

— Qu'est-ce que t'as dans la tête, tu es un drôle de coco, disait Giocondi en allumant une cigarette.

Il s'étirait.

— Je fais le caoua.

Le second maître tenait à préparer lui-même le café. Dante le dos appuyé au tronc du figuier chassant les mouches, fumant pour les écarter, fermait les yeux. La chaleur comme deux mains pesant sur les épaules, pour vous coller à terre. Il laissait aller sa tête en arrière, un bruit de casserole, Giocondi qui faisait chauffer l'eau, un bruit quand il poussait la porte rue de la République, qu'il criait : « J'ai faim, mamma. » Antoine et Violette sortaient dans le couloir et Louise criait : « Venez. » Elle était assise, déjà, la mère debout encore, et quand le père entrait, elle commençait à servir.

Servir, servante. Il la voyait alors qu'elle lavait les vitres du grand salon des Merani, montée sur un tabouret « ne reste pas là, chuchotait-elle, s'ils te voient ». Il se plaçait près de la porte et quand il entendait le docteur ou Madame Merani monter, il courait vers la cuisine. Elle venait peu après, la bassine sous le bras, changer l'eau.

— Tiens, bois, disait Giocondi.

Il poussait la tasse vers Dante. Trapu, chauve, une moustache cachant presque la bouche il observait Dante, les yeux à demi fermés, buvant d'un seul coup la tasse de café, passant lentement la langue sur ses lèvres, disant :

— T'es un drôle de coco, j'en ai connu un comme toi !

Histoire : la silhouette d'un marin, « il lisait tout le temps, les types qui lisent on aime pas, alors on a commencé à le faire chier, le Bidel, ce capitaine

440

d'armes c'était un salaud, l'autre il a accepté longtemps, et un jour, hop, la gamelle dans la gueule du Bidel, s'il a pas crevé, il casse encore des cailloux, tu comprends Revelli, c'est logique, hein ? Et l'autre, tiens... »

Histoire encore : ce marin qui avait balancé un coup de couteau à un officier dans une rue de Bizerte, « le falot, Revelli, et l'officier qu'on lui avait donné comme avocat qui disait : "Il faut le punir, il le mérite, il le sait, il l'attend", tu parles ! »

Giocondi se servait une autre tasse de café : « Moi je le connaissais le gars, deux fois torpillé, deux fois sauvé, et y a un con de blanc-bec qui lui demande sa perm', il était rond, la patrouille a voulu l'arrêter, il s'est défendu, qu'est-ce que t'aurais fait ? Mais les juges, vingt ans qu'ils lui ont mis. C'est logique, hein ? »

Giocondi se levait, prenait les tasses.

— Fais gaffe, Revelli, Guichen il t'aime pas et Jarrivon non plus. Laisse pisser. Et lis un peu moins.

Dante ne bougeait pas. Il était un de ces chiens jaunes et s'il avait ouvert la bouche il se serait mis à hurler comme eux, oubliant les mots, criant entre les dents sa rage. Pas juste. Cette bassine d'eau qu'elle portait sous le bras, et Madame Merani derrière elle : « Lisa, tu n'as pas encore fini ces carreaux, mais qu'est-ce que tu fais, on vous nourrit, on vous loge, on... » Elle claquait la porte de la cuisine. Dante assis par terre, le dos au mur et sa mère qui devant l'évier s'essuyait les yeux.

— Ça roule matelot, disait Giocondi, en lui envoyant une bourrade amicale, vaut mieux être ici qu'en mer du Nord, crois-moi !

Il s'étirait.

— Tu l'entends comme elle ronronne ?

Le moteur de la pompe tournait régulièrement couvert de temps à autre par la nappe inattendue, vibrante, crissement des insectes venant des plantations d'oliviers jusqu'au poste, portée par un souffle d'air intermittent.

Pas juste. Dante donnait un coup de pied dans une motte de terre sèche qui se brisait en grumeaux noirâtres. Il entrait dans la cuisine, plongeait dans un seau d'eau les casseroles sales déjà couvertes de mouches, s'aspergeait le visage, la poitrine.

Un peu de fraîcheur mais l'eau se transformait en sueur, les mouches revenaient, la terre refoulait une chaleur poisseuse qui empêchait Dante de respirer. Il tentait de lire, de sommeiller ou bien de graver dans une douille de laiton ses initiales, et brusquement une mouche qui le piquait, qui se collait sur la paupière, et Dante se levait d'un bond « merde, criait-il, merde, mais qu'est-ce qu'on fout ici, mais on est cons ». Il était pris dans un tourbillon de colère comme parfois se levait la tempête sur le sable qui s'étendait vers l'est, il donnait des coups de pied dans les cailloux « mais qu'est-ce qu'on fout ? ». Le ronflement de la pompe achevait de l'exaspérer, il prenait un chapeau de paille, son gourdin, la musette et il rejoignait la piste, marchant vite en direction des oliviers, gueulant pour lui : « j'en ai marre, la classe, la classe ».

Tout se mêlait, le désir de les revoir, la peur de perdre la main, de ne plus savoir d'un seul coup de marteau enfoncer les longues pointes dans les rainures des baguettes, d'oublier ces formules qu'il avait eu tant de mal à apprendre, il répétait ampère au carré, intensité au carré, carré de 5, 25, carré de 2, 4, « salauds, salauds ». Il en voulait à Giocondi, à cette faculté qu'il avait d'accepter, de dormir et il avait envie d'envoyer un caillou sur la tôle pour le faire sursauter ou bien de stopper la machine, et parfois, le soir quand il revenait de ces longues marches dans la poussière et l'éclat blanc du sol, qu'il était plus irrité encore par cette fatigue brûlante accrochée à sa peau, il jetait son gourdin sur la table, s'affalait contre le figuier, « Je fais pas à bouffer ». Giocondi descendait du hamac :

— T'as encore...

Il faisait un signe vers la tête.

— Mais baise une chèvre, ça te calmera, baise-la, y en a au village, t'en achète une et tu la baises !

— T'es con Giocondi !

— Oh, oh.

Giocondi allumait une cigarette, s'asseyait sur le bord de la table.

— N'oublie pas, matelot, je suis second maître, attention, à bord pour...

Il s'interrompait, passait la cigarette à Revelli.

— Tiens, petit, fume et nous emmerde plus.

Il allait vers le hangar, revenait.

— Elle marche toute seule, elle est gentille.

Un silence.

— C'est normal que t'aies envie de baiser, tu serais pas un homme, et avec cette chaleur.

Bizerte. Les marins dans la rue qui s'alignent devant le bordel. Raffin derrière Revelli. Un type hurle : « Les gars, tous à poil, pour aller plus vite, le falzar sur le bras gauche et la bitte dans la main droite, à mon commandement ! » Rires. Dante se retourne vers Raffin. « Avance » dit Raffin. Brusquement l'obscurité, humidité, fraîcheur. Un infirmier tend une cuillère de pommade rose. « Ta main », la pommade qui colle à la paume, Revelli monte l'escalier, des marins, leur béret repoussé sur les yeux avancent à sa rencontre, reboutonnant le pont de leur pantalon. « Va au fond » dit l'un en clignant de l'œil.

Fille osseuse, un creux de part et d'autre du cou, les côtes qu'on aperçoit au-dessus des seins ; elle a la peau mate, les cheveux frisés. Elle est accroupie sur un seau, elle se lave ou elle pisse. À peine si elle lève la tête quand Dante entre. Il veut fermer la porte, elle dit avec un drôle d'accent, qu'il faut laisser ouvert, qu'il fait chaud. Dante de la main droite déboutonne le pont, il passe sur son sexe la pommade rose. La fille s'est couchée, les jambes ouvertes, la toison noire du pubis bouclée, voici qu'autour de ces plis de chair qui se contractent, s'écartent, et se ferment, voici qu'autour de ce lieu, une protubérance vulvaire, la plus commune, lacérée et souillée, mais que Dante n'a jamais vue, à peine rêvée, les sœurs, là-bas, Louise, Violette, cachant leur sexe, la mère chassant Dante de la cuisine quand elles se lavaient, voici que les bruits de voix, les appels des marins dans la rue, les pas dans le couloir et peut-être celui-ci qui s'approche, qui s'arrête, est-ce Raffin qui regarde, se détourne, dit : « Dépêche-toi, Revelli, merde, y a du monde, pense aux copains », voici qu'autour du sexe de la femme couchée tout s'annule.

Dante n'entend plus rien, il regarde et les plis obscurs l'enveloppent, « viens » dit la fille, elle tend les bras, comme il s'approche du lit, elle prend le sexe gras de pommade rose dans sa main fermée, elle serre, elle caresse. Elle ferme les yeux, il la voit à peine, tache foncée sur les draps, il plie les genoux, il souffle, voix rauque, « toi, dit-elle, t'en avais besoin ». Elle s'assied sur le lit, trempe sa main dans l'eau du seau. Dante Revelli entend à nouveau des bruits, les voix, il relève ses pantalons, les boutonne, croise dans le couloir un marin qui l'interroge : « Comment qu'elle est ? », il cligne de l'œil, descend, retrouve la rue, la colonne blanche des marins qui se bousculent et qui chaque fois qu'un marin sort du bordel, crient en chœur : « Alors c'était bon, matelot ? »

Giocondi passe sa main sur sa moustache.

— Tu parles pas beaucoup des moukères, toi, dit-il.

Dante se lève. Gueuler, cracher, leur balancer des pierres comme autrefois, quand les gosses de la rue Saint-François-de-Paule se battaient contre ceux du Babazouk, ils se poursuivaient jusque dans la cour de la maison Merani et la mère criait depuis la fenêtre de la cuisine, la mère...

— Je peux pas en parler comme toi, dit Dante.

— Ça va, ça va dit Giocondi, t'en fais une histoire, j'ai pas baisé ta femme et même, attrape...

Giocondi lance à Dante une cigarette.

— Moi, tu vois, commence-t-il...

Bordel de Toulon, bordel de Bizerte, filles de Malte, filles de Brest. Récit de marin, « elle les avait gros comme ça », négresse, Chinoise.

Dante se calme, la nuit tombe, rouge et violette sur la terre devenue brune.

— Les chiens jaunes, ceux du village, tu les as vus ? demande Dante.

— Si tu les vois, y te voient !

— On est pareil, on mord, on attaque, on aboie, on est encore des animaux, des chiens.

— Qu'est-ce que tu veux qu'on soit ? Y a que les Bretons qui croient encore qu'on est les fils de Dieu, Guichen, ton ami Guichen, faut pas lui toucher le bon Dieu, t'amuse pas avec ça, il mord.

— T'es mécanicien, moi je suis électricien. Un moteur, ta bielle, le courant, ça parle pas, ça comprend rien, alors comment tu expliques qu'on arrive à les faire tourner, seulement une panne de temps en temps, tu comprends ce que je veux dire ?

Giocondi bâillait, se grattait le coin des yeux.

— Dans ce pays, dit-il, on crève de chaud et on crève de froid.

— Nous, toi et moi, les hommes, continuait Revelli, bon, on se parle, on se comprend, quand on me dit de faire une installation, je calcule, je coupe mes baguettes à la longueur, je mesure, bon, alors comment tu expliques que nous, ça marche moins bien qu'un moteur, et c'est nous qui l'avons découverte l'électricité, nous, tu comprends, et on fait les cons ici, on se torpille, les autres balancent des gaz.

— Qu'est-ce que tu veux dire ? demanda Giocondi.

Il s'était assis sur le banc, face à Revelli.

— Je dis qu'on est pas des animaux, tu entends ?

Dante donna un coup de poing sur la table, touchant le rebord avec le poignet, hurlant :

— Merde, c'est pas juste, ils nous prennent pour des cons, merde !

Il donna un autre coup aussi violent malgré la douleur. Puis il croisa les bras sur la table, posa sa tête :

— Merde, c'est pas juste, répéta-t-il à mi-voix.

Les crapauds dans la mare qui se formait autour du puits commençaient à coasser, notes intermittentes entre lesquelles on entendait le ronronnement régulier de la pompe.

— Si tu commences avec la justice, dit Giocondi.

Il se tut.

— N'en parle pas trop à bord, continua-t-il.

Nouveau silence.

— Ça rapporte jamais. Tu te souviens, Jaurès ? Il avait que ce mot-là à la bouche. T'as vu ?

La salle à Nice, les sifflets, les gosses autour de Dante qui commencent à frapper des pieds en cadence, l'homme au cou si court qui tentait de parler, puis descendait de l'estrade, la verrière bleue, il avait dit : « Citoyens », tous les gosses du patronage s'étaient mis à taper des pieds, à siffler.

— J'ai vu, dit Dante en se redressant. Mais si personne dit jamais rien.

— Y a le moment, dit Giocondi.

Il se leva, et faisant un signe à Dante, il se dirigea vers le poste.

On les releva onze jours plus tard, à la fin de décembre 1917. Un camion s'arrêta près du poste et un quartier-maître, deux marins, un lieutenant en descendirent, le lieutenant inspectant le poste, repartant avec Giocondi et Revelli. Il s'asseyait près du chauffeur et Giocondi et Revelli, le dos aux montants, étaient enveloppés d'une poussière rousse qui couvrait leur vareuse, leur visage, s'accrochant à leurs sourcils.

Le Cavalier était à quai, repeint, des hommes, pieds nus, les pantalons retroussés jusqu'aux genoux, lavaient le pont à grande eau. Guichen, accoudé au bastingage, près de la passerelle, regardait Revelli et Giocondi sauter du camion, prendre leur sac sur l'épaule, franchir l'étroite planche oscillante.

— N'oublie pas de le saluer, dit Giocondi entre ses dents, gardant la tête baissée.

Revelli fit le salut, puis il traversa le pont jusqu'à l'écoutille avant, recevant dans les jambes un jet qu'un marin envoyait, criant : « Attention Revelli, ça mouille. »

La batterie, les tôles brûlantes, le sac de Raffin, Revelli le cherche, descend dans le poste. Odeur de peinture, d'huile, silence étonnant là où résonnent les sabots des chauffeurs, le ronflement des chaudières, le halètement des bielles plongeant dans l'huile. Revelli crie « Raffin ! ». Il est derrière le monte-charge, recroquevillé, somnolent. Revelli le secoue :

— Nice, tu...

— J'arrive, dit Raffin en se frottant les yeux, je me suis planqué, Guichen...

Il s'interrompt.

— Bon, bon.

Revelli s'installe près de Raffin.

— Ta mère, dit Raffin, j'ai le sac plein, ils m'ont gavé comme une oie.

Lisa l'avait fait asseoir à la place de Dante, le servant le premier. Vincente avait posé trois paquets de cigarettes près de son assiette. Raffin ne voulait pas s'attarder, les filles du bordel de la place Pellegrini, avait dit un chasseur dans le train « elles sont... t'en trouveras pas », mais comment partir, pourquoi partir ? Ils n'avaient même pas enlevé la nappe, seulement balayé les miettes, laissé les verres, Violette disposant les assiettes pour le bouillon de poule du soir. L'après-midi avait passé vite, Raffin avait parlé de Dante et de la guerre.

— Ils vont bien, répétait-il à Dante.

Ils montèrent dans la batterie, Raffin ouvrant le sac, s'excusant : « J'ai dû bouffer pendant le voyage, ça pourrissait, tu comprends. » Il dépliait une serviette aux rayures bleues que Dante reconnaissait et qui contenait un morceau de tourtes de bettes. « Je t'ai gardé ça » disait Raffin.

Dante s'assit, commença à manger lentement, fermant les yeux, reconnaissant la pâte, ce goût d'huile et de sucre, elle s'effritait, moelleuse et sèche en même temps.

Sa mère quand elle étirait ainsi, faisant rouler le bâton sur la boule de pâte, était obligée de les écarter, Dante et Louise, plus tard, Violette et Antoine. Ils tentaient d'arracher des morceaux sucrés qui collaient aux dents. Elle pétrissait, elle étirait, elle jetait un peu de farine, comme on poudre pour éviter que le rouleau ne se colle à la pâte, puis quand elle avait recouvert la tourte, avec le morceau de pâte restant, en deux coups de pouce, elle sculptait une sorte d'animal qui tenait de la tortue, du canard et qu'elle appelait l'oiseau. On portait le plat du jour et quand il revenait, les enfants se partageaient cet étrange animal, encore chaud, l'intérieur de la pâte souvent mal cuit, mais la surface croustillante comme une carapace blanche.

— Elle est bonne ta mère, dit Raffin.

Ils étaient assis, côte à côte, Raffin continuant l'inventaire, tendant à Dante un journal :

— Cache, c'est *La Vague,* un député qui veut la paix, écrit ça. Tu sais que les Russes ont tout foutu en l'air, là-bas, c'est les soldats du front, les marins qui font la loi.

Raffin avait baissé la voix.

— Ton frère, dit-il, ils l'ont arrêté, relâché, un rouge, un dur celui-là.

Raffin riait silencieusement.

— Mon frère ?

— L'électricien, dit Raffin, t'as bien un frère ?

Il raconta qu'à Nice on avait arrêté les gens des syndicats, des Russes, de jeunes ouvriers.

— Des copains au dépôt de Toulon, m'ont dit qu'à Paris, à Bourges, la cavalerie a dû charger les ouvriers des usines d'armement, t'entends ?

Antoine qui courait dans l'escalier avec son père pour chercher la voiture qui le ramènerait à Villefranche, Antoine.

— Ça va vite, dit Dante à mi-voix, pensant à son frère.

— Faut pas crever avant, dit Raffin.

Ils se turent.

— Mon père ?

— Brave type. Dis donc, continua Raffin, après un silence, quand on est arrivés à Toulon...

Le transport de troupes qui avait amené Raffin de Bizerte en France avait été dirigé sur Toulon. Quand il était entré dans la rade, que les remorqueurs après avoir entrouvert les filets anti-sousmarins pour le laisser passer revenaient se croiser, fermant la passe, les permissionnaires avaient aperçu un croiseur à l'ancre, muraille que longeait le transport, un coup de projecteur du fort du mont

Faron avait brusquement éclairé les superstructures du navire de guerre, dressant dans la nuit les
mâts, les vergues. Au bout de l'une d'entre elles,
une forme, raidie et les chants des permissionnaires rassemblés sur le pont s'étaient interrompus,
le projecteur gardant longtemps dans son cône
blanc cette silhouette.

— On le voyait bien, disait Raffin, un croiseur
russe, ils avaient un pendu, un pendu, tu entends ?

Puis le cône du projecteur, le transport jetant
l'ancre, s'était éloigné, soulevant loin vers le fond
de la rade des profils de navires. Le lendemain,
quand les permissionnaires avaient embarqué dans
les chaloupes, le croiseur russe avait déjà changé
de cap, faisant face au large et la vergue était dissimulée par les superstructures de la passerelle, les
tourelles et la longue oriflamme blanche marquée
de l'aigle de la marine impériale.

41

Qui peut dire pourquoi Helena s'était suicidée ?
Tant d'explications à donner, qu'à la fin, on ne sait
plus rien, tout se brouille, on oublie même que...

Comment imaginer ? Hier, hier encore,

Mais depuis hier...

Un gendarme était venu prévenir Peggy au
moment où Jean rentrait du lycée, courait dans
l'allée centrale du parc, entre les bustes des Césars.
Il apercevait sa mère sur la terrasse, elle descendait
à sa rencontre, l'accueillant contre elle, prenant
entre ses mains son visage tuméfié, commençant à
laver avec le mouchoir trempé dans l'eau du bassin
la pommette droite.

— Ils savent, n'est-ce pas ? demandait-elle à Jean.

Tous savaient qu'on avait arrêté Frédéric Karenberg. Les gosses, les concierges des villas de Cimiez qui se réunissaient pour échanger quelques phrases sous les platanes du boulevard, les nurses en capes bleues et blouses blanches, les vieilles, le visage couvert de poudre, le cou serré dans un ruban de velours noir, les officiers en retraite qui saluaient, levant à peine leurs chapeaux de paille, et dont les valets boutonnaient les guêtres beiges, tous savaient. Ils avaient lu le titre, une phrase de Clemenceau : « Ni trahison ni demi-trahison : la justice passe », puis les mots gras de la bonne conscience que Peggy comme si elle avait brusquement oublié le français épelait, l'un après l'autre, et il fallait traduire lentement, la langue maternelle, qu'elle croyait oubliée, dressait à nouveau son barrage pour lui éviter de comprendre trop vite : « *Quelques individus d'origine étrangère... la passion politique ou peut-être des raisons plus sordides ou plus criminelles... une dizaine de personnes placées à la disposition de la justice militaire... un directeur d'école primaire supérieure Émile P... l'ancien secrétaire de l'Union des syndicats Albert S... un baron russe naturalisé français Frédéric K... sont plus particulièrement accusés d'avoir constitué un Comité d'aide aux bolcheviks au moment où il est prouvé que ces derniers n'ont pris le pouvoir qu'avec l'aide de Guillaume II. Certains jeunes ou ouvriers ont été appréhendés puis relâchés... L'une des personnalités les plus en vue de notre ville, la baronne Helena... d'origine russe, mariée à un Autrichien... Ni trahison ni demi-trahison, plus de campagnes pacifistes, plus de menées allemandes, rien que la guerre.* »

Peggy pliait le journal, l'article disparaissait, laissant place à l'autre partie de la première page, l'éditorial qui reprenait les dernières phrases de Clemenceau, « le coup de clairon du vieillard aux gants gris », comme avait dit Frédéric, écrasant son cigare, ajoutant : « Pourquoi les nations qui envoient leurs jeunes hommes à la boucherie, se donnent-elles des vieillards pour les gouverner ? » Lettres capitales de l'éditorial pour répéter : « Politique intérieure : JE FAIS LA GUERRE. Politique extérieure : JE FAIS TOUJOURS LA GUERRE. » Et le journaliste ajoutait : « C'est notre devise ici, à cette place jusqu'à la victoire certaine de nos armes. »

Jean s'écarta de sa mère qui l'interrogeait, trempait à nouveau le mouchoir dans l'eau du bassin, achevant de lui nettoyer le visage.

— Tu t'es battu ? Ils t'ont parlé de papa ? Ils savent, n'est-ce pas ?

Jean faisait la moue, s'ébrouait.

— Tu veux rester ici, avec moi, demain ? continuait Peggy.

Il s'arracha à sa mère, cria : « Non, non. » Elle voulait lui répondre, mais il ramassait son cartable, partait en courant vers la villa et comme elle se retournait elle vit, dans l'allée, le gendarme qui avançait, fouillant dans sa saccoche, cherchant le pli, saluant :

— Madame Karenberg ?

Peggy regardait cette enveloppe de papier jaune à son nom, elle voulait questionner, mais elle était liée, bâillonnée, comme ces condamnés qu'on attache au poteau, les mains derrière le dos, les soldats lèvent leur fusil, elle murmura « ils auraient jugé Frédéric, pas comme ça ».

Plus tard, elle se reprocha d'avoir eu, alors qu'elle lisait le message, une bouffée de joie, comme une chanson qui se déroulait en elle, l'entraînait, ronde dans le parc de la pension du Sussex où elle avait passé son enfance, courant autour des arbres, maillon d'une longue chaîne de bras, les robes blanches en dentelles voletant sur les prés verts. Puis la chanson se tut, les mains du souvenir l'abandonnèrent, elle fut seule, ce papier jaune au bout des doigts, le gendarme devant elle qui refermait sa saccoche de cuir.

— Pour l'identification de la baronne Hollenstein, Madame, et...

Il gardait obstinément les yeux baissés, essayant de faire passer la lanière dans la boucle, semblant ne pas y parvenir.

— Pour les obsèques... il faudra, puisque votre mari...

Frédéric savait-il ? Les inspecteurs étaient venus en fin de journée, ils avaient montré le mandat d'arrêt, et dit simplement « prenez une valise monsieur, quelques vêtements chauds ». Ils avaient attendu sur la terrasse sans toucher aux livres, sans perquisitionner, laissant à Karenberg le temps qu'il voulait, si bien que c'était lui qui était allé vers eux, pour en finir, « Ne m'accompagne pas » avait-il dit à Peggy. Quand elle s'était présentée le lendemain, à l'hôtel de police, on l'avait envoyée au bureau militaire et là, l'ironie du capitaine, la grossièreté de son regard qui s'attardait sur la poitrine : « monsieur Karenberg a été transféré à Marseille. » Le gifler. Peggy s'était avancée, puis elle avait eu peur pour Frédéric, dit seulement : « Je vais faire intervenir l'ambassade britannique à Paris. » « Faites, Madame, faites, Madame, je vous en prie. »

— Mon mari a-t-il été prévenu, demandait Peggy au gendarme.

Il faisait un signe d'ignorance, saluait, Peggy relisant le texte : « Helena Hollenstein, née Karenberg, en résidence surveillée à Thorenc, département des Alpes-Maritimes, a mis fin à ses jours volontairement. L'enquête de la gendarmerie... »

Qui peut dire pourquoi ?

Peggy marchait lentement vers la villa. Peut-être le major avait-il été tué ? Ou simplement ne l'aimait-il plus ? Et cette exaltation dont parlait Frédéric avec tant d'inquiétude, cette façon qu'avait Helena ces derniers mois, de vivre comme on s'enfuit, sans perdre souffle, quand dans un appartement sombre, un plancher craque, une porte bat, et elle court dans le salon que peuplent les ombres tout à coup mouvantes comme des algues de cauchemar. Elle jouait, entraînant le major. Peggy les rencontrait quand elle arrivait à l'hôtel Impérial le matin, alors qu'ils finissaient leur nuit, lui les mains tremblantes de fatigue et d'émotion, elle calme, dédaigneuse, mais le visage boursouflé, avec par moments un geste de main vers la gorge comme si elle s'étouffait. Elle embrassait Peggy, elle disait : « Comment va Jean ? » et chaque fois, Peggy voulait lui dire : « Pars, rejoint Nathalie, Gustav, tu divorceras là-bas, ne la laisse pas seule, sans toi, ne reste pas sans elle. » Mais quand elle avait essayé : « Nathalie, commençait-elle, Nathalie maintenant, tu ne l'as plus vue depuis longtemps, tu... » Helena avait rougi mais dit avec indifférence : « Que veux-tu qu'elle fasse d'une mère comme moi ? Et ici, c'est la guerre, il y a l'hôtel, je la verrai après, après... » Elle se levait, la main caressant son cou. « Ces nouveaux blessés, disait-elle, où les mettre, viens. » Elle prenait Peggy par la main, la pression de ses doigts était trop forte, elle serrait jusqu'à faire mal, murmurant : « Peggy, Peggy, ces blessés, comment ils vont vivre après ? »

Peggy s'assit sur les marches de marbre, le dos appuyé à la façade de la villa, la chaleur des pierres rayonnant peu à peu dans ses épaules, et elle laissait aller sa tête, le menton contre sa poitrine, les yeux fermés, les larmes glissant jusqu'aux lèvres.

Comment imaginer ?

Elle pouvait suivre Helena dans la forêt de pins et de mélèzes qui s'étendait devant le Thorenc, peut-être courait-elle, comme autrefois autour de Semitchasky, s'appuyant à un tronc, regardant la plaine, les rides de la neige et fermant l'horizon, la haute barre rocheuse qui dominait Thorenc. Le hasard, ce haut pays bordé de crêtes comme une image de l'enfance, une Russie, forêts et larges étendues, mais derrière les rochers, au-delà des arbres, s'étendait la mer. Pays mirage et elle était en exil. Il faut faire le geste et comment l'imaginer ?

On l'avait retrouvée le lendemain matin, les gendarmes croyant déjà que l'espionne s'était enfuie avaient organisé une battue, les bergers et les chiens, les femmes du village même, des chasseurs alpins, tous, ils avançaient de front, et tout à coup, l'un d'eux l'avait vue, à peine plus haute que lui, les pieds soulevés au-dessus du sol, leurs pointes l'effleurant comme si elle avait cherché à toucher terre, encore, un regret, un appel, et parce qu'il avait plu ou neigé, ou bien le soleil avait-il fait fondre la neige sur ses épaules, ses vêtements étaient trempés, les doigts longs, blancs, mains de glace ou de verre.

Les hommes s'étaient rassemblés autour de l'arbre, les chiens, leur museau couvrant leurs pattes, n'osant regarder, haletant, les femmes qui se signaient et repartaient en groupe vers le village, les soldats à l'écart.

Les gendarmes chuchotaient, levaient la tête vers le corps, « on se demande » dit l'une des voix plus forte. « On se demande. »

42

« Vite, vite », avait dit Vincente. Antoine avait sauté d'un palier à l'autre, couru sous le porche, heurtant Louise qui son fils dans les bras venait de traverser la rue de la République, elle criait : « Qu'est-ce qu'il a dit ? » Antoine se retourna, « ne monte pas » dit-il, il fit un geste autoritaire, répéta pour lui-même en se remettant à courir, « ne monte pas » puis, ralentissant à peine pour traverser la rue Barla, empruntant la chaussée malgré le tramway, il prit en biais la rue de la République pour atteindre plus vite sur la place Garibaldi, devant le café de Turin, l'emplacement où stationnaient quelques voitures.

Il retrouva difficilement son souffle : « L'hôpital, dit-il — et la gorge lui faisait mal — pour l'hôpital ! »

Le cocher prenait son temps, desserrant le frein, « lequel d'hôpital ? » demanda-t-il en bougonnant.

Antoine, debout sur le marchepied du fiacre, sauta à terre, « vous voulez vous dépêcher ? oh che fas ? » continua-t-il en niçois.

Le cocher eut un geste d'irritation ou d'indifférence « ça va, ça va on y va ». « D'abord la rue de la République », dit Antoine.

Il se tenait debout dans la voiture, appuyé au siège du cocher, lui indiquant le porche du 42 :

— Vous attendez, dit-il, on la descend.

Louise, depuis l'épicerie Millo, appela Antoine, traversa, tenant son tablier à deux mains, montant derrière lui dans l'escalier, « ne viens pas » dit-il, « c'est la grippe, tu la veux ? ».

Elle s'immobilisa sur le palier, puis elle redescendit lentement, le visage tourné vers le haut de l'escalier, écoutant les bruits de voix, son père qui disait « je vais te prendre », et Antoine « laisse,

laisse, je vais la porter moi ». La toux de sa mère, longue et fluette.

Louise attendit sous le porche, appuyée au mur. Son père apparut le premier, la casquette avec laquelle Antoine, quand il était enfant, souvent aimait jouer, était trop enfoncée, couvrant les yeux, il tenait une boîte de carton entourée de ficelles ; puis Antoine, vers lequel il se tournait, Antoine qui portait sa mère enveloppée dans la couverture de laine blanche.

Lisa s'accrochait au cou de son fils, secouait la tête, disait « je peux marcher », « tu vas tomber » et Antoine cambré, les épaules rejetées en arrière par l'effort, s'immobilisant un instant près de Louise.

— Ne m'embrasse pas, disait Lisa.

Elle avait noué le foulard de soie bleue autour de sa tête, elle ressemblait à ces paysannes vigoureuses qui venaient le samedi matin, avant que le soleil se lève, poser devant l'épicerie les cageots de courgettes longues, de tomates et de poivrons. « Et Lucien ? » demandait Lisa. « Il va, maman, il va... » Louise cherchait la main de sa mère accrochée à l'épaule d'Antoine, elle la touchait, brûlante, humide. « Il va ? » demandait Lisa. « Tiens. » Louise s'élançait, elle traversait la rue, entrait dans la boutique, Lucien assis par terre au milieu du magasin avait pris des pommes et les faisait rouler sur le sol. Elle saisit son fils sous les aisselles, le tint à bout de bras, sortit.

Lisa était déjà dans le fiacre, Vincente près d'elle, la tenant par l'épaule, Louise cria, souleva Lucien. Le fiacre partait, Antoine rejoignait Violette, s'élançait vers Louise disant : « On ne sait pas, le docteur dit que c'est une épidémie, il faut manger des citrons. » Il en prit un dans un cageot, mordit la peau, en tendit un à Violette.

— Il faut écrire à Dante, dit Louise.

Lisa dans le fiacre, la tête appuyée contre le bras de Vincente, disait :

— Dante, tu lui écriras, après, même si...

Depuis qu'elle était dehors, elle ne toussait plus, elle respirait mieux avec cependant l'envie de vomir, plus forte à chacun des cahots des roues sur les pavés :

— Dis-lui d'aller moins vite !

Elle chuchotait dans l'oreille de Vincente et il retrouvait la voix des premières nuits, dans la chambre, chez les Merani, quand ils craignaient d'être surpris.

— Ça fait longtemps, dit Vincente.

Elle se tassa, se blottit, son épaule sous l'aisselle de Vincente et il voyait le front, la peau presque jaune striée de rides, l'une plus profonde, droite dans le milieu, comme une ligne de partage. Il cacha le front de Lisa sous sa paume.

— Tu es moins chaude, dit-il.

Elle leva la tête vers lui ; la bouche était toujours aussi belle, les dents droites et claires, mais à l'extrémité des lèvres, les rides comme deux cicatrices.

— On a plus jamais été ensemble, dit Lisa.

Les yeux, peut-être à cause de la fièvre, avaient gardé leur vivacité juvénile, la même ardeur résolue et brillante.

— Les enfants, continua Lisa.

Sous sa paume, Vincente sentit que le front de Lisa se plissait :

— Dante, commença-t-elle.

— Il ne risque rien, dit Vincente, il a eu de la chance.

Lisa se redressa, elle serra le montant de bois de la voiture.

— Ne dis pas ça, touche du bois.

Elle se signa.

Le cocher avait pris la rue Barla, puis le pont sur le Paillon, afin de gagner la rive droite et l'hôpital

Saint-Roch. Ciel phosphorescent au-dessus de la colline de Cimiez, profondeur bleue qui peu à peu se diluait.

— On en emmène tous les jours, dit le cocher, en se retournant, on se demande comment on l'attrape pas.

Lisa tira la couverture sur ses épaules, cachant ses mains sous la laine.

— Pas tout de suite Vincente, dit-elle à voix basse, on n'a plus jamais été ensemble, j'ai pas froid, tu sais, il doit faire chaud sur la Promenade.

Dans la poche, Vincente compta les pièces du bout des doigts, les reconnaissant à leur taille, à leur poids.

— Tu en as assez ? dit Lisa.

Il sortit les pièces, les montra dans sa paume ouverte, comme autrefois.

— Jusqu'à la mer, dit-il au cocher, par la rue Saint-François-de-Paule.

— C'est l'hôpital ou la mer ?

Voix agressive du cocher.

— À la mer, répéta Vincente.

Le cocher se retourna une nouvelle fois. Peau du visage tannée, bajoue, le regard s'attarde sur Lisa et Vincente.

— Il fait beau, c'est vrai dit-il. On a toujours le temps d'aller à l'hôpital. À la mer.

Il longea le Paillon, traversa la place Masséna contournant les jardins, il s'engagea dans la rue Saint-François-de-Paule « ça va comme ça » disait-il, « pas trop vite ? ». Lisa faisait oui de la tête puis elle appuyait à nouveau la nuque sur l'épaule de Vincente. Ils s'arrêtèrent un instant devant la maison Merani, porte de chêne, mosaïque verte et bleue, heurtoir de cuivre qu'une femme jadis, les manches de la robe relevées — et Vincente la devinait musclée, nerveuse — avait astiqué, elle s'était accroupie pour faire briller le soubassement de métal de la porte — et aujourd'hui elle se penchait pour l'apercevoir, découvrir le puits au fond de la cour, en face le porche.

— Tu me regardais, dit Lisa, tu étais un vrai paysan.

— Qu'est-ce qu'on fait, demanda le cocher.

— La mer.

Elle fut devant eux comme autrefois de la chambre de l'hôtel des Anges, qu'ils apercevaient, le fiacre se dirigeant vers cette façade devenue grise, et au dernier étage peut-être la même armoire de noyer, cette chambre comme un navire dérivant vers la mer.

— On a plus jamais été ensemble, vraiment, dit Lisa.

— Ils sont nés trop tôt, dit Vincente.

Lisa saisit à nouveau le montant de bois de la voiture.

— Ne dis pas ça.

Elle repoussa la couverture.

— Il fait chaud, dit-elle.

Elle transpirait et la main de Vincente se couvrait de sa sueur. Ils firent arrêter la voiture à l'embouchure du Paillon. L'hôtel des Anges se dressait derrière eux. La mer n'était troublée que par les eaux boueuses de la rivière qui formait une tache bistre, où venaient se poser, s'enfoncer des oiseaux blancs au long bec noir. Un pêcheur lançait vers le large la ligne terminée par la fleur rouge, chiffon masquant l'hameçon et il tirait lentement, enroulant entre son coude et sa main le fil au fur et à mesure qu'il le ramenait à lui d'un geste régulier.

— Il en a un, dit le cocher.

Il s'était dressé sur son siège.

— Un beau !

— Juste avant, commença Vincente, juste avant le jour où je t'ai rencontrée, au même endroit, là, là...

Vincente tendait le bras, il montrait le pêcheur, il racontait la nuit dans une barque, ces trois poissons qu'une femme lui avait donnés et puis ce pêcheur, là, comme aujourd'hui.

— Je voudrais partir, dit Lisa.

La peau encore plus jaune, comme si peu à peu de l'intérieur du corps montait, la recouvrant, une eau boueuse.

Vincente donna l'ordre au cocher qui s'attardait.

— Vous avez vu, il était beau, répétait-il en se retournant.

Vincente, les cheveux gris de Lisa contre son menton le foulard de soie ayant glissé, voyait la silhouette du pêcheur qui, de toute sa force, jetait sur les galets le poulpe afin de le tuer.

43

Dante, assis sur l'un des treuils installés à la poupe du *Cavalier,* surveillait la drague. C'était une sorte de râteau armé d'une cisaille que le destroyer traînait entre deux eaux et qui tranchait les filins retenant les mines. Libérées, ballons noirs qui crevaient la surface, puis disparaissaient dans le creux des vagues et, du pont, l'on n'apercevait plus que leurs protubérances, courtes antennes de métal, elles étaient la cible des canonniers de la pièce de 37, placée à l'arrière du destroyer. Chaulanges commandait le feu et la mine explosait avec des geysers d'écume blanche, faisant trembler la coque du destroyer, puis le silence, la mer à nouveau calme jusqu'aux collines de Grèce, aux lourdes tables rocheuses d'Anatolie. Les oiseaux blancs au long bec noir revenaient survoler le navire, s'approchant du pont, gobant dans un froissement d'ailes les morceaux de pain que leur lançaient les matelots. Pattes tendues, ailes déployées, frémissantes, cou et bec étirés, ils semblaient posés sur un perchoir invisible, placé au-dessus du *Cavalier*, dont ils s'écartaient tout à coup, tombant comme des pierres blanches striées de noir, rebondissant sur la surface de l'eau, un éclair argent serré dans leur bec.

Dante les suivait du regard, ils l'entraînaient vers les caps et les rades, les villages dressés comme des constructions incertaines de cubes au bord de la mer, puis un commandement : « ... du mou, au treuil, du mou... », il actionnait le treuil, laissait glisser le câble d'acier et *Le Cavalier* amorçant une large courbe, son sillage dessinant un arc clair sur la mer bleu roi, recommençait le ratissage de la zone qu'il était chargé de déminer.

On avait installé la drague à bord, quelques jours après l'armistice alors que l'équipage attendait de débarquer, Chaulanges lui-même, se frottant les mains, disant, la casquette rejetée en arrière, « on rentre, les gars ». Dante Revelli l'avait aperçu dans les rues d'Alger, Chaulanges entraîné par l'enthousiasme, riant alors que défilaient des fusiliers marins qui avaient enfoncé au sommet de leur baïonnette des carottes et des melons, puis Revelli et Raffin s'étaient trouvés éloignés du second, emportés par un reflux de la foule vers la queue du cortège, au milieu des enfants arabes, pieds nus, des permissionnaires de toutes armes qui lançaient leurs calots, enlevaient leurs ceinturons, faisaient des oriflammes de leurs bandes molletières et chantaient *l'Internationale*.

Vin rouge rugueux d'Algérie, bière, limonade, vin encore, la tête sous une pompe sur le quai du port pour essayer de ne pas s'endormir là, entre les madriers, Raffin qui soutient Revelli. *Le Cavalier* est en rade avec deux autres destroyers et la baleinière des permissionnaires est repartie à neuf heures ; une chaloupe attend les retardataires, Raffin a perdu son béret, un matelot de service lui prête le sien au moment où, avec Revelli, il grimpe à l'échelle de coupée du *Cavalier*. Revelli s'efforce de marcher droit, devant Guichen et deux sentinelles sous les armes. De Jarrivon, debout sur la passerelle, oblige les marins retardataires à se mettre en ligne, hésite, les mains dans la poche de sa vareuse, « Bon, quatre jours de consigne, dit-il à Guichen, quatre jours pour ces soûlards ». Dans la batterie, Raffin et Dante se bousculent en riant, se donnent des coups de coude, « consigne, comme si on pouvait redescendre, il s'est dégonflé, le pacha ».

Appareillage le lendemain matin, exercice à la mer de plusieurs jours, essai de vitesse, de tirs. De Jarrivon arpente le pont alors que l'étrave s'enfonce dans les lames courtes. Inspection du compartiment machine, De Jarrivon entrant dans le poste de Revelli avec Guichen, s'attardant, puis descendant maladroitement l'échelle étroite qui conduit aux chaudières, Giocondi porte une vareuse couverte de cambouis.

— Il faudra veiller à votre tenue, second maître !

Quand le commandant remonte, Dante qui s'était avancé pour suivre l'inspection se planque dans son poste où Giocondi le rejoint, puis arrive Raffin.

— Tu l'as entendu ? demande Giocondi.

Il fume, la cigarette dissimulée dans le creux de la main.

— Il va serrer la vis, dit Raffin, ils vont nous garder, tu verras.

— Elle est finie, dit Giocondi, merde !

Rade de Bizerte. Hangars qui forment à terre un damier de plaques brillantes vers lesquelles se dirige *Le Cavalier* avant de mouiller à quelques encablures. Pas de permission. On installe la drague qui, quand elle est relevée, occupe toute la largeur de la plage arrière du destroyer. Le vague-mestre apporte le courrier, les journaux.

— J'ai rien, répète Revelli.

Il interroge encore Mermet qui s'occupe de la distribution des lettres, qui répond à peine, montre un numéro de *L'Illustration* : « Clemenceau, le père de la Victoire. »

— Un vieux charognard, dit Raffin, c'est lui qui nous garde, on est huit millions de mobilisés, s'il nous lâche dans les rues...

Geste obcène.

— Dans le cul Clemenceau, comme le Tsar.

Dante se lève, monte sur le pont. Le phare du cap Bon, les feux verts et rouges de bâtiments en rade, une embarcation qui s'éloigne, le bruit du moteur, clapotement régulier courant à la surface de l'eau avant de se perdre vers le fond de la rade où s'attarde la lueur plus claire du crépuscule ; violets, rouges que Dante regarde, insensibles modifications des strates, des teintes ; un souvenir, ces séjours à la maison des Merani à Gairaut, le même rouge sur lequel se détachaient les cyprès.

Quand sa mère était sûre que les Merani ne viendraient pas, elle disait à Dante « je vais te montrer ». Ils montaient dans les chambres du haut qui s'ouvraient sur une terrasse et là, sous un auvent, Dante découvrait le télescope, sa mère penchée vers le jardin appelait « Vincente, Vincente ». Le père avait un prénom, chaque fois de l'entendre surprenait Dante, le gênait. Vincente montait à son tour, il déplaçait le télescope « regarde bien où il était », chuchotait Lisa, marquant avec une chaise l'emplacement, « le docteur ne veut pas... ».

Dante pouvait enfin regarder, suivre une barque de pêcheur, découvrir autour d'un point lumineux la masse d'une façade et des arbres. « Il faut redescendre », disait Lisa.

L'inquiétude de sa mère, ces pas qu'elle faisait vers l'escalier, comme si le docteur allait survenir, cette attention qu'elle portait au bruit des sabots d'un cheval sur la route, Dante les ressent encore aujourd'hui. Elle avait peur de Madame Merani, du docteur et la voix méprisante, autoritaire du docteur, quand dans la cour, rue Saint-François-de-Paule, il criait « Vincente, tu n'as pas encore attelé... » et Dante qui regarde par la fenêtre de la cuisine, qui se cache parce qu'il a peur.

Ne plus avoir peur. Être comme eux, Merani, De Jarrivon. Pouvoir, quand ils parlent, les interrompre, dire d'une voix sûre « ce n'est pas juste ». Combien de fois dans une vie, sa mère, son père ont-ils pu ?

Cette envie de les voir, de les prendre contre soi. Dire « vous n'aurez plus peur ». Leur donner, mais que désiraient-ils ?

Il pense à ces soirées, rue de la République, Lisa qui sert le repas, Vincente qui après avoir mangé se met à l'écart, allume sa pipe, paraît somnoler.

Dans la mémoire de Dante, ils sont sans désirs, ils paraissent agir comme s'il n'y avait jamais eu d'autre choix que celui de cette vie. Le père part pour l'écurie ou la brasserie. La mère va laver les légumes dans la cour. Elle coud pour Dante, Louise, Violette, Antoine.

Dante ne peut même pas imaginer ce qu'ils auraient pu être, voulu être, le savaient-ils eux-mêmes ?

Au cours des veilles aux projecteurs, quand *Le Cavalier* traçait sa route sur une mer d'huile, blanche d'un ciel sans nuages, la lune brisée sur l'eau, en éclats, tremblant, il imaginait. S'il avait eu les connaissances de l'ingénieur, si... Et son désir était si fort que le lendemain, quand sa bordée était au repos, il prenait un livre technique, acheté à Alger, il tentait de comprendre les schémas, résistance, ohms, rhéostat, dérivation, « t'en sais bien assez » disait Raffin. Savoir et pas seulement pour le métier, mais comprendre pourquoi cette guerre, et ces hommes, Michelet et le premier maître Guichen, Giocondi si différent de Raffin. L'habitude que l'on prend en mer de scruter l'horizon sans le voir, et la pensée, la mémoire, poursuivent une autre route, on s'interroge.

Il faudrait que tout change si vite pour qu'ils puissent encore, le père, la mère, devenir...

Quoi ?

Si tard, pour eux, si tard.

À nouveau Dante s'inquiète, la lettre que régulièrement son père écrivait n'est pas venue. Plus d'un mois déjà que se creuse entre eux et lui le silence. Dante, le phare du cap Bon venant régulièrement l'aveugler, tente de laisser vide ce silence, ce mois sans nouvelles, ne pas le remplir d'accidents, de maladies. Vide, ou bien des souvenirs, la voix de sa mère, la façon qu'elle avait de dire après les avoir servis « c'est tout ce qu'il y a ».

— Alors Revelli ?

Le lieutenant Chaulanges s'appuie au bastingage près de Dante.

— Mon lieutenant, qu'est-ce qu'on attend pour nous libérer ?

— Un peu de patience, Revelli !

Chaulanges enlève sa casquette, se masse les tempes. Le phare éclaire son visage soucieux.

— C'est pas juste, mon lieutenant, c'est toujours les mêmes, nous on doit être patients, et si c'était un peu les autres ?

Le phare découpant à l'horizon un cône, des nuages au ras de l'eau. Chaulanges remet sa casquette.

— Nous en avons peut-être pour quelques mois encore, dit-il tout à coup, c'est comme ça.

Sa voix est sèche.

— Qu'est-ce que vous voulez faire ? continue-t-il.

Il a vouvoyé Revelli, puis il hausse le ton.

— Sois patient, sinon tu en prendras pour vingt ans devant le conseil de guerre.

Il s'éloigne en direction de la passerelle, revient.

— Pas de folie Revelli, maintenant que la guerre est finie, je vous l'ai dit, patience.

Corfou, Salonique, patience, Malte, Bizerte, Corfou, patience. *Le Cavalier* glisse à vitesse réduite entre les parois striées de la roche vive, la drague laisse un remous comme une vague persistante qui s'accroche à la coque. « Du mou au treuil, du mou nom de Dieu, tu dors Revelli ? »

Patience. Sur le faîte aride d'une colline des colonnes brisées, fûts blancs, doigts recroquevillés, et plus haut, dans un amphithéâtre de montagne deux ou trois constructions légères. De Jarrivon qui passe avec Chaulanges « ces temples, voyez-vous, lieutenant... ».

Patience. Dante met le treuil en route. Geste répété, horaire des quarts, sifflet du second maître : « La drague à la mer. »

— Ils se foutent de nous, dit Raffin, pourquoi on rentre pas ? Qu'est-ce qu'ils veulent, qu'on saute, qu'on crève maintenant que c'est fini ?

Parfois pour éviter un coup de tabac ou pour embarquer de l'eau potable, *Le Cavalier* jettait l'ancre dans une rade. Dante était volontaire pour la baleinière ; il fallait souquer ferme, longtemps, la grève qui paraissait proche était en fait à deux ou trois kilomètres et souvent une houle légère rendait le trajet difficile. Mais Dante échappait à l'odeur d'huile et de fumée du destroyer, il voyait d'autres visages, des paysans qui tendaient leurs figues sèches couvertes de farine, enveloppées dans des feuilles liées par un brin de paille. Pour un paquet de cigarettes, ils donnaient des tomates et des oignons, des olives. Un pêcheur, maigre, la peau tirée sur les os du visage, montrait quelques poissons. Dante glissait ces fruits et ces légumes sous la vareuse, il chargeait les tonneaux d'eau, et il fallait revenir au *Cavalier,* la baleinière vent debout, embarquant des paquets de mer, le vent soulevant le col de toile du treillis de travail. Puis le gabier tenant la baleinière loin de la coque, il fallait arrimer les tonneaux aux palans, « hisse, hisse ». Enfin, entre les hamacs, le soir, ces figues qui sentaient le laurier séché, et que Revelli et Raffin mâchaient lentement.

— Il paraît qu'on va en Russie, disait Raffin. Mermet a reçu un message, tous les gros-cul sont là-bas, le *France,* le *Jean-Bart,* y a aussi le *Vergniaud* et le *Mirabeau,* la *Justice.*

Constantinople, Batoum, Trébizonde. Coupoles, sommets dans une lumière plus vive, pentes plus raides et l'air qui souffle parfois en rafales est froid.

Sébastopol, Odessa.

— Moi, je marche pas, dit Raffin, je les emmerde, j'en veux plus.

Il est descendu dans la machine, il gueule, la voix presque couverte par la rumeur des bielles.

— Ta gueule, dit Giocondi, va ailleurs, moi je veux pas t'entendre.

Revelli se laisse glisser le long de l'échelle, ses pieds effleurant à peine les marches étroites de métal.

— Sur le pont, les gars, venez voir, crie-t-il.

Au fond de la rade de Sébastopol, la ville qui s'étage sur les hauteurs. Entre *Le Cavalier* et la ville, la silhouette massive du cuirassé *France,* ces tourelles empâtées, les mâts trapus, et plus loin le *Jean-Bart,* les autres navires, un cargo.

— T'entends, dit Revelli en bondissant sur le pont.

Des clameurs, des chants qui proviennent de la plage arrière du *France.* Tous les marins du *Cavalier* sont sur le pont, regardant le cuirassé, on entend : « pas de charbon », « ni demain ni lundi », puis des cris, des marins qui courent et qu'on aperçoit entre les tourelles, sur la plage avant. Les marins du *Jean-Bart* se sont mis eux aussi à crier, début de chant : « C'est la lutte finale... »

Raffin grimpe sur le bastingage, s'appuie aux épaules de Revelli.

— Merde, *l'Internationale.*

Le chant que la brise déchire.

Raffin saute sur le pont, bondit sur le treuil :

— Allez les gars, crie-t-il, vous entendez ?

Nuit tombée. Sur le *France,* les lumières s'éteignent l'une après l'autre, on aperçoit des silhouettes qui brisent les globes, lancent « pas de lumière, y a les mouchards », puis *l'Internationale* encore et d'un cargo, le même chant, écho que renvoient plusieurs navires. Raffin l'entonne, Revelli près de lui, ignorant les paroles, reprenant. Giocondi s'était écarté, crie : « Attention, vous êtes fous. »

De la rade, de place en place, montent des clameurs, des chants, cependant que clignotent des projecteurs. Sur le pont du *Cavalier,* entourant le treuil sur lequel se tient toujours Raffin, De Jarrivon, Chaulanges, Guichen écartent les matelots. De Jarrivon et Guichen tiennent leur revolver à la main.

— Descendez de là ! hurle De Jarrivon.

Raffin s'est tu.

— Tuez-moi, commandant, allez-y, mais écoutez-les, vous les écoutez ?

— Descendez, dit De Jarrivon, à voix plus basse.

Guichen s'avance. Revelli se place devant Raffin.

— Toi, le Niçois...

— Laisse-le ! dit Revelli.

Dans le groupe des marins, des murmures, puis des voix :

— Laissez-les !

Guichen se tourne vers le commandant.

— À Toulon, à Toulon scandent les marins.

L'obscurité est totale, quelqu'un a dû briser les deux lampes qui, à tribord et bâbord, éclairent la plage arrière et maintenant, dans ce moutonnement d'ombres où chacun perd son visage, la violence monte, les voix hurlent : « À Toulon, à Toulon », entonnent *l'Internationale,* puis comme si le groupe était surpris de son audace, le silence se rétablit et on entend la voix du commandant De Jarrivon :

— Il y a dans l'équipage quatre ou cinq mauvais Français !

Cris, cris : « À Toulon, à Toulon », le chant encore et dans un creux le commandant :

— Mes enfants, rentrez dans l'ordre.

Rires comme des gifles, cris, Revelli monte à son tour sur le treuil, il aperçoit De Jarrivon et Guichen qui marchent côte à côte vers la passerelle, vers la lumière. Des chants continuent de s'élever des bateaux en rade. De la ville, un projecteur s'attarde sur les navires, et sur les plus proches d'entre eux — le *France,* le *Jean-Bart* — Revelli distingue des hommes groupés, quelques-uns grimpés sur les tourelles, lançant leurs bonnets en l'air.

— Ils l'ont hissé ! hurle Raffin.

On a aperçu un bref instant, au mât du *France,* une longue étamine, qui dans la lumière du projecteur paraît noire. Raffin saute sur le pont, enjambe la drague et s'accrochant à la hampe, enroule autour du mât de pavillon le bleu et le blanc, ne laissant flotter que le rouge du drapeau.

44

29 septembre 1919, le journal *Le Petit Niçois* écrit :

À la fin du mois d'avril 1919, des événements tumultueux se produisaient à bord du cuirassé France *et de divers bâtiments de moindre importance, en rade de Sébastopol. L'autorité du commandement fut méconnue, des hommes se rendirent à terre avec une embarcation dont ils s'étaient emparés. Le drapeau rouge fut hissé à bord du cuirassé* France *et du contre-torpilleur* Le Cavalier. *L'amiral Amet et divers officiers qui tentaient de ramener les équipages au calme furent grossièrement outragés par certains matelots.*

Après une longue et minutieuse enquête, la culpabilité de 33 marins a été établie et le ministre de la Marine saisi du rapport d'enquête présenté par M. le capitaine de corvette Cambon a signé un ordre de mise en jugement.

Parmi les inculpés, on relève le nom d'un Niçois, le quartier-maître électricien Dante Revelli. Le conseil de guerre doit se réunir au carré des officiers à bord du cuirassé France, *situé à l'extrême arrière du navire et éclairé par de larges hublots circulaires entre lesquels s'encadrent des paysages de L. Dauphin, coins de Paris et sites de Provence.*

45

Sous les arcades de la place Masséna, Violette Revelli, fut contrainte de s'arrêter. Foule, dense comme un jour de Carnaval, mais silencieuse, grise. Un moment, Violette fut portée vers les premiers rangs et elle vit le cortège qui s'engageait dans l'avenue. La musique municipale précédait le groupe des personnalités, vêtements noirs, parapluies noirs et quelques taches bleues d'uniformes. Il y eut un arrêt, sans doute à l'angle de la rue de France, *Marseillaise,* roulement de tambour, une voix. Malgré la pluie, Violette descendit avec quelques badauds sur la chaussée :

— Nos héros, disait Girard, leurs familles dans la douleur et dans la gloire, nous devons faire en sorte qu'ils soient présents parmi nous à chaque instant par ce qu'ils nous ont donné de plus précieux, la Victoire.

Violette s'était immobilisée. Elle avait les pieds trempés, glacés. À peine avait-elle fait quelques mètres dans la rue de la République, que déjà l'eau avait traversé les semelles. *Marseillaise,* roulement de tambour, le cortège s'ébranle. Violette suit, se faufile sous les arcades au début de l'avenue. Un drapeau tricolore, une couronne de laurier, les feuilles brillantes de pluie, entourent une plaque devant laquelle deux chasseurs, l'arme sur l'épaule, montent la garde. Elle lit : « Avenue de la Victoire. »

Il pleut. Le béret des soldats est déformé, Violette se laisse pousser, elle se trouve devant l'un d'eux, les gouttes glissent sur son front, il la regarde, sourit, puis son visage à nouveau se crispe. Violette se met à courir, le train est peut-être déjà arrivé. Musique encore, là-bas, plus loin sur l'avenue ; entre les troncs humides des platanes dépouillés, Violette aperçoit le cortège à nouveau immobilisé, des agents l'empêchent de traverser. Mais elle se glisse entre leurs bicyclettes et ils laissent faire. Elle court sur l'autre trottoir dépassant la musique dont les tambours roulent, elle se trouve à la hauteur des personnalités, regarde, marche à leur pas. Elle ne connaît ni le député Merani ni le commandant Ritzen et son fils Pierre, tous deux en uniformes, qui avancent côte à côte. Merani a pris Ritzen par le bras dès le moment où ils ont quitté la mairie pour cette longue succession d'inaugurations, avenue de la Victoire, rue Paul-Déroulède, rue Georges-Clemenceau, square Alsace-Lorraine, place du Président-Wilson, boulevard des Italiens. La ville change ses noms de rues et de places.

— Vous avez survécu aux tranchées, dit Merani à Ritzen, j'espère qu'une bronchite ne vous emportera pas, ce serait comique.

Ils sont au centre du groupe, Merani tenant le parapluie sur l'épaule. Devant eux, le maire Girard, accompagné de sa femme, près de lui, le général Tourmelin, monseigneur Charon, le préfet.

— Vous savez, continue Merani tout en marchant, je suis persuadé qu'il va y avoir un grand bouleversement politique, c'est vous, vous les hommes du front qui devez faire entendre votre voix, si vous le voulez.

Clairon solitaire, comme une voix. Sonneries aux morts et le silence que clôt un dernier souffle, puis les tambours, la voix de Girard :

— Paul Déroulède a su préparer le pays aux sacrifices et à la victoire, il est le...

Violette s'était remise à courir laissant le cortège derrière elle, atteignant la gare, traversant le terre-plein sous une pluie oblique qui couchait les branches des palmiers, rebondissait sur la chaussée, zébrant les flaques, achevant de la tremper jusqu'aux os. Si bien qu'elle tremblait quand Dante la prit contre elle, qu'elle sentit l'odeur de laine de sa vareuse.

— On a envoyé la petite sœur pour le prisonnier, dit-il en souriant.

Il souleva son sac de matelot, le mit sur l'épaule. Il paraissait plus grand d'être maigre. Le visage était fait d'angles. Pommettes, menton, tempes, le front lui-même paraissait bosselé, les arcades sourcilières, deux arêtes vives. Et les yeux, loin, loin.

— Tu es maigre, dit Violette.

— Comment ils vont ?

— C'est Louise qui fait la cuisine.

Violette marchait près de son frère.

— Lucien, son petit, tu verras, il est beau, un diable.

— Elle habite là ? demanda Dante.

— Depuis...

Elle s'arrête, elle contourne la mort de la mère, la salle d'hôpital, la chapelle, elle dit seulement :

— Tu comprends, elle peut, elle, elle ne travaille plus, alors elle est revenue à la maison.

Ils s'asseyent au buffet. Il lui commande un grog, il pose son béret sur la table. Crâne rasé, angles encore.

— Ça repousse, tu sais, dit Dante.

Il la regarde. Elle porte ses cheveux rassemblés en un gros chignon et ainsi, le visage dégagé, elle ressemble...

— Tu as ? demande-t-il.

— Presque dix-sept.

Elle devait être ainsi, leur mère, avant.

— On y va ? dit-il.

Il enfonce son béret, soulève son sac d'un mouvement brusque. Pluie, coups de vent, musique militaire qui semble proche et qui, tout à coup, s'éloigne, les clairons plus vifs encore perceptibles, puis revient un roulement de tambour, balayé bientôt.

— Qu'est-ce qu'ils foutent ? demande Dante.

— Ils changent les noms des rues, dit Violette.

Sur la verrière, la pluie crépite. En courant, Dante tenant Violette par la main, ils vont vers les voitures, sautent dans un fiacre. La pluie sur la bâche. Le cocher, une toile cirée sur la tête, se penche :

— Alors matelot, c'est fini ?

— Ça commence, répond Dante Revelli.

1972 — 1.2.1975.

TABLE